FJB

Kate Dylan

STRANDED

Im Bann des Sees

Aus dem Englischen
von Tanja Hamer

FJB

Erschienen bei FISCHER FJB

Satz: C.H.Beck.Media.Solutions, Nördlingen
Druck und Bindung: CPI books GmbH, Leck
Printed in Germany
ISBN 978-3-8414-4027-3

Für Dani,
weil du all die verrückten Dinge liest,
die ich dir schicke

Kapitel eins

Strande niemals auf dem Trockenen, das ist Regel Nummer eins.

»Beweg dich, Scout, wir haben keine Zeit mehr«, rief Rynn ihr über die Schulter zu.

Scout. Bei den Göttern, Mellie hasste es, wenn er sie so nannte. Sie waren beide Scouts, es war ihre Berufsbezeichnung, nicht ihr Name. Doch im Moment benutzte Rynn das Wort als Waffe, um sie anzuspornen, mit seinem Tempo mitzuhalten.

Und es funktioniert. Mellie verengte die Augen zu Schlitzen und sauste noch schneller zwischen den Bäumen hindurch. Jetzt musste sie das Wettrennen zum See einfach gewinnen, allein um ihn kopfüber ins Wasser schubsen zu können.

»Los, Mellie, komm!« Sie meinte, eine Spur von Panik in Rynns Stimme zu hören. Er lief einen Bogen zu ihr zurück und packte ihre Hand, um sie vorwärtszuziehen. Mellie biss die Zähne zusammen und versuchte mit aller Kraft, mit ihm Schritt zu halten. Rynn war an Land fast einen halben Meter größer als sie, und seine Beine waren länger. *Kein faires Wettrennen*, dachte sie bei sich. Im Wasser konnte sie Kreise um ihn schwimmen, das tat sie oft. Doch das Wasser und das Ufer waren noch immer gefährlich weit weg.

»Titan hilf uns«, flehte Mellie, als die Sonne hinter den Bergen versank und der Himmel sofort einen Farbton blasser wurde. Ihre Lunge fühlte sich bleischwer an und wog mit jedem Schritt schwerer in ihrer Brust. Der Gestank nach Erde und Blättern war schon fast unerträglich. Erdrückend. Es war, als könnte sie jedes Schmutzpartikel in der Luft schmecken, das ihr dann in der Kehle stecken blieb und sie von innen zerriss. Sie hatten zu viel Zeit außerhalb des Wassers verbracht, sich zu weit vom See entfernt. Ihr Handeln war unüberlegt gewesen. Unüberlegt, dumm und voreilig. Sie durften nicht stranden. Sie durften Regel Nummer eins nicht brechen.

Dabei war es nicht einmal beabsichtigt gewesen. Der Tag hatte ganz normal mit einer Routinepatrouille begonnen. Aber sie hatten einen beschädigten Schutzanker entdeckt, was bedeutete, dass sie zurückgehen mussten, um die anderen in der Gegend ebenfalls zu überprüfen. Zwölf Schutzanker waren insgesamt zu kontrollieren. Nicht genug Tageslicht. Nie genug Scouts.

Endlich neigte sich der Boden unter ihren Füßen und wurde weicher, als die Erde in Sand überging. Mellie konnte das Wasser und das Salz riechen. Hoffnung keimte in ihr auf.

»Schuhe. Jetzt«, rief Rynn und kickte seine Stiefel im Laufen weg.

Mellie fasste nach unten und geriet ins Stolpern, als sie versuchte, die Schnürsenkel zu lösen.

»Verdammt, Mellie, beeil dich.«

Das Ufer war nur noch ein paar Meter entfernt, die Sonne schon fast ein Geist.

Ihr Gesicht glühte. »Sorry, ich …« Sie zerrte an ihren Stiefeln, und kurz darauf schleuderte sie sie beiseite. »Hab's.«

»Wegen dir gehe ich noch eines Tages drauf, Scout«, murmelte Rynn, ehe er einen Arm um ihre Taille schlang und sich mit ihr in den See stürzte.

Sie schlugen hart auf dem Wasser auf und durchbrachen die Wasseroberfläche genau in dem Moment, als sich das Tageslicht in Dunkelheit verwandelte. Die Erleichterung setzte sofort ein, während das beruhigende Gefühl, im Wasser zu sein, ihre Ängste fortwusch.

Mellie seufzte, als die Verwandlung ihren Körper ergriff. Sie entledigte sich ihres T-Shirts und zog dann leicht an ihrer Jeans, woraufhin sich der Stoff an den Seiten öffnete. *Druckknöpfe*, dachte sie lächelnd. Wasser umspülte ihre nackte Haut. *Die Lieblingsknöpfe der Wandler.*

Ihre Beine verbanden sich bereits miteinander, das Fleisch verknüpfte sich zu einer Schwanzflosse, die am Ende ausfächerte und sich zu ihrem Körper hin bog. Die Furchen zwischen ihren Rippen und über ihren Schlüsselbeinen vertieften sich, ehe sie sich zu Kiemen öffneten, die dem Wasser erlaubten, in ihre Lunge zu sickern. Mellie schloss die Augen und nahm einen tiefen, nassen Atemzug. *Heute hätten wir es um ein Haar nicht mehr nach Hause geschafft*, stellte sie erschrocken fest. *Bei Titan, es ist schön, zu Hause zu sein.*

Ihre Schuppen bildeten sich jetzt rasant aus, bis sie ihre Schwanzflosse wie eine zweite Haut bedeckten. Kein Wandler glich dem anderen; die Form und Farbe der Schuppen sah bei jedem anders aus. Mellies reichten ihr bis zur Hüfte, eine Handvoll bedeckte ihre Brust. Die Farbe ihrer Schuppen war besonders selten; ein Goldton, der im Licht kupferfarben glänzte. Ihre Augen waren ebenfalls kupferbraun und ihre Haare weißblond. Rynn scherzte immer, dass sie aussehen würde wie eine Trophäe, die sich jemand eines Tages schnappen und aufs Kaminsims stellen würde. Mellie verpasste ihm jedes Mal, wenn er das sagte, einen Schlag in die Magengrube. Sie war weder ein Schmuckstück für jemanden noch eine Art Preis. Sie war ein Scout, und ein verdammt guter noch dazu.

Neben ihr grinste Rynn, während er seine Verwandlung durchlief. Wo Mellie goldfarben war, sah er anthrazit und pechschwarz aus. Schwarze Haare, dunkle Augen und Schuppen, die in unzähligen Schiefertönen schimmerten. Seine Brust war natürlich frei von Schuppen, wie es bei allen männlichen Wandlern der Fall war. Allerdings hatte er einen ungewöhnlichen Schuppenfleck über der rechten Schulter, ein breites graues Band, das sich um seinen Bizeps wand und seitlich an seinem Hals spitz zulief.

»Hässlich«, sagte er immer und kratzte an den Schuppen, als hoffte er, sie so wegreiben zu können. »Ich bin quasi deformiert.«

Doch Mellie machte sein Schuppenfleck nichts aus. Dadurch unterschied er sich auf den ersten Blick von den anderen. Außerdem sah es so aus, als würde er eine Art edle Rüstung tragen.

»Ich habe dich noch wegen der Schnürsenkel gewarnt, Scout.« Jetzt, wo sie wieder im Wasser waren, projizierte Rynn die Worte, anstatt sie laut auszusprechen. Der Klang seiner echten

Stimme – die tiefe, vertraute Klangfarbe – ließ Mellie unwillkürlich lächeln, auch wenn er sie gerade aufgezogen hatte. Sie mochte es wesentlich lieber, wenn sie in Gedanken miteinander kommunizierten. An Land klang seine Stimme immer ein wenig heiser und gepresst, als würde es ihn zu viel Anstrengung kosten, die Stimmbänder zu benutzen.

»Ach, sei still«, gab Mellie zurück. »Wir haben es doch geschafft.«

»Aber ganz knapp.« Rynn fuhr sich mit beiden Händen durch die Haare, woraufhin sie sich um seinen Kopf verteilten wie Oktopustinte. »Lass uns das nie wieder tun, okay?«

»Einverstanden.« Sie löste das Haargummi, mit dem sie ihre Haare zu einem Pferdeschwanz zurückgebunden hatte. An Land war das sehr praktisch, aber im Wasser mochte sie es lieber, wenn ihr die Haare offen um den Kopf flossen und sie beim Schwimmen am unteren Rücken kitzelten.

»Ich schätze, es ist Zeit, uns Jay zu stellen.« Rynn seufzte. »Er wird ganz schön sauer sein, dass wir zu spät sind.«

Mellie stöhnte. Ihr eiliger Sturz ins Wasser hatte sie ganz vergessen lassen, dass sie jeden Tag zur selben Zeit zurück sein mussten, immer zum Sonnenuntergang. Mit dieser Sicherheitsmaßnahme sollte gewährleistet werden, dass jeder Wandler es rechtzeitig zum Annex zurückschaffte und niemals Regel Nummer eins brechen musste. Strande niemals auf dem Trockenen.

»Was meinst du? Sollen wir auf die Klamotten pfeifen?«, fragte Rynn.

»Ach nö.« Mellie fasste nach unten, um ihr T-Shirt aus dem Büschel Seegras zu befreien, in dem es sich verfangen hatte.

»Wir werden so schon genug Ärger bekommen und sollten Jay nicht noch einen Grund geben, auf uns sauer zu sein.«

Kleidung war knapp, besonders während der Wintermonate, wenn die Tage kurz waren, was die Vorratsbeschaffung erschwerte. Sie und Rynn *konnten* jetzt zwar ihre Kleider zurücklassen und so schnell wie möglich zum Annex eilen. In dem Fall würden sie neue zugeteilt bekommen. Aber sie würden auch einen extrem langweiligen Vortrag über das Verschwenden wertvoller Ressourcen über sich ergehen lassen müssen. Darauf hatte Mellie überhaupt keine Lust.

Sie sammelten ihre Sachen ein und schwammen wieder an die Oberfläche, wobei sie ein wenig weiter östlich rauskamen, wo ein flacher Felsen aus Kalkstein aus dem See ragte. Die Stiefel würden sie morgen einsammeln müssen, da war jetzt nichts zu machen, aber alles andere konnten sie zum Trocknen auf den Stein legen.

Rynn hob sie an der Taille aus dem Wasser, so dass Mellie ihre T-Shirts und Jeanshosen auf dem Felsen ausbreiten konnte. Sie hatte am Rücken und am Bauch keine Schuppen und spürte seine Hände so warm auf ihrer Haut, dass es fast schon brannte.

»Beeil dich, Scout.« Rynn ließ sie eine Sekunde lang los, und sie wäre um ein Haar ans Ufer gespült worden. Ihr Schwanz war gerade noch mit der Spitze im Wasser. Mellie schrie und schlug wie wild um sich, um seine Hände zu fassen zu bekommen.

»Verdammt, Rynn.« Ihr klopfte das Herz bis zum Hals. »Das ist nicht lustig.«

»Beruhige dich, Mel, ich hab dich doch.« Sie spürte sein Lachen, als er sie an sich zog.

»Idiot.« Sie verpasste ihm einen Stoß in die Rippen. »Nächstes Mal kannst du deine Klamotten selbst trocknen.«

Mellie tat ihr Bestes, ihn zu ignorieren, als sie wieder zurück ins Wasser tauchten, was schwer war, da er immer noch grinste wie ein Idiot. Sie bewegten sich schnell und gekonnt zwischen den Säulen aus Seetang und dem Schilf hindurch, das dichter wurde, je näher sie Astria kamen, der verborgenen Stadt unter den Wellen.

An der tiefsten Stelle des Sees ragte Astria aus dem Felsboden empor, eine riesige Metropole aus Stein und Marmor, geschaffen durch fähige Hände und von Magie geformt. Es wurde erzählt, dass die Stadtmauern kurz nach ihrer Erbauung so hell geglänzt hatten, dass sie das Wasser meilenweit erleuchteten. Doch die Zeit hatte sie in ein lebendes, atmendes Ding verwandelt, das mit Moos, Napfschnecken und Seepocken überwuchert war; in eine dünne Schicht aus phosphoreszierenden Algen gewickelt, die bei Sonnenuntergang zum Leben erwachten und alles in warmes, einladendes Licht tauchten.

Genau in der Mitte der Stadt stand der Titanenpalast, ein architektonisches Wunderwerk aus leuchtend weißen Muscheln und Steinen. Drum herum waren Astrias Wohnriffe in ordentlichen konzentrischen Kreisen angeordnet. Innen fanden sich die größeren Häuser, je weiter man nach außen kam, desto kleiner und neuer wurden die Behausungen. Seit Jahrzehnten wuchs die Stadt nun schon, während die Bevölkerungszahl der Natürlichen immer weiter anstieg. Zu viele Natürliche und nicht genug Wandler. In jeder Generation wurden weniger geboren. Und da der durchschnittliche Natürliche doppelt so alt wurde wie ein Wandler, bog sich die Stadt unter dem Gewicht der zahlreichen Einwohner. Inzwischen war sie so groß geworden, dass man an einem wolkenfreien Tag, wenn das Wasser ganz klar war, von der Oberfläche aus einen Blick auf Astria erhaschen konnte, wenn man sich ganz stark konzentrierte, um durch das Schilf hindurchzuschauen. Wenn man wusste, wonach man suchte. Deshalb war es so wichtig wie noch nie, die Schutzanker instand zu halten; sie waren das Einzige, was die Landbewohner davon abhielt, den See zu entdecken.

Mellie und Rynn schwammen um die schimmernde, magische Kuppel herum, die sich über der Stadt wölbte und sie komplett versiegelte. An Tagen wie diesem verfluchte Mellie insgeheim den undurchdringlichen magischen Schutzschirm. Er kam ihr so ... *unnötig* vor. Astria war seit über zwanzig Jahren nicht mehr angegriffen worden, nicht seit dem Krieg, und selbst damals hatten es die Soldaten geschafft, die Landbewohner davon abzuhalten, ins Wasser zu gehen. Es würde den Titan sicher nicht umbringen, seine Sicherheitsmaßnahmen ein wenig zu lockern. Sie waren schon spät genug dran, da konnten sie es nicht gebrauchen, auch noch einmal um die halbe Stadt zu schwimmen.

Sie hatten das Haupttor fast erreicht, als das Wasser über ihren Köpfen von einem grünen Lichtblitz erhellt wurde. Eine der Suchpatrouillen musste sie entdeckt und ein Signal ausgesendet haben. Grün, um vermisste Wandler zu melden, die wohlbehalten zurückkehren.

»Verdammt«, fluchte Rynn. »Das war's dann mit dem heimlichen Reinschleichen.«

»Du hast doch nicht im Ernst gedacht, sie hätten bis jetzt noch nicht nach uns gesucht, oder?«

»Ich hab's gehofft.«

»Gehofft?« Mellie lachte. »Ist jemand gestorben und hat dir seinen Optimismus vererbt?«

»Nein.« Rynn verdrehte die Augen. »Und sei nur still, ein bisschen Wunschdenken hat noch niemandem geschadet.«

Vielleicht nicht, aber es hat auch noch niemandem geholfen.

Sie schwammen durch das Stadttor, wobei sie sich möglichst weit oben hielten, um den Betrieb in den Riffen darunter zu umgehen. Die Abendmärkte waren bereits in vollem Gange und summten vom Klang der Natürlichen, die hin und her eilten und per Projektion über die Preise für Krebse und verbogenes Metall feilschten.

»Es ist mir egal, was das für eine spezielle Sorte ist, acht Perlen sind zu viel für Seepferdchenschwänze«, hörte Mellie eine Dame mit besonders schriller Stimme sagen.

»Geben Sie noch ein paar von diesen Aalhäuten dazu, und wir kommen ins Geschäft«, sagte eine andere. Ein gequält dreinschauender Apotheker nickte resigniert.

»Lass uns die Abkürzung durch die Gärten nehmen.« Mellie bedeutete Rynn, dass er ihr nach unten in Richtung des Hauptplatzes folgen sollte. Als vor fünfhundert Jahren die ersten Wandler im See Zuflucht gesucht hatten, brachten sie Dinge aus ihrem Zuhause mit, das sie notgedrungen hatten verlassen müssen. Fischeier, Austernsamen, abgeschnittene Wasserpflanzen und

Schilf; alles, was sie brauchten, um ihr Leben neu aufzubauen. Fünf Jahrhunderte später waren die Gärten das krönende Juwel der Stadt – und Mellies Lieblingsort in ganz Astria: eine farbenfrohe Oase voller zahlloser Korallenvariationen, die es sonst nie im See gegeben hätte.

Sie und Rynn passierten die Pflanzen und schwammen in direkter Linie auf den Annex zu, eine ausgedehnte Ansammlung von Gebäuden, die sich in den Schatten des Palasts drückten. Es gab immer wieder Gerüchte, warum der Titan darauf bestand, die Wandler dort unterzubringen. Manch einer sagte, er mochte es, mit Wandlerinnen anzubandeln. Andere behaupteten, er wollte seine Truppe im Auge behalten, weil er fürchtete, sie würden sich eines Tages zusammentun und versuchen, ihn zu stürzen. Mellie hielt nicht viel von diesen Gerüchten und Anspielungen. Sie glaubte nicht, dass die Nähe zum Palast einen zweifelhaften Hintergrund hatte. Wenn sie der Titan wäre, würde sie ihre Soldaten auch in der Nähe wissen wollen.

»Scouts, ihr seid zu spät.« Die Rüge ihres Truppenführers erklang in ihren Köpfen, als sie sich dem Eingang näherten. Wenn seine gestrafften Schultern und seine verkrampften Kiefermuskeln nicht gewesen wären, hätte man meinen können, Jay würde entspannt im Torbogen auf sie warten. Er hatte die Arme vor der Brust verschränkt, und seine honigfarbenen Schuppen waren von phosphoreszierendem Moos in grünes Licht getaucht. Doch Mellie wusste es besser; sie sah ihm an, wie die Wut in ihm brodelte. Die Missbilligung war ihm ins Gesicht geschrieben. Doch sie entdeckte auch noch etwas anderes: Erleichterung. Niemand mochte es, wenn ein Wandler die nächtliche Ausgangssperre verletzte und zu spät heimkehrte. Aber ein verspäteter Scout war allemal besser als ein toter.

»Sorry, Jay.« Rynn lächelte ihn entschuldigend an. »Wir wurden aufgehalten.«

»Nun, ich hoffe um euretwillen, dass es eine verdammt gute Geschichte ist«, erwiderte Jay und scheuchte sie nach drinnen, »denn ihr werdet sie Captain Ferrick persönlich erzählen.«

Mellie und Rynn stöhnten gleichzeitig auf. Jay hatte den Leiter des Korps alarmiert. Jetzt würden sie richtig Ärger bekommen.

»Was habt ihr denn erwartet? Ihr seid über eine Stunde zu spät. Ich habe zwei Soldatenteams rausgeschickt, um im Wasser nach euch zu suchen, und ein drittes sollte gerade den Suchradius erweitern, um im Uferbereich nach euch Ausschau zu halten.« Jay legte ein zügiges Tempo vor, als er sie an den Riffschlafsälen vorbei und von der Kantine weg führte. Der Rest ihrer Einheit genoss vermutlich gerade das Abendessen und entspannte sich nach einem langen Tag an der Oberfläche.

Die Glücklichen!

»Ihr solltet es besser wissen, Scouts.« Jay klang schwer enttäuscht, und Mellie zuckte schuldbewusst zusammen. »Ihr wisst, dass ich euch nicht beschützen kann, wenn ihr euch so rücksichtslos verhaltet und die Ausgangssperre brecht. Und selbst, wenn ich es könnte, würde ich es nicht tun.«

Jay zu enttäuschen war immer schlimmer, als vom Captain gescholten zu werden.

»Die Regeln existieren nicht ohne Grund, und ich erwarte von meinen Scouts, dass sie sich daran halten.« Er blieb vor dem Zimmer des Captains stehen.

»Wir haben es nicht absichtlich getan, Jay«, murmelte Rynn mit gesenktem Blick. »Wir hatten wirklich einen guten Grund.«

»Tut mir leid, Kinder, es liegt jetzt nicht mehr in meiner Hand.« Jay schüttelte den Kopf, doch sein Gesichtsausdruck war milder, und seine nächsten Worte klangen netter, als sie es verdient hatten. »Aber ihr könnt ins Bett gehen, sobald er euch entlässt. Wir sprechen uns dann morgen früh.« Damit schob er den dichten Vorhang aus Schilf beiseite, der im Türrahmen hing. Nachdem er ihr Kommen angekündigt hatte, verschwand er den Gang hinab und überließ sie ihrem Schicksal.

»Wie wäre es, wenn wir den kaputten Schutzanker nächstes Mal ein bisschen früher finden?«, raunte Mellie Rynn zu und versuchte, den Knoten, der sich in ihrem Bauch bildete, zu ignorieren.

»Nächstes Mal? Ich denke, ich würde es vorziehen, wenn …«

»Mayreed, Staghorn, schwingt eure Flossen hier rein.« Der schroffe Befehlston des Captains donnerte in ihrem Kopf und verhinderte, dass Rynn seinen Satz beenden konnte.

Der Knoten wurde fester.

»Na, dann mal los.« Rynn drückte kurz ihre Hand. Sie wussten beide, dass der Captain mit ihr härter umspringen würde als mit ihm. Das tat er immer. Sie und Rynn hatten erst zweimal bei ihm vorstellig werden müssen, seit sie dem Korps beigetreten waren. Ein Mal, als Rynn einen Schutzanker verloren hatte, und das andere Mal am Tag nach ihrem siebzehnten Geburtstag, als sie es nicht rechtzeitig zur Patrouille geschafft hatten, weil sie ein Fässchen fermentierten Seeigel stibitzt hatten und die ganze Nacht wach geblieben waren, um sich zu betrinken. Beide Male hatte der Captain es so hingedreht, dass es allein *ihre* Schuld gewesen war. Denn Hass wog schwerer als Logik.

»Siebzehn Uhr einunddreißig«, sagte der Captain, als sie zögerlich das Zimmer betraten. »Um diese Zeit ist heute die Sonne untergegangen.« Er wandte sich von der Patrouillenkarte ab, die in die Wand am anderen Ende des Raums geschnitzt war. Hunderte winziger roter Muscheln steckten in regelmäßigen Abständen in der Karte, und jede einzelne markierte einen der Schutzanker, die nötig waren, um den Schutzzauber aufrechtzuerhalten, der den See versteckte. Mellie hielt den Blick starr auf das gleichmäßige Muster gerichtet, das den See umgab, anstatt den Captain anzuschauen. Wenn sie seine Wut nicht sah, würde sie vielleicht von selbst verschwinden.

»Was schätzen Sie, wie viel Uhr es jetzt ist, Mayreed?«, fragte ihr Vorgesetzter sie.

»Kurz vor sieben vielleicht, Sir?«, riet sie. Sie wusste es nicht genau. An der Oberfläche konnte Mellie den Himmel lesen. Jede noch so kleine Veränderung des Farbtons, jede Bewegung der Sonne am Horizont. Wenn man wusste, auf welche Zeichen man achten musste, war es nicht schwer, die Uhrzeit genau zu bestimmen. Doch unter Wasser wurde die Zeit mit breiteren Zeigern gemessen, nur durch den Grad an Licht bestimmt, das von der Wasseroberfläche bis nach unten drang. Außer natürlich man besaß eine Armbanduhr, doch nur Soldaten und Läufer bekamen eine zugeteilt.

»Das stimmt, es ist achtzehn Uhr dreiundvierzig«, erwiderte der Captain. »Was bedeutet, ihr zwei seid über eine Stunde nach der Ausgangssperre noch draußen gewesen.«

Groß und breit, bedeckt von einer rauen Haut aus flachsgelben Schuppen, war Captain Ferrick an sich schon eine imposante Erscheinung; doch wenn er wütend war, konnte er einem Angst einjagen. Er besaß ein ernstes, breites Gesicht mit tiefliegenden Augen und eckigem Kinn. Durch die vielen Jahre, die er an der Oberfläche verbracht hatte, war seine Haut wettergegerbt und vernarbt, übersät von Altersflecken und Falten, die seine Augen und seinen Mund umgaben. Doch das Alter hatte seinen scharfen Tonfall nicht mildern können, und obwohl er schon fast siebzig Jahre alt war, hatte er die Kraft eines wesentlich jüngeren Mannes.

»Sie erinnern sich doch daran, dass wir hier eine Ausgangssperre haben, Mayreed?«

Mellie spürte seinen Blick auf sich, und sie hatte das Gefühl, er würde sie damit durchbohren. Sie wünschte sich, er würde einfach anfangen, sie anzuschreien. Das Schreien konnte sie verstehen. Mit dem Schreien konnte sie umgehen.

»Ja, Sir.«

»Aber Sie haben sich dennoch dazu entschlossen, sie zu ignorieren?«

»Nein, Sir. Ich … wir hatten einen guten …«

»Erzählen Sie es mir, Staghorn«, unterbrach sie der Captain und wandte sich Rynn zu, »warum erwarte ich von Ihnen, dass Sie bei Sonnenuntergang zurück sind?«

»Zu unserem Schutz, Sir«, antwortete Rynn und wiederholte damit das Mantra, das ihnen jeden einzelnen Tag ihres Trainings eingebläut worden war. *Die Regeln dienen eurem Schutz. Nur dank der Regeln könnt ihr an der Oberfläche überleben.*

»Sie haben verdammt recht, sie dienen Ihrem Schutz! Damit ich nie zum Palast schwimmen und dem Titan erklären muss, warum zwei seiner Scouts es geschafft haben, ihrem Leben leichtsinnig ein Ende zu setzen.« Mit drei schnellen Schlägen seiner Schwanzflosse war er nur noch Zentimeter von Mellies Gesicht entfernt. »Denken Sie etwa, die Regeln gelten nur für die anderen, Scout?« Wenn der Captain sie so nannte, war es eine Ermahnung.

»Nein, Sir.«

»Nun, dann versuchen Sie vielleicht, etwas zu beweisen.« Seine Stimme war eiskalt. »Wie die Mutter, so die Tochter?«

Jeder Tropfen Blut in Mellies Körper schoss ihr in den Kopf. »*Nein, Sir.*« Ihre Antwort kam so schnell und bestimmt, dass sie sie auch aus Versehen laut ausgesprochen haben konnte. Links von ihr knirschte Rynn mit den Zähnen, weil er sich beherrschen musste, selbst den Mund zu halten. Wenn irgendjemand anderes es gewagt hätte, so etwas zu ihr zu sagen, hätte er nicht gezögert, ihn mit den Fäusten in die Schranken zu verweisen.

Der Captain starrte sie über seine Nasenspitze hin an, das Gesicht hart vor Zorn. Die Vene über seinem linken Auge pochte und zuckte wie immer, wenn er wütend war. So wusste man, dass man wirklich Ärger bekam und dass sein Gepolter nicht bloß Show war. Im Moment sah diese Vene so aus, als wäre sie kurz davor, zu explodieren.

»Die Regeln, Scout«, sagte er mit schneidendem Tonfall. »Kennen Sie sie?«

Mellie ballte die Hände an den Seiten zu Fäusten. Natürlich kannte sie die Regeln. Er wusste, dass sie sie kannte. »Ja, Sir.«

»Gut. Dann lassen Sie mal hören.«

Mann, ist das erniedrigend. »Nummer eins«, fing sie an, die Worte zu rezitieren, die ihr Leben bestimmten, seit sie zehn Jahre alt war. »Strande niemals auf dem Trockenen.« Wandler konnten die Verwandlung nur bei Tageslicht vollziehen. Den Sonnenuntergang zu verpassen bedeutete, eine ganze Nacht außerhalb des Wassers zu verbringen, und kein Wandler hatte das je überlebt.

»Nummer zwei.« Ihr rauschte das Blut in den Ohren. »Bleibe unentdeckt.« Nur durch strickte Geheimhaltung hatte ihre Art all die Jahre überleben können. Nur so verhinderten sie, dass sie ein weiteres Opfer der Oberfläche wurden oder als Experiment im Labor irgendeines Landbewohners endeten.

»Nummer drei.« Mellie war schon am Ende der glücklicherweise kurzen Liste angekommen. »Kenne deinen Platz.« Astria war ein geschlossenes System, eine isolierte Stadt mit begrenzten Ressourcen und einem Überbevölkerungsproblem. Jeder Natürliche und jeder Wandler musste seinen Teil dazu beitragen, die Stadt sicher und am Laufen zu halten. In Astria gab es keinen Platz für einen Wandler, der mit seinem Schicksal haderte.

Der Captain nickte, doch die Boshaftigkeit war nicht aus seinem Blick verschwunden. »Und welche Regel hat Ihre Mutter gebrochen, Scout?«

Mellie starrte ihn an und musste sich sehr beherrschen, sich ihre Wut nicht anmerken zu lassen. »Regel Nummer eins, Sir.«

Vor fünf Jahren hatte Learra Mayreed einen eigenmächtigen Ausflug an Land unternommen und war nie zurückgekehrt. Niemand – nicht einmal ihr Partner – wusste, warum sie nach oben gegangen war. Sie war weder zum Besorgen von Vorräten eingeteilt gewesen, noch hatte sie die Erlaubnis gehabt, überhaupt aufzutauchen. Sie war einfach *gegangen*. Die einzige Wandlerin in der Geschichte Astrias, die freiwillig gestrandet war. Die anderen nannten es Selbstmord und Fahnenflucht. Sie bezeichneten ihre Mutter als Verräterin. Aber nicht Mellie. Sie weigerte sich, ihre Zeit mit Grübeleien über ihre Mum zu verschwenden, und selbst wenn sie an sie dachte, dann ging sie immer davon aus, dass sie tot war. Sie hatte es nicht anders verdient. Eine gute Wandlerin brach keine Regeln. Eine Mutter, die es wert war, dass man über sie nachdachte, hätte ihre Tochter nicht einfach verlassen.

»Haben Sie vor, so zu enden wie Ihre Mutter, Scout?« Der Captain ließ einfach nicht locker.

»Nein, Sir.« Mellie zitterte am ganzen Körper. Sie würde das Korps *niemals* auf die Art betrügen, wie es ihre Mutter getan hatte.

»Es ist nicht ihre Schuld«, schaltete sich Rynn jetzt doch ein. »Wir haben auf unserer Inspektionsrunde einen defekten Schutzanker gefunden, *Sir*.« Er schaffte es, dass das letzte Wort wie ein Schimpfwort klang. »Wir mussten zurückgehen und die anderen auch überprüfen.«

»Wo war das?« Sofort wich der gnadenlose Gesichtsausdruck des Captains einem geschäftsmäßigen. Defekte Schutzanker waren nicht so selten, doch sie wurden nie auf die leichte Schulter genommen.

»Im Wald«, erklärte Rynn. »Auf der westlichen Seite unserer Runde.«

»Sah es aus, als hätte jemand ihn absichtlich beschädigt?«

»Ja, Sir.«

Meistens wurden die Schutzanker einfach von Tieren niedergetrampelt oder rausgerissen. Manchmal wurden sie sogar weggeweht, wenn im tiefsten Winter die Stürme durch das Tal tobten. Aber was sie heute gefunden hatten, sah nicht nach einem Unfall aus. Jemand hatte den Schutzanker mit einer Klinge bearbeitet und an allen vier Seiten so zerkratzt, dass der Zauber gebrochen worden war.

Der Captain schwieg einen Moment mit zusammengezogenen Augenbrauen, so dass sich eine steile Falte oberhalb seiner Nase bildete. »Haben Sie den defekten Schutzanker ausgetauscht?«, fragte er.

»Das haben wir, Sir«, antwortete Rynn.

»Nun, dann haben Sie wenigstens eine Sache richtig gemacht. Für den Rest der Woche werden Sie *jeden* einzelnen Schutzanker auf Ihrer Runde kontrollieren«, wies er sie an. »Außerdem haben Sie sich soeben freiwillig zum Dienst für die Landprüfung an diesem Wochenende gemeldet, also welche Pläne Sie auch immer für Ihren freien Tag hatten, sagen Sie sie besser gleich ab. Und, Scouts …«, er fixierte sie mit einem stahlharten Blick voller Verachtung, »wenn Sie die Ausgangssperre ein weiteres Mal missachten, werde ich persönlich dafür sorgen, dass Sie bis nächsten Winter nicht mehr an die Oberfläche kommen. Habe ich mich klar und deutlich ausgedrückt?«

»Ja, Sir«, sagten Mellie und Rynn wie aus einem Mund.

»Gut. Jetzt gehen Sie mir aus den Augen.«

»Mel…«, setzte Rynn an, sobald sie sich in sicherer Entfernung auf dem Gang befanden.

»Lass es.« Sie wandte sich ab. »Wir reden nicht darüber.« Wenn sie es täten, würde sie nur weinen, und Mellie hatte seit dem Tag, an dem ihre Mutter verschwunden war, nicht mehr vor Rynn – oder sonst jemandem – geweint.

Er war an dem Abend bei ihr gewesen, als sie die Nachricht erhalten hatte. Das Unverständnis, der Schmerz, die Erniedrigung – Rynn hatte es alles gesehen. Er hatte ihre Hand gehalten, als die Soldaten die Sachen ihrer Mutter mitgenommen hatten. Dann war er ihr hinterhergeschwommen, als sie sich heimlich aus dem Annex gestohlen hatte, um einen Geist zu suchen.

Er hatte sie noch erwischt, kurz bevor sie die Wasseroberfläche durchbrochen hatte, und sie wieder zurück ins Schilf gezogen, wo er sie festgehalten hatte. Mellie versuchte, gegen ihn anzukommen; sie biss und kratzte ihn, zappelte und wand sich in seinem Griff, doch Rynn ließ sie nicht eine Sekunde lang los. Nicht mal, als sie ihn hart mit dem Ellenbogen erwischte, was ihm eine gebrochene Nase und zwei blaue Augen bescherte. Er hielt sie, bis sie sich heiser geschrien hatte und ihr keine Flüche mehr einfielen. Er hielt sie, bis sie nicht mehr weinen konnte. Dann half er ihr, unbemerkt in die Stadt zurückzugelangen, und von da an hatten sie nicht mehr über ihre Mum gesprochen.

Immer wenn ihr seitdem jemand blöd kam oder ihre Mutter auch nur in seiner Gegenwart erwähnte, explodierte Rynn. In den darauffolgenden Monaten war er in so viele Streits geraten, dass Jay sich schon fragte, ob er in der falschen Einheit platziert worden war und vielleicht doch Soldat und kein Scout hätte werden sollen.

»Ich wollte nur vorschlagen, dass wir uns was zu essen holen sollten.« Rynn packte sie an den Schultern und schob sie vor sich her den Gang entlang. »Zuzusehen, wie du angeschrien wirst, macht mich immer hungrig.«

Die Kantine im Annex unterschied sich kaum vom Rest des Gebäudes: Sie war schlicht, schmucklos, zweckmäßig. Wandler verbrachten den Großteil ihrer Zeit an der Oberfläche, weshalb buntes Wandschilfrohr und dekorative Seelilienkolonien es nie auf die Prioritätenliste des Korps schafften. Die Grundausstattung war natürlich vorhanden: bemooste Bankkorallen und hängende Netze, die von der Decke bis zum Boden reichten; Riffbetten voller riesiger Schwämme und Anemonen, die zum Ausruhen einluden. Und das Essen war immer gut. Das war etwas, woran das Korps nie sparte. Gutes Essen und ein eigener kleiner Schlafbereich, sobald man mit sechzehn das Training beendet hatte, das waren die beiden großen Vorteile, die das Leben im Annex mit sich brachte.

Als sie den großen Raum betraten, war der Ansturm aufs Abendessen bereits abgeklungen, wofür Mellie dankbar war. Nach der Standpauke beim Captain hatte sie keine Lust, noch weitere Fragen zu beantworten. Sie hatte auch nicht wirklich Appetit, aber es erschien ihr ein wenig gemein, Rynn allein essen zu lassen. Wie sich herausstellte, hätte sie sich *darüber* keine Sorgen machen müssen. Als sie sich ein Netz voller Schwertmuscheln geholt hatte und bei ihrem Stammplatz ankam, war da schon irgendein Mädchen und himmelte Rynn an.

Mellie stöhnte. Es war immer ein Mädchen da, das Rynn anhimmelte. Als Kind war er dünn und ungelenk gewesen, seine Arme und Flosse hatten zu groß für seinen Körper gewirkt. Doch sieben Jahre Scout-Training hatten ihm eine Figur verschafft, die Mädchen zweimal hingucken ließ. Dazu hatte er noch ›das Gesicht‹, wie einige der anderen Scouts es gern nannten – und eine auffallend selbstsichere Art, sich zu bewegen. Das Ergebnis war, dass er jede Woche eine andere hatte.

Dieses Mädchen war *sehr* attraktiv und mindestens ein paar Jahre älter, was wahrscheinlich der Grund war, warum Rynn so selbstzufrieden grinste.

»Scout.« Er nannte sie immer ›Scout‹, wenn andere Mädchen zugegen waren. Besonders, wenn es Blondinen mit buschiger Schwanzflosse und Schuppen in der Farbe von Feuer waren. »Sag hallo zu Treasure.«

Treasure? Mellie musste sich beherrschen, um ernst zu bleiben. *Wo findet Rynn nur immer diese Mädchen?*

»Hi«, grüßte sie und überlegte, ob sie diesem ekelhaften Schauspiel beiwohnen oder die beiden doch lieber allein lassen sollte. Treasures Blick legte ihr eindeutig nahe zu gehen. *Er gehört mir*, schienen ihre Augen geradezu zu schreien. Und das tat er heute Abend vermutlich auch, vielleicht sogar noch morgen. Danach allerdings … Nun ja. Rynn war nicht wirklich der Typ für Langzeitbeziehungen.

»Ich habe Treasure gerade von unserer knappen Kiste heute erzählt.« Wie immer fiel Rynn nicht auf, dass seine ›Freundinnen‹ in der Regel nicht gerade begeistert von Mellies Anwesenheit waren.

»War es aufregend?« Treasures Stimme war hoch und schrill wie eine Nadel im Kopf. »Ich bin noch nie lange genug an der Oberfläche geblieben, um den Sonnenuntergang zu sehen. Das muss echt spannend gewesen sein.«

»Ja, wir wären fast gestorben. Super Sache.« Mellie verdrehte die Augen. »Weißt du was«, sagte sie an Rynn gewandt, »ich denke, ich gehe besser schlafen.« Sie war nicht in der Stimmung für Smalltalk und hatte keine Lust, sich mit Treasures unverhohlener Abneigung auseinanderzusetzen.

»Was ist mit deinem Abendessen?«, fragte Rynn.

»Kannst du gern haben.« Sie warf ihm das Netz hin. Das Einzige, was Mellie jetzt wollte, war, sich in weiches Seegras sinken zu lassen und ihre Ruhe zu haben. Und da Rynn ihre Gesellschaft heute Abend offensichtlich nicht nötig hatte, musste sie auch nicht so tun, als wäre es anders.

»Hey …« Er griff nach ihrem Arm. »Wir sehen uns morgen früh, ja?« Was er eigentlich fragen wollte, war: *Bist du sicher, dass alles okay ist?*

Treasure starrte sie finster an.

»Ja, wir sehen uns morgen früh.« Mellie warf ihm ein Lächeln zu, das ihm zu verstehen gab: *Ja, keine Sorge, alles okay*. Bevor sie ging, fügte sie noch hinzu: »Komm nicht zu spät.« Nicht, weil er so oft zu spät kam, sondern nur, weil sie wusste, dass es Treasure ärgern würde.

Kapitel zwei

Verdammt«, fluchte Mellie, als sie sich in ihre Jeans zwängte. »Die fühlen sich kein Stück trockener an als gestern Abend.«

»Es muss letzte Nacht geregnet haben«, meinte Rynn und zog an seinen feuchten Kleidern. »Aber zu deinem Glück habe ich den Schlüssel zum Vorratsschuppen. Wir können uns neue Sachen holen.« Grinsend fischte er einen kleinen rostigen Schlüssel aus seinem Rucksack.

»Wie in Titans Namen bist du denn da drangekommen?«

»Treasure.« Sein Grinsen wurde breiter. »Sie ist als Läuferin für die Vorräte zuständig. Ich habe den Schlüssel stibitzt, als sie gerade nicht hingeschaut hat.«

»Du bist unglaublich.«

»Komm schon, Scout, gib zu, dass du beeindruckt bist.«

»Bin ich tatsächlich«, erwiderte Mellie. »Ich bin beeindruckt, dass du immer noch Mädchen findest, die überhaupt mit dir reden. Was wird Treasure sagen, wenn sie rausfindet, dass du sie nur benutzt hast, um an neue Klamotten ranzukommen?«

Rynn zuckte mit den Achseln und fuhr sich mit den Händen

durch die Haare, so dass Wasser in alle Richtungen spritzte. »Es gibt keine Regel, die besagt, dass ich mit einem Mädchen nur auf eine Art Spaß haben kann.«

Bei den Göttern.

»Sehr nett, Rynn. Wirklich sehr nett. Und was genau passiert, wenn sie herausfindet, dass der Schlüssel weg ist?«

»Das wird sie nicht.« Seine Augen blitzten auf. »Bis nächste Woche sind keine Besorgungsgänge geplant, die Läufer bleiben also in der Stadt. Wir treffen uns heute Abend, dann schmuggele ich den Schlüssel wieder in ihre Tasche, bevor sie überhaupt gemerkt hat, dass er weg war.«

»Du ...«, Mellie zeigte mit dem Finger auf ihn, »... bist ein furchtbarer Kerl.«

Rynn fing ihre Hand und schwang sie herum, so dass ihr Arm über ihrer Brust lag und sie mit dem Rücken an ihn gedrückt war. »Willst du dich weiter über mich aufregen?« Sein Atem kitzelte sie am Ohr. »Oder willst du mitkommen und dir trockene Klamotten besorgen?«

Mellie wand sich aus seinem Griff und grinste ihn an. »Es gibt keine Regel, die besagt, dass ich nicht beides tun kann.«

Der Vorratsschuppen befand sich oben bei der Landzunge, in einer Kluft zwischen zwei Felsen verborgen. Dieser Teil des Gebiets war an sich nicht verboten, doch er lag außerhalb ihrer vorgeschriebenen Route, was bedeutete, dass sie tierischen Ärger bekommen würden, wenn sie jemand entdeckte. Andererseits waren sie drauf und dran, unbefugt einen Vorratsschuppen zu plündern, insofern wäre das Verlassen ihrer Route noch ihr kleinstes Problem, sollten sie geschnappt werden.

»Hör auf, dir Sorgen zu machen, Mel.« Rynn legte im Gehen den Arm um sie. »Wir werden schon nicht erwischt.«

»Wer sagt denn, dass ich mir Sorgen mache?«

»Ich sage das. Du bekommst dann immer diese süße kleine Falte zwischen den Augen. Genau hier …«

»Halt die Klappe.« Sie schlug seine Hand weg. »Stimmt doch gar nicht.«

»Dann habe ich mir das wohl nur eingebildet. Willst du mir die Ehre erweisen, oder soll ich?« Er deutete auf den heruntergekommenen hölzernen Verschlag und wedelte mit dem Schlüssel vor ihrer Nase.

Mellie gab ihm einen Schubs. »Öffne einfach die verdammte Tür, Rynn.«

Drinnen war der Schuppen peinlich genau sortiert. Tiefe Regale bedeckten jede Wand, und darin fand sich alles, was ein Wandler je brauchen konnte. T-Shirts, Jeans, Taschen, Stiefel, alles ordentlich gefaltet und nach Größe und Farbe sortiert. Es gab Fächer mit Taschenmessern und Landkarten, Ersatzschutzanker und Sonnencreme. In den Kisten voller Perlen und Rohdiamanten, die von den Läufern verkauft wurden, fand sich sogar ein kleines Döschen mit Geldscheinen der Landbewohner.

Das Vorhandensein der Perlen konnte Mellie noch verstehen, immerhin dienten Perlen auch in Astria als Währung. In den reicheren Teilen der Stadt waren ganze Gebäude damit verziert – eine einfache, wenn auch etwas geschmacklose Art, seinen Reichtum zur Schau zu stellen.

Aber Rohdiamanten? Mellie starrte die Kiste voller unförmiger grauer Klumpen an. Warum um alles in der Welt sollte jemand für eine Handvoll Steine etwas bezahlen wollen? Doch die Läufer hatten schon vor langer Zeit herausgefunden, wie wertvoll diese hässlichen kleinen Steine an der Oberfläche waren, weshalb die Alchemisten ihre Tage nicht nur damit verbrachten, Astria mit wichtigen Metallen zu versorgen, sondern auch Stücke aus Ton und Glimmer zu transformieren.

»Siehst du, ich habe doch gewusst, dass sie hier drin alle möglichen guten Sachen haben.« Rynn verschwendete keine Zeit und entledigte sich seiner nassen Klamotten, ehe er sich ein neues Shirt und eine Jeans aus den Regalen angelte. Mellie zog ebenfalls ihre nassen Kleider aus und wollte aus Gewohnheit zu einem einfachen weißen T-Shirt greifen, wie sie es in den vergangenen Monaten immer getragen hatte. Doch dann änderte sie ihre Meinung und nahm stattdessen ein hellblaues aus dem Regal. Es war schön, zur Abwechslung mal die Wahl zu haben; normalerweise wurden ihnen die Kleidungsstücke zugeteilt, basierend auf Bedarf, Größe und darauf, was gerade übrig war.

»Wirf mir mal eine der Taschen da rüber«, forderte Rynn sie auf, sobald er angezogen war, und zeigte auf ein Regal hinter Mellie. »Ich bitte schon seit Wochen um eine neue, meine fällt bald auseinander.«

Es gab nicht viel, was die Alchemisten nicht aus den Pflanzen und Mineralien herstellen konnten, die sie im See fanden, doch die Gegenstände der Landbewohner zu fabrizieren überstieg selbst ihre Fähigkeiten. Kleidung, Taschen, Armbanduhren, Schuhe; diese Dinge konnten nur an der Oberfläche erworben werden. Unglücklicherweise hatte Salzwasser die unschöne Eigenschaft, alles zu zerstören, was an Land existierte. Besonders

Taschen hielten nie länger als ein paar Monate. Doch eine neue zugeteilt zu bekommen war jedes Mal ein Kampf.

»Danke.« Rynn nahm die Tasche entgegen und reichte ihr im Gegenzug ein Paar Stiefel. Schwarzes Leder mit elastischen Einlassungen an beiden Seiten. »Die kannst du auch gleich mitnehmen, wenn wir schon hier sind. Sie hätten dir niemals Schnürstiefel geben dürfen.«

Mellie verzog das Gesicht.

»Mann, Scout, bitte sag mir nicht, dass du darum gebeten hast?«

»Ich mag sie eben.« Sie wussten beide, wie lächerlich das war. Wandler hatten aus gutem Grund Schuhe, die man leicht ausziehen konnte. Die Verwandlung zu vollziehen, wenn die Füße noch in Leder feststeckten, war extrem schmerzhaft und die schnellste Art, sich einen Knochen in der Schwanzflosse zu brechen. Stiefel zum Reinschlüpfen waren da viel praktischer.

Praktischer, aber auch hässlicher. Das hatte Mellie schon immer so gesehen.

Wie immer konnte Rynn ihre Gedanken lesen.

»Na schön. Dann behalte eben deine alten Stiefel.« Er schüttelte resigniert den Kopf. »Aber wenn du dir die Schwanzflosse brichst, kannst du nicht behaupten, ich hätte dich nicht gewarnt.« Er packte alles in seine neue Tasche und sauste aus der Hütte. Mellie schnappte sich ihre Sachen und folgte ihm, wobei sie die Tür hinter sich abschloss. Die praktischen Stiefel ließ sie im Regal zurück.

»Titan hilf, noch einer?«, fluchte Rynn und starrte den dritten demolierten Schutzanker an, den sie in den letzten drei Tagen ausgegraben hatten. »Das wird Jay gar nicht gefallen.«

»Mir gefällt es genauso wenig.« Mellie fuhr mit den Fingern über das zerstörte Knochenstück. Die Schutzanker hatten schon immer eine morbide Faszination auf sie ausgeübt, seit sie an ihrem ersten Ausbildungstag erfuhr, wie sie funktionierten und woraus sie gemacht waren. Natürlichen-Knochen, weniger als eine Stunde nach dem Tod aus der Leiche entnommen und verzaubert, so dass er seinen magischen Kern behielt. Als Anker bezeichneten es die Magier. Eine Art, den Tarnzauber vorzubereiten, so dass die Scouts ihn nur noch aktivieren mussten.

So sind wir dann in der Lage, einen derart mächtigen Zauberspruch anzuwenden, erinnerte sich Mellie an ihren ersten Gedanken. Sie hatte gewusst, dass sich ihre magischen Kräfte nicht weiterentwickeln würden, wenn sie zu einer Wandlerin wurde. Der Grund dafür war nicht bekannt, aber irgendetwas an der Verwandlung ließ die magische Entwicklung stagnieren. Deshalb gab es keine Wandler, die Magier, Heiler oder Alchemisten wurden. Deshalb hatte sie sich als Kind immer gefragt, wie die Scouts – mit ihren begrenzten Fähigkeiten – in der Lage waren, die Aufgaben zu erfüllen, die das Korps von ihnen verlangte.

Dennoch, zu wissen, wie sie funktionierten, machte die Schutzanker nicht weniger gruselig. Knochen aus Leichen zu entwenden und sie zu benutzen, um einen Zauberspruch zu verstärken? Das war ein bisschen viel für den Magen einer damals Zehnjährigen. Doch je mehr sich Mellie damit befasst hatte, desto eleganter erschien ihr das System. Wandler beschützten die Stadt, solange sie am Leben waren, Natürliche beschützten sie nach ihrem Tod. Ein perfektes Gleichgewicht. Jeder hatte seine Aufgabe.

Außerdem war es ja nicht so, dass sie mit blutigen Knochen in der Tasche herumliefen. Die Magier formten die Knochen und spitzten sie an, damit sie einfacher in der Erde vergraben werden konnten. Dann wurden sie noch poliert und lackiert, mit Magie präpariert und einer Inschrift versehen. Wenn die Magier mit ihnen fertig waren, sahen die Schutzanker eigentlich sogar sehr schön aus. Und gar nicht mehr gruselig.

Dieser Schutzanker wies die gleiche Beschädigung auf wie die anderen beiden, die sie gefunden hatten; Dutzende langer, gezackter Kratzer auf jeder Seite, so tief eingegraben, dass sie die Runen unleserlich machten, die in die Oberfläche graviert waren. Es bestand kein Zweifel, dass die Kratzer von einem Messer stammten. Kein Tier konnte so etwas tun.

»Hier.« Rynn reichte ihr einen Ersatzschutzanker. »Wir sollten schnell einen neuen aktivieren.«

»Ja«, stimmte Mellie zu und ging in die Hocke. Jede Sekunde, in der ein Schutzanker nicht funktionstüchtig war, bestand das Risiko, dass ein Landbewohner vorbeikam und den See entdeckte. So fragil war der Schutzzauber. Die Magier hatten über die Jahre immer wieder versucht, ihn zu verbessern, aber ein derart komplexer Zauber, der über ein so großes Gebiet verhängt wurde, hatte seine Grenzen. Ebenso wie alles Magische.

»Unsere Fähigkeiten sind ein Geschenk der Götter«, hatte ihre Zauberlehrerin immer gesagt. »Und die Götter hatten ihre Gründe dafür, nur einen Bruchteil ihrer Macht mit uns zu teilen.«

Am Ende ihres ersten Jahres beim Korps kannte Mellie diese

Geschichte nur zu gut – die alte Schachtel erzählte sie ihnen bei jeder Gelegenheit. Als Pyson seine Geschöpfe ins Leben rief, wollte er sie zunächst mit all seiner Macht ausstatten – inklusive der Unsterblichkeit –, damit sie niemals befürchten mussten, dass die Landbewohner in ihre Welt vordringen würden. Aber seine Frau Nalastia hielt ihn davon ab; sie hatte dreizehn Höllen zu füllen und dachte nicht daran, ihr Recht auf die Seelen der Frevler aufzugeben. Der Streit, der daraufhin zwischen den zwei Göttern ausbrach, hätte sich um ein Haar in einen Krieg verwandelt, hätte ihre Tochter Amayati sie nicht schließlich zu einem Kompromiss überreden können – wie sie es oft schon getan hatte. Sie schlug vor, das Geschenk der Magie zu beschränken. Die Kraft zu heilen, ohne für immer leben zu können, Materie zu verwandeln, aber nur mit Hilfe eines Auslösers. Selbst die Fähigkeit, sich zu verwandeln, kam und ging mit der Sonne und bedeutete eine deutlich geringere Lebenserwartung.

Auch die Magie der Zaubersprüche war in vielerlei Hinsicht begrenzt, so wie die Götter es für angemessen hielten.

Das Korps brauchte Jahre, um herauszufinden, wie viele Schutzanker nötig waren, um den gesamten See zu verbergen, und in welcher Entfernung sie aufgestellt werden mussten. Siebenhundertsechsundfünfzig war die genaue Anzahl, die sie ermittelten, nicht mehr und nicht weniger. War ein Schutzanker beschädigt, erlosch der Schutzzauber.

Es war eine mühsame, schwerfällige Art der Magie, was Nalastia beim Aushandeln der Bedingungen für den Kompromiss vermutlich im Sinn gehabt hatte. *Wir sollten es ihnen nicht zu leicht machen*, stellte Mellie sich die Worte der Göttin vor. Immerhin würde sie jede Menge neuer Seelen bekommen, die sie quälen konnte, falls die Landbewohner Astria entdeckten.

Mellie hielt den Schutzanker am ausgestreckten Arm vor sich und schloss die Augen, um ihre magischen Kräfte zu sammeln. Sie stellte sich jede Rune in der richtigen Reihenfolge vor: Widerstandskraft, Schutz, Verborgenheit, Stärke. Dann sprach sie den Aktivierungszauber. In ihrem Nacken bildeten sich Schweißperlen. Unter Wasser war die Magie etwas Fließendes, Warmes, Elektrisierendes. Doch an Land damit zu arbeiten war so, als würde man einen Schwarm Hornhechte aus seiner Koje vertreiben müssen. Es kostete sie viel Kraft und ließ sie erschöpft zurück. Mellie hatte ihre Zauberlehrerin gefragt, warum das so war, doch als Natürliche konnte sie ihr keine Antwort darauf geben.

»Alles ist an Land schwieriger«, war die einzige Erklärung, die die Lehrerin für sie hatte. Mellie hatte die Frage nie wieder gestellt. Glücklicherweise brauchte man nicht viel Magie, um einen Schutzanker zu aktivieren, nur einen kontrollierten Energieschub, den selbst ein Wandler an Land aufbringen konnte.

Die Elektrizität, die ihr durch die Adern rauschte, baute sich immer weiter auf und entzündete jede Zelle ihres Körpers, bis Mellie spürte, wie die Magie einsetzte.

»Acht Minuten und zweiundfünfzig Sekunden«, teilte Rynn ihr mit, sobald sie die Augen wieder aufschlug. »Du wirst immer besser, Scout.«

»Das muss daran liegen, dass ich in letzter Zeit so viel üben kann.« Mellie schüttelte sich aus der Trance und kämpfte gegen die Übelkeit an, die sie nach der Anwendung ihrer Magie immer überkam. »Warte mal, du hast die Zeit gestoppt?«

»Ich wollte nur sichergehen, dass die Vorgaben eingehalten werden«, entgegnete Rynn grinsend.

»Wie wäre es, wenn du dich stattdessen nützlich machst?« Sie warf ihm den Schutzanker zu, damit er ihn vergraben konnte.

Mit einem Mal war sein Lächeln verschwunden. »Es passiert wieder, nicht wahr?«

»Das wissen wir nicht.« Mellie lehnte sich an einen Baumstamm, um zu Atem zu kommen. »Es muss nichts zu bedeuten haben – vielleicht ist es nur ein dummer Streich oder eine Übung.«

»Komm schon, Mel, das glaubst du doch nicht wirklich.«

Da hatte er recht. Genau so hatte *es* beim letzten Mal auch angefangen. Erst waren Schutzanker beschädigt worden. Dann verschwanden immer mehr Wandler. Schließlich griffen die Landbewohner an. Drei ganze Tage lang wurde Astria komplett abgeriegelt, während die Soldaten an Land kämpften. Und während dieser drei Tage verloren sie zwei gesamte Einheiten. Vierundzwanzig Wandler wurden von den Landbewohnern gefangen und getötet.

Krieg. Mellie erschauderte unwillkürlich bei dem Gedanken. Das Wort war im Annex verpönt, zu belastet mit schlechten Erinnerungen, als dass man es laut aussprechen sollte. Aber wenn doch darüber gesprochen wurde, dann nannten sie ihn den Ersten Krieg, denn Soldaten waren alles andere als Idealisten, und jeder wusste, dass irgendwann ein weiterer kommen würde. Während die Mehrheit der Landbewohner glücklicherweise nichts von ihrer Existenz ahnte, gab es doch genügend – zu viele, um genau zu sein –, die von ihrem Volk wussten und es auslöschen oder, noch schlimmer, an ihrer Art experimentieren wollten. Und alles, was es brauchte, war eine Sichtung, ein unvorsichtiges Wort oder ein Gerücht, das die Bedrohung durch die Landbewohner wieder zurück an ihre Ufer brachte.

Ohne den Schutzzauber wäre Astria möglicherweise schon während des ersten Angriffs gefallen, als die Landbewohner die Stadt trotz der Magie ausfindig gemacht hatten. Stattdessen hatten die Schutzanker dem Korps genug Zeit verschafft, um die Truppen zusammenzurufen und den Gegner an Land zurückzudrängen. In den darauffolgenden Jahren hatten sie eine ganze neue Generation von Landbewohnern davon abgehalten, den See zu entdecken und es abermals zu versuchen.

Bis jetzt.

»Es ist wahrscheinlich nichts«, meinte Mellie, weil sie den Gedanken nicht zulassen wollte. Vor dem Ersten Krieg hatte es Dutzende beschädigter Schutzanker gegeben. Bisher hatten sie nur drei gefunden. Nicht genügend, um das Schlimmste zu befürchten. Noch nicht, jedenfalls.

Die restliche Woche verging wie im Flug, weil sie so beschäftigt waren. Der Captain ließ seine Drohung wahr werden und sie jeden Tag ihr gesamtes Gebiet kontrollieren, was bedeutete, dass sie zu sonst nichts kamen. Zwölf Schutzanker in einem Gebiet von fünfundzwanzig Quadratkilometern; das war ermüdend.

Aber auch notwendig.

Sie entdeckten einen vierten defekten Schutzanker, und das

waren nicht die einzigen. Bis zum Ende der Woche waren zwei weitere Scout-Teams mit der Nachricht zurückgekommen, dass Schutzanker beschädigt worden waren – und zwar auf die gleiche Weise. Jemand oder *etwas* hackte auf sie ein, bis die Magie erloschen war.

Im Annex machten Gerüchte die Runde, dass es sich um eine Wiederholung des Vorfalls von vor ein paar Jahren handelte, als mehrere qualvolle Wochen lang immer wieder Schutzanker aus dem Bereich einer Patrouille verlorengingen. Nicht nur einer oder zwei, sondern unzählige Schutzanker verschwanden spurlos. Verständlicherweise lagen dadurch bei allen die Nerven blank. Dem Scout-Team wurde zum Schutz ein Soldat zugeteilt, und die Scouts wurden angewiesen, die Schutzanker in ihrem Gebiet neu zu platzieren. Jeder einzelne Schutzanker wurde umgesetzt, und dennoch verschwanden sie weiter. Tag für Tag.

Die Soldaten brauchten einen ganzen Monat, um den Schuldigen zu finden, bei dem es sich zum allgemeinen Verdruss nur um einen extrem neugierigen Waschbären handelte. Das Tier hatte offenbar einen Narren an diesen beiden Scouts gefressen und war ihnen den ganzen Tag gefolgt. Die Schutzanker buddelte der Waschbär aus, sobald sie zum nächsten weitergegangen waren.

Jetzt hofften alle, dass es sich ebenfalls wieder bloß um einen »Problemwaschbären« handelte. Mellie hätte das auch gern geglaubt, wäre da nicht die Tatsache gewesen, dass Waschbären selten Messer verwendeten.

In Wahrheit fühlte sich nichts an dieser neuen Serie beschädigter Schutzanker nach einem blöden Zufall oder Unfall an. Irgendjemand an der Oberfläche arbeitete gezielt daran, die Stadt zu enthüllen, und da am nächsten Tag die Landprüfung anstand, kam das denkbar ungelegen.

Ach ja, die Landprüfung. Eine passende Art, eine ätzende Woche zu beenden.

Kein Wandler freute sich wirklich über den Dienst bei der Landprüfung. Es war todlangweilig und ziemlich deprimierend, außerdem verlor man seinen freien Tag, was bedeutete, dass man zwei Wochen durchgängig im Dienst war. Die Zuteilung basierte normalerweise auf einem rotierenden Plan. Zwei Jahre frei, ein Jahr Dienst.

Außer man missachtete die Ausgangssperre und wurde bestraft.

Sie und Rynn hatten bereits das Pech gehabt, in ihrem ersten Jahr an der Oberfläche Dienst bei der Landprüfung schieben zu müssen, also würde das ihr zweiter Sonntag sein, den sie damit verschwendeten, den Wald und einen Haufen verängstigter Kinder zu hüten. Nicht wirklich erfreuliche Aussichten. Zumindest nicht, bis der Captain verkündet hatte, dass Prinzessin Kira, die scheue einzige Tochter Titans, auch an der Landprüfung teilnehmen würde.

Das ergab natürlich Sinn. Die Prinzessin war im richtigen Alter, und laut Gesetz war sie verpflichtet, den Test wie jedes andere Kind in Astria zu absolvieren. Nur, dass die Prinzessin nicht wie jedes andere Kind war. Seit ihrer Geburt war Kira bei jeder Regel die Ausnahme gewesen. Während die Kinder von Wandlern und Natürlichen alle gemeinsam zur Schule gingen (eine subtile Erinnerung daran, dass ab dem Tag der Landprüfung der Status ohnehin nicht mehr viel ausmachte), hatte Kira das alte

Schulgebäude nicht einmal von innen gesehen. Sie hatte ihre eigenen Privatlehrer, ihre eigenen Wachleute. Ihr wurde jeder Wunsch von den Augen abgelesen, das stand außer Frage. Die Vorzüge eines Lebens als Prinzessin.

Es war kaum überraschend, dass der Prinzessin eine solche Sonderbehandlung zukam. Mehr als die Hälfte seiner Regentschaft war für den Titan weit und breit kein Erbe in Sicht gewesen. Seine erste Frau und zwei Wandler-Kinder waren längst gestorben, er näherte sich seinem Lebensende, und während der fünf Jahrzehnte dauernden Ehe mit seiner zweiten Frau hatte sie ihm kein Kind geschenkt. Erst als der Titan zum dritten Mal heiratete, bekam er endlich die Erbin, die er sich so dringend wünschte. Und brauchte.

Er hatte fast zweihundert Jahre damit verbracht, Astria zu der aufstrebenden Metropole zu machen, die sie heute war. Zuvor hatte die Stadt kurz vor dem Kollaps gestanden. Mellie nahm an, dass der Titan mit der Rettung Astrias die Sünden seines Vaters wiedergutmachen wollte; der sich mehr für Reichtum und Frauen als für das Wohlergehen seines Volkes interessiert hatte. Glücklicherweise war die Herrschaft Dendaric Samphires so kurz wie desaströs gewesen. Was seinem Sohn Arion an Lebenserfahrung fehlte, als er noch sehr jung den Thron bestieg, machte er mit seinem großen Ehrgeiz wett.

Ohne einen Erben, der nach seinem Tod den Thron übernahm, hätte Astria erneut im Chaos versinken können. Die Herrschaft über die Stadt würde rein theoretisch dem Rat zufallen, doch mindestens ein Dutzend prominenter Familien Natürlicher würden nicht zögern, die Macht an sich zu reißen, wenn sie die Chance dazu bekämen. Und nur sehr wenigen lag mehr an Astrias Zukunft als an ihrem persönlichen Vorteil. Innerhalb eines Herzschlags konnten der gesamte Fortschritt und die harte Arbeit des Titans wieder zunichtegemacht werden.

Deshalb war es wenig verwunderlich, wie vorsichtig der Titan mit Kira umging. Mellie hatte nie wirklich damit gerechnet, dass er sie zur Landprüfung schicken würde, doch offensichtlich wollte Arion Samphire mit gutem Beispiel vorangehen. Falls Prinzessin Kira eine Wandlerin war, würde sie ihren Titel abgeben und dem Korps beitreten.

Kapitel drei

Herkunft spielte keine Rolle bei der Frage, ob man ein Wandler wurde. Mellie erinnerte sich noch gut daran, wie sie das in der Schule gelernt hatte. Ihre Lehrer erklärten ihnen nie genau, warum das so war, sie sagten ihnen nur, dass es nicht vererbbar sei. Zwei Natürliche konnten genauso gut ein Wandler-Kind bekommen wie zwei Wandler ein natürliches. Der einfachste Weg, es sicher herauszufinden, war, das Kind aufs Trockene zu werfen und zu sehen, was passierte.

Also wurden einmal im Jahr alle Kinder in Astria, die das zehnte Lebensjahr erreicht hatten, zu einer »Landprüfung« an die Oberfläche gebracht. Für die Kinder war es der wichtigste Tag ihres Lebens, für die Scouts hingegen ein einziger logistischer Albtraum. Hundert verängstigte Kinder, die alle auf einmal aus dem Wasser auftauchten und dabei redeten und weinten, manchmal sogar schrien, so dass ihre Stimmen die Stille des Tals zerrissen. Selbst wenn die Schutzanker intakt waren, stellte es ein Risiko dar. Die Landbewohner konnten den See vielleicht nicht sehen, doch eine Gruppe nasser, halbnackter Kinder, die mitten im Winter im Wald herumliefen, war schwer zu erklären.

Aus diesem Grund saßen Mellie und Rynn jetzt in den Ästen eines Baumes in Ufernähe und suchten den Wald nach Anzeichen für Leben ab. Ihnen war dieses Mal die Aufgabe der Späher zugefallen; sie mussten sichergehen, dass kein Landbewohner sich näherte und die geheime Welt entdeckte, die tief unter ihrer eigenen existierte.

Glücklicherweise spielte das Wetter mit. Die Sonne schien zwar, konnte jedoch nichts gegen die beißende Kälte ausrichten. Der Boden war hart und mit einer feinen Frostschicht überzogen. Es war kalt genug, um die Landbewohner in ihren Häusern zu halten. Zumindest hofften sie es.

Jay und die anderen Truppenführer tauchten als Erste auf und verwandelten sich schnell, ehe sie in ihre Kleider in den Farben ihrer Einheit schlüpften. Schwarze Hemden für Soldaten, blaue für Läufer und grüne für Scouts. Diese Kleidung kam im Korps am ehesten an eine Uniform heran, diente aber nur einer zeremoniellen Funktion und wurde ausschließlich während der Landprüfung getragen, um die Einheiten besser auseinanderhalten zu können. Sobald sie angezogen waren, nahmen die Leiter mit ihren Patrouillenteams Kontakt auf, und sobald die Gegend für sicher erklärt worden war, signalisierten sie den Soldaten im Wasser, dass sie die Kinder hochbringen konnten.

Nacheinander durchbrachen hundert Köpfe die Wasseroberfläche. Einige Kinder schnappten nach Luft, andere husteten, und alle hatten die Augen weit aufgerissen und schauten sich entgeistert um. Das war das erste Mal, dass sie einen Blick auf die Welt außerhalb des Sees werfen konnten, ihr erster Kontakt mit der Luft. Mellie sah Staunen, aber auch Angst auf jedem einzelnen Gesicht. Die Furcht, an Land nicht atmen zu können, und die Angst, dass sie es vielleicht doch konnten.

Die Prinzessin war nicht unter den Kindern, die bereits aufgetaucht waren. Bei der Landprüfung wurde alphabetisch vorgegangen, was bedeutete, dass ihre Königliche Hoheit Prinzessin Kira Samphire gegen Ende an der Reihe sein würde. Mellie ging davon aus, dass sie bis dahin sicher und bequem im Wasser blieb. Sie war schließlich eine Prinzessin.

Die Truppenführer verschwendeten keine Zeit und trieben die Kinder zum Ufer. In jedem anderen Jahr hätten sie sie vermutlich noch eine Weile herumschwimmen lassen, um ihnen Gelegenheit zu geben, sich daran zu gewöhnen, wie sich die Luft anfühlte. Aber bei so vielen defekten Schutzankern und einer fraglichen Sicherheitslage am See wollten sie die Landprüfung heute so schnell wie möglich über die Bühne bringen. Kein Geplänkel, keine Verzögerungen, keine Fehler.

Brin Abel, ein dunkelblonder Junge mit Schuppen in der Farbe nassen Sandes, verließ das Wasser als Erster, und er tat ungefähr das Schlimmste, was man tun konnte, wenn sie einen rauszogen. Er geriet in Panik. Flick, die Anführerin der Läufer, gab sich große Mühe, ihn zu beruhigen, aber das arme Kind hatte sich schon zu sehr in Rage geschrien und griff sich hyperventilierend an die Brust. Mellie wünschte sich insgeheim, dass sie ihn einfach so schnell wie möglich wieder ins Wasser werfen würden – es war offensichtlich, dass er sich nicht verwandelte –, aber die Regeln besagten, dass jedes Kind ganze sechzig Sekunden an Land verbringen musste. Wenn die Verwandlung nicht innerhalb dieser Zeit geschah, würde sie nie einsetzen.

Die Kinder, die sich verwandelten, reagierten alle unterschiedlich auf die Erkenntnis, dass sie Wandler waren. Hana Baylis war an diesem Tag die Erste, und es schien ihr nichts auszumachen. Andererseits kam Mellie der Name *Baylis* irgendwie bekannt vor. Wahrscheinlich hatte das Mädchen Verwandte beim Korps, was die Sache immer einfacher machte.

Piper Diggle wirkte deutlich weniger begeistert, als sie sich verwandelte, aber sie ging trotzdem noch sehr gefasst damit um. Sie verbarg ihre Enttäuschung hinter einem zittrigen Lächeln und wischte sich die Tränen mit dem Ärmel ihres blauen Shirts weg. Als das nächste Kind auf die Sandbank gehoben wurde, entdeckte Mellie das Mädchen, wie es lächelnd zwischen den Bäumen herumwanderte und seine neuen Beine ausprobierte.

Ender Gwin nahm die Neuigkeit dagegen nicht so würdevoll auf. Er schrie und fluchte und schimpfte auf jeden und alles, als ob er tatsächlich glaubte, dass das etwas ändern würde. Er zeterte immer noch vor sich hin, als Zane, der Leiter der Soldaten, ihm ein schwarzes Shirt reichte und ihm auftrug, sich zu beruhigen.

Für Mellie war die Erkenntnis, dass sie eine Wandlerin war, keine große Sache gewesen, sondern eher eine Erleichterung. Sich nicht zu verwandeln hätte bedeutet, dass sie weggeschickt worden wäre, um einer Gilde beizutreten und ein Handwerk zu lernen. Für jemanden ihres Standes bedeutete das in der Regel die Farmen oder die Mineralmühlen – nur wenigen Natürlichen mit Wandler-Eltern wurde eine der angeseheneren Ausbildungsstellen angeboten. Aber Mellie war eine der Besten in ihrer Zauberklasse, weshalb die Alchemisten sie vielleicht zu sich geholt hätten oder gar die Heiler oder die Magier, wenn sie sich gut genug angestellt hätte. Ihr Leben wäre nicht so aufregend geworden, dafür aber sicherer und länger. Und langweilig. Stattdessen konnte sie ihre Tage an der Oberfläche verbringen und mithelfen, die Stadt abzusichern. Sie hätte sich kein besseres Ergebnis erhoffen können.

Anders als bei den anderen Kindern war Mellies größte Angst am Tag der Landprüfung nicht die gewesen, dass sie sich verwandeln könnte, sondern dass Rynn es nicht tun würde. Sie waren zusammen aufgewachsen, und die Vorstellung, dass sie getrennt würden – dass sie in verschiedenen Stadtteilen leben, auf unterschiedliche Schulen gehen, ein anderes Leben führen sollten –, war für sie wesentlich furchterregender als der Gedanke, dass die Verwandlung vielleicht weh tun konnte.

Ihre Sorgen waren unbegründet. Rynn fing an, sich zu verwandeln, sobald seine Schwanzflosse das Wasser verlassen hatte. Er warf seine Schuppen ab, bis er nur noch ein blasses Bündel aus Gliedmaßen war, das zitternd am Ufer lag. Und er ging an Land, wie ein Vogel in den Himmel stieg. Mühelos. Als ob nichts auf der Welt natürlicher sein konnte.

Für ihn war die Landprüfung bittersüß. Auf der einen Seite hatte er immer davon geträumt, ein Wandler zu sein. Er wollte wissen, was außerhalb des Sees lag, und es nicht nur *wissen*, sondern mit eigenen Augen sehen und es selbst erleben. Er wollte laufen, anstatt zu schwimmen, Luft atmen wie das Wasser und seine Tage im Sonnenschein verbringen.

Aber das war ein geheimer Traum, etwas Privates, das er niemandem außer ihr erzählt hatte. In seiner Familie gab es nur Natürliche – hochrangige Natürliche noch dazu –, und sie hatten andere Pläne für ihn. Große, wichtige Pläne, die nichts mit Laufen, Sonnenschein oder Beinen zu tun hatten. Wenn Rynns Wandler-Lotterie anders ausgegangen wäre, hätte ihm jede Tür offen gestanden, selbst die zum Rat und sogar die zum Palast.

Stattdessen war es anders gekommen.

Und so verließ er mit zehn Jahren seine Familie, zog in den Annex und begann sein neues Leben als Wandler. Mit zehn Jahren musste er sich mit der Tatsache abfinden, dass seine Eltern, vielleicht sogar seine Großeltern, ihn überleben würden.

Nicht, dass es ihm etwas ausmachte. Rynn liebte es, ein Wandler zu sein. Er liebte die Oberfläche fast genauso sehr wie das Wasser. »Ich würde die Fähigkeit, mich zu verwandeln, für nichts auf der Welt eintauschen«, sagte er immer. Und wenn Rynn das sagte, glaubte Mellie es ihm.

»Sieh mal, Mel, wir haben einen Schreier.« Rynn lenkte ihre Aufmerksamkeit wieder aufs Ufer, wo der letzte Junge, der sich verwandelt hatte, wild um sich schlagend auf dem Boden lag und wie am Spieß schrie, während sein Körper zum ersten Mal die Verwandlung durchlief.

»Ach, lass ihn doch.« Mellie schaute weg. »Er macht gerade die Hölle durch.«

Mellie erinnerte sich nur zu gut an ihre erste Verwandlung. Das hilflose Gefühl, als würde man ersticken, während sich die Kiemen schlossen und der Wasserfluss zur Lunge unterbrochen wurde. Die blinde Panik, als sich die Schuppen lösten und die bloße, wunde Haut darunter zum Vorschein kam. Der dumpfe Schmerz, der durch die Schwanzflosse fuhr, wenn die Knochen sich teilten und sich drehten und krümmten, während sie ihre neue Form suchten.

Dann kam das Atmen. Wasser ist glatt. Es gleitet mühelos durch die Kiemen und umspült die Lunge. Doch Luft ist rau; Mellie erinnerte sich, wie sie das erste Mal durch ihre Kehle geströmt war, wie sie geschmeckt hatte. Ein beißender Mix aus muffiger Erde und verrotteten Blättern. Nichts davon war wirklich schmerzhaft, nur fremd – auf eine Weise, die man mit Worten nicht beschreiben kann.

Jay kniete nun neben dem Jungen, um ihn zu beruhigen, aber auch, um ihn für die Scouts zu beanspruchen. Ehe er angefangen hatte zu schreien, hätte Mellie schwören können, dass die Soldaten den Jungen würden haben wollen. Sie interessierten sich immer für die kräftigeren Kinder, die so aussahen, als würden sie sich in Kämpfen gut schlagen. Aber die Soldaten nahmen nie einen Wandler, der schrie, da sie ihn für zu schwach und nicht diszipliniert genug hielten.

Die Läufer wählten die größeren Kinder aus. Lange Beine bedeuteten, dass man schneller rennen und damit ein größeres Gebiet ablaufen konnte. Wenn Rynn jetzt eingeteilt worden wäre, hätten ihn bestimmt die Läufer bekommen, da er sowohl groß als auch schnell war. Glücklicherweise hatte er erst mit vierzehn einen Wachstumsschub gehabt, und bis dahin hatte Jay ihn schon halb als Scout ausgebildet.

Für Jay war es nicht wichtig, ob ein Kind groß oder klein war. Er suchte vielmehr einen klaren Verstand und ein gewisses Maß an magischen Fähigkeiten. Aber oft bekam er hauptsächlich die Kinder, die die anderen Truppenführer nicht wollten, und das reichte fast nie. Es gab einfach nicht mehr genügend Wandler. Astria brauchte sie; sie waren ihre Wächter, ihre Verbindung zur Oberfläche. Doch sie starben aus.

Der schreiende Junge beruhigte sich endlich und rappelte sich auf. Sobald der erste Schock der Verwandlung verwunden war, bekamen sie alle diesen lustigen Gesichtsausdruck, der zu gleichen Teilen aus Neugier und Staunen bestand, als wären sie in ein großes Geheimnis eingeweiht worden. Ein paar Minuten lang vergaßen sie sogar, dass sie gerade zum Korps eingezogen worden waren und dass sich ihr gesamtes Leben verändern würde. Alles, was zählte, war die unendliche Weite des Himmels, das Geräusch der Vögel und die Helligkeit des Lichts, wenn es nicht durch Millionen Liter Wasser gefiltert wurde. *So hell*, erinnerte sich Mellie an ihren ersten Gedanken. Alles war so extrem hell.

»Na *endlich.*« Rynn lehnte sich an den Baumstamm. »Zeit für den Hauptprogrammpunkt.« Er streckte die Beine auf dem Ast aus und verschränkte die Hände hinter dem Kopf. Wie immer wusste er, was wirklich wichtig war.

»Dir ist schon bewusst, dass wir den Wald beobachten sollen, oder?«

»Mach dir keine Sorgen, Scout. Im Wald gibt es nichts zu sehen außer Bäumen. Also können wir genauso gut die Show genießen, wo sie uns schon zwingen, hier zu sein.«

»Sie ist keine Show, Rynn; sie ist ein zehnjähriges Mädchen.«

»Um genau zu sein, ist sie eine Prinzessin, und sie wird *geprüft*«, erwiderte Rynn in etwa so sensibel wie eine Seegurke. »Und tu nicht so, als wärst du nicht neugierig, Scout, denn ich weiß, dass du es bist.«

Er hatte nicht unrecht. Mellie war gespannt. Bei den Göttern, wer war das denn nicht, wenn es um die Prinzessin ging? Selbst die Truppenführer strafften die Schultern, als sie umgeben von ihren Leibwächtern auftauchte. Die Vorstellung, dass Kira Samphire – die einzige Tochter des Titans – in einer der Einheiten landen konnte, machte sie nervös. Eine gewisse Vorfreude war vielleicht auch zu spüren, allerdings getrübt von Sorge.

Kiras Leibwächter verließen vor ihr das Wasser und bildeten einen Halbkreis am Ufer, einen lebendigen Schutzschild zwischen der Prinzessin und dem Wald. Wie schnell sie wohl verschwinden würden, sollte die Prinzessin sich verwandeln?, fragte sich Mellie, und einen Moment lang verspürte sie eine Welle des Mitgefühls für das Mädchen. Morgens war Kira noch als Prinzessin aufgewacht. Es musste schwer sein, zu wissen, dass ein bisschen Pech und sechzig Sekunden außerhalb des Wassers ausreichen konnten, um sie ihres Geburtsrechts zu berauben.

Besonders vorsichtig und behutsam hoben die Soldaten Kira aus dem Wasser und legten sie auf der matschigen Sandbank ab. Sie war ein winziges Ding, zierlich und zerbrechlich und doch unglaublich selbstsicher. Königlich. Selbst im zarten Alter von zehn. Und sie war ein *sehr* hübsches Kind. Ein süßes Gesicht, große Mandelaugen, Haare und Schuppen so golden, dass sie heller zu schimmern schienen als die Wintersonne. Und sie war sehr ruhig. Schon fast unnatürlich ruhig. Den meisten Kindern stand die Angst ins Gesicht geschrieben, wenn sie an der Reihe waren, das Wasser zu verlassen. Aber die Prinzessin sah einfach nur gelangweilt aus, schon fast so, als wüsste sie bereits, dass sie sich nicht verwandeln würde, und als hielte sie diese ganze Angelegenheit für bloße Zeitverschwendung. Sie verbrachte ihre Minute an der Oberfläche damit, mit dem Anhänger ihrer Halskette zu spielen und gedankenverloren Schmutzkrümel von ihrer Schwanzflosse zu schnippen. Als die sechzig Sekunden vorbei waren, halfen Kiras Leibwächter ihr zurück ins Wasser, und gemeinsam verschwanden sie in den Wellen.

Damit war die mit der größten Spannung erwartete Landprüfung aller Zeiten auch schon wieder vorbei. Die Prinzessin war keine Wandlerin.

»Ach, das ist aber eine Enttäuschung«, stellte Rynn fest, als sie weg war. »Sie wäre sicher ein guter Scout geworden, so klein, wie sie ist.«

»Suchst du etwa eine neue Partnerin?«

»Vielleicht.« Er grinste. »Mum hätte es gefallen, wenn ich eine königliche Eskorte bekommen hätte, glaubst du nicht?«

»Rynn, ich bin mir ziemlich sicher, dass deine Mum ihre Seele an Nalastia verkaufen würde, wenn du dadurch auch nur in die Nähe von irgendetwas Königlichem kämst.«

»Und was genau willst du mir damit sagen?«

»Ach, ich weiß auch nicht, vielleicht, dass deine Mum ein Snob ist.«

»Das werde ich ihr erzählen.«

»Nur zu.« Mellie wandte sich wieder den Bäumen zu – sie sollten immerhin Wache halten. »Sie hasst mich ohnehin schon. Ich bin das Mädchen, das ihr den Sohn geraubt hat.«

»Nimm dich mal nicht so wichtig, Scout«, meinte Rynn lachend. »Du bist zwar süß, aber nicht süß genug, um einen Kerl in einen Wandler zu verwandeln.«

Sie wollte gerade etwas erwidern oder ihm einen Ellenbogen in die Rippen stoßen, als eine Bewegung am Rand ihres Sichtfelds sie innehalten ließ. Schnell suchte sie mit den Augen den Waldboden zwischen den Bäumen ab und betete insgeheim, dass es nur ein Tier gewesen war.

»Ach, komm schon, Mel, sei nicht gleich eingeschnappt. Natürlich habe ich mich für dich verwandelt. Ich wäre jetzt ein langweiliger Natürlicher, wenn es dein hübsches Gesicht nicht ...«

»Halt die Klappe, Rynn«, zischte sie. »Ich glaube, da unten ist jemand.«

»Wo denn?« Er wurde sofort ernst und starrte mit zusammengekniffenen Augen in die Richtung, in die sie schaute.

»Fünf Uhr. Siehst du ihn?«

»Ja, ich sehe ihn.« Rynn fluchte leise in sich hinein. Inzwischen waren über ein Dutzend Kinder an Land unterwegs. Es war die ungünstigste Zeit für einen herumschnüffelnden Landbewohner.

Mann, was hatte er überhaupt in der Nähe des Sees zu suchen? Landbewohner durchstreiften immer mal wieder die Gegend, meistens handelte es sich um Touristen, die die alten Bäume bestaunten. Aber normalerweise hielten sie sich im Winter am Rand des Waldes auf und blieben auf den befestigten Wegen.

Im Sommer war es gefährlicher; die Landbewohner wurden forscher, wenn die Temperaturen stiegen, und entfernten sich weiter von den Pfaden. Vor drei Jahren hatte es eine Gruppe sogar geschafft, das Wasser zu erreichen, weil ein defekter Schutzanker übersehen worden war. Das gesamte Korps hatte den Zorn des Captains zu spüren bekommen, auch wenn die Soldaten die

Krise glücklicherweise schnell in den Griff bekamen. Giftige Abfälle im Wasser, erklärten sie den Landbewohnern zur Abschreckung. Das war die Standardausrede, die sie in den seltenen Fällen immer benutzten, wenn der Schutzzauber versagte.

Insgesamt war der See allerdings ein so sicheres Zuhause, wie es sich jeder Wandler oder jeder Natürliche nur wünschen konnte. Jay nannte ihn gern den perfekten Hafen; isoliert, abgeschieden, beschützt; von dichtem Wald umgeben.

Nur heute nicht, aus welchem Grund auch immer. In Titans Namen, die Landbewohner hatten wirklich ein ganz mieses Timing.

»Glaubst du, er hat die Kinder gehört?«, fragte Rynn.

»Ich weiß nicht. Es sieht aus, als würde er einer Spur folgen oder … da.« Mellie entdeckte ein zotteliges hellbraunes Tier. »Ein paar Meter vor ihm – er geht mit seinem Hund Gassi.«

»Okay, gut. Hunde sind gut. Mit Hunden kann ich umgehen.« Rynn schwang sich zu Boden. »Ich fange sie ab.«

Es war riskant, sich freiwillig so nah an einen Landbewohner heranzuwagen, aber Mellie fiel sonst keine Alternative ein, außer Alarm zu schlagen. Wenn sie das taten, dann würde ein Haufen eh schon aufgeregter Kinder kurzerhand wieder ins Wasser geworfen, was sie sicher nur noch mehr erschreckte. Es war besser, es erst einmal so zu versuchen. Sie konnte immer noch die Truppenführer alarmieren, wenn es Rynn nicht gelingen sollte, den Landbewohner in eine andere Richtung zu lotsen.

»Sei vorsichtig, ja?«, rief Mellie ihm hinterher, und damit meinte sie: *Sei kein Idiot*. Rynn zwinkerte ihr zu, und in der nächsten Sekunde war er verschwunden, wurde von den Bäumen verschluckt. Eine Minute später stellte der Hund die Ohren auf und sprang in die entgegengesetzte Richtung davon, wobei er sein überraschtes Herrchen hinter sich herzog. Mellie sah ihnen hinterher, bis sie nur noch ein grauer Schatten in der Ferne waren. Als sie ganz verschwunden waren, atmete sie erleichtert auf. Sie gab sich Mühe, sich keine Sorgen um Rynn zu machen. Er war ein schneller Läufer und vorsichtig, wenn es darauf ankam. Es würde schon nichts passieren.

Nur noch eine Handvoll Kinder dümpelten an der Wasseroberfläche und warteten nervös auf ihre Prüfung. Von ihnen verwandelte sich gerade mal ein Kind, was bedeutete, dass es insgesamt nur zwanzig Wandler waren. *Zwanzig?* Mellie zählte noch einmal nach. *In Titans Namen, das ist wenig*. Im vergangenen Jahr waren es sechsunddreißig gewesen, und diese Zahl hatte etwa hundert Sondersitzungen des Rats nach sich gezogen, und das wochenlang. Das Ergebnis waren jede Menge neuer Regelungen, die unter dem Strich bedeuteten, dass sie mehr Tage im Dienst verbrachten und ihnen überhaupt eine längere Dienstzeit bevorstand.

Zwanzig Wandler waren viel zu wenig. Mellie wusste das ebenso wie die Truppenführer; sie konnte ihre Besorgnis regelrecht spüren, als sie ihre neuen Rekruten einsammelten und zurück zum See führten. Die Sorge lag stumm in der Luft wie die elektrische Aufladung am Tag vor einem Gewitter. Egal, wie man es drehte und wendete, zwanzig Wandler waren nicht genug.

»Mellie.« Jay bedeutete ihr, zu ihm runterzuklettern. Er sah erleichtert aus, jetzt da die Kinder wieder sicher im Wasser waren. Landprüfungen waren immer anstrengend für die Truppenführer. Sie hatten keine Kontrolle darüber, wer sich verwandelte und wer nicht, aber das hielt die Kinder nicht davon ab, sie trotzdem dafür verantwortlich zu machen.

»Ich habe Rynn davonlaufen sehen. Gibt es etwas, das ich wissen sollte?«, fragte er.

»Nö«, antwortete Rynn an ihrer Stelle und trat zwischen den Bäumen hervor. »Nichts außer einem Hund und seinem treuen Herrchen. Ich habe den Köter meine Witterung aufnehmen lassen und sie dann ein paar Kilometer in die falsche Richtung geführt.« Er lehnte sich an einen Eichenstamm, um zu Atem zu kommen. Sein Gesicht war gerötet, und seine Haare klebten ihm verschwitzt am Kopf, aber in seinen Augen blitzte die Abenteuerlust. Das war es, wofür Rynn lebte.

»Warst du vorsichtig?«, fragte Jay. Eine höfliche Art zu fragen: *Hast du dich auch nicht sehen lassen?*

»Wie immer.« Rynn grinste. »Der Landbewohner hatte keinen blassen Schimmer, was passierte. Ihr hättet ihn hören sollen, wie er den armen Hund angeschrien hat. ›Hierher, Sammie! Was zum Teufel ist denn los mit dir, du dummer Hund?‹ Ich hatte schon fast Mitleid mit ihm. Mit dem Hund, meine ich.«

»Gute Arbeit, ihr beiden«, sagte Jay mit schwachem, aber aufrichtigem Lächeln. »Warum kehrt ihr nicht nach Astria zurück und macht Feierabend?«

Wenn das nur möglich gewesen wäre.

»Das geht nicht«, erklärte Mellie. »Der Captain will, dass wir noch eine Stichprobenkontrolle durchführen.«

»Ich werde ein anderes Team schicken, das eure Kontrolle übernimmt. Captain Ferrick hat euch beide ein bisschen zu hart rangenommen, wenn ihr mich fragt. Ich kann euch zwar nicht den Vormittag zurückgeben, aber ich kann euch den Nachmittag schenken. Also lauft und macht, was ihr Kids so tut, wenn ich nicht hinschaue. Seht nur zu, dass ihr eure Schwanzflossen heute Abend rechtzeitig zur Einsatzbesprechung in den Annex bewegt, sonst wird Captain Ferrick euer geringstes Problem sein, haben wir uns verstanden?«

»*Ja, Sir.*« Rynn salutierte sogar, was ihm einen warnenden Blick ihres Truppenführers einbrachte, begleitet von einer Geste, die deutlich machte, dass sie sich schnell davonmachen sollten, ehe er es sich anders überlegte.

Das musste er ihnen nicht zweimal sagen. Sie ließen ihre Kleidung in ihrem üblichen Versteck zurück und sprangen ins Wasser. Nach einer besonders langen Woche an der Oberfläche konnte Mellie sich nichts Besseres vorstellen, als gemütlich nach Hause zu schwimmen und dann einfach mal nichts zu tun. Aber Rynn hatte offenbar andere Pläne.

»Hat dir jemand einen Aal auf den Hals gehetzt? Warum hast du es denn so eilig?«, fragte sie, als sie ihn mühsam wieder eingeholt hatte.

»Es ist Sonntag.« Rynn griff nach ihrer Hand und zog sie mit sich. »Wenn wir uns beeilen, schaffen wir es noch rechtzeitig zum Mittagessen zu meinen Eltern.«

Natürlich, das Mittagessen. Immer, wenn er nicht gerade an der Oberfläche arbeitete, ging Rynn mittags nach Hause, um mit seiner Familie zu essen. Und immer, wenn er keine Lust hatte, sich das politische Geschwafel seines Vaters allein anzuhören, versuchte er, sie zum Mitgehen zu bewegen.

»Wir?«

»Ja, *wir*. Du kommst mit.«

»Nein, das glaube ich nicht.«

»Warum nicht?«

»Weil deine Mum mich nicht dahaben möchte.« Auch wenn sie vorher nur Spaß gemacht hatte, war das, was sie gesagt hatte, nicht so weit von der Wahrheit entfernt – seine Mum konnte sie wirklich nicht leiden.

Das war schon immer so gewesen.

»Na und?« Rynn hatte noch nie verstehen können, wieso ihr das etwas ausmachte. »Ich will dich aber dahaben.«

»Die Antwort lautet trotzdem nein. Nimm doch *Treasure* mit.«

»Ich habe mit Treasure Schluss gemacht.«

Nun, das war nicht wirklich überraschend, außer vielleicht für Treasure.

»Warum?« Mellie grinste. »Was stimmte denn nicht mit *Treasure?*«

»Nichts. Warum sagst du ihren Namen denn immer so komisch?«

»Weil sie *Treasure* heißt.«

Rynn verdrehte die Augen. »Bitte, Mel, komm mit.« Er nannte sie immer »Mel«, wenn er etwas von ihr wollte. »Meine Schwester ist bei den Heilern und *schöpft ihr Potential aus.*« Die Worte seines Dads, nicht seine eigenen. »Lass mich nicht mit ihnen allein.«

»Es sind deine Eltern, Rynn, also ist es *dein* Problem.«

»Tja, aber meine schlechte Laune wird *dein* Problem sein, und du musst es mit mir wesentlich länger aushalten, als du ihre Gegenwart ertragen müsstest. Außerdem, was hast du denn sonst vor? Wir wissen doch beide, dass ich dein einziger Freund bin.«

»Nimm dich mal nicht so wichtig.« Mellie benutzte die gleichen Worte wie er zuvor. »Das bist du nicht.«

»Vielleicht nicht. Aber ich bin der Einzige, den du wirklich magst.«

Damit hatte er nicht ganz unrecht, auch wenn er sich gerade wie ein Idiot verhielt. Es war nicht so, dass sie keine Freunde hatte – selbstverständlich hatte sie *Freunde*. Mädchen, mit denen sie auf die Märkte ging, Jungs, die sie hübsch genug fanden, um den Ballast zu ignorieren, der ihrem Nachnamen anhing. Doch immer, wenn Mellie jemand Neues kennenlernte, kam das Gespräch irgendwann auf ihre Mutter, woraufhin Mellie dichtmachte und so die neue Freundschaft beendete, ehe sie begonnen hatte. Das war Mellies Problem mit dem Finden und Halten von Freunden. Sie wollte nie über ihre Verräter-Mutter reden, aber das Thema war unvermeidbar, weil ihre Verräter-Mutter nun mal das mit Abstand Interessanteste an ihr war.

»Okay, schon gut, ich komme mit.« Mellie fühlte sich ohnehin nicht danach, ihren einzigen freien Nachmittag allein zu verbringen. »Aber ich bin nur nett, wenn sie es auch ist.«

Kapitel Vier

Rynns Eltern wohnten im Herzen Astrias im innersten Kreis, nur einen Steinwurf vom Palast und dem mit Perlen verkleideten Rathaus entfernt. Ihr Haus war der Inbegriff von Pomp; ein dreistöckiges Marmorungetüm, umgeben von penibel gepflegtem Seetangrasen, verziert mit Schwämmen, die in Seepferdchenform geschnitten waren.

Das erste Mal, als Rynn sie mit nach Hause genommen hatte, hatte Mellie sich im Haus verlaufen. Sie war auf der Suche nach der Vorratskammer aus Versehen in einem Raum voller antiker Korallen gelandet – hauptsächlich Hirschgeweihkorallen, denen die Familie ihren Namen verdankte. Bis heute hatte Mellie keine Ahnung, welchen Zweck dieser Raum eigentlich erfüllte. Rynn bezeichnete ihn als Salon und meinte, viele Leute hätten so einen. Und vielleicht war das in dieser Welt des Überflusses auch der Fall. Aber Mellie hatte bisher nur im Annex gelebt, und auch wenn die Kojen dort wirklich schön waren, hatte niemand sonst in ihrem Bekanntenkreis einen ganzen Raum voller nutzloser Korallen.

»Schätzchen.« Rynns Mutter begrüßte sie an der Haustür.

Veera hatte diese nervige Angewohnheit, Vokale in die Länge zu ziehen, wodurch alles immer überdramatisch klang. »Ich bin so froh, dass du es geschafft hast.« Sie zog ihn in die Arme und drückte ihm einen dicken Schmatzer auf jede Wange. »Und … Mellie.« Ihr Lächeln gefror. »Was für eine nette Überraschung.«

»Rynn hat mich eingeladen. Ich hoffe, es ist in Ordnung.«

»Natürlich.« Veera war wie immer eine Vorzeigegastgeberin. »Du weißt doch, wie sehr wir uns freuen, dich zu sehen.«

Ja, dachte Mellie. *Etwa genauso sehr wie über ein Feuerkrabbennest im Keller.*

»Na, kommt schon rein, ihr beiden.« Veera scheuchte sie nach drinnen, durch den Flur in das aufwendig dekorierte Wohnzimmer, wo sie vor den Mahlzeiten gern eine Muschelvorspeise servierte. Wie immer war das Haus blitzblank geputzt. Wie Veera es schaffte, das Haus frei von Algen und Seepocken zu halten – oder die Schilfwände frei von Plattwürmern –, war Mellie ein Rätsel. Sie vermutete, dass eine Menge Zeit und Magie dafür draufgingen.

»Und, wie war die Landprüfung? Ergiebig, hoffe ich?«, fragte Veera und bot ihnen je ein Netz mit winzigen braunen Muscheln an. Mellie nahm es bloß entgegen, um nicht unhöflich zu sein. Sie hatte Venusmuscheln schon immer für unnötig gehalten, da sie viel mehr Arbeit als Essen bedeuteten.

»Unterdurchschnittlich«, antwortete Rynn und fuhr mit einem detaillierten Bericht ihres Vormittags fort. Wer sich verwandelt hatte und wer nicht, mit Fokus auf die Kinder, deren Eltern Veera kannte. Den Teil mit seinem Wettrennen mit dem

Landbewohner ließ er aus. Seine Mutter war ein bisschen sensibel, wenn es um die Gefahren seines Jobs ging, und ihretwillen tat Rynn so, als gäbe es keine. Das Einzige, was einem Eingeständnis des Risikos nahekam, war die Umarmung nach dem Essen, bei der er Veera versprechen musste, dass er vorsichtig sein werde. Was er immer tat.

»Nun, das erklärt jedenfalls, warum sich dein Vater verspätet«, meinte Veera, nachdem er ihr von der erschreckend niedrigen Zahl an Wandlern in diesem Jahr erzählt hatte. »Der Rat ist sicherlich in Aufruhr.«

»O ja, das ist er«, bestätigte sein Dad, der in diesem Moment in den Raum gerauscht kam. »Die Krisengespräche beginnen in einer Stunde.« Er legte Rynn zur Begrüßung flüchtig den Arm um die Schulter. Der Anblick der beiden nebeneinander erinnerte Mellie an eine Wandermuschel mit Zebramuster – Ayers farblose weiße Schuppen im Kontrast zu den schwarzen seines Sohnes. Rynn hatte vielleicht die Augen und die kantigen Gesichtszüge von seinem Vater geerbt, doch die Haare und die Schuppenfarbe stammten eindeutig von seiner Mutter. Abgesehen von seiner gebräunten Haut natürlich. Nach ein paar Jahren an der Oberfläche konnte man einen Wandler immer an seinem Teint erkennen.

»Wir sollten essen«, drängte Ayer Veera. »Ich muss rechtzeitig zur Sitzung zurück sein.« Erst da schien ihm aufzufallen, dass Mellie auch da war. »Miss Mayreed.« Er nickte ihr zur Begrüßung zu. Schon als sie erst sechs Jahre alt gewesen war, hatte er sie so genannt, *Miss Mayreed.* Sie wusste, dass Rynn ihn gebeten hatte, damit aufzuhören, als Mayreed zum Synonym für Verräter wurde, aber Ayer hörte trotzdem nicht damit auf. Vermutlich war es ihm zu mühselig, sich ihren Vornamen zu merken.

»Du passt doch auf, dass mein Junge keinen Unfug macht, hoffe ich?« Es klang aber eher so, als meinte er: *Du stiftest meinen Jungen doch nicht zu Unfug an, oder?*

»Ich tue mein Bestes, Sir«, erwiderte Mellie. Es war die gleiche Antwort, die sie ihm immer gab, und es war normalerweise auch die *einzige* Frage, die er ihr stellte. Auch wenn er seine Abneigung nicht so offensichtlich zeigte wie Veera, verletzte sein Verhalten sie aus einem ganz anderen Grund. Sie war ihm einfach gleichgültig. Jemand ihres Standes und mit ihrer Familiengeschichte war nicht wichtig genug, um sich seine Verachtung zu verdienen.

Das Mittagessen in Rynns Familie wurde immer groß zelebriert. Selbst wenn Veera keinen Besuch erwartete, kochte sie so, als wäre dies der Fall, und da seine Familie etwa die Hälfte der Perlenfarmen in der Stadt besaß, brachte sie nur die allerbesten Austern mit nach Hause. Heute servierte sie die großen Muscheln so, wie Rynn sie am liebsten mochte: garniert mit gelierten Unterwasserpilzen und eingelegten Guppys, die auf einer mehrstöckigen Pilzkoralle in der Mitte des Tisches angerichtet waren.

»Iss noch etwas, Liebling«, forderte Veera Rynn zum fünften Mal auf. »Du bist spindeldürr. Bist du sicher, dass das Korps dir genug zu essen gibt?«, fragte sie, auch wenn es Jahre her war, dass man Rynn als *spindeldürr* bezeichnen konnte. Wenn es nach Veera ginge, würde Rynn noch immer zu Hause wohnen. Sie und Ayer hatten beim Rat tatsächlich einen entsprechenden Antrag vorgelegt, mit der Begründung, dass ihr Haus in der Nähe des Annexes lag. Vielleicht wären sie damit sogar durchgekommen, hätte Rynn nicht Einspruch erhoben. Er hatte nicht vor, der einzige Wandler in der Geschichte zu werden, der während seiner Dienstzeit je außerhalb des Annexes gelebt hatte.

»Hör schon auf, Mum. Natürlich bekommen wir genug zu essen«, sagte Rynn, nahm sich aber trotzdem eine weitere Portion Austern. Mellie konnte es ihm nicht verübeln. Sie waren sehr lecker. So zart, dass sie auf der Zunge zergingen, und mit genau der richtigen Mischung aus Rogen und Kräutern gewürzt. Nicht so fischig wie die überreifen Austern, die die Farmer manchmal auf den Märkten verhökerten.

»Lass den Jungen doch in Frieden, Veera. Ferrick kümmert sich ganz ausgezeichnet um seine Wandler, dafür trägt der Rat schon Sorge«, meinte Ayer. »Ach, wenn ich die Ratsmitglieder doch nur zur Vernunft bringen könnte, was unser aktuelles Problem angeht. Sie müssten nur meinem Plan zustimmen, die Magiergilde zu vergrößern; das ist der einzige Weg, wie wir Astrias Sicherheit auf Dauer gewähren können. Die Schutzanker allein reichen einfach nicht mehr; wir brauchen eine richtige Abwehr, einen Schildzauber wie den, der die Stadt umgibt, aber eben um den gesamten See. Wir haben mehr als genug Natürliche, um so einen Zauber zu halten; wir müssen nur die Rekrutierung beschleunigen. Ich habe noch nie verstanden, warum Jaren so verdammt wählerisch ist, was seine Novizen angeht. Mir ist durchaus bewusst, dass die Magie der Zaubersprüche die schwierigste Disziplin ist, aber er könnte doch gewiss mehr als drei neue Kandidaten pro Jahr finden, die der Aufgabe gewachsen sind.« Ayer redete sich allmählich in Rage.

»Denkt doch einmal darüber nach: In weniger als einer Dekade könnten die Schutzanker überflüssig werden. Kein Landbewohner würde Astria je wieder bedrohen; wir wären endlich in der Lage, sie dauerhaft draußen zu halten. Ihr jungen Leute müsstet euer Leben nicht mehr an der Oberfläche riskieren, ihr hättet auch andere Optionen.«

Rynn schielte zu Mellie rüber und rollte mit den Augen, womit er ihr sagen wollte: *Jetzt geht das schon wieder los.* Ayer versuchte schon seit Jahren, den Vorschlag beim Rat durchzubringen. Seit sieben Jahren, um genau zu sein, seit Rynn beim Korps tätig war. Es war, als glaubte er, wenn er nur diese neue Maßnahme durchsetzen könnte – wenn er die Natürlichen sowohl innerhalb als auch außerhalb des Wassers für die Sicherheit der Stadt verantwortlich machen könnte –, dann würde der Titan sofort das Korps auflösen, und Rynn wäre frei, nach Hause zu gehen und seine anderen Möglichkeiten auszuschöpfen.

Mellie war sich sicher, dass er es nur gut meinte, aber sie wusste auch, wie sehr es Rynn verletzte, immer wieder darüber zu diskutieren. Ayer hatte sich zwar schon längst mit der Tatsache abgefunden – es hatte ihm sogar schon ein paarmal einen Vorteil beim Rat verschafft, dass sein eigener Sohn zum Schutz der Stadt beitrug. Aber egal, wie sehr er sich bemühte, es zu verbergen, seine Enttäuschung schimmerte stets ein wenig durch und lauerte in seinem Blick. Denn bevor Rynn zum Wandler geworden war, hatte er viele Optionen gehabt. Er hätte wie Ayer dem Rat beitreten und mit dem Titan persönlich Hof halten, am Ende vielleicht sogar die Prinzessin heiraten können.

Stattdessen war Rynn ein Scout, und er wollte auch gar nichts anderes sein.

»Natürlich müsste ich nicht nur den Rat überzeugen, sondern auch Ferrick«, fuhr Ayer fort. »Wenn es um das Korps geht, vertraut der Titan immer seiner Meinung, und Ferrick war von Anfang an gegen meine Idee. Er glaubt nicht, dass wir in der Lage wären, die Aktivitäten an der Oberfläche einzustellen. Jetzt, wo die Zahl der Wandler einen kritischen Tiefpunkt erreicht hat, kann ich ihn vielleicht endlich überzeugen, darüber nachzudenken.« Ayer seufzte. Veera, die Rynns Verärgerung zu bemerken schien, nutzte die Gelegenheit, um das Gespräch in eine andere Richtung zu lenken.

»Erzähl doch mal, Mellie.« Sie fixierte sie mit durchdringendem Blick; ihre Stimme schwirrte wie eine aufdringliche, süßliche Parfümwolke durch Mellies Kopf. »Hast du denn schon einen Freund?«

Mellie unterdrückte den Impuls, mit den Augen zu rollen. Veera fragte sie das fast immer, und es nervte sie jedes Mal mehr. Sie hasste die unausgesprochene Botschaft hinter den Worten. Die nicht wirklich subtile Andeutung, dass sie nicht gut genug war für Rynn.

Eines Tages würde Mellie einfach zu ihm rüberschwimmen und ihn gleich hier vor seiner Familie küssen. Das würde Veera wenigstens einen Grund geben, schockiert zu schauen. Aber wie üblich schob sie diesen Gedanken schnell wieder beiseite. Auch wenn sie anmaßend war, konnte Veera hervorragend kochen, und Mellie wollte wenigstens die Möglichkeit haben, in Zukunft wieder zum Mittagessen zu kommen. Dennoch, ein bisschen Spaß war doch nicht verboten …

»Nein«, antwortete Mellie und klimperte unschuldig mit den

Wimpern. »Ich hebe mich für jemand Besonderen auf.« Sie warf Rynn einen scheuen Blick zu und stellte sicher, dass es dem Adlerblick seiner Mutter nicht entging. Rynn zwickte sie unter dem Tisch in die Schwanzflosse. Er wusste genau, was sie tat.

»Ach, ich denke, das hat auch alles noch Zeit, bis du ein bisschen älter bist.« Veeras Stimme hatte alles Süßliche verloren. Den restlichen Nachmittag verbrachte sie damit, Mellie zu ignorieren.

»War das wirklich notwendig?«, fragte Rynn und legte ihr den Arm um die Schultern, als sie sein Elternhaus verließen.

»Du scheinst ja dieser Meinung zu sein«, erwiderte Mellie und warf einen vielsagenden Blick auf den Arm, mit dem er sie an sich drückte, und auf sein Gesicht, das nur Zentimeter von ihrem entfernt war. »Da dir sicher bewusst ist, dass sie uns gerade beobachtet.«

»Ich weiß.« Er grinste und beugte sich noch näher zu ihr. »Warum sollte ich dir den ganzen Spaß allein überlassen? Außerdem ist die Frau am glücklichsten, wenn sie sich Sorgen machen kann.«

»Macht es dir gar nichts aus?« Mellie schubste ihn weg, sobald sie außer Sichtweite waren. »Dass sie sich Sorgen macht, weil du eine Wandlerin zur Freundin haben könntest?«

»Komm schon, Scout, wann hast du das letzte Mal von einer Beziehung zwischen einer Natürlichen und einem Wandler gehört, die gut ausgegangen ist? Wir sterben, und sie leben weiter. Ich weiß es, du weißt es, und meine Mum weiß es auch. Was meinst du, warum ich dich überhaupt zum Mittagessen mitbringen darf? Weil ihre Freundinnen aufgehört haben, ihre Töchter vorbeizuschicken, um mich zu bezirzen.«

»Soll das etwa heißen, dass sie kein Problem mit Wandlern hat, sondern nur mit mir?«

»Nein, nur, dass es egal ist. Wenn wir eine Beziehung haben wollten, würden wir es einfach tun. Meine Mum müsste damit klarkommen.«

Mann, es musste toll sein, in Rynns Haut zu stecken. Für ihn war immer alles so einfach.

»Und wo wir schon von bezirzen sprechen …« Er hatte den Blick auf eine Gruppe Wandler gerichtet, die vor dem Eingang des Annexes beisammenstanden und plauderten. Darunter war auch ein Mädchen, das Rynn offenbar gefiel. »Hältst du mir bei der Einsatzbesprechung einen Platz frei?«

»Klar.« Mellie verdrehte die Augen. »Sei aber pünktlich, ja? Sonst bringt Jay uns beide um.«

Als sie den Raum betrat, in dem die wöchentlichen Einsatzbesprechungen abgehalten wurden, war es noch ruhig, abgesehen von ein paar Jungs, die mit einem eingeschmuggelten Aal elektrisches Fangen spielten. Mellie hielt sich absichtlich von dem »Spaß« fern. Wenn man einen Aal müde genug machte oder ihn genau an der richtigen Stelle packte, konnte einem das gemeine Tier keinen elektrischen Schlag versetzen. Aber Mellie war in diesem Spiel noch nie wirklich gut gewesen. Immer wenn sie es spielte, bekam sie einen Stromschlag. Oder mehrere. Und Heiler waren nicht gerade begeistert davon, derartige Verbrennungen zu heilen, die nur aus purer Dummheit entstanden waren.

Sie hatte sich gerade auf einer der schwammigen Teppichanemonen in der Ecke niedergelassen, als Rynn auch schon im Türrahmen auftauchte. Allein. *Sehr seltsam.* Mellie warf ihm einen fragenden Blick zu. Wenn Rynn jemanden zum *Bezirzen* gefunden hatte, erschien er normalerweise immer erst ganz knapp vor Besprechungsbeginn.

»Das ging aber schnell«, bemerkte sie mit hochgezogener Augenbraue.

»Nun ja, es hat sich rausgestellt, dass ich es bei ihr gar nicht weiter versuchen muss.« Rynn sah ziemlich geknickt aus.

»Lass mich raten.« Mellie nahm die Schwanzflosse vom Sitz neben ihrem, den sie für ihn reserviert hatte. »Du bist schon mit ihrer besten Freundin ausgegangen?«

Er schüttelte den Kopf und starrte missmutig zu Boden.

»Mit ihrer Schwester?«

»Nein, mit ihr.«

»O Mann, das kann auch nur dir passieren.«

»Halt die Klappe.« Rynn stupste ihr den Ellenbogen in die Rippen, lachte aber schon wieder.

Mellie hatte keine Ahnung, wie er das machte. Er konnte in einen Raum voller Mädchen schwimmen, mit denen er schon ausgegangen war, und so tun, als wäre es nicht das unfassbar Peinlichste auf der Welt. Mellie hatte erst einmal einen Jungen geküsst. Sein Name war Gen, und sie hatte ihm einen Kuss gegeben, weil er nett war und sie mehr über das Küssen wissen wollte. Außerdem hatte Rynn ihr gedroht, dass er sie selbst küssen würde, wenn sie sich nicht beeilte und für sich herausfand, worum alle so einen Wirbel machten.

Doch das war alles gewesen; nach dem Kuss waren sie sich wochenlang aus dem Weg gegangen. Selbst jetzt konnte Mellie es kaum ertragen, mit Gen im selben Raum zu sein, und Rynn schaffte es, sich aus Versehen ein zweites Mal an ein Mädchen heranzumachen und dann so zu tun, als sei nichts passiert.

Die Einsatzbesprechungen am Sonntagabend fielen in der Regel ziemlich kurz aus. Jay teilte ihnen ihre Aufgaben für die Woche zu, verteilte neue Ausrüstung und arrangierte Vertretungsdienste für die Scouts, die sich krankgemeldet hatten oder ihren jährlichen Urlaub nehmen wollten. Doch als sich der Raum allmählich füllte, spürte Mellie, dass es keine normale Besprechung werden würde.

»Die Ranger sind hier?«, flüsterte Rynn, den Blick auf eine Gruppe älterer Scouts gerichtet, die durch die Menge schwammen. »Was bei den dreizehn Höllen ist da los?«

»Keine Ahnung.« Mellie zuckte ratlos mit den Schultern. Ranger kehrten nie für die Einsatzbesprechungen in die Stadt zurück. Sie waren im zweiten Annex stationiert – liebevoll als »Wildwasser« bezeichnet –, der am anderen Ende des Sees lag, zu weit entfernt, um für etwas Banales wie eine Einsatzbesprechung in die Stadt zu kommen. Und doch waren sie hier. Jeder Einzelne von ihnen, wie es aussah.

»Sie können nicht alle wegen einer Ablösung hier sein«, meinte Rynn. »Außer, der Captain hat den Rest von uns befördert.«

Wäre das nicht schön?, dachte Mellie. Sie konnte es kaum erwarten, dass sie und Rynn dort draußen stationiert waren. Völlige

Freiheit. Nun ja, vielleicht nicht *völlige* Freiheit. Ranger mussten immer noch jeden Abend zur Ausgangssperre zurück sein, und eine Soldatenschwadron war bei ihnen abgestellt, um sicherzustellen, dass die Regeln befolgt wurden, sowohl im Annex als auch an der Oberfläche. Dennoch, nicht ständig den Captain im Nacken sitzen zu haben … Das wäre schon sehr schön gewesen.

»Irgendwie bezweifle ich das«, erwiderte Mellie. Nur erfahrene Scouts wurden ins Wildwasser geschickt, diejenigen, denen man zutraute, dass sie sich unter Kontrolle hatten. Dass die Ranger hier waren, konnte nur zwei Gründe haben: Entweder würde etwas sehr Gutes oder etwas sehr, sehr Schlechtes passieren.

»Alles klar, Leute, wir haben hier heute Abend ein volles Haus, also nehmt bitte Platz. Je schneller wir anfangen können, desto eher können wir unseren Feierabend genießen«, projizierte Jay quer durch den Raum. Das Stimmengewirr wurde sofort leiser. Anders als der Captain war Jay nie zu streng oder gar herablassend. Er war ein schlanker Mann und eher schnell als muskulös. Doch Jay brauchte auch keine eindrucksvollen Muskeln, um einen Raum voller Leute zu kommandieren. Er hatte sich den Respekt jedes Einzelnen seiner Scouts verdient. Im Gegensatz zum Captain, der bei seinen Untergebenen Angst hervorrief, führte Jay mit Mitgefühl; er hörte zu, gab Ratschläge, war niemals unfair oder grausam, so dass man sicher sein konnte, es verdient zu haben, wenn er mal etwas strenger mit einem war.

»Ich gehe davon aus, dass ihr inzwischen alle von den demolierten Schutzankern gehört habt«, fing er an und schwamm im Wasser etwas nach oben, damit ihn alle sehen konnten. »Bis wir herausgefunden haben, wer dafür verantwortlich ist, werden wir die Sicherheitsmaßnahmen in Astria und um den See verschärfen. Das bedeutet, ab heute Abend ist die Stadt abgeriegelt. Niemandem ist es gestattet, zwischen Beginn der Ausgangssperre und Sonnenaufgang die Stadt zu verlassen, und ich will ja keinen von euch dabei ertappen, wie er es versucht.« Er bedachte sie alle mit einem warnenden Blick.

»Das bedeutet, weder Mitternachtsausflüge zu den versunkenen Höhlen noch Trips zu den Stalagmitenwäldern oder nächtliche Saufgelage in den Farmen, haben wir uns verstanden? Und, ja, Caden, ich weiß davon«, sagte Jay an einen der Jungen gewandt, der in einer Ecke zu tuscheln begonnen hatte. »Bis auf weiteres werdet ihr die Hausregeln direkt unter meiner Nase brechen müssen, ohne dass ich euch dabei erwische. Ich habe volles Vertrauen, dass ihr gemeinschaftlich genau das schaffen werdet.« Daraufhin brachen alle in Gelächter aus.

»Die Lage ist ernst, Scouts. Captain Ferrick verdreifacht die Patrouillen im Wasser. Falls ihr versuchen solltet, euch rauszuschleichen, werden sie euch erwischen, und wenn sie das tun, wird das nicht ohne Konsequenzen bleiben. Macht mir keine Schande.

Jetzt zum nächsten Punkt. Am Ende der Besprechung kommt jedes Team bitte nach vorne und nimmt sich eine hiervon mit.« Er hob eine der Taschen hoch, die sich hinter ihm auf dem Boden stapelten. »In der Tasche findet ihr ein völlig neues Set an Schutzankern. Sie sind mit einem viel aggressiveren Schutzzauber belegt und werden die existierenden Schutzanker auf euren Routen ersetzen.« Er hielt einen hoch. »Ich ordne außerdem an, alle Schutzanker neu zu platzieren. Für alle, denen die Prozedur noch nicht vertraut ist: Ihr müsst jeden Schutzanker mindestens zweihundert Meter von seinem vorherigen Ort entfernt neu vergraben. Versetzt ihn, markiert ihn und kommt dann zum Treffpunkt in Patrouillengebiet eins. Ich werde dort auf euch warten, um alle neuen Standorte auf der Karte zu vermerken. Ranger, für euch werden Karten an den dafür bestimmten Ablagepunkten hinterlegt.

Und zu guter Letzt: Ab Dienstag wird die Zahl der Schutzanker in den von euch zu kontrollierenden Gebieten von sechs auf zehn erhöht. Das ist keine permanente Regelung …«, betonte Jay als Reaktion auf das Murren im Raum, das auf seine Worte gefolgt war. »Aber bis wir herausfinden, was da draußen los ist, stellt es eine notwendige Vorsichtsmaßnahme dar. Und wenn wir schon dabei sind«, fuhr er fort, wobei er die Stimme über das wütende Raunen erheben musste. »Von jetzt an will ich *alles* wissen. Ihr findet einen beschädigten Schutzanker – und erstattet mir Bericht. Ihr seht einen liebestollen Waschbären, der euch verfolgt – und erstattet mir Bericht. Euch fällt irgendetwas auf, das euch seltsam oder anders als sonst vorkommt – *ihr erstattet mir Bericht.* Seid vorsichtig und passt auf euch auf – und was am wichtigsten ist: Bewegt eure Schwanzflossen rechtzeitig zur Ausgangssperre in die Stadt zurück.« Er warf Mellie und Rynn einen vielsagenden Blick zu.

»Okay, Leute, das ist alles. Ihr habt einen langen Tag vor euch, also schnappt euch eine Tasche, ruht euch aus und haltet euch bei Sonnenaufgang bereit, um an Land zu gehen.«

»Bei Sonnenaufgang?«, rief eines der jüngeren Mädchen entsetzt.

»Ja, Ria, bei Sonnenaufgang«, wiederholte Jay. »Das ist auch nicht meine liebste Tageszeit, aber ihr werdet an der Oberfläche jede einzelne Minute brauchen. Ab Dienstag habt ihr wieder normale Einsatzzeiten. Ist das allen so weit klar?« Er wartete gar nicht auf eine Antwort. »Gut. Ihr könnt gehen.«

»Liegt es nur an mir«, sagte Rynn, während er sich durch die Menge schob, »oder ist die Situation hier gerade etwas angespannt?«

»Es liegt nicht an dir.« Mellie nahm eine der Taschen und schwamm in Richtung Ausgang. Auch wenn Jay versucht hatte, möglichst locker zu klingen, konnte die Leichtigkeit seines Tonfalls seine Sorge nicht verbergen. Eine komplette Umsetzung der Schutzanker hatte es bisher nur selten gegeben, eine Abriegelung der Stadt so gut wie nie. Die Situation setzte dem Korps ganz offensichtlich zu.

Krieg. Bis jetzt hatte Jay es geschafft, das Wort zu vermeiden, doch jeder beschädigte Schutzanker machte es ein wenig schwieriger, die Möglichkeit zu ignorieren. Astria konnte sich keinen weiteren Krieg leisten. Das letzte Mal hatten sie die Landbewohner zwar zurückschlagen können, jedoch Blut und Wandler-Leben dafür geopfert. Möglicherweise gelang ihnen das ja erneut, aber wenn sie auch nur halb so viele Soldaten wie damals verloren, würde Astria auf keinen Fall einen dritten Krieg überstehen, sollte es je einen geben. Was auch immer an der Oberfläche passierte, es hatte die Macht, das Schicksal der Stadt zu bestimmen.

Kapitel fünf

Der Himmel war blassrosa, als sie am nächsten Morgen auftauchten, der Sonnenaufgang breitete sich wie ein Fleck am Horizont aus. Mellie schüttelte sich das Wasser aus den Haaren, ehe sie nach ihren klammen Kleidern griff. Im Sommer konnte man darauf vertrauen, dass die Hitze sie über Nacht trocknete, doch während der Wintermonate war kalt, klamm und ungemütlich das Beste, worauf sie hoffen konnte. Mellie hätte zu gern auf Kleidung verzichtet, aber die Landbewohner hatten Gesetze gegen Nacktheit, also hielt sich das Korps daran. An der Oberfläche trug man Kleidungsstücke, auch wenn sie feucht waren.

Wenn man sonst keine Sorgen hat, Mellie schnalzte mit der Zunge, als sie sich in ihre Jeans zwängte. Wie konnten die Landbewohner das Töten akzeptieren, aber sich von nackter Haut angegriffen fühlen? In welcher Welt ergab das bitte einen Sinn? Andererseits machte gerade das die Landbewohner so gefährlich – ihre völlige Respektlosigkeit vor dem Leben.

»Arg«, stöhnte Rynn neben ihr, als er sich mit seinen feuchten Kleidungsstücken abmühte. »Vielleicht hätte ich erst im Sommer mit Treasure Schluss machen sollen.«

»Ich bin mir ziemlich sicher, dass sie hinter deine niederen Motive gekommen wäre, wenn wir jeden Tag die Vorratsscheune geplündert hätten. Außerdem glaube ich nicht, dass wir heute für einen kriminellen Streifzug Zeit hätten«, meinte Mellie, während sie einen der neuen Schutzanker betrachtete. »Hast du dir die mal angeschaut? Dieser Zauberspruch muss aus mindestens zwanzig Teilen bestehen.« Sie drehte den kühlen Knochen in der Hand. Mehr als zwei Dutzend Runen waren in die Oberfläche geritzt, so dass fast kein Zentimeter mehr unbedeckt war.

»Gib mir den mal.« Rynn nahm ihr den Schutzanker ab. »Stärke, Schutz, Verborgenheit ... das Übliche ... Aber wofür stehen diese Runen?« Er fuhr mit den Fingern über die Reihe unbekannter Symbole.

»Keine Ahnung.« Mellie nahm ihm den Knochen wieder aus der Hand. »Ich hatte den gleichen Unterricht wie du, erinnerst du dich? Solche Runen habe ich auch noch nie gesehen.«

»Du kannst sie aber aktivieren, oder?«

»Ja, sieht aus, als wäre es die gleiche Beschwörungsformel, aber bei so vielen Runen wird es eine Ewigkeit dauern.«

»Na, dann fang besser gleich an.« Rynn lehnte sich an einen Baumstamm und verschränkte die Arme vor der Brust. »Ich halte Wache.«

Rynn hielt immer Wache. Er war in vielen Dingen außergewöhnlich gut, aber Magie gehörte nicht dazu. Er hatte nie wirklich Geschmack daran gefunden, das kam vor. Die magischen Fähigkeiten variierten unter Wandlern stark, genau wie die Farbe und Muster der Schuppen. Er konnte natürlich genug, um einen Schutzanker zu aktivieren, ansonsten hätte er seine Ausbildung zum Scout nicht abschließen können. Aber wann auch immer er konnte, überließ Rynn die magische Schwerstarbeit ihr.

»Wir schaffen das nie alles bis heute Abend, wenn du weiter nur Wache hältst«, beschwerte sich Mellie. »Wir müssen uns aufteilen.«

»Komm schon, Scout, das ist keine gute Idee.«

»Warum denn nicht?« Mellie schnaubte vor Wut über die Verwendung des Namens. »Weil du ausnahmsweise mal Magie anwenden müsstest?«

Rynns Miene verfinsterte sich. »Nein, weil sich da draußen irgendein verrückter Landbewohner herumtreibt, der Schutzanker zerstört.«

»Netter Versuch, aber ich bezweifle, dass das am helllichten Tag passiert. Und ich garantiere dir, dass alle anderen sich auch aufteilen, sobald sie sehen, wie zeitaufwendig das ist. Oder möchtest du Jay oder dem *Captain* gern erklären, warum unser Scout-Team als einziges seine Schutzanker heute nicht geschafft hat …«

»Na gut«, murmelte Rynn.

»Dann geh du nach Westen, ich gehe nach Osten, und wir sehen uns nachher am Treffpunkt wieder.« Mellie reichte ihm fünf Schutzanker und behielt die verbleibenden sieben. »Siehst du, ich übernehme immer noch den größeren Teil.«

Rynn schien nicht wirklich besänftigt zu sein.

Die neuen Schutzanker zu aktivieren stellte sich als genauso schwierig heraus, wie Mellie befürchtet hatte. Sie musste nicht wissen, was die unbekannten Runen bedeuteten, um die Magie wirken zu lassen, aber sie musste sie sich der Reihe nach merken und in Gedanken festhalten, während sie die Beschwörungsformel sprach und die Kraft in ihrem Blut konzentrierte.

Sie brauchte ein paar Anläufe, um den Zauberspruch korrekt anzuwenden; sie verhaspelte sich immer wieder an den neuen Runen und musste von vorne anfangen. Als Mellie endlich spürte, wie die Magie wirkte, war sie außer Puste vor Anstrengung und in kalten Schweiß gebadet. Sie tauchte wieder aus der Trance auf, schielte zu den Himmelsstreifen hoch, die durch das Blätterdach zu sehen waren, und fluchte leise vor sich hin. Es hatte viel zu lange gedauert, die Magie unter Kontrolle zu bekommen. Wenn sie sieben Schutzanker versetzen und aktivieren wollte, musste sie einen Zahn zulegen.

Beim zweiten Schutzanker hatte Mellie wesentlich weniger Schwierigkeiten, und den dritten aktivierte sie problemlos. Doch im Laufe des Tages musste sie feststellen, dass sie wieder langsamer wurde, weil die Verwendung der Magie ihren Tribut forderte. Zwischen den alten Schutzankern hin und her laufen, sie ausgraben, die vorgegebene Distanz zu den neuen ausmessen, sie markieren und vergraben – das alles war furchtbar anstrengend. Als der fünfte Schutzanker aktiviert war, konnte sie kaum noch klar denken. Sie hatte noch nie in ihrem Leben so viel Magie auf einmal angewendet. Zwei Schutzanker waren noch übrig, und so wie der Himmel aussah, verblieben ihr dafür nur noch wenige Stunden. Sie musste sich beeilen.

»Na, wen haben wir denn da?« Eine tiefe, harte Stimme riss sie aus ihren Gedanken.

Mellie erstarrte. Nur ein paar Meter vor ihr stand ein Landbewohner. Ein großer noch dazu. Breite Schultern, kantiges Kinn und die Art Lächeln, die einem das Blut in den Adern gefrieren ließ. Sie war so in ihre Arbeit vertieft gewesen, dass sie ihn gar nicht hatte kommen hören. *Wie viel hat er mitbekommen?*, fragte sie sich und, was noch wichtiger war: Wie wurde sie ihn wieder los?

»Was machst du denn hier so tief im Wald? Hast du dich verlaufen oder so?«, fragte der Landbewohner, was allerdings nicht so klang, als würde er sich Sorgen um sie machen, sondern eher, als hätte er im Lotto gewonnen.

Mellie antwortete nicht. Sie wich ein paar Schritte vor ihm zurück und prallte gegen etwas Weiches und doch Hartes. Sie fuhr herum und spürte Panik in sich aufsteigen. Breitschulter hatte seine Freunde mitgebracht. Zwei gemein aussehende Freunde. Der eine war groß und hatte eine auffällige Hakennase, der andere hatte blonde Haare und kalte, kleine Knopfaugen. Mellie schluckte schwer. Sie hatte noch nie mit einem Landbewohner gesprochen. Sie war auch noch keinem Landbewohner so nahe gekommen. Ihr Job war, ihnen aus dem Weg zu gehen und sie davon abzuhalten, Astria zu entdecken. Und jetzt stand sie hier, umzingelt von gleich dreien.

»Siehst irgendwie seltsam aus«, meinte Blondie und schwankte leicht, als er einen tiefen Schluck aus seiner Getränkedose nahm. »Sind das Kontaktlinsen, oder stimmt etwas mit deinen Augen nicht? Du wärst nämlich ohne schöner.«

»Müssen Kontaktlinsen sein.« Hakennase musterte sie argwöhnisch. »Die Haare sind auch komisch. Vielleicht ist sie so ein Gothic-Freak oder so.«

»Nee, Gothic-Freaks tragen schwarz«, erklärte Blondie. »Ich wette, sie ist so ein Hexenmädchen. Die sehen immer total seltsam aus.«

»Stimmt das, bist du so eine, Schätzchen? Eine Hexe?« Breitschulter kam noch näher. »Übst du ganz allein hier draußen deine Voodoozauber?«

Mellie spürte, wie ihr das Blut aus dem Gesicht wich. Sie wussten von der Magie. Sie mussten alles gesehen haben.

»Ich bin nicht allein. Meine Freunde müssen jeden Moment zurück sein«, bluffte sie, weil sie sich an ihre Ausbildung erinnerte. *Landbewohner greifen weniger wahrscheinlich an, wenn sie befürchten, geschnappt zu werden. Lasst sie glauben, Hilfe sei unterwegs.*

»Ist das so?« Breitschulter kaufte ihr die Lüge ganz offensichtlich nicht ab. »Na, dann leisten wir dir gern Gesellschaft, bis sie zurückkommen. Vielleicht können wir ja gemeinsam was zaubern.« Die drei Landbewohner lachten boshaft. Mellie war ihnen ausgeliefert, und das wussten sie.

Lasst euch eure Angst nicht ansehen. Sprecht deutlich und selbstbewusst. Beendet die Begegnung so schnell wie möglich.

»Nein danke.« Mellie zwang sich, ruhig zu bleiben. »Ich muss jetzt gehen.« Sie machte einen Schritt, um an Breitschulter vorbeizugehen, doch er bewegte sich mit ihr und packte sie unsanft am Arm.

»Lass mich los.«

»Jetzt hab dich nicht so«, sagte er und schob sie rückwärts, direkt in einen der anderen Männer hinein, den mit der Hakennase, der sie in die Taille zwickte, ehe er sie zu Blondie weiterschubste. Der schleuderte sie zu Breitschulter zurück, als wäre sie eine Puppe aus Schilfrohr.

»Aufhören …« Mellie bemühte sich, nicht das Gleichgewicht zu verlieren. »Nicht …« Das Wort blieb ihr im Hals stecken, als Breitschulter sie mit dem Rücken an einen Baumstamm drückte und seine Hüfte an ihre presste.

»Komm schon, Baby, wir wollen doch nur ein bisschen Spaß haben.«

So wie er mit den Händen unter ihr T-Shirt grapschte, wusste Mellie sofort, was er vorhatte. *Vergewaltigung* hatte Jay es genannt, und sie hatte das Wort schon furchteinflößend gefunden, noch bevor sie wusste, was es bedeutete. Sie würde auf keinen Fall zulassen, dass er ihr das antat. Bei den dreizehn Höllen nicht.

Ganz langsam tastete Mellie nach dem Messer in ihrer Gesäßtasche. Es war ein kleines Ding, für das Markieren von Baumstämmen und das Öffnen von Austern gedacht, aber es würde weh tun, wenn es ins Fleisch schnitt, und vielleicht würde Breitschulter sie dann stattdessen nur verprügeln.

Ihre Finger schlossen sich um den Griff, und ganz vorsichtig zog sie die Klinge heraus. Dann stieß sie das Messer mit so viel Kraft durch den festen Stoff seiner Jeans, wie sie aufbringen konnte. Sie hätte ja auf das Herz gezielt, wenn die Klinge nicht so kurz gewesen wäre und er nicht so viele Lagen an Kleidung getragen hätte. *Verfluchter Winter.*

Breitschulter knurrte und lockerte seinen Griff, während er versuchte, das Messer aus seinem Oberschenkel zu ziehen. Mellie nutzte die Gelegenheit und sauste davon, doch sie schaffte gerade einmal drei Schritte, ehe er sie wieder an der Schulter packte und so fest gegen eine Eiche schleuderte, dass ihre Zähne aufeinanderschlugen. Schmerz fuhr ihr von der Seite bis hinauf zur Schädelbasis.

»Dafür wirst du bezahlen, dumme Schlampe.« Breitschulter drückte ihr das blutige Messer an die Kehle, so dass Mellie sich kaum traute, zu atmen oder zu schlucken. Oder zu schreien. Nicht, dass ihr das irgendetwas gebracht hätte. Er bewegte die freie Hand zu ihrem Hosenbund und zerrte daran, bis der oberste Knopf ihrer Jeans aufsprang.

»Na, sieh mal einer an«, rief er triumphierend. »Einfacher Zugang. Ich wusste doch, dass du für ein bisschen Spaß zu haben bist.«

Hundert Techniken zur Selbstverteidigung schossen ihr durch den Kopf. Sie könnte versuchen, ihm ein Bein zu stellen und ihn zu Fall zu bringen oder ihm in den Schritt oder in die Kniekehlen zu treten. Doch Mellie war vor Angst wie gelähmt, und ein eisiger Schauer lief ihr über den Rücken, als ihr dämmerte, was ihr bevorstand. *Es passiert wirklich*, dachte sie, als er die Hände wieder unter ihr T-Shirt schob.

Sie wusste, was sie jetzt zu tun hatte. *Wenn sie in der Überzahl sind, gebt ihren Forderungen nach. Sie lassen euch vielleicht am Leben, wenn sie bekommen, was sie wollen.* Als ihr Lehrer für Oberflächentraining das gesagt hatte, war es ihr wie ein guter Rat erschienen. *Euer einziges Ziel ist, zu überleben. Gebt ihnen, was sie wollen, damit sie euch gehenlassen. Ein verwundeter Wandler kann geheilt werden, ein toter Wandler ist wertlos.*

Mellie kniff die Augen zusammen, als Breitschulter sich gegen sie lehnte, und wandte das Gesicht von seinem stinkenden, heißen Atem ab. *Gib auf.* befahl sie sich selbst, als er anfing, ihren Hals zu küssen. *Gib auf und überlebe.*

Doch das konnte sie einfach nicht. Manche Wunden heilten nie, das wusste Mellie besser als jeder andere. Breitschulters Berührungen erfüllten sie schon jetzt mit einem tiefen Gefühl von Schande und Ekel. Wenn sie zuließ, dass er ihr das antat, wenn sie ihn nicht mit jeder Faser ihres Körpers bekämpfte, würde keine Magie der Welt diese Narben heilen können.

Mellie warf sich mit ihrem ganzen Gewicht gegen den Mann, kratzte und trat um sich, und endlich konnte sie auch schreien. Sie versuchte nach Leibeskräften, sich aus seiner Gewalt zu befreien.

»Schrei, so viel du willst, Schätzchen, hier ist niemand außer uns«, meinte Breitschulter unbeeindruckt, stieß ihren Kopf aber dennoch zurück an den Stamm, was ihren Schrei in ein Wimmern verwandelte. Die Welt wurde einen Moment lang weiß, als ihr ein stechender Schmerz durch den Schädel schoss. Mellie spürte die raue Rinde an ihrer Wange, Breitschulters Hände an ihrem Körper, und sie verließ der Mut. Er war einfach zu groß und zu stark für sie.

»Hey!« Ein Schrei hallte von den Bäumen wider. »Lass sie los!«

Den Göttern sei Dank, Rynn. Mellie hatte keine Ahnung, was er hier machte. Er sollte eigentlich auf der anderen Seite ihres Gebiets sein und sich um die restlichen Schutzanker kümmern. Aber stattdessen war er hier, und sie war noch nie in ihrem Leben dankbarer gewesen.

»Warum kümmerst du dich nicht um deinen eigenen Kram, *Freundchen*?«, zischte Breitschulter.

»Warum legst du dich nicht mit jemandem in deiner Größe an, *Arschloch?*«, entgegnete Rynn. Er klang irgendwie seltsam, als hätte die Wut seine Stimme tiefer werden lassen. Aus den Augenwinkeln sah Mellie, wie Hakennase und Blondie einen Schritt auf ihn zugingen, wobei sie ihre Dosen beiseitewarfen und bedrohlich mit den Fingerknöcheln knackten.

»Schön hierbleiben, Schätzchen«, knurrte Breitschulter und stieß ihr den Ellenbogen in die Rippen. »Wir sind noch nicht fertig.«

In dem Moment, als er sie losließ, sackte Mellie am Stamm der Eiche in sich zusammen, die Hände auf die Seite gepresst. Ihr Kopf fühlte sich an, als würde er vibrieren und die Welt mit ihm. Alles verschwamm vor ihren Augen, sosehr sie sich auch bemühte, den Blick zu fokussieren. Sie versuchte, auf Rynn zuzulaufen, doch der Schmerz wurde nur noch heftiger, sobald sie sich bewegte, und Mellie sank auf die Knie, wobei sie sich die Handflächen am gefrorenen Boden aufkratzte. Ihre Ohren fiepten und verzerrten die Geräusche. Sie hörte, wie ihr das Blut durch die Adern rauschte; dann noch das gedämpfte Geräusch von Fausthieben und ein tiefes, wiederholtes Bellen, das wie Donner in ihrem Kopf widerhallte. *Wuff, wuff, wuff, wuff.* Nah und laut und spitz wie Nadelstiche. *Ein Hund?* Mellie ignorierte es. Sie hatte jetzt keine Zeit, sich über irgendeinen Hund den Kopf zu zerbrechen. Rynn kämpfte gegen die Landbewohner, sie musste ihm helfen.

Aber als sie sich aufrappeln wollte, gaben die Beine unter ihr nach.

Steh auf, befahl sie sich und mühte sich ab, ihre Balance zu finden. *Steh sofort auf.*

Doch in ihrem Kopf pochte es, und der Wald drehte sich um sie, ein pulsierender Nebel aus Licht und Lärm.

Steh auf.

Aber Mellie konnte es nicht. Der Erdboden raste zu schnell auf sie zu.

Kapitel sechs

Mellie war zu warm. Ihr Kopf schmerzte, und ihre Kehle fühlte sich völlig ausgetrocknet an. Sie hatte keine Ahnung, wo sie war, aber sie lag auf etwas Weichem, und die Luft um sie herum roch nach Staub und brennendem Holz. Irgendetwas leckte an ihren Fingern. *Etwas leckte an ihren Fingern!*

»Sammie, nein!«, rief eine tiefe Stimme, und Sammie – wer auch immer das war – ließ von ihrer Hand ab. »Lass sie in Ruhe, du dummer Hund. Los, raus hier.«

Sie hörte ein leises Winseln und sich entfernendes Tapsen. Weiter entfernt quietschte eine Tür in den Angeln.

Mellie öffnete die Augen und blinzelte im dämmrigen Licht. *Wo bin ich?*, fragte sie sich und zuckte zusammen, als sie versuchte, sich aufzurichten. Alles tat weh.

»Immer schön langsam.« Eine Hand berührte sie an der Schulter. »Du hast ganz schön was abbekommen.«

In ihrem Kopf schrillten die Alarmglocken. Gleichzeitig blendete der Schmerz hinter ihren Augen sie für einen Moment. Aber es bestand kein Zweifel, da stand ein Landbewohner vor ihr.

Sie war im Haus eines Landbewohners.

Mellie zuckte vor ihm zurück und ging instinktiv in die Hocke.

»Hey, immer mit der Ruhe, ich habe nicht vor, dir weh zu tun.« Er wich einen Schritt zurück ins Licht, so dass sie ihn sehen konnte. Mellie wurde flau im Magen. Er war groß. Mindestens einen halben Meter größer als sie und breit gebaut. Sie würde es auf keinen Fall mit ihm aufnehmen können, sollte es zum Kampf kommen. Wahrscheinlich konnte sie vor ihm davonlaufen; er sah nicht aus, als wäre er sonderlich schnell. Aber in ihrem Kopf drehte sich alles, und er versperrte den Weg zur Tür. Für den Moment saß sie hier fest.

»Ich habe dich im Wald gefunden, weißt du noch?«, sagte der Landbewohner laut und deutlich, als spräche er mit einem Kind. »Drei Männer haben dich verprügelt, erinnerst du dich daran?«

Mellie erinnerte sich sehr wohl daran, auch wenn die Erinnerung bruchstückhaft zu sein schien. Arme, die sie gegen einen Baumstamm drückten. Stinkender, heißer Atem an ihrem Hals. Die dreckigen Hände irgendeines Landbewohners überall an ihrem Körper. Sie erschauderte und sah sich panisch im Zimmer um. Waren diese Landbewohner immer noch hier? *Kannte* er sie?

»Du musst dir keine Sorgen machen, sie sind weg«, versicherte er ihr, als hätte er ihre Gedanken gelesen. »Ich habe sie vertrieben, sie haben ein paar Veilchen und verletzte Egos davongetragen. Dem Volltrottel habe ich eventuell auch die Nase gebrochen – nicht, dass er das nicht verdient hätte. Betrunkene Verbindungsidioten.« Der Landbewohner schnalzte missbilligend mit der Zunge.

»Ich bin übrigens Caleb«, sagte er, als wäre ihm plötzlich eingefallen, dass es unhöflich war, sich nicht vorzustellen. »Wie heißt du?«

Mellie schwieg beharrlich und beobachtete ihn misstrauisch. Er sah jünger aus, als seine tiefe Stimme vermuten ließ, und seine Augen waren auffallend hellblau. Zu hell für jemanden mit so dunklen Haaren.

»Du hast doch einen Namen, oder? Damit ich dich nicht ›das Mädchen, das meine Couch vollgeblutet hat‹, nennen muss?«

Geblutet? Mellie hob eine Hand an den Kopf. Sie ertastete getrocknetes Blut an ihrer Schläfe und über ihrem Auge, wo sich offenbar eine Platzwunde befand, die unter ihrer Berührung höllisch brannte. Ihre Finger klebten, als sie die Hand wieder runternahm.

»Du hast da eine üble Platzwunde, aber ich glaube nicht, dass sie genäht werden muss«, erklärte Caleb. »Ich dachte, ich warte besser, bis du wach bist, ehe ich sie reinige. Wollte vermeiden, dass du mit meinen Händen im Gesicht aufwachst.« Er starrte sie gespannt an, als wartete er darauf, dass sie etwas sagte.

»Du bist aber nicht stumm, oder?« Er seufzte enttäuscht, als sie weiter schwieg.

»Nein«, antwortete Mellie schließlich. Seine Fragen zu ignorieren führte nur dazu, dass er weitere stellte.

»Okay, gut. Also, wie soll ich dich nennen, Mädchen, das auf meine Couch blutet und nicht stumm ist?«

»Scout«, sagte Mellie. Sie würde ihm auf keinen Fall ihren richtigen Namen verraten. Je weniger er von ihr wusste, desto besser.

»Scout, das gefällt mir.« Caleb lächelte. »Hier, Scout, zieh das an.« Er reichte ihr ein Hemd, das dem glich, das er selbst trug. Es war rot kariert, aus einem schweren, rauen Stoff und langärmlig.

»Warum denn?«

»Weil – ich hoffe, du verstehst das jetzt nicht falsch, aber deine Klamotten riechen total muffig. Außerdem ist dein T-Shirt voller Blutflecken.«

Na, dann versuch du doch mal, mitten im Winter deine Kleider ordentlich zu trocknen, dachte Mellie wutschnaubend. Was das Blut anging, hatte er allerdings recht. Ihr T-Shirt war hinüber. Mit einer schnellen Bewegung zog sie es sich über den Kopf.

»Hey! Gib mir doch wenigstens die Chance, mich umzudrehen.« Caleb wandte sich so hastig ab, dass er dabei um ein Haar eine Stehlampe umgerissen hätte.

»Oh. Sorry«, murmelte sie. *Landbewohner und ihr lächerliches Problem mit Nacktheit.*

»Warum warst du überhaupt ohne Jacke im Wald?«, fragte er, den Blick starr auf die Wand gerichtet. »Dir muss doch furchtbar kalt gewesen sein.«

»Nein. Ich friere nicht so schnell«, erwiderte Mellie, während sie sich mit den Knöpfen abmühte. Auf dem Weg zum See würde sie das Hemd wieder loswerden müssen. So schön es war, sie würde kaum erklären können, woher es stammte.

»Dass du im Februar keine Jacke brauchst?« Er linste über die Schulter, die Augenbrauen ungläubig hochgezogen. Mellie zuckte nur mit den Schultern. Ihr wurde eben nicht kalt, was gab es denn da noch zu sagen?

Als sie wieder angezogen war, drehte sich Caleb um und ließ

sich auf dem Sessel ihr gegenüber nieder. Seine Wangen waren immer noch gerötet.

»Was hast du ganz allein da draußen gemacht?«

»Nichts.« Mellies Antwort kam automatisch. Es ging ihn nichts an. Das war der ganze Grund für das Auswechseln der Schutzanker gewesen: zu vermeiden, mit Landbewohnern wie ihm zu tun zu haben. *O nein.* Eine plötzliche Panik befiel sie. Die Schutzanker. Sie war nicht fertig geworden.

»Ich hatte eine Tasche bei mir. Hast du sie zufällig gefunden?«, fragte Mellie und suchte den Raum mit den Augen ab. Das kleine Zimmer war so vollgestellt, dass sie kaum sagen konnte, wo ein Möbelstück endete und ein anderes anfing. Am anderen Ende befand sich eine winzige Küche und daneben ein Holztisch mit verschiedenen, bunt zusammengewürfelten Stühlen. Eine alte Schubladenkommode füllte die Lücke zwischen Couch und Fenster aus, und die gegenüberliegende Wand war bedeckt mit hohen Regalen, deren Bretter sich unter den unzähligen Büchern und schmalen Schachteln bogen, die Mellie nicht zuordnen konnte. Wo sie auch hinschaute, jeder Zentimeter, sogar der Kaminsims, war mit Krimskrams gefüllt. *So viel unnützes Zeug.* Mellie konnte es nicht fassen. *Wie findet er da überhaupt etwas?*

»Ja, ich habe deine Tasche«, antwortete Caleb und stand auf. Er verschwand einen Moment lang im Flur, und als er zurückkehrte, baumelte ihr Rucksack an seinem Arm. Mellie nahm ihn ihm ab und öffnete ihn hektisch. Sie entspannte sich erst, als sie die zwei verbleibenden Schutzanker darin entdeckte.

»Keine Sorge, ich habe dir nichts gestohlen.« Caleb beobachtete sie amüsiert. »Wofür ist der Kram überhaupt? Zum Bekämpfen von Vampiren? Denn ich sage es dir nur ungern, aber dafür braucht man Holzpfähle. Oder welche aus Silber. Ich schätze, das kommt darauf an, an welches Dogma man glaubt.«

Mellie sah ihn verwirrt an. Außer »Vampir« hatte sie alles verstanden, aber irgendwie schien dieses eine Wort essentiell für das Verständnis des Satzes zu sein.

»Du hast meine Sachen durchsucht?« Es war ihr nicht wichtig genug, die Bedeutung von »Vampir« wissen zu wollen.

»Nein, ich ... sie waren nass.« Caleb steckte die Hände in die Hosentaschen. »Ich habe alles rausgenommen, um es zum Trocknen aufzuhängen. Jetzt, wo ich darüber nachdenke, waren deine Klamotten auch ein bisschen feucht und deine Haare auch. Hattest du etwa beschlossen, 'ne Runde im See schwimmen zu gehen?«

Mellie fiel die Tasche aus der Hand, woraufhin sich der Inhalt über dem Fußboden verteilte. Sie hätte schwören können, er hatte sie gerade nach dem See gefragt. Aber das war nicht möglich. *Nein*, versuchte sie, sich zu beruhigen. *Das kann nicht sein. Er kann auf keinen Fall ...*

»Warum fragst du mich so etwas?« Sie bemühte sich, ihre Stimme unter Kontrolle zu behalten.

Caleb neigte den Kopf zur Seite. »Es war nur ein Witz, weil ich dich im Wald beim See gefunden habe.«

Er hatte es wieder gesagt. »Du kannst den See sehen?« Die Worte platzten heraus, ehe Mellie es verhindern konnte.

»Ich habe Augen im Kopf, Scout. Natürlich kann ich den See sehen.«

Aber ... das ergab keinen Sinn. »Seit wann kannst du ihn

schon sehen?« Irgendwo musste es einen defekten Schutzanker geben. Jemand musste einen Fehler gemacht haben.

»Diese Typen haben dir echt ordentlich was über die Rübe gegeben, oder?« Caleb schmunzelte. »Ich kann den See schon immer sehen. Es ist ein sehr großer See. Schwer zu übersehen.«

Mellie ließ den Kopf in die Hände sinken. Der dumpfe Schmerz, der hinter ihren Augen pulsierte, verstärkte sich. Nichts, was Caleb gesagt hatte, ergab einen Sinn. *Besitzt er vielleicht auch magische Kräfte?*, fragte sie sich. *Kann er den See deshalb sehen?* Sie hatte noch nie von Landbewohnern gehört, die Magie benutzten, aber im Moment erschien ihr das die naheliegendste Erklärung zu sein. Mellie fuhr sich durch die Haare und versuchte, die Knoten zu entwirren. Sie musste dringend hier weg. Sie musste zurück zum Wasser und Jay erzählen, was sie erfahren hatte.

»Scout?« Caleb eilte zur Couch. »Was ist los? Ist dir schlecht? Schwindelig? Sag mir bitte, wenn du dich übergeben musst. Immerhin warst du eine ganze Weile bewusstlos, und ich befürchte, du hast eine Gehirnerschütterung.«

Was ist eine Gehirnerschütterung? Die Frage blieb Mellie im Hals stecken. Etwas anderes, das er gesagt hatte, bereitete ihr mehr Sorgen – *du warst eine ganze Weile bewusstlos.* Der Tag hatte sich schon dem Ende entgegengeneigt, als diese Landbewohner sie angegriffen hatten, die Dämmerung hatte bereits am Horizont gelauert. *O Götter,* ein dunkles, hilfloses Gefühl machte sich in ihr breit. Wie lang war »eine Weile«?

»Caleb, wie ……« Ihr versagte die Stimme. »Wie viel Uhr ist es?«

»Ähm …« Er schaute auf die Uhr, ohne den sorgenvollen Blick zu verlieren. »Viertel nach sechs.«

Alles schien stehenzubleiben. Die Zeit, ihr Herz, selbst die Flammen, die im Kamin knisterten, schienen in ihrem Tanz innezuhalten, wie Schleifen aus Feuer, die in der Luft verharrten. Mellie sank auf die Couch zurück und schloss die Augen, als könnte sie damit die Wahrheit verdrängen. Die Sonne war heute um siebzehn Uhr vierunddreißig untergegangen. Das wusste Mellie, weil sie sich jeden Tag einprägte, wann die Sonne unterging. So hielt sie sich an Regel Nummer eins. Strande niemals auf dem Trockenen.

»Die Sonne ist untergegangen.« Die Worte wogen schwer auf ihrer Zunge; sie hatten eine tragische Endgültigkeit an sich.

»Ja«, hörte sie Caleb erwidern, auch wenn er weit weg zu sein schien, seine Stimme nur ein Flüstern verglichen mit dem Rauschen des Blutes in ihren Ohren. »Aber keine Sorge, sie wird auch wieder aufgehen. Das tut sie immer.«

»Die Sonne ist untergegangen«, wiederholte Mellie, und für eine ganze Weile konnte Caleb sie nicht dazu bringen, irgendetwas anderes zu sagen.

Mellie starrte aus dem Fenster und versuchte, sich einen Reim auf die Dunkelheit zu machen. Sie stützte sich mit einer Hand an der Wand ab und mit der anderen krallte sie sich so fest in den Vorhang, dass der Stoff in ihre Finger schnitt. Den Himmel völlig ohne Licht zu sehen hatte etwas Unnatürliches an sich, als würde man in einen Abgrund starren oder kopfüber ins Nichts fallen.

Das Erste, was ihr auffiel, als sie den ersten Schock verwunden hatte, war, dass sie noch lebte. Was auch immer normalerweise mit Wandlern geschah, die außerhalb des Wassers strandeten, passierte anscheinend nicht sofort. *Natürlich tut es das nicht*, dachte Mellie. Wandler verloren mit dem Einsetzen der Dunkelheit ihre Fähigkeit, sich zu verwandeln, sie gingen deshalb aber nicht in Flammen auf. Außerdem waren vermisste Wandler auch schon wiedergefunden worden – oder zumindest ihre Leichen. Sie waren immer auf irgendeine Weise entstellt, von Tieren angefressen oder so zugerichtet gewesen, dass sie kaum noch zu erkennen waren. Doch es *gab* Leichen, was nicht der Fall wäre, wenn Wandler einfach aufhören würden zu existieren, sobald die Sonne unterging.

Das Nächste, was Mellie bewusst wurde, war, dass Caleb ihr wahrscheinlich das Leben gerettet hatte, indem er sie hierhergebracht hatte. Nachts trieben sich alle möglichen Kreaturen im Wald herum. Wölfe, Bären und Wildkatzen, die so groß waren, dass sie einen Mann zu Boden werfen und ihn in Stücke reißen konnten. Von einem Landbewohner vor einer Horde Landbewohner gerettet. Das Leben lief doch nie so, wie man es erwartete.

»Scout?« Caleb stand plötzlich hinter ihr. »Geht es dir gut? Du machst mir irgendwie Angst«, gab er zu, als hätte er Mellie schon eine Weile beobachtet. Ihr zugesehen, wie sie ins Nichts starrte.

Reiß dich zusammen. Sie blinzelte hastig, um erst gar keine Tränen aufkommen zu lassen. Ja, sie war gestrandet, aber sie war auch *am Leben.* Und solange sie bis zur Morgendämmerung am

Leben blieb, würde sie es auch wieder nach Hause schaffen. Der Captain würde außer sich sein vor Wut, weil sie die Regeln gebrochen hatte. Wahrscheinlich würde sie wochenlang See-Arrest bekommen. Aber irgendwann würde er sie wieder an die Oberfläche lassen müssen. Es gab einfach nicht genügend Wandler. Er konnte es sich nicht leisten, einen von ihnen nicht einzusetzen.

Langsam formte sich ein Plan in ihrem Kopf, wie Puzzleteile, die sich von außen nach innen zusammenfügten. So unangenehm die Vorstellung auch war, wenn sie hier bei dem Landbewohner blieb, standen ihre Chancen am besten, die Nacht zu überleben. Sie musste ihn davon abhalten, sie rauszuwerfen, und das bedeutete, dass sie sich ihm gegenüber nett und normal verhalten musste.

»Ja, ich ......« Wie würde ein Landbewohner-Mädchen diese Frage beantworten? »Mir geht's gut, denke ich. Bis auf die Schmerzen«, sagte Mellie, und es war nicht einmal gelogen. Dutzende Kratzer übersäten ihr Gesicht und ihre Arme, und sie konnte die Prellungen an ihrer linken Seite spüren, wo sie gegen den Stamm geschleudert worden war. Ihr Kopf pochte immer noch, ein dumpfer Schmerz, der sich bei jeder Bewegung meldete.

»Du solltest dich hinsetzen.« Caleb nickte verständnisvoll und nahm eine kleine rote Schachtel vom Küchentresen. »Ich reinige mal die Platzwunde.«

Mellie zögerte einen Moment. Landbewohner hatten keine Heiler, das wusste sie ganz sicher, aber mehr wusste sie auch nicht über Medizin an der Oberfläche. *Sie müssen ihre Methoden haben, mit Verletzungen wie dieser umzugehen*, überlegte sie, während sie Caleb zur Couch folgte. Sie hätten sonst kaum so lange überlebt.

Caleb setzte sich auf den Couchtisch und drehte den Deckel einer Flasche mit bräunlichem Inhalt auf. Es roch fürchterlich, als er einen dünnen weißen Stoff damit benetzte – wie Meerträubelsamen, die zu lange in der Sonne gelegen hatten. Der Geruch war so beißend, dass Mellie die Augen zusammenkniff.

»Das brennt jetzt vielleicht ein bisschen«, warnte Caleb und strich ihr die Haare aus dem Gesicht. Mellie versteifte sich, doch seine Berührung war überraschend sanft.

»Mmm.« Sie biss sich auf die Unterlippe, als er die Wunde mit der stinkenden Lösung betupfte. Es brannte tatsächlich, und zwar mehr als nur ein bisschen.

»Tut mir leid, das Zeug ist fies, ich weiß. Halte nur noch kurz still, ja? Damit ich ein Pflaster draufkleben kann«, sagte er und fischte einen kleinen hautfarbenen Streifen aus der roten Kiste. Nachdem er ihn ihr über die Braue geklebt hatte, war das Brennen weg.

»Du hast dir auch deinen persönlichen Prinzessinnen-Kratzer eingefangen.« Caleb tränkte das Tuch wieder mit der Flüssigkeit und drückte es an ihre Wange.

»Was hab ich mir eingefangen?« Mellie sah ihn verwirrt an.

»Du weißt schon, wie in den Actionfilmen«, erwiderte er, als wäre das irgendeine hilfreiche Erklärung. »Die Frau kann noch so übel zugerichtet sein, im Gesicht hat sie nur diesen einen Kratzer über der Wange, so dass sie weiterhin hübsch aussieht. So einen hast du auch.« Er lächelte, doch als sich ihre Blicke trafen, wurde er wieder rot und schaute hastig weg. »Egal.« Caleb räusperte sich. »Fertig. Das Bad ist da drüben, falls du dir das Gesicht waschen möchtest.«

»Danke«, murmelte sie, dankbar für die Gelegenheit, auf Distanz gehen zu können. Caleb war ihr für ihren Geschmack ein wenig zu nah gekommen. Auch wenn er nicht so wirkte, als hätte er vor, ihr etwas anzutun, war das vermutlich nicht der beste Moment, ein Risiko einzugehen.

Calebs Badezimmer war viel größer, als sie erwartet hatte, und es sah aus, als wäre es der einzige Raum im ganzen Haus, den er ab und zu putzte. Es gab alles, was laut ihrer Ausbildung bei einem Landbewohner ins Bad gehörte: Toilette, Waschbecken, Dusche, Handtücher; sogar eine große Badewanne, ein Luxus, mit dem Mellie in einer solchen Hütte nicht gerechnet hatte. Über dem Waschbecken hing ein Spiegel, und nachdem sie ein paar Sekunden mit sich gerungen hatte, fasste sie sich doch ein Herz und schaute hinein.

Ihr Gesicht sah schrecklich aus. Schmutzig, blutig und voller frischer Prellungen, die sich von ihrer Schläfe bis zu ihrem Kinn hinabzogen. Momentan waren sie leuchtend rot, morgen würden sie schwarz und blau sein. Ihre linke Wange war ebenfalls zerkratzt, wie Caleb schon bemerkt hatte, und die Platzwunde über ihrem Auge hatte schon durch das frische Pflaster geblutet. Wenigstens würde sie kein Problem damit haben, dem Captain zu beweisen, dass sie angegriffen worden war. Vielleicht konnte ihn das ein wenig beschwichtigen.

Vielleicht.

Wahrscheinlich nicht.

Langsam und mit schmerzverzerrtem Gesicht schälte Mellie sich aus Calebs Hemd, um den Schaden darunter in Augenschein zu nehmen. Wie nicht anders zu erwarten war, fanden sich darunter weitere Prellungen, die an ein hässliches, verräterisches Gemälde erinnerten.

Mellie wandte den Blick vom Spiegel ab. Ihre Hände zitterten, und egal, wie fest sie die Hände zu Fäusten ballte, das Zittern hörte nicht auf. Dann waren es plötzlich nicht mehr nur ihre Hände, sondern ihr ganzer Körper. Es schüttelte sie, als wäre ihr furchtbar kalt. Doch Mellie fror nicht; ihr war zu heiß, auf ihrer Haut hatte sich bereits ein Schweißfilm gebildet. Sie ging in die Hocke und presste die Stirn gegen das kühle Keramikwaschbecken. Die Realität holte sie auf einen Schlag ein, und plötzlich stand ihr alles wieder vor Augen. Breitschulters stahlharter Griff an ihrem Arm. Die Art, wie er sie berührt hatte, und wie absolut *falsch* es gewesen war. Ihre Hilflosigkeit. Wie gefährlich knapp sie daran vorbeigeschrammt war, die Hauptrolle in ihrem eigenen warnenden Beispiel zu spielen: *Dinge, die Landbewohner hilflosen Mädchen antun.*

Bisher hatte Caleb keine Anzeichen dafür gezeigt, dass er dasselbe beabsichtigte, aber das war fast noch schlimmer, denn sie hatte keine Ahnung, *was* er wollte. Warum hatte er sie hierhergebracht? Warum hatte er sich die Mühe gemacht, die anderen Landbewohner zu verjagen? Mellie fragte sich, wo der Haken an der Sache war.

Bei Landbewohnern gab es immer einen Haken, das sagten zumindest die Läufer. Sie wollten immer etwas. Noch ein Lächeln, mehr Geld, einen Ausgleich in Form von anderen Diensten, von denen Mellie nur eine vage Ahnung hatte, was sie bedeuteten. Sie hätte heute um ein Haar mehr darüber erfahren, wie ihr jetzt auffiel. *Dinge, die Landbewohner Mädchen antun.* O je, ihr wurde schlecht.

»Scout?« Ein leises Klopfen an der Tür riss sie aus ihren Gedanken. »Alles okay?«

»Ja«, brachte Mellie hervor.

»Bist du sicher? Du bist schon eine ganze Weile da drin …«

»Alles okay.« Sie drehte den Wasserhahn auf und wusch sich die Hände. »Ich komme gleich wieder raus.«

Reiß dich zusammen, ermahnte sie sich, während Blut und Schmutz das Wasser dreckig rosa färbten. *Du musst dich jetzt zusammenreißen.*

Die Gefahr zu ignorieren wurde einfacher, als ihre Hände wieder sauber waren, und noch einfacher, als sie sich das Blut aus dem Gesicht und aus den Haaren gewaschen hatte. Mellie hielt den Blick auf den Spiegel gerichtet, als sie Calebs Hemd wieder zuknöpfte, und ein paar tiefe Atemzüge später hatte sie das Zittern endlich wieder unter Kontrolle. Es gab kein Patentrezept, wie man Angst und Scham herunterschlucken konnte, es brauchte einfach eine Menge Willenskraft und Übung. Mellie hatte mehr als genug von beidem.

Als sie wieder ins Wohnzimmer kam, tigerte Caleb nervös auf und ab. Bei ihrem Anblick erschrak er, was er offenbar dadurch verbergen wollte, dass er sich am Kaminsims abstützte. Dabei wischte er versehentlich ein paar Holzfiguren zu Boden.

»Ach Mist.« Schnell rettete er die lächelnden Katzenfiguren, die gefährlich nah am Feuer gelandet waren. »Ich … ähm … du siehst besser aus.« Die hölzernen Katzen kamen wieder an ihren Platz auf dem Kaminsims. »Jetzt, da du nicht mehr überall blutig bist, meine ich.«

»Danke«, sagte Mellie. *Wäre das nicht bei jedem so?* »Du hast ein … ein sehr schönes Badezimmer«, erwiderte sie das Kompliment, weil ihr nichts Besseres einfiel. Zu ihrer Überraschung brach Caleb in Gelächter aus.

»Ja, das Bad war die Idee meines Dads. Vor ein paar Jahren hat er es mir aufgezwungen; er meinte, er käme nur noch hier raus, wenn es Elektrizität und ordentliche sanitäre Einrichtungen gäbe. Meine Mum musste ihre gesamte Überredungskunst anwenden, um ihn davon abzuhalten, noch einen Whirlpool zu installieren.« Er lachte wieder. »Aber ich sollte mich nicht beschweren. Es ist schön, ab und zu ein heißes Bad nehmen zu können, weißt du?« Er sah sie an, und sein Lachen erstarb augenblicklich. »Scout, willst du, dass ich die Polizei für dich anrufe?«, fragte er. »Diese Kerle sollten nicht mit dem davonkommen, was sie dir angetan haben.«

»Nein, bitte nicht.« Mellie schüttelte den Kopf. Die Polizei hatte die Macht, Leute in Käfige zu stecken. Man sollte sie um jeden Preis meiden.

»Oder gibt es sonst jemanden, den du anrufen möchtest? Vielleicht, um dich abzuholen?«

»Nein, ich … Es ist niemand zu Hause«, log sie und schlang die Arme um den Oberkörper. Sie wusste, wo das Gespräch hinführte. Jetzt, da sie bei Bewusstsein und wieder einigermaßen hergerichtet war – nicht mehr blutend auf seiner Couch lag –, wollte Caleb, dass sie wieder verschwand.

»Okay, na gut«, fing er an, wobei er auf den Fußballen vor und zurück wippte. »Glaubst du, dass du vielleicht …«

Jetzt kommt es.

»… heute Nacht hierbleiben willst?«

Moment mal.

Wie bitte?

Wieder überkam Mellie ein ungutes Gefühl. Anstatt sie rauszuwerfen, hatte Caleb ihr genau das angeboten, was sie brauchte – verdammt, er hatte ihr sogar die Schmach erspart, ihn darum bitten zu müssen. Und Mellie hatte keinen blassen Schimmer, warum er das tat. Was erhoffte er sich davon? Was wollte er von ihr?

»Ich habe nicht vor, irgendwas zu versuchen«, fügte Caleb schnell hinzu, weil er offenbar das Misstrauen in ihrem Blick erkannte. »Aber du hast dir ziemlich stark den Kopf gestoßen, und ich würde mich besser fühlen, wenn ich wüsste, dass jemand auf dich aufpasst. Nicht auf seltsame Art und Weise, ich bin kein Serienkiller. Und ich weiß, dass alle Serienkiller das sagen würden, aber mal im Ernst, Scout, ich bin keiner. Wirklich, wirklich nicht. Wenn ich einer wäre, täte ich vermutlich auch besser dran, das Thema gar nicht erst aufzubringen …« Er brach ab.

Eine Sekunde lang konnte Mellie ihn nur anstarren. Es fühlte sich an, als wäre sie von einer Buchstabenlawine überrollt worden. So viele Worte, so schnell hintereinander – ihr rauchte der Kopf. Was sollte das überhaupt sein, ein Serienkiller? Brachte der jemanden mehrmals um?

»Weißt du was, vergiss es«, meinte Caleb. »Du willst bestimmt lieber nach Hause.«

Mellie wäre tatsächlich viel lieber nach Hause gegangen, aber da das im Moment keine Option war, sagte sie: »Ich kann bleiben, wenn du möchtest.« Als ob sie ihm einen Gefallen täte und nicht umgekehrt.

»Ja?«

Mellie zuckte mit den Achseln. »Ich hasse es, im Dunkeln nach Hause zu laufen.« Eine Lüge, ja, aber eine gute, eine, die Caleb verstehen sollte in Anbetracht dessen, dass er in einem Wald wohnte, in dem es von wilden Tieren wimmelte.

»Okay, gut. Ich schätze, dann ist das geklärt. Willst du einen Tee? Ich wollte mir gerade welchen machen.«

»Ähm … klar«, antwortete Mellie. Teetrinken mit dem Landbewohner. Was konnte dabei schon schiefgehen?

Kapitel sieben

Achtzehn Uhr achtundfünfzig. Das stand auf der Uhr in Calebs Küche, als Mellie einen verstohlenen Blick darauf warf. Fast volle zwölf Stunden bis zur Morgendämmerung. Zwölf Stunden mit einem Landbewohner unter einem Dach. *Titan hilf mir, das wird niemals funktionieren.*

Es war nicht so, dass sie nicht dazu ausgebildet war, sich an Land einzufügen. Die Sprache und andere Fähigkeiten, die an Land üblich waren, bildeten die Grundlage der Wandler-Ausbildung. Mellie konnte ein Gespräch führen oder ein Feuer entzünden, sie kannte sich mit Häusern und mit Autos aus und wusste, wie Landbewohner ein Telefon benutzten. Doch nichts in ihrer Ausbildung hatte sie auf das hier vorbereitet. *Bei einem Landbewohner übernachten.* Es wäre vielleicht doch einfacher gewesen, wenn sie einfach gestorben wäre.

»Und … lebst du allein hier?«, fragte Mellie. Falls ihr in der nahen Zukunft ein Zusammentreffen mit weiteren Landbewohnern bevorstand, wollte sie lieber darauf vorbereitet sein. Für heute reichte es ihr an Überraschungen.

»Jepp«, antwortete Caleb und hantierte mühelos in der winzigen Küche. Obwohl alles total vollgestellt war, schien er genau zu wissen, wo sich die Dinge befanden, die er brauchte. »Nur ich und Sammie.«

»Wie kommt das?« Es kam ihr ein wenig seltsam vor. Landbewohner lebten doch angeblich lieber in Gruppen.

Caleb sah sie an. »Willst du die ehrliche Antwort oder die höfliche?«

»Die ehrliche«, erwiderte Mellie entschieden. Warum hätte sie ihn sonst fragen sollen?

»Okay, gut. Ich komme nicht so gut mit Menschen klar. Mochte sie noch nie wirklich.«

»Aber warum hast du mich dann mit hierhergebracht?« Dieser Landbewohner wurde ihr immer suspekter.

»Weil es etwas anderes ist, Menschen nicht zu mögen, als ein Mädchen blutend im Wald liegen zu lassen, Scout. Willst du English Breakfast Tea oder Earl Grey?« Er hielt ihr zwei Schachteln hin.

»Was ist denn der Unterschied?«

»Ähm …« Caleb drehte die Schachteln um und las ihr den Text auf der Rückseite vor. »English Breakfast ist ›golden und abgerundet‹, was schon mal überhaupt nicht hilfreich ist.« Er verdrehte die Augen. »Und Earl Grey hat ›eine unaufdringliche Zitronen- und Bergamottenote‹. Ich glaube, Bergamotte ist eine Art Orange, aber ehrlich gesagt mache ich ohnehin so viel Milch und Zucker in meinen Tee, deshalb ist mir der Geschmack eigentlich egal.«

»Was du nimmst, ist für mich auch okay«, sagte Mellie. Sie hatte sowieso nicht vor, ihren Tee zu trinken.

Caleb machte ihnen Tee, der nach verrottetem Seetang roch und eher nach dreckigem Regenwasser aussah als nach irgendwas, das man als ›golden‹ bezeichnen könnte. Dann fischte er eine Kekspackung aus einem der Schränke und stellte sie auf den Tisch.

»Du solltest was essen, um deinen Blutzucker wieder anzuheben.«

Mellie beäugte die Kekse misstrauisch. Läufer aßen bei ihren Landgängen immer Landessen, wenn sie unterwegs waren, um Vorräte zu besorgen. Und im Sommer pflückten sie und Rynn manchmal Brombeeren von den Büschen, die in der Nähe des Sees wuchsen. Vermutlich konnte sie einen Keks essen, ohne dass ihr davon schlecht wurde. Eventuell.

»Ich habe sie nicht vergiftet, weißt du.« Caleb biss selbst in einen Keks, als wollte er es ihr beweisen. »Genauso wenig wie den Tee.«

Keine Überredungskunst der Welt würde sie dazu bringen, den übelriechenden Tee zu trinken, aber Mellie nahm sich tapfer einen Keks. Er hatte eine seltsam trockene, krümelige Konsistenz und schmeckte süßer als alles, was sie je zuvor gegessen hatte. *Gar nicht so schlecht.* Mellie nahm sich noch einen. Sie war doch hungriger, als ihr bewusst gewesen war.

»Dann erzähl doch mal«, fing Caleb an, »bist du aus …« Er wurde vom Geräusch der Tür unterbrochen, die aufgestoßen wurde.

Er hat gesagt, er lebt allein! Mellie sprang auf und griff nach dem Messer in ihrer Gesäßtasche.

»Hey, hey, alles gut. Es ist nur Sammie«, sagte Caleb beschwichtigend, als ein Hund mit langer Schnauze und zotteligem braunem Fell ins Wohnzimmer gesprungen kam. »Ich schließe die Tür nie ab, damit er kommen und gehen kann, wie es ihm passt.«

Mellie blieb lieber erst einmal stehen. Ihr Messer war nicht mehr da, wie sie entsetzt feststellte. Es musste noch irgendwo im Wald liegen, in einer Pfütze aus Breitschulters Blut. Wenn sie es morgen nicht nach Hause schaffen sollte, würden Rynn oder die Soldaten es sicher irgendwann finden. Mellie konnte sich nur zu gut vorstellen, was sie dann denken würden, insbesondere angesichts ihrer Familiengeschichte. Wahrscheinlich würde niemand ihr Verschwinden für einen Unfall halten, sondern glauben, dass sie ebenfalls abgehauen war. *Wie die Mutter, so die Tochter.*

»Scout, komm schon, es ist sonst wirklich niemand hier, okay?«, meinte Caleb. »Ich schwöre es dir.«

Ganz langsam ließ sich Mellie wieder auf ihren Stuhl sinken, wobei sie den Blick weiter auf den Flur gerichtet hielt. Außer dem Hund schien aber tatsächlich niemand dort zu sein.

»Bist du immer so nervös?«, fragte Caleb und schob ihr die Keksschachtel hin.

»Sorry. Ich bin noch ein bisschen durch den Wind, schätze ich.« Mellie zog die Schultern hoch, um sich kleiner zu machen. Schwäche vorzutäuschen würde helfen, ihr Überreagieren zu erklären. Hoffentlich würde Caleb sie einfach für ein verrücktes, verängstigtes Landbewohner-Mädchen halten.

»Mist, natürlich. Entschuldige, ich habe nicht nachgedacht.« Er wandte schnell den Blick ab und kraulte Sammie hinter den Ohren.

Der Hund wirkte ziemlich harmlos. Er hatte sie kurz gemustert und an ihren Füßen geschnüffelt, aber davon abgesehen schenkte er ihr keine Beachtung. Zuerst dachte Mellie, er wäre reingekommen, um sich einen Keks zu klauen, aber Sammie interessierte sich nicht für die Schachtel. Er saß einfach nur da, starrte Caleb an und berührte ihn hin und wieder mit der Pfote am Bein.

»Schon gut, du dummes Tier, ich komme ja schon«, sagte Caleb schließlich und ging mit Sammie in Richtung Tür. »Denkst du, du kommst eine Stunde allein klar?«, fragte er aus dem Flur. »Sammies Gassirunde wurde vorhin abgebrochen, und er wird keine Ruhe geben, bis ich noch mal mit ihm rausgegangen bin.«

»Du gehst nach draußen?« Mellie wollte ihren Ohren nicht trauen. »Jetzt?«

»Jepp. Dummerweise ist Sammie einer dieser Hunde, die bei jedem Wetter Gassi gehen wollen.«

»Aber …« War er verrückt? »… was ist mit den Bären?« Und den Wölfen und den Tigern und allem anderen, was im Wald lauerte?

»Bären?« Caleb kicherte, während er sich die Stiefel anzog. »Hier gibt es seit fünfzig Jahren keine Bären mehr. Früher haben hier welche gelebt. Mein Urgroßvater hat meinen Großvater als Kind immer mit hierher zum Jagen genommen. Aber eines Tages gab es keine Bären mehr. Auch keine Wölfe und keine Hirsche. Seltsam eigentlich, normalerweise greift die Behörde ein, bevor es so weit kommt. Ab und zu sehe ich einen Puma.« Er wickelte sich einen Schal um den Hals. »Zugegeben, ziemlich selten, aber manchmal verirrt sich einer aus den Bergen herunter, doch sie bleiben meistens auf der anderen Seite des Sees. Ein Fuchs ist in etwa das Gefährlichste, was mir hier in der Gegend je begegnet ist, und mit so einem könnte Sammie es notfalls aufnehmen, nicht wahr, mein Junge?«

Als ob er ihm zustimmen wollte, bellte Sammie.

»Aber eines verstehe ich nicht, Scout.« Caleb schlüpfte in seinen Mantel. Es war wirklich lächerlich, wie viele Lagen an Kleidung er brauchte, um vor die Tür zu gehen. »Was hast du überhaupt da draußen gemacht, wenn du denkst, dass es im Wald Bären gibt?«

»Bären kommen nicht am Tag raus.« Das wusste doch jeder.

»Warum nicht, sind es Vampir-Bären?« Caleb grinste, und auch wenn Mellie keine Ahnung hatte, was das Wort bedeutete, wusste sie, dass er sie veräppelte. *Wie du meinst*, dachte sie und überließ ihn seinem Hund, seinen Kleiderlagen und seinem Todeswunsch. Wenn Caleb rausgehen und sein Leben aufs Spiel setzen wollte, war das seine Sache.

Wie durch ein Wunder wurde Caleb nicht von einem Bären zerfetzt, und als er zur Hütte zurückkehrte – unversehrt und in einem Stück –, fragte er sie, ob sie Lust hätte, sich einen Film anzuschauen.

Und so kam es, dass Mellie herausfand, was ein Vampir war und dass Vampire äußerst furchterregend waren. Mit ihren rasiermesserscharfen Zähnen, ihren Superkräften und ihrer unglaublichen Fähigkeit, sich selbst zu heilen, konnte Mellie sich nicht vorstellen, wie die Landbewohner, die vor ihnen flüchteten, auch nur den Hauch einer Chance haben sollten, mit dem Leben davonzukommen.

Doch noch schlimmer als die Vampire selbst fand Mellie Calebs Reaktion auf die Ungetüme. Er jubelte und lachte jedes Mal, wenn sie aus den Schatten sprangen und sich einen »Snack« schnappten. Es war mehr als verstörend, und Mellie war völlig fassungslos. Wie konnte jemand sich derart darüber amüsieren, wenn die eigene Art so brutal niedergemetzelt wurde? Wie konnte das als Unterhaltung betrachtet werden?

»Bist kein Fan von Horrorfilmen, was?«, fragte Caleb, nachdem sie sich zum fünften Mal entschuldigt hatte, um ins Badezimmer zu verschwinden.

Mellie zuckte bloß mit den Achseln.

»Ich mochte sie früher auch nicht. Als ich neun Jahre alt war, hat mich mein Idiot von einem Bruder dazu gezwungen, diesen Achtziger-Jahre-Horrorfilm mit ihm zu schauen, wo die Vampire sich in Fledermäuse verwandeln und in den Schränken der Leute wohnen. Hat mich damals zu Tode erschreckt; ich konnte wochenlang nicht schlafen. Bis mein Dad sich mit mir hingesetzt und mir erklärt hat, wie Filme gemacht werden und dass nichts davon echt ist.«

Moment mal.

Ist es nicht?

»Jedenfalls haben sie mir seitdem nicht mehr so viel ausgemacht, und inzwischen, na ja, man könnte sagen, sie sind zu einer kleinen Sucht geworden.« Er deutete auf das Regal hinter ihnen, wo sich Hunderte der Schachteln stapelten.

»Dann sind sie … *nicht* echt?« Mellie musste einfach fragen.

»Was, *Vampire?*« Caleb hätte sich fast an seinem Tee verschluckt. »Natürlich sind sie nicht echt. Mann, Scout, es wäre wesentlich weniger lustig, wenn sie echt wären, findest du nicht?« Er schauderte sichtlich und neigte dann den Kopf, um sie mit einem seltsamen Blick zu mustern. »Du hast also … *Wie* kann es sein, dass du noch nie zuvor einen Vampirfilm gesehen hast? Gehörst du dieser Sekte an, die noch wie im Mittelalter lebt, oder so?«

»Nein.« Jedenfalls ging sie nicht davon aus.

»Okay. Soll ich den Film lieber abschalten?«

»Nein, schon gut.« Die Vampire ließen sich vermutlich leichter ertragen, wenn man wusste, dass sie nicht echt waren.

Caleb blieb länger wach, als Mellie erwartet hätte – vermutlich, um sie im Auge zu behalten –, und als er schließlich beschloss, schlafen zu gehen, bot er ihr sein Bett an.

»Nein!« Mellie schrie ihn schon fast an. Das wollte sie auf keinen Fall.

»Wirklich, Scout, es macht mir nichts aus. Du hast überall Prellungen, es wäre sicher bequemer für dich …«

»Ich schlafe nicht in deinem Bett, Caleb.« Ihr Tonfall war härter als geplant und getränkt von Vorwurf. *Ach, Mist.* Mellie hätte die Worte gern zurückgenommen. »Ich meinte, nicht mit dir.« Na ja, das hatte sie schon gemeint, sie hatte nur nicht vorgehabt, es laut auszusprechen. »Ich …« *Bei den Göttern, was für ein Desaster.* »Bitte, mach dir keine Umstände, die Couch ist völlig in Ordnung für mich.« Als sie den Satz endlich rausgebracht hatte, waren sie beide rot angelaufen. O *Mann, sehr geschickt. So viel zum Thema »normal verhalten«*.

»Klar, logisch. Kein Problem.« Caleb hielt den Blick auf den Boden gerichtet. »Ist es denn okay für dich, wenn du mit Sammie in einem Raum schläfst? Normalerweise bleibt er draußen in der Hütte, aber wenn es so kalt ist, lasse ich ihn beim Kamin schlafen.«

Mellie nickte nur, weil sie sich nicht zutraute, noch irgendetwas Sinnvolles von sich zu geben.

»Na, dann gute Nacht, schätze ich. Ruf mich, wenn du etwas brauchst.« Caleb zog sich eilig in sein Schlafzimmer zurück und schloss die Tür hinter sich.

Mellie konnte nicht schlafen. Sie verbrachte die ganze Nacht zusammengekauert auf der Couch und starrte in die Dunkelheit vor dem Fenster. *Ich werde es nach Hause schaffen*, wiederholte sie immer und immer wieder im Kopf, als wäre es ein stilles Gebet. *Es sind nur noch ein paar Stunden. Ich werde es schaffen.*

Schatten um Schatten lichtete sich die Dunkelheit. Die Minuten verstrichen schmerzhaft langsam.

Sechs Uhr. Sechs Uhr dreißig. Sechs Uhr einundvierzig, zweiundvierzig und dann endlich – *endlich* – sechs Uhr dreiundvierzig. Sonnenaufgang. Die anderen Wandler würden jetzt aufwachen, und wenn sie sich zum Frühstück versammelten, würden sie die Nachricht erhalten. Gestern Abend hatte es eine von ihnen nicht nach Hause geschafft. Mellie Mayreed hatte das gleiche tragische Schicksal ereilt wie ihre Mutter. Nicht einmal Rynn würde die Wahrheit kennen, aber das würde weder ihn noch den Captain, noch alle anderen davon abhalten, vom Schlimmsten auszugehen. Das konnte Mellie nicht zulassen. Wenn sie jetzt gleich losging, konnte sie vielleicht – nur vielleicht – den Annex rechtzeitig erreichen, um dem Verkünden der Nachricht zuvorzukommen.

Da Caleb noch tief und fest im anderen Zimmer schlief, war das Einzige, was ihrer heimlichen Flucht noch im Weg stand, der Hund. Sammie hob in dem Moment den Kopf, als sie ihre Sachen nehmen wollte, und gab ein hohes Winseln von sich, als wollte er sie anflehen, nicht zu gehen, oder vielleicht warnen, dass er bellen würde, sollte sie versuchen zu verschwinden.

»Pst«, flüsterte Mellie und huschte auf Zehenspitzen zu ihm. »Du musst schön leise sein, ja? Wir wollen deinen Landbewohner doch nicht wecken.« *Und jetzt rede ich schon mit einem Hund.* Mellie verdrehte die Augen. Sie nahm eine Handvoll übriggebliebener Kekse und verteilte sie auf dem Boden. *Das sollte ihn ablenken.*

Mellie schloss die Haustür möglichst geräuschlos hinter sich und schlich davon. Es wäre höflicher gewesen zu warten, bis Caleb wach war, und sich bei ihm zu bedanken – weil er sie aufgenommen und ihr das Leben gerettet hatte. Aber schlauer war es, sich jetzt zu verdrücken. Caleb war ein Landbewohner. Nur weil er ihr bis jetzt noch nichts getan hatte, hieß das nicht, dass es so bleiben würde.

Da sie bewusstlos gewesen war, als Caleb sie zu seiner Hütte gebracht hatte, wusste Mellie nicht genau, wo sie sich befand, aber dem Aussehen der Bäume und dem Abstand der Baumstämme zufolge befand sie sich ein paar Kilometer außerhalb des äußeren Patrouillengebiets. Mellie hatte sich noch nie so weit vom See entfernt. Je größer die Entfernung, desto wahrscheinlicher war es, auf Landbewohner zu treffen, und Landbewohner bedeuteten immer Ärger. Dennoch fiel es ihr nicht schwer, den Weg zurück zu finden. Die Sonne ging rechts von ihr auf, und vor sich konnte sie die schneebedeckten Berge sehen, die am anderen Ufer des Sees aufragten. Alles, was sie tun musste, war, in gerader Linie darauf zuzugehen, bis sie das Seeufer erreichte.

Als Mellie schließlich am See ankam, ließ der Anblick des Wassers – spiegelglatt und in der Morgensonne glitzernd – ihr Herz höherschlagen. Sie hatte es geschafft. Trotz allem hatte sie es zurückgeschafft.

Mit zitternden Fingern zog Mellie Stiefel und Jeans aus. Ihr schlechtes Gewissen meldete sich wieder, als sie Calebs Hemd aufknöpfte. Sie war nicht nur sang- und klanglos verschwunden, sie hatte ihn auch noch bestohlen. Tja, sie konnte es nicht ändern. Das Hemd flog zu ihren anderen Kleidungsstücken auf den Boden. Vielleicht würde sie irgendwie einen Weg finden, es ihm zurückzugeben, nachdem der Skandal um ihre Nacht an der Oberfläche abgeklungen war.

Mellie sprang ins Wasser. Nach vierundzwanzig Stunden an Land sehnte sich ihr Körper regelrecht nach der Verwandlung. Sie hatte sich die ganze Nacht schon die Beine kratzen müssen und ständig gegen den Husten angekämpft, mit dem sich ihre Lunge gegen die Luft wehrte. Wandler waren nicht dafür gemacht, so viel Zeit an Land zu verbringen. Sie musste dringend nach Hause.

Aber zum ersten Mal verschaffte ihr das Wasser keine Erleichterung. Es fühlte sich auf ihrer Haut nicht weich an wie sonst, sondern rau, nass und unnatürlich auf eine Art und Weise, wie sie es noch nie erlebt hatte. Und das Ziehen in den Knochen, das die Verwandlung von innen heraus ankündigte, ließ ebenfalls auf sich warten. Mellie spürte gar nichts. Sie wusste, dass es manchmal ein oder zwei Sekunden dauerte, bis die Verwandlung einsetzte, alles bis zu einer Minute war völlig normal. Ein Junge aus ihrem Runenunterricht konnte vollständig bekleidet ins Wasser springen und sich dann erst seiner Kleidung entledigen, ehe er anfing, sich zu verwandeln. Sie hatten sich einen Spaß daraus gemacht, ihn so viele Lagen wie möglich tragen zu lassen, um zu sehen, wie viele er loswerden konnte, bevor sich seine Beine zu einer Schwanzflosse verbanden. Aber bei Mellie war die Verwandlung immer sehr schnell gegangen, sowohl in die eine als auch in die andere Richtung. Schon immer.

Dennoch versuchte sie, nicht in Panik zu verfallen. Sie hatte fast doppelt so lange außerhalb des Wassers verbracht, wie es Wandler normalerweise taten. Die Verwandlung brauchte deshalb wahrscheinlich einfach etwas mehr Zeit.

Also wartete Mellie.

Zehn Sekunden vergingen: keine Verwandlung.

Zwanzig Sekunden: nichts.

Dreißig: Es wurde allmählich schwieriger, die Luft anzuhalten.

Vielleicht war das das Problem. Vielleicht verhinderte sie die Verwandlung, indem sie die Luft anhielt. Also ließ Mellie die Luft ausströmen und nahm einen großen Schluck Wasser.

Aber das Wasser brachte nur Schmerzen mit sich. Tausend winzige eiskalte Messer schienen sich in ihre Lunge zu bohren und drohten sie zu ersticken. Jetzt bekam Mellie doch Panik. Sie versuchte, sich zurück an die Oberfläche zu bewegen, doch Beine funktionierten nicht so wie Schwanzflossen, und einer ihrer Fußknöchel hatte sich im Seegras verfangen. Bis sie sich befreit hatte, tanzten ihr schon schwarze Punkte vor den Augen, so dass das Wasser aussah wie eine schmutzige graue Brühe. Ihre Kehle schmerzte, ihre Beine wurden schwer. Wenn sie nicht gerade am Ertrinken gewesen wäre, hätte Mellie gelacht. Sie würde sterben. Weil sie nicht *schwimmen* konnte.

Da legte sich etwas Kräftiges um ihre Taille und zog sie durch den Nebel in Richtung der Lichtsplitter, die an der Oberfläche glitzerten. Mit einem Mal explodierte die Welt in Geräuschen und Farben. Das Wasser wurde zu Luft, die Luft zu Sand, und ehe Mellie sich versah, fand sie sich mit dem Gesicht auf dem Boden wieder und rang nach Atem.

»Verdammt nochmal, Scout.« Caleb klopfte ihr auf den Rücken, bis sie einen Mundvoll Wasser ausspuckte und stattdessen Luft einatmete. »Was zum Teufel sollte das denn werden?« Er zog seinen Mantel aus und wickelte sie darin ein.

»Ich …« Mellie wusste nicht, wie sie diese Frage beantworten sollte. »Du bist mir gefolgt?«

»Ich habe mir Sorgen gemacht.« Er wandte den Blick ab. »Du bist bei Sonnenaufgang verschwunden, ohne einen Ton zu sagen. Ich wollte nur sichergehen, dass alles okay ist.« Sein beschämter Blick verwandelte sich in einen wütenden. »Ich hätte allerdings nicht damit gerechnet, dass du in der Eiseskälte baden gehen würdest! Warum traust du dich überhaupt in die Nähe des Wassers, wenn du gar nicht schwimmen kannst?«

»Ich kann schwimmen«, verteidigte sich Mellie, auch wenn es nicht sehr überzeugend klang, wo sie immer noch Wasser hustete. *Nur nicht mit Beinen.*

»Na, da hättest du mir fast etwas vorgemacht. Jetzt tu mir den Gefallen und zieh dir was an.« Er reichte ihr die Kleider, die sie zurückgelassen hatte. »Dann bringe ich dich nach Hause.«

Nach Hause. Die Worte brannten wie eine offene Wunde, frisch und roh und blutend. Es würde keine Heimkehr für sie geben. Nicht mehr.

»Ich kann nicht nach Hause.« Mellie hatte plötzlich einen Kloß im Hals. Dieses düstere, hilflose Gefühl befiel sie wieder, eine Taubheit, die in ihren Zehen begann und sich in ihrem gesamten Körper ausbreitete. Ihre Fähigkeit, sich zu verwandeln, hätte bei Sonnenaufgang zurückkehren sollen. Doch das war sie nicht. Was, wenn Mellie die Fähigkeit für immer verloren hatte, weil sie nach Sonnenuntergang noch an Land gewesen war? Was, wenn das Korps ihnen diese Wahrheit vorenthalten hatte, um sie zu schonen? Weil sie sonst zu viel Angst davor hätten, ihren Job zu erledigen?

Caleb, der gerade an seiner feuchten Jeans gezupft hatte, schaute erstaunt auf. »Warum denn nicht?«

Weil ich die Regeln gebrochen habe. Weil ich keine Wandlerin mehr bin. »Ist nicht wichtig«, murmelte sie. »Es geht einfach nicht.« Ihre Stimme brach ab, und ein heftiges Schluchzen schüttelte sie. Mellie ließ den Kopf auf die Knie sinken. Zuerst konnte sie im Wasser nicht atmen, jetzt bekam sie auch an Land keine Luft mehr. Egal, wie tief sie auch einatmete, es fühlte sich an, als bliebe da immer eine Leere in ihrer Brust, die sie nicht füllen konnte. Wie dumm von ihr, zu denken, es könnte nicht schlimmer kommen, als dass sie die Nacht im Haus eines Landbewohners verbringen musste. Die Regeln waren unmissverständlich: Auf keinen Fall durften sie an Land stranden. Jetzt verstand Mellie endlich den Grund dafür. Es gab kein Zurück, wenn man einmal gestrandet war. Selbst, wenn man es schaffte, die Gefahren des Waldes zu überleben.

»Jetzt komm schon, tu das nicht.« Caleb hockte sich vor sie. Er streckte den Arm aus, um Mellie eine Hand auf die Schulter zu legen, zog sie dann wieder weg, nur um sie wieder hinzulegen. Offenbar hatte er beschlossen, die Berührung zu riskieren. »Bitte, weine nicht. Wenn du nicht nach Hause gehen kannst, dann kommst du einfach wieder mit zu mir, okay? Bis du weißt, wie es weitergehen soll.«

Mellie riss den Kopf hoch. »Das würdest du für mich tun? *Warum?*«

»Weil ich keine Mädchen weinend im Wald zurücklasse. Das macht man einfach nicht.« Caleb lächelte schüchtern, und es war eine entwaffnende Art von Lächeln. »Ich meine es ernst, Scout. Wenn du Ärger hast und einen Ort zum Bleiben brauchst, musst du nur fragen, okay?«

Mellie nickte und wischte sich die Tränen mit dem Handballen aus den Augen.

»Na, dann komm, lass uns zurückgehen, ehe wir noch beide erfrieren«, meinte Caleb und richtete sich wieder auf. »Ach, Scout.« Er trat unbehaglich von einem Fuß auf den anderen. »Tu mir einen Gefallen und *zieh deine verdammten Klamotten wieder an.*«

Von außen sah Calebs Hütte ziemlich bescheiden aus. Klein, von Jahren und Wetter gezeichnet. Es gab einige Hütten dieser Art am Waldrand, doch soweit Mellie wusste, hatte seit Jahren niemand mehr dort gewohnt. Schon gar nicht allein und mitten im Winter. Wenige Landbewohner wagten sich im Winter überhaupt so weit vor. Es war ihr Pech gewesen, gerade den wenigen zu begegnen, die es taten.

Sobald sie drinnen waren, verschwand Caleb in sein Zimmer, um sich umzuziehen, und als er wieder ins Wohnzimmer trat, reichte er ihr ein frisches Hemd und eine Jeans.

»Deine sind wieder ein bisschen nass geworden«, sagte er lächelnd. »Das ist eine alte Jeans von meiner Mum. Sie wird dir nicht perfekt passen, aber wenigstens ist sie trocken.«

Nachdem sie sich umgezogen hatte – im Badezimmer, weil er darauf bestanden hatte –, kochte Caleb wieder Tee, den Mellie nicht wollte, und dann versuchte er, mit ihr ins Gespräch zu kommen, was sie hartnäckig ignorierte. Irgendwann gab er es auf und ließ sie in Ruhe. Er setzte sich mit seinem Tee in die Küche und las ein Buch. Doch selbst da blieb er sich ihrer Anwesenheit immer bewusst; Mellie ertappte ihn ein paarmal dabei, wie er sie anschaute und dann schnell den Blick abwandte. Wahrscheinlich dachte er, dass sie irgendwann einknicken und etwas sagen würde, wenn er nur lange genug wartete. *Darauf würde ich nicht wetten, Landbewohner.*

Mellie war zu sehr mit Nachdenken beschäftigt, um Smalltalk halten zu können. Zu beschäftigt, nicht an dem Gedanken zu verzweifeln, dass sie Astria nie wiedersehen würde. Dass sie Rynn nie wiedersehen würde. *Nein.* Sie sprang plötzlich auf. Sie war vielleicht keine Wandlerin mehr, aber das bedeutete nicht, dass sie Rynn aufgeben musste. Das würde sie ganz bestimmt nicht tun.

»Musst du noch wohin?«, fragte Caleb, als sie sich die Stiefel schnürte.

»Äh … ja.« Erwartete er, dass sie ihn um Erlaubnis bat, weggehen zu dürfen? Das würde sie auf keinen Fall tun.

»Bist du dir sicher, dass es eine gute Idee ist, da wieder rauszugehen? Angesichts dessen, was … du weißt schon«, er räusperte sich, »was gestern passiert ist?«

»Ich komme schon zurecht.« Mellie zuckte ungeduldig mit den Schultern. »Ich bin ständig da draußen. Gestern war …« Ein Fehler. Ein dummer, unbedachter und lebenszerstörender Fehler. Daran musste sie von niemandem erinnert werden. Dass sie ihre Fähigkeit verloren hatte, sich zu verwandeln, war Erinnerung genug.

»Ich werde vorsichtiger sein«, versicherte Mellie ihm. »Aber ich muss etwas Dringendes erledigen.«

»Okay.« Caleb wandte sich wieder seinem Buch zu.

Okay? Na, das war ja einfach. Mellie atmete erleichtert auf. *Außer … Moment mal. War es vielleicht zu einfach?*

»Du hast aber nicht vor, mir wieder zu folgen, oder?« Sie blieb zögernd im Türrahmen stehen.

»Das kommt darauf an, ob du vorhast, wieder schwimmen zu gehen?«

»Nein.«

»Dann nicht.«

»Und ich darf zurückkommen?«

»Ja, du darfst zurückkommen. Du bekommst Bonuspunkte, wenn du es trocken und in einem Stück schaffst.«

Sie ging, ohne zu fragen, wofür sie die Bonuspunkte einlösen konnte.

Als Erstes ging Mellie zur Vorratsscheune. Sie hatte zwar keinen Schlüssel mehr, aber ein schwerer Stein öffnete das alte Schloss fast genauso gut. Sie warf die verbogenen Überreste ins nächste Gebüsch. Die Läufer würden das Fehlen des Schlosses zweifellos bemerken, wenn sie das nächste Mal vorbeikamen, um die Vorräte zu checken, doch es war sinnlos, sich jetzt darüber Gedanken zu machen. Vor einer Woche noch hatte sie sich nichts Schlimmeres vorstellen können, als beim Stehlen von Kleidung erwischt zu werden. Heute sah das ganz anders aus.

Drinnen stopfte Mellie eilig ein paar T-Shirts und Jeans in ihre Tasche. Es fühlte sich falsch an, so viel mitzunehmen. Gierig. Aber sie wollte nicht noch einmal kommen müssen. Das Schloss würde beim nächsten Mal nicht mehr so leicht zu knacken sein, wenn die Läufer es durch ein neues ersetzt hatten. *Und sie ersetzen es mit Sicherheit, wenn ihnen erst einmal das fehlende Geld aufgefallen ist*, dachte Mellie, als sie die kleine Dose öffnete. Unter anderen Umständen wäre es unentschuldbar gewesen, Geld zu entwenden. Aber bevor sie eine Verräterin wurde, war Mellies Mum Läuferin gewesen, und sie hatte immer gesagt, dass an der Oberfläche Geld mehr bedeutete als tausend Worte. Es jetzt mitzunehmen war eine Überlebensstrategie. Andererseits war das vermutlich die Ausrede, die jeder Dieb sich selbst gegenüber benutzte, ehe er sich mit den Dingen anderer aus dem Staub machte.

Außer dem seltsamen verrosteten Vierteldollar hatte Mellie noch nie Landbewohner-Geld in der Hand gehabt. Sie wusste, dass das Papiergeld mehr wert war als die Münzen, und der gesunde Menschenverstand sagte ihr, dass die aufgedruckte Zahl möglichst hoch sein sollte. Doch den wahren Wert der Zahlen kannte sie nicht. Wie viel kostete etwas zu essen? Oder ein Dach über dem Kopf? Wenn Caleb sich als gewalttätig herausstellen sollte und sie sich freikaufen musste, wie viele Geldscheine würde er von ihr haben wollen?

Ein bisschen Geld ist besser als gar kein Geld. Sie stopfte sich ein kleines Bündel an Scheinen in die Tasche. Vielleicht würde es ihr wenigstens ein bisschen Wohlwollen einbringen. Beim Rausgehen steckte Mellie sich noch ein neues Messer ein. Sie bezweifelte, dass sie sich ohne Messer im Wald je sicher fühlen würde.

Mit der Tasche voller gestohlener Vorräte über der Schulter machte sich Mellie auf die Suche nach Rynn. Heute war Dienstag, wenn er also ihrem üblichen Plan folgte, würde er heute die Schutzanker Nummer drei, vier, sechs, acht, zehn und zwölf überprüfen. Eigentlich sollten sie keinen Plan haben – die Überprüfung sollte in zufälliger Reihenfolge durchgeführt werden –, doch alle paar Wochen ertappten sie sich dabei, einem bestimmten Rhythmus zu folgen. Und angesichts ihres »Todes« hoffte sie, dass Rynn nicht gerade jetzt die Routine ändern würde.

Sie richtete es so ein, dass sie etwa zu der Zeit bei den Schutzankern ankam, zu denen er auch dort sein sollte, und sie ging die Wege entlang, die sie normalerweise auch nahmen. Aber sie traf Rynn weder beim ersten noch beim zweiten oder dritten Schutzanker an, und als ihr einfiel, aus welchem Grund das so war, schämte sie sich, dass sie dafür so lange gebraucht hatte. Sie hatten die Schutzanker versetzt. Mellie war jedoch zu den alten Standorten gegangen, und Rynn wusste auch gar nicht, wohin sie die Schutzanker versetzt hatte, weil sie nie dazu gekommen war, die neuen Positionen in der Karte einzutragen.

Idiot, schimpfte sich Mellie, als sie zum Wasser zurückeilte. Sie hatte sich immer für einen guten Scout gehalten. Ihr magisches Können war überdurchschnittlich gut, sie hatte ihre Ausbildung in fast allen Fächern als eine der Besten abgeschlossen. Aber gestern war sie nachlässig gewesen, und ihre Nachlässigkeit hatte dazu geführt, dass sie die strengste aller Regeln für Wandler gebrochen hatte. Sie war gestrandet, und jetzt wurde sie unkonzentriert und vergesslich. Wenn sie die vergangenen zwei Tage Revue passieren ließ, dann war Mellie nicht einmal ansatzweise ein so guter Scout, wie sie gedacht hatte.

Da sie nicht wusste, was sie sonst tun sollte, beschloss sie, an ihrem üblichen Rastplatz auf Rynn zu warten. Aber er tauchte auch dort nicht auf, und Mellie sah ihn – oder seine Kleidung – ebenfalls nicht auf dem Felsen, wo sie ihre Sachen immer zum Trocknen hinlegten. Schließlich musste sie aufgeben und zu Calebs Hütte zurückkehren. Die Sonne ging bereits hinter den Bergen unter. Falls Rynn heute an Land gewesen war, hatte er schon längst den Heimweg angetreten, und Mellie hatte nicht vor, in der Dunkelheit allein im Wald herumzulaufen. Sie würde morgen weiter versuchen, Rynn zu finden, auch wenn sie jeden Zentimeter ihres Gebiets dafür absuchen musste. Mellie hatte jetzt nur noch ein Ziel vor Augen: lange genug am Leben zu bleiben, um sich bei Rynn zu entschuldigen. Sie weigerte sich, einfach so zu verschwinden, wie ihre Mutter es getan hatte. Egal, wie lange es dauern würde, sie würde das wieder hinbekommen.

Kapitel acht

Mit Caleb zusammenzuwohnen war anstrengend. Am Anfang versuchte Mellie, sich ruhig zu verhalten und ihm aus dem Weg zu gehen, indem sie quasi mit den Möbeln verschmolz wie ein Chamäleon mit seiner Umgebung. Aber Caleb hatte andere Vorstellungen. Er wollte alles von ihr erfahren. Wo sie herkam, wieso sie allein im Wald war, warum niemand nach ihr suchte. Er fragte sie nach ihrem Lieblingsbuch, ihrem Lieblingsfilm, nach ihren Hobbys und ihren Freunden und warum sie eine so »seltsame« Haar- und Augenfarbe hatte. Caleb stellte ihr so viele Fragen, dass sie schon überlegte, ob er eigentlich nur aus Fragen bestand und ob sein ganzer Kopf wohlmöglich mit einem endlosen Band aus »Was«, »Wie« und »Warum« gefüllt wäre, wenn man hineinschauen könnte.

Die meiste Zeit gab Mellie ihr Bestes, seine Fragen zu ignorieren. Ihr Lehrer in Oberflächenkunde hatte immer gesagt, dass man im Zweifel besser nichts sagen und die Landbewohner die Stille selbst füllen lassen sollte. Also spielte Mellie die Taubstumme, wann immer sie konnte, und zuckte nur mit den Schultern, wenn er ihr schwierige Fragen stellte, oder tat sie mit einem knappen »Ich will nicht darüber reden« ab, so dass Caleb seine eigenen Schlüsse ziehen konnte. Und die, die er zog, waren offenbar nicht positiv, denn irgendwann schaute er sie an, als wäre sie ein verwundetes Tier, das im Wald zum Sterben zurückgelassen worden war. Was genau genommen gar nicht so weit von der Wahrheit entfernt war.

An manchen Tagen bekam Caleb einen Anruf, den er im Schlafzimmer hinter geschlossener Tür entgegennahm. Mellie konnte nicht genau verstehen, was er sagte, aber ab und zu wurde er richtig laut, dann wieder murmelte er nur wütend etwas vor sich hin. Doch nicht einmal die düstere Stimmung, in die ihn die Telefonate versetzten, konnte seinen Fragenschwall hemmen.

»Kennst du das Gefühl, dass deine Eltern dich überhaupt nicht verstehen?«, hatte er nach einem dieser Gespräche gefragt. Keinem guten, soweit sie mitbekommen hatte. »Meine klingen wie eine kaputte Schallplatte. Was tust du in dieser Hütte, Caleb? Stanford wird nicht ewig auf dich warten, Caleb. Mit deinem Bruder hatten wir nie solche Probleme, Caleb. Manchmal habe ich das Gefühl, sie können mich nicht einmal leiden. Geht es dir auch öfter so?«

»Meine Eltern sind tot«, hatte sie erwidert, und das brachte ihn dann doch endlich zum Verstummen. Wenigstens für eine Weile.

Aber es wurde jeden Tag schwieriger, und Mellie fielen bald keine Lügen mehr ein. Ein- oder zweimal dachte sie darüber nach, von Caleb fortzugehen und in einer anderen verlassenen Hütte im Wald Zuflucht zu suchen. Sie war sogar so weit gegangen, in eine einzubrechen. Aber auch wenn es in der Hütte keinerlei Anzeichen darauf gab, dass sie bewohnt sein könnte, gelang es Mellie dort nicht, sich zu entspannen. Sie zuckte jedes Mal zusammen, wenn das Holz knarzte, der Wind an den Fenstern rüttelte oder in der Ferne ein Motor aufheulte. Was, wenn die betrunkenen Kerle zurückkehrten und sie fanden? Was, wenn jemand noch Schlimmeres sie entdeckte? Am Ende beschloss Mellie, dass sie mit dem Landbewohner, den sie kannte, besser dran war. Sie schlief trotzdem so mit der Hand am Messer, dass sie Calebs Zimmertür sehen konnte. Nur für den Fall.

Mellie verbrachte den Großteil ihrer Zeit damit, im Wald nach Rynn zu suchen, aber fünf Tage vergingen ohne ein Zeichen von ihm. Vermutlich hatte er See-Arrest. An Land zu stranden war vielleicht das absolut Schlimmste, was einem Wandler passieren konnte, aber den eigenen Partner zu verlieren und zurückzulassen kam dicht dahinter. Mellie überlegte, ob sie ihm eine Nachricht zukommen lassen sollte. Es konnte doch nicht allzu schwer sein; sie musste nur eine Sicherheitspatrouille abpassen oder irgendeinen Schutzanker finden und dort auf das Scout-Team warten, das irgendwann zur Kontrolle auftauchen würde. Aber dann würde sie erklären müssen, warum sie nicht nach Hause gekommen war, und die abfälligen – und verurteilenden – Blicke ertragen müssen. Man würde ihr nicht glauben, dass es nicht ihre Schuld gewesen war. Sie würden sagen, dass es nicht anders zu erwarten gewesen wäre. Wie die Mutter, so die Tochter.

Nein, es musste Rynn sein. Er war der Einzige, bei dem sie sich entschuldigen wollte. Mellie war bereit, den Rest ihres Lebens damit zu verbringen, den Wald nach ihm abzusuchen, wenn es sein musste. Was danach kam … das wusste sie, ehrlich gesagt, nicht genau. Wenn sie Rynn fand, was dann? Sicher, sie wollte ihn sehen, und ihn zu sehen würde ihr schon helfen, sich besser zu fühlen und mit den Schuldgefühlen klarzukommen. Aber es würde nichts ändern. Er konnte sie nicht wieder zu einer Wandlerin machen oder ihr das Leben an der Oberfläche erleichtern. Das Korps hatte ihnen tausend verschiedene Wege beigebracht, wie sie außerhalb des Wassers überleben konnten, aber nur in den Stunden zwischen der Morgen- und der Abenddämmerung. Eigentlich hätte sie längst tot sein sollen.

Also kehrte Mellie jeden Abend zu Calebs Hütte zurück und fürchtete den Moment, wenn er es endlich satthatte mit ihr und sie rauswarf. Doch bisher beschwerte er sich nur darüber, dass sie immer wieder an die »verdammte Tür« klopfte, anstatt einfach reinzukommen.

»Du weißt doch, dass die Tür offen ist, also hör auf, so unnötig höflich zu sein«, motzte er. »Es erspart dir Zeit und mir das Aufstehen. Also haben wir beide etwas davon.«

Es ergab keinen Sinn. Nichts an Caleb passte mit dem zusammen, was sie über Landbewohner gelernt hatte. Er war weder gewalttätig noch unfreundlich. Er war nicht aggressiv und quälte keine Tiere, und er verbrachte seine Zeit auch nicht damit, alle anderen um sich herum unglücklich zu machen, abgesehen davon, dass er sie mit Fragen torpedierte. Er wollte nicht einmal ihr Geld annehmen, als sie ihm etwas dafür geben wollte, dass sie bei ihm bleiben durfte.

Und sollten Landbewohner nicht eigentlich zur Arbeit gehen? Mellie wusste nicht genau, wie alt Caleb war, aber sie hätte ihn auf achtzehn oder neunzehn, maximal zwanzig geschätzt. Sicherlich sollten Landbewohner in diesem Alter schon einen Job haben, oder nicht? Es erschien ihr eine ziemliche Verschwendung von Lebenszeit, wenn es nicht so wäre.

Aber soweit sie es überblicken konnte, hatte Caleb keinen Job und musste auch sonst nirgends sein. Morgens ging er in der Regel mit Sammie Gassi, was Mellie Gelegenheit gab, sich in den Wald davonzustehlen. Manchmal aber wachte sie auf und fand ihn am Küchentisch über einer silbernen Kiste gebeugt sitzend vor, die er »Laptop« nannte und auf der er wie wild mit den Fingern herumtippte. Heute war so ein Tag. Caleb war schon seit Sonnenaufgang beschäftigt, und er unterbrach seine Tätigkeit nur, um sich einen von endlos vielen Tees zu kochen. Caleb war von Tee fast genauso besessen wie von Vampiren.

Mellie lag eine Weile still auf der Couch und stellte sich schlafend. Sie hoffte, dass er irgendwann eine Pause machen und mit Sammie rausgehen würde, damit sie den Fragen, die er sich bestimmt über Nacht wieder neu überlegt hatte, entgehen konnte. Doch eine Stunde später tippte Caleb immer noch, und Sammie hatte sich resigniert vor dem Kamin zusammengerollt. Es war wohl an der Zeit, sich als wach zu outen.

Inzwischen hatte Mellie eine perfekte Morgenroutine ausgearbeitet. Sie wusch sich und zog sich an, räumte die Decken weg, die Caleb ihr gegeben hatte, und schlang dann runter, was auch immer er zum Frühstück gemacht hatte. An einem guten Tag war sie innerhalb von fünfzehn Minuten aus der Hütte raus. Heute war kein guter Tag.

»Bei den Göttern, wo sind denn meine Schuhe?«, murmelte Mellie vor sich hin, als sie ihre Stiefel in der Unordnung suchte. Sie stellte sie jeden Abend an dieselbe Stelle am Fußende der

Couch, für den Fall, dass sie mal schnell verschwinden musste. Und jeden Morgen fand sie ihre Schuhe ganz woanders, weil Calebs dummer Hund sich einen Spaß daraus machte, sie zu verstecken. Verdammtes Vieh. Warum konnte Caleb nicht einen schönen, zahmen Seestern als Haustier haben?

»Das ist ein interessanter Ausdruck.« Caleb schaute vom Bildschirm auf.

»Hm?« Mellie erstarrte in der Bewegung.

»Was du gerade gesagt hast – bei den *Göttern*. Plural. Das hört man nicht sehr oft.«

»Ich …« Mellie durchforstete ihre Erinnerungen an alles, was sie je über die Religion der Landbewohner gelernt hatte. Was nicht viel war – Landbewohner-Kultur hatte nie zu ihren Lieblingsfächern gezählt. Sie wusste, dass sie weder an die drei wahren Götter glaubten noch an Atlantis oder die dreizehn Höllen. Wenn Mellie sich recht erinnerte, glaubten Landbewohner nur an einen Gott, aber es gab mehr als »einen« Gott, was sie immer sehr verwirrend gefunden hatte.

»Ach ja?« Mellie versuchte, eine direkte Antwort zu umgehen. »Das war nur so dahingesagt.« Sie hätte besser den Mund gehalten, denn jetzt würde Caleb zweifellos versuchen, mit ihr ins Gespräch zu kommen. Aber den ganzen Tag aufzupassen, was man sagte, war ziemlich anstrengend. »Also …« Caleb lehnte sich in seinem Stuhl zurück.

Und los geht's. »… du gehst weg?«

»Ja.« Mellie hockte sich hin, um ihre Stiefel unter dem Couchtisch hervorzuziehen, wo Sammie sie irgendwie druntergequetscht hatte. Verfluchter Köter.

»Was tust du eigentlich immer da draußen? Den ganzen Tag?«

»Nichts.« Mellie zuckte mit den Achseln. Warum hatte er nicht einfach mit Sammie Gassi gehen können wie sonst auch? Es war morgens so viel einfacher, wenn die beiden weg waren.

»Wird es eigentlich immer so sein, Scout?« Caleb seufzte. »Dass ich dir Fragen stelle und du … schweigst?«

»Ich weiß nicht, was du meinst.« Sie beeilte sich, ihre Stiefel zu binden. Vermutlich war es am besten, sich dumm zu stellen und sich dann so schnell wie möglich aus dem Staub zu machen. Bis zum Abend würde er das Thema hoffentlich wieder vergessen haben.

»Ich meine, dass du jetzt schon fast eine Woche hier bist und ich so gut wie nichts über dich weiß.«

»Da gibt es auch nicht viel zu wissen.«

»Das kann nicht stimmen.«

Mellie stand auf und begegnete seinem Blick. Die Luft in der Hütte schien dünner zu werden und sie einzuschnüren. Ihr dämmerte, dass er dieses Mal nicht lockerlassen würde. Sie würde das Thema beenden müssen.

»Was willst du von mir, Caleb?«

»Was ich von dir *will*?« Er blinzelte sie ungläubig an. »Ich will etwas über dich erfahren. Ich will, dass du aufhörst, mich so anzuschauen, als würdest du mich mit den Kerlen, die dich im Wald angegriffen haben, in einen Topf werfen. Als würdest du jeden Moment damit rechnen, dass ich ausraste und dich gegen die Wand schleudere.« Er brach ab und starrte in seinen Tee. »Es wäre einfach schön, wenn du mir ein bisschen vertrauen würdest. Ich denke, das habe ich verdient, findest du nicht auch?«

»Ich vertraue dir«, log Mellie. Etwas Besseres fiel ihr im Moment nicht ein. Wenn Caleb wütend wäre, wüsste sie, wie sie damit umgehen konnte. Wut war leicht: Er würde sie anschreien, sie würde zurückschreien, dann würden sie beide eine Weile schmollen und darüber hinwegkommen. Aber das war keine Wut, es war *Schmerz*. Caleb war verletzt, und darauf war Mellie absolut nicht vorbereitet.

»Bitte lüg mich nicht an.« Caleb schüttelte den Kopf. »Mich jetzt nicht anzulügen ist das mindeste, was du tun kannst.« Er sank in seinem Stuhl zusammen und schwieg einen Moment lang, wobei er nervös mit dem Löffel in der Tasse spielte. »Wir könnten klein anfangen, weißt du«, schlug er schließlich vor. »Mit dem Vertrauen, meine ich. Du musst mir nicht alles sagen, nur … *irgendwas.*«

»Was denn zum Beispiel?« Mellie brachte es nicht über sich, ihn anzuschauen, also hielt sie den Blick stattdessen auf den Boden gerichtet. Vielleicht stellte er ihr dieses eine Mal eine Frage, die sie tatsächlich beantworten konnte. Vielleicht würde sie nur dieses eine Mal nicht lügen müssen.

»Dein Name wäre ein Anfang.«

Offensichtlich nicht. »Ich habe dir meinen Namen genannt.«

»Komm schon, Scout, wir wissen beide, dass das nicht dein Name ist.«

Okay, Zeit zu gehen. Mellie hatte befürchtet, dass das passieren würde. Dass sie Caleb irgendwann nicht mehr mit ihren Lügen abspeisen konnte. Sie hatte nur gehofft, dass er noch lange genug mitspielen würde, bis sie Rynn gefunden hatte, aber offenbar war das bisschen Glück, das sie hatte, aufgebraucht.

»Ich gehe jetzt«, verkündete sie und griff hinter die Couch, wo sie ihre Sachen verstaut hatte. »Es tut mir leid; ich hätte nie so lange bleiben sollen.«

»Scout, nein, das war nicht meine Absicht, ich wollte nur …« Caleb riss frustriert die Arme hoch, wobei er versehentlich seinen Tee verschüttete. »Verdammt!«, fluchte er und rettete schnell seinen Laptop vor der sich auf dem Tisch ausbreitenden Pfütze. »Weißt du überhaupt, wo du jetzt hingehst?«

»Ich finde schon was.« Mellie stopfte ihre restlichen Klamotten in die Tasche und warf sie sich über die Schulter. Calebs Gastfreundlichkeit war in Ordnung gewesen, doch auf sein Mitleid konnte sie verzichten.

»Scout, komm schon, geh nicht.« Caleb folgte ihr zur Tür. »Es tut mir leid, okay? Ich wollte nicht … Du musst nicht gehen.« Er streckte den Arm aus und berührte sie an der Schulter.

»*Fass mich nicht an!*« Mellie riss sich von ihm los.

Caleb wich sofort zwei Schritte zurück. Er wirkte erschüttert, als wäre er nicht sicher, was gerade passiert war und was er als Nächstes sagen oder tun sollte. Mellie gab ihm keine Gelegenheit, es herauszufinden. Sie lief davon, ohne sich auch nur einmal zu dem kleinen Häuschen umzudrehen, nachdem sie die Tür hinter sich ins Schloss geworfen hatte. Sie fing erst an zu zittern, als die Hütte nur noch ein kleiner Punkt in der Ferne war. Doch sie hörte nicht auf zu rennen, bis sie gar nicht mehr zu sehen war.

Der Tag im Wald war frustrierend. Frustrierend, weil nach stundenlanger Suche immer noch kein Zeichen von Rynn zu sehen war. Frustrierend, weil der lästige Husten, den sie seit ein paar Tagen hatte, jetzt auch noch von Schüttelfrost und Fieber begleitet wurde. Zu allem Überfluss sah sie ständig Calebs verletzten Gesichtsausdruck vor sich, was dämlich war, immerhin hatte sie nichts falsch gemacht. *Er* hatte sie gepackt. Außer, dass er sie nicht wirklich gepackt hatte, sondern sie nur vom Gehen hatte abhalten wollen. Nicht, weil er ihr weh tun oder sie in seiner Hütte gefangen halten wollte, sondern weil er wusste, dass sie keinen anderen Ort hatte, den sie aufsuchen konnte.

Und ja, das war definitiv ein Problem. In ein paar Stunden würde die Sonne untergehen und sie allein und ungeschützt der Gnade der Nacht überlassen. Demgegenüber war es vielleicht an der Zeit, dass Mellie der Realität ins Auge schaute. Sie war nicht mehr im Korps, sie hatte kein Zuhause mehr. Allein und ungeschützt würde sie von jetzt an immer sein.

Mellie wollte es gerade aufgeben, heute weiter nach Rynn zu suchen, als sie einen schwarzen Haarschopf zwischen den Bäumen aufblitzen sah und kurz darauf eine Silhouette, die sie selbst mit verbundenen Augen erkannt hätte.

»*Rynn.*« Bei den Göttern, sein Namen fühlte sich gut auf ihrer Zunge an. »Rynn, bleib stehen.«

Rynn fuhr alarmiert herum. Er schaute sich um, auf die Art, wie sie es gelernt hatten, nach Abweichungen von der Norm suchend. Mellie blieb still stehen und ließ seinen Blick über sich hinweggleiten. Als er stutzte, ließ sie ihn ein zweites Mal hinschauen.

»Mellie?« Zögerlich ging er ein paar Schritte auf sie zu.

Und dann rannte er los.

»Du bist am Leben!« Er schlang die Arme um sie und hob sie dabei vom Waldboden hoch. »Ich kann es nicht glauben, du bist am Leben.«

»Ja.« Mellie hätte es an seiner Stelle auch nicht glauben können. »Ich bin noch da.«

»*Wie* hast du überlebt?« Er schob sie von sich, um sie zu mustern, und sein Lächeln erstarb, als er die verblassenden Kratzer in ihrem Gesicht und die blauen Flecken auf ihren Armen erblickte. Sie sahen nicht halb so schlimm aus wie vor ein paar Tagen, aber sie waren sicher nicht schön anzuschauen.

»Was ist passiert, Mellie?« Rynn fuhr die Spur der Prellungen mit den Fingern nach, bis sie unter ihrem Ärmel verschwanden. »Wo hast du die her?«

»Ich …« Mellie spürte Scham in sich aufsteigen wie bittere Galle. »Ich habe es vermasselt, Rynn. Ich habe es wirklich vermasselt. Ich war zu sehr auf die Schutzanker konzentriert, und diese Landbewohner …«

Rynn sog scharf die Luft ein.

»… sie kamen wie aus dem Nichts, und sie waren zu dritt, und ich konnte es nicht mit ihnen aufnehmen.« Die Worte sprudelten nur so aus ihr heraus, stolperten fast übereinander, weil sie sich so beeilte, ihm alles zu erklären. Sie musste ihn dazu bringen, zu verstehen, dass sie nie vorgehabt hatte, die Regeln zu brechen. Das musste er einfach wissen.

»Ich habe versucht wegzulaufen, aber sie haben mich bewusstlos geschlagen, und als ich wieder zu mir gekommen bin, war die

Sonne bereits untergegangen, aber ich schwöre dir, Rynn, ich schwöre, es war nie meine Absicht«, sagte sie, den Blick starr auf den ausgeblichenen Stoff seines T-Shirts geheftet. »Bitte, bitte, hass mich nicht.«

»Dich hassen?« Rynn brachte sie dazu, ihn anzusehen. »Bei den Göttern, Mellie, ich dachte, du wärst tot. Ich habe dich *vermisst.*« Seine Stimme war rau, die Worte schwer von Trauer. »Du warst noch nie nicht da, Mel. Ohne dich ist nichts so, wie es war«, sagte er, und als er sie wieder anschaute, war es anders als sonst. Mit einem Mal sah er sie nicht an wie den Kumpel, der zu seinem zweiten Schatten geworden war, sondern eher so, wie er manchmal die Mädchen anschaute, die an seinem Arm hingen. Zumindest diejenigen, die länger als ein paar Stunden bei ihm waren.

Mellie schauderte. Sie kannte alles an Rynn, die Bedeutung hinter jedem Blick und jeder Berührung, jedem verstohlenen Lächeln. Und doch hatte sie keine Ahnung, was er gerade dachte. Sie hatte erwartet, dass er erleichtert war, erstaunt, vielleicht erfreut. Stattdessen entdeckte sie in seinem Blick ein verzweifeltes Bedürfnis, spürte es in der Art, wie seine Hände ihre Schultern umklammerten. So fest, dass es schon fast weh tat. Doch nicht annähernd fest genug.

»Wo hast du gesteckt, Mel?«, fragte er und lehnte die Stirn an ihre. Er roch nach Wasser und Salz und nach feuchten Kleidern und Wasserminze. Er roch nach Rynn. »Wieso bist du nicht nach Hause gekommen?«

»Ich …« Mellie versuchte, diesen Traum abzuschütteln. Irgendetwas veränderte sich gerade zwischen ihnen, und was auch immer es war, sie durfte sich nicht davon mitreißen lassen. Noch nicht. Nicht, ehe sie ihm die Wahrheit gesagt hatte. *Er wird seine Meinung ändern, sobald er die Wahrheit kennt.*

»Ich muss dir etwas zeigen.« Sie trat einen Schritt zurück und brach den Bann. Die Luft war gleich kühler, sobald da eine Distanz zwischen ihnen war. Leerer.

»Was denn?«

»Nicht hier, wir müssen zum See.«

Rynn hielt beim Gehen ihre Hand, und Mellie hinderte ihn nicht daran. Sie hielten sich oft an der Hand, das fühlte sich nicht unnormal an. Er sagte kaum ein Wort, und sie schwieg ebenfalls. Es gab einfach keine Worte für das, was sie zu sagen hatte.

Als sie das Seeufer erreichten, blieb Rynn stehen, wie Mellie es erwartet hatte. Doch sie ging weiter, watete ins flache Wasser, ohne sich vorher auszuziehen.

»Mellie, was tust du da?«, rief Rynn ihr hinterher. »Mel, komm schon, zieh wenigstens deine Stiefel aus … *Mellie* …« Er brach ab, als er verstand, warum sie nicht nach Hause gekommen war. Sie stand knietief im Wasser und verwandelte sich nicht.

»Ich habe versucht zurückzukommen.« Mellie starrte das Wasser an, das ihre Jeans durchweichte. »Aber ich – ich glaube, ich bin keine Wandlerin mehr.«

»Ach, Mel.« Sein Blick ließ sie zusammenbrechen. Zu wissen, dass sie nie wieder nach Hause gehen konnte, war eine Sache, aber dass Rynn es auch wusste – ihren eigenen Schmerz in seinem Gesicht gespiegelt zu sehen –, das war zu viel für sie. Mellie sackte im Wasser zusammen und fing an zu weinen. Weil alles so furchtbar unfair war und sie nichts dagegen tun konnte. Weil sie hier auf dem Trockenen sterben würde wie ihre Verräter-Mutter und *sie nichts dagegen tun konnte.*

Rynn kickte seine Schuhe weg und sprang in den See. Er zog sich Jeans und T-Shirt aus, und sobald er sich verwandelt hatte, nahm er sie in die Arme und hielt sie an sich gedrückt, während sie weinte, so wie er es getan hatte, als sie noch Kinder gewesen waren. Und Mellie klammerte sich an ihn, als ginge es um ihr Leben, denn im Moment war er der einzige Teil ihres Zuhauses, an den sie herankam.

»Wir bekommen das wieder hin, okay?«, flüsterte er in ihre Haare. »Es muss einen Weg geben.«

»Niemand ist je zurückgekommen, Rynn. Das weißt du.«

»Aber es ist auch noch nie jemand so lange am Leben geblieben. Du schon.« Er hob ihr Kinn mit den Fingern an, so dass sie ihn anschauen musste. »Denk mal nach, Mel, es gab dieses Jahr nur zwanzig Wandler. *Zwanzig.* Wenn ich dem Captain erzähle, dass du am Leben bist, wird er Himmel und Hölle in Bewegung setzen, um dich nach Hause zu holen. Es muss einen Weg geben, Mel, *es muss einfach.* Die ersten Wandler mussten doch das gleiche Problem gehabt haben, oder? Sie haben auch eine Lösung gefunden.«

»Das war vor fünfhundert Jahren.«

»Dann wird es umso beeindruckender sein, wenn du es schaffst.«

»Rynn …«

»Wir bekommen das hin«, wiederholte er in dem sturen Tonfall, den sie von ihm kannte, wenn er sich etwas in den Kopf gesetzt hatte. »Okay?«

»Ja, okay.« Es hatte keinen Sinn, ihm zu widersprechen. Mellie erlaubte sich jedoch nicht, Hoffnung zu schöpfen. Nicht jeder Fehler konnte wiedergutgemacht werden.

Sie verharrten noch eine Weile schweigend so. Mellie konnte Rynn regelrecht ansehen, wie es in seinem Kopf arbeitete, während er nach einer Lösung suchte. Dabei hielt er sie die ganze Zeit im Arm und streichelte gedankenverloren ihren Rücken. Mellie fiel auf, dass auch er ein paar neue Prellungen hatte – seine Hände waren mit blauen Flecken übersät. Es konnte nur einen Grund geben, warum er damit nicht zu einem Heiler gegangen war: Sie stammten von einer Prügelei. Und es gab nur einen Grund, aus dem Rynn sich prügeln würde.

»Was sagen die anderen über mich?«, fragte Mellie und fuhr mit den Fingern über seine geschundenen Knöchel.

Rynn zuckte zusammen und zog die Hand weg. »Sie sagen gar nichts mehr.«

Wie immer verteidigte er sie. Selbst jetzt noch. »Und Jay?«

Etwas flackerte in seinem Blick auf. Schuldgefühle vielleicht? Reue? Mellie konnte es nicht einordnen.

»Jay ist sauer«, gab er schließlich zu.

»Klar«, murmelte sie. Natürlich war Jay sauer. Wie konnte er das nicht sein?

»Nein, du verstehst das falsch. Er ist nicht sauer auf dich, er ist sauer auf *mich*.«

»Auf dich? Warum sollte er denn ...«

»Weil es meine Aufgabe war, dich zu beschützen!« Rynn versteifte sich. »Wir sind ein Team, Mel. Ich hätte auf dich aufpassen müssen, und das habe ich nicht getan. Ich war nicht da, als du mich gebraucht hättest, und sieh dir nur an, was sie mit dir gemacht haben.« Er drehte ihren Arm so, dass die blauen Flecken zu sehen waren, und Mellie wünschte sich, sie hätte sich eines von Calebs langärmeligen Hemden geliehen.

»Der Captain hat mich nicht einmal bei der Suche helfen lassen.« Er senkte die Stimme. »Ich habe die ganze Nacht in seinem Zimmer gewartet, während die Soldaten draußen waren, um dich zu finden. Dann hat er mir tagelangen See-Arrest aufgebrummt, mit der Begründung, er wolle nicht, dass ich ›zufällig über deine Leiche stolpere‹. Genau.« Rynn rupfte ein Büschel Schilfgras aus. »Als ob ihn das interessieren würde. Er wollte mich nur bestrafen, weil er es nicht mit dir tun konnte. Der einzige Grund, weshalb ich wieder an der Oberfläche bin, ist der, dass die anderen Scouts sich beschwert haben, unser Gebiet mit ablaufen zu müssen.« Er warf das zusammengeknüllte Seegras zurück ins Wasser. »Und die ganze Zeit warst du hier draußen. Allein.«

»Das ist nicht deine Schuld, Rynn.« Plötzlich war sie es, die *ihn* tröstete. »Es ist meine Schuld. Dass wir uns aufteilen, war meine Idee. Ich hätte vorsichtiger sein müssen.«

Rynn gab ein Geräusch von sich, das mehr ein Knurren war als Worte, und hielt den Blick starr aufs Wasser gerichtet. So wurde er manchmal, wenn er etwas nicht richten konnte. Rynn mochte es nicht, sich derart hilflos zu fühlen.

»Rynn?«

»Ja?«

»Wenn du zurückgehst, kannst du Jay ausrichten, dass es mir leidtut? Ich will nicht, dass er denkt, ich hätte es absichtlich gemacht. Nicht wie … sie.«

»Mellie …«

Da war er wieder, dieser betretene Gesichtsausdruck von vorher.

»… Jay ist weg.«

»*Weg?*«, stieß sie hervor. »Wo ist er denn hin?«

»Ins Wildwasser«, antwortete Rynn seufzend. »Nach allem, was passiert ist – die beschädigten Schutzanker, unser Zuspätkommen neulich abends –, dass du jetzt nicht zurückgekehrt bist, war der Tropfen, der das Fass zum Überlaufen gebracht hat. Der Captain hat beschlossen, dass Jay dem Job nicht mehr gewachsen ist. Die Einheit untersteht ihm jetzt direkt, bis der Rat einen Ersatz für Jay ernannt hat.«

Mellie fühlte sich, als hätte ihr jemand einen Schlag in die Magengrube verpasst. Außer Rynn war Jay der Einzige im Korps, der sie nie für das verurteilte, was ihre Mutter getan hatte. Während dieser ersten paar Wochen, als sie sich kaum im Annex hatte blicken lassen können aus Angst vor dem Spott und dem Getuschel auf den Fluren, war Jay für sie da gewesen und hatte dafür gesorgt, dass aus den Beleidigungen nie mehr wurde.

»Ich kann sie nicht davon abhalten, diese Dinge zu sagen, Mellie«, hatte er ihr nach einem besonders heftigen Streit mit einem Mädchen aus ihrer Nautikklasse gesagt. Essa war der Name des Mädchens, und sie war eine fade, hochnäsige Göre, lange bevor sie einen Grund dazu hatte. »Ich wünschte, ich könnte es, aber es geht nicht – und dasselbe gilt für Rynn, obwohl er es ganz offensichtlich versucht. Ich kann dir nur eines sagen: Du bist nicht deine Mutter, Mellie. Ihre Fehler müssen nicht deine Fehler werden, und wenn du es den anderen wirklich heimzahlen willst, beweise ihnen, dass sie unrecht haben.«

Stattdessen hatte Mellie deren Erwartungen erfüllt. Und das hatte Jay seinen Job gekostet.

»Du solltest gehen, du verpasst die Ausgangssperre«, sagte sie zu Rynn. Sie wollte nicht der Grund dafür sein, dass er noch mehr Ärger bekam.

»Die Ausgangssperre ist mir egal.«

»Rynn, du musst los.«

»Wo gehst du hin?«, fragte er. »Nachts?«

»Ich habe eine verlassene Hütte gefunden«, log Mellie. Sie brachte es nicht über sich, ihm von Caleb zu erzählen. Er würde die Vorstellung, dass sie bei einem Landbewohner wohnte, sicher noch abstoßender finden als sie selbst.

»Gut.« Rynn drückte sie leicht. »Ich fände es unerträglich, wenn du nachts allein im Wald wärst.«

Ach ja. Da war noch was. Mellie versuchte, sich ihre Sorgen nicht anmerken zu lassen. Für einen kurzen Moment fragte sie sich, ob Rynn bleiben würde, wenn sie ihn darum bat, dann könnten sie gemeinsam gestrandet sein. Aber natürlich tat sie es nicht. Sie würde ihn nicht in die Situation bringen wollen, nein sagen zu müssen oder – noch schlimmer – ja.

»Ich gehe direkt zum Captain, sobald ich zurück bin. Wenn es eine Möglichkeit gibt, dass du nach Hause kommen kannst, dann werde ich sie finden«, versicherte ihr Rynn. »Wir treffen uns morgen früh wieder, dann weiß ich mehr.«

»Okay.« Mellie nickte. Sie wünschte sich sehnsüchtig, dass er recht hatte, auch wenn sie es sich nicht vorstellen konnte.

Und vielleicht spürte Rynn ihre Zweifel, denn plötzlich waren seine Arme wieder eng um sie geschlungen, seine Stimme ein gehauchter Atem in ihrem Ohr. »Wir bekommen das wieder hin, Mellie. Ich verspreche es dir. Du musst nur noch ein bisschen länger am Leben bleiben, okay?« Selbst als er weiter ins Wasser hineinglitt, hielt Rynn sie noch an der Hand. »Bitte, Mel, tu es für mich.«

Doch irgendwann musste er loslassen, und Mellie blieb nichts anderes übrig, als ihn gehen zu lassen.

Einen Moment später war Rynn verschwunden.

Mellie fühlte sich besser, nachdem sie mit Rynn gesprochen hatte. Und nicht nur *irgendwie* besser, sondern körperlich besser, als hätte es die Krankheit verscheucht, die sie noch am Morgen geplagt hatte. Aber jetzt, da die Sache mit Rynn geklärt war, blieb ihr nichts anderes übrig, als sich um ihr nächstes, noch viel drängenderes Problem zu kümmern. Am Morgen war sie von Caleb und der Sicherheit seiner Hütte davongelaufen. Wenn sie vorhatte, die nächste Nacht zu überleben, würde sie einen Weg finden müssen, sich wieder mit ihm zu vertragen.

Es würde nicht viel brauchen. Alles, was er sich zu wünschen schien, war ein wenig Vertrauen, was natürlich lächerlich war. Vertrauen kann man nicht einfach so offerieren. Es ist kein Geschenk, das man einpacken und mit einem Lächeln überreichen kann. Die Personen, denen Mellie wirklich vertraute, konnte sie an einer Hand abzählen, und selbst dann hätte sie vermutlich noch den einen oder anderen Finger frei. Dennoch – wenn sie sich nicht mit Caleb vertrug, würde sie es riskieren müssen, in einer der anderen Hütten zu übernachten, oder sie musste mit der Vorratsscheune vorliebnehmen. Und in der Vorratsscheune gab es weder Wasser noch Essen noch eine Couch oder sonst etwas zum Schlafen.

Die Dämmerung hatte bereits eingesetzt, aber Mellie blieb noch genug Zeit, um einen kleinen Abstecher zu machen. Nach jedem Streit mit Rynn entschuldigte sie sich damit, dass sie sich in die Kantine schlich und ihm ein Netz seiner Leibspeise mitbrachte. Vielleicht funktionierte das bei Caleb ja auch.

So nah am Ufer gab es weder Austern noch Venusmuscheln, aber ein paar Miesmuschelkolonien überzogen die Felsen im flacheren Wasser. Flach genug, dass Mellie keine Kiemen brauchte, um die Muscheln zu erreichen. Als sie ein Netz gefüllt hatte, stand die Sonne schon tief hinter den Bergen. Sie musste den ganzen Weg zu Calebs Hütte rennen.

Vor der Hütte angekommen, blieb Mellie zögernd vor der Tür stehen. Sie musste ihren ganzen Mut zusammennehmen, um zu klopfen. *Du musst das tun*, mahnte sie sich selbst. Wenn sie die Sicherheit der Hütte wollte, musste sie sich mit Caleb gutstellen.

Mellie hob die Hand und klopfte.

»Einen Moment«, rief Caleb, und das gedämpfte Geräusch irgendeines Films, den er gerade anschaute, brach jäh ab. Ein paar Sekunden später ging das Licht im Flur an, und die Tür wurde geöffnet.

»Kann ich Ihnen behilflich … *Scout?*« Caleb erstarrte.

Mellie konnte nicht sagen, ob er wütend war oder nur überrascht, sie zu sehen. Angesichts ihres Abgangs am Morgen hätte sie ihm beides nicht verübeln können.

»Mein Name ist nicht Scout«, gestand sie, den Blick starr auf die abgewetzte Fußmatte gerichtet. »Ich heiße Mellie. Und du hattest recht, ich kann sonst nirgendwohin.«

Eine qualvolle Minute lang schwieg Caleb. Vermutlich überlegte er sich, wie er sie endgültig loswerden konnte. Doch dann – *endlich* – fragte er: »Warum bist du nass?«

Das war zum ersten Mal eine Frage, die sie beantworten konnte.

»Ich war fischen.« Mellie hielt das Netz mit Muscheln hoch, das sie ihm mitgebracht hatte. »Zum Abendessen.«

Caleb blinzelte verwirrt. »Ist das …? Hast du ein Netz aus *Algen* gemacht?«

Mellie zuckte mit den Achseln. »Ich wollte sie nicht in meinen Rucksack tun.« Ihr Rucksack war zu dreckig. Außerdem war es nun wirklich keine große Sache, man verwebte einfach ein paar Büschel Seetang miteinander. Das konnte doch jedes Kind.

»Klar, natürlich nicht«, murmelte Caleb, doch er trat beiseite und winkte sie herein. »Tust du eigentlich irgendwas wie ein normaler Mensch?« Und schon war der Streit vergessen.

Kapitel neun

»Das ist widerlich.« Caleb rümpfte die Nase, während er sie dabei beobachtete, wie sie eine Miesmuschel öffnete. »Du willst sie wirklich nicht kochen?«

»Warum sollte ich das tun?«

»Weil ich mir ziemlich sicher bin, *Scout* …«, er hatte beschlossen, sie weiterhin so zu nennen, auch wenn er jetzt ihren richtigen Namen kannte, »dass sie noch am Leben ist.«

Mellie schob sich den weichen Fleischklumpen in den Mund und kaute kräftig. »Jetzt nicht mehr.«

»Igittigitt. Ekelhaft. Ich kann nicht fassen, dass du das gerade getan hast.«

»Das ist Essen.« Mellie verdrehte die Augen. »Was sollte man denn sonst damit tun?«

Die Muscheln hatten ein Friedensangebot sein sollen. Ihre Art zu sagen: *Ich denke nicht, dass du vorhast, mich zu vergewaltigen oder zu töten*, ohne dass sie es aussprechen musste. Und wie Mellie zu ihrer eigenen Überraschung feststellte, war es inzwischen sogar wahr – sie ging nicht davon aus, dass Caleb ihr etwas zuleide tun wollte. Wenn er das gewollt hätte, wäre es ihm ein Leichtes gewesen, sie zu überwältigen. Doch er tat es nicht. Himmel, er setzte sich noch nicht einmal nah genug neben sie auf die Couch, dass sie denken könnte, er hätte vor, etwas »zu versuchen«. Vertraute sie ihm? Bei Titan, natürlich nicht. Aber ohne es zu merken, hatte sie auch aufgehört, Angst vor ihm zu haben. Wenn sie ihn immer noch so sah wie zuvor – wie das Landbewohner-Monster aus ihrer früheren Vorstellung –, dann war das mehr aus Gewohnheit.

»Hier.« Sie ließ das Messer unter die Lippe der nächsten Muschel gleiten und drehte es. »Probier mal eine.«

»Nein.«

»Komm schon, die sind gut.« Nicht halb so gut wie die Miesmuscheln, die sie in der Stadt züchteten, aber sie waren saftig, frisch und süß-salzig.

»Wirklich nicht.«

»Caleb, stell dich nicht so an.« Mellie hielt ihm die Muschel hin. Wie konnte der Landbewohner, der keine Angst vor Bären oder Vampiren hatte, sich bei ein paar Muscheln so anstellen?

»*Also gut.*« Er nahm sie ihr ab. »O Mann, ich fasse es nicht, dass ich das wirklich tue«, murmelte Caleb, während er die Muschel langsam zum Mund führte. Kurz davor hielt er inne und holte tief Luft, kniff die Augen zusammen, legte den Kopf in den Nacken und schluckte die Muschel runter, ohne zu kauen. Die leere Schale knallte er auf den Tisch.

»Iiiih.« Er zog eine Grimasse. »Jepp, das ist definitiv widerlich.« Er griff nach seinem Wasserglas und leerte es in einem Zug. »Okay, neue Regel. Du darfst nur hierbleiben, wenn du versprichst, mir von jetzt an das Kochen zu überlassen. Die Betonung liegt auf *Kochen.*«

»Abgemacht«, erwiderte Mellie und lachte, weil er die Muschel im Ganzen geschluckt hatte, so dass sie wahrscheinlich noch in seinem Magen herumschwappte. Nicht, dass sie vorhatte, ihm das zu erzählen.

»Weißt du, Scout, ich glaube, das ist das erste Mal, dass ich das bei dir gesehen habe.«

»Was denn?«

»Dass du lächelst. Steht dir gut.« Calebs Wangen nahmen die Farbe seines roten Hemds an.

Mellie spürte, wie sie ebenfalls errötete. »Wenn du so weitermachst, tue ich es nie wieder, Caleb.«

»Ich wette, das würdest du, wenn ich noch eine dieser ekelerregenden Wasserschnecken vertilgen würde«, murmelte er schon auf halbem Weg zum Kühlschrank.

»Miesmuscheln schmecken völlig anders als Wasserschnecken.« Die Worte waren aus ihrem Mund, ehe Mellie es verhindern konnte und ehe ihr bewusst wurde, wie viel sie damit offenbarte. Miesmuscheln gehörten in Astria zu den Grundnahrungsmitteln, Wasserschnecken dagegen waren eine Delikatesse. Die beiden auf eine Stufe zu stellen war so, als würde man Krabben mit Garnelen vergleichen.

»Herrje, ich frage dich lieber nicht, woher du das weißt.« Caleb schauderte angewidert, ohne ihren Ausrutscher zu bemerken. »Aber ich hätte da noch …« Er zögerte und holte tief Luft, ehe er sich ihr wieder zuwandte. Seine Suche nach ansprechenderem Essen war offensichtlich vergessen. »Scout, da ist etwas, das ich dich die ganze Zeit schon fragen wollte.«

Mellie versteifte sich sofort. Das war genau der Grund, weshalb sie solche Momente mit ihm bisher vermieden hatte. Sie führten nur zu Fragen.

»Es ist nichts Schlimmes, okay?«, fügte er schnell hinzu, als er die Panik in ihrem Blick sah. »Ich verstehe, dass du nicht gern von dir erzählst, und du kannst mir jetzt auch wieder sagen, dass es mich nichts angeht, aber es würde sich nicht richtig anfühlen, wenn ich es nicht wenigstens versucht hätte. Also, hör mich kurz an, ja?«

Welche Wahl hatte sie schon, als zu nicken und ihn seine Frage stellen zu lassen?

In Titans Namen. Mellie verkrampfte die Hand um die Stuhllehne. Wenn sie nach all dieser Zeit ihr Geheimnis durch ihr blödes Gelaber von Miesmuscheln und Wasserschnecken verraten haben sollte …

»Diese Sache, vor der du davonläufst«, fing Caleb an, den Blick auf die Tischplatte geheftet, »der Grund, weshalb du nicht nach Hause gehen kannst – und keine Sorge, ich werde dich nicht danach fragen –, aber du würdest es mir doch sagen, wenn ich irgendetwas tun könnte, oder?«

Die Frage kam so unerwartet, dass Mellie ihn nur anstarren konnte.

»Egal, was es ist, Scout, wenn dich jemand bedroht oder dir weh tut … Es gibt Leute, mit denen wir reden können. Wir könnten dir Hilfe holen.«

Bei den Göttern, er meinte es ernst. Obwohl er ihr überhaupt nichts schuldete.

»Es ist nicht diese Art von Ärger.« Mellie hatte plötzlich einen Kloß im Hals, so dass sie kaum noch sprechen konnte.

»Scout …«

»Nein, wirklich nicht. *Ich* habe etwas falsch gemacht, okay? Ich kann nicht erklären, was, aber ich versuche gerade rauszufinden, wie ich es wieder geradebiegen kann.«

Caleb sah kein bisschen überzeugt aus, und der sorgenvolle Blick blieb, aber Mellie musste ihm zugutehalten, dass er sie nicht weiter drängte, obwohl klar war, dass er es am liebsten getan hätte.

»Kann ich dich jetzt auch mal was fragen?« Sie rang sich ein Lächeln ab. Wenn sie nicht sofort das Thema wechselten, würde das Brennen in ihren Augen bald zu einem Problem werden.

»Ich nehme an, das ist nur fair.« Caleb holte einen Teller mit Hühnchen aus dem Kühlschrank und setzte sich wieder zu ihr an den Tisch. »Wie lautet denn die Frage?«

»Wenn du, du weißt schon …«, sie ahmte ihn nach, wie er auf den Laptop eintippte, weil sie nicht sicher war, wie die korrekte Bezeichnung dafür lautete. »Was genau tust du da?« Mellie hatte sich diese Frage in den vergangenen Tagen oft gestellt, wenn sie mal wieder fasziniert beobachtete, mit welcher Inbrunst er die Tasten bearbeitete. Sie hatte sich aber immer geziert, ihn zu fragen, aus Angst, ihre Neugier könnte seine schüren.

»Ah. Das.« Caleb lehnte sich zurück. Bildete sie sich das nur ein, oder war er plötzlich nervös? »Du versprichst mir, nicht zu lachen?«

»Warum sollte ich lachen?«

»Weil das die Leute meistens tun, wenn sie erfahren, dass ich ein Drehbuch schreibe.«

»Ein Drehbuch?« Mellie zog eine Augenbraue hoch und schaute ihn mit dem Blick an, den sie etwa an Tag drei ihres Aufenthalts in der Hütte perfektioniert hatte. Der Blick brachte ihn jedes Mal dazu zu sagen: »Na, du weißt schon …« Und dann würde er den Satz für sie beenden, in diesem Fall mit: »… für einen Film.«

»Du machst einen Film?«

»Ich *schreibe* einen Film. Oder ich versuche es zumindest.«

»Und ist es lustig?«

»Das Drehbuch? Nein. Auch wenn meine Brüder es zum Brüllen zu finden scheinen, dass ich meine Zeit damit ›verschwende‹. Und meine Eltern, nun ja … die finden es überhaupt nicht lustig.« Caleb seufzte. »Aber es ist, wie es ist, weißt du? Ich kann es nun einmal nicht ändern.« Sein Lächeln wirkte gequält, als versteckte er dahinter eine tiefe Verletzung. Also beschloss Mellie, ihm denselben Gefallen zu tun, den er ihr erwiesen hatte: Sie hörte auf zu fragen und ließ zu, dass er das Gespräch auf unverfänglichere Themen lenkte.

Am nächsten Morgen verließ Mellie die Hütte in aller Frühe. Sie wollte schon am See sein, wenn Rynn auftauchte, nicht nur, weil sie darauf brannte, zu erfahren, was er herausgefunden hatte, sondern auch, weil es sie nervös machte, ihn nicht jederzeit sehen zu können. Die vergangenen sieben Jahre war er nie mehr als eine kurze Schwimmrunde entfernt gewesen. Jay hatte sie als Kinder so oft dabei erwischt, wie sie sich zur Koje des anderen schlichen, dass er es irgendwann aufgab, sie davon abzuhalten, und sie nur bat, es unauffälliger zu tun. Nach ihrem Abschluss war Mellie nicht überrascht gewesen, als sie in ein Scout-Team eingeteilt wurden und ihre Kojen nebeneinanderlagen. Jay hatte kapiert, dass es zwecklos war, sie voneinander trennen zu wollen.

Sie musste nicht lange auf Rynn warten; er schien sich genauso früh aufgemacht zu haben, um schnell zu ihr zu gelangen. Mellie konnte seine Sorge spüren, als er das Ufer mit den Augen absuchte, die Angst, dass in den zwölf Stunden zwischen Abenddämmerung und Morgengrauen irgendetwas Furchtbares passiert war. Doch als er sie auf dem Felsen bei seinen Kleidern sitzen sah, fiel die Anspannung sichtlich von ihm ab, und sein Blick wurde schelmisch.

»Na«, sagte er, als er sich aus dem Wasser erhob. »Du bist also noch am Leben?«

»Sorry, wenn ich dich enttäuscht habe.«

»Ist schon okay, morgen ist auch noch ein Tag. Ich kann warten.« Er grinste.

»Du …«, Mellie warf mit seinen Kleidern nach ihm, »… bist nicht halb so lustig, wie du denkst.«

»Ich bin genauso lustig, wie ich denke.« Rynn zog sich an. »Und du solltest ein bisschen netter zu mir sein, sonst behalte ich die hier für mich.« Er warf ihr ein Netz voller lebender Garnelen in den Schoß. »Deine Lieblingssorte.«

»Bei den Göttern, ich glaube, ich liebe dich.« Mellie fischte ein sich windendes Krustentier aus dem Netz und drehte mit geübten Fingern den Kopf ab, um danach das weiche Fleisch aus der Schale zu pulen.

»Das musste ja irgendwann so kommen«, meinte Rynn und streckte sich neben ihr aus – so nah, dass sie die Wärme seiner

Haut spürte. Nah genug, dass sie ihm einen Stoß mit dem Ellenbogen in die Rippen verpassen konnte.

»Bild dir nur nichts ein. Trotzdem danke.«

»Kein Problem. Ich habe mir gedacht, dass du die Miesmuscheln inzwischen ganz schön satthaben musst.«

Nicht wirklich. Mellie konzentrierte sich auf die nächste Garnele. Sie hatte nicht vor, ihm zu erzählen, dass sie gestern zum ersten Mal ins Wasser gegangen war, seit sie vor einer Woche fast ertrunken wäre, oder dass sie den See überhaupt gemieden hatte. Alles daran – der Geruch nach Salz, das Gefühl auf der Haut – war zu schmerzhaft. Eine grausame Erinnerung an das Leben, das sie verloren hatte.

Bei den Göttern. Mellie knirschte mit den Zähnen. *Eine Wandlerin, die Angst vor dem Wasser hat. Kann es etwas Erbärmlicheres geben?*

Dennoch, selbst ohne die Muscheln war ihre Ernährungssituation längst nicht so dramatisch, wie Rynn es sich wahrscheinlich vorstellte. Sie hatte Caleb nie ausdrücklich um etwas zu essen gebeten, aber er hatte ihr einfach immer etwas abgegeben, wenn er für sich kochte. Und er hatte immer einen ordentlichen Vorrat an Snacks in der Hütte. Kekse, die er in seinen Tee tunken konnte, Kartoffelchips auf dem Tisch, wenn er arbeitete, Popcorn fürs Filmeschauen (laut Caleb war ein Film ohne Popcorn nicht wirklich ein Film).

Mellie mochte die Kekse, die Chips und das Popcorn. Selbst Brot und Eier waren einigermaßen essbar. Aber manchmal waren die Dinge, die Caleb kochte, auch einfach nur seltsam. Vor ein paar Tagen hatte er Steaks gebraten, ein widerliches Essen, das nach Leder roch und nach Blut schmeckte. Um seine Gefühle nicht zu verletzen, hatte sich Mellie das Fleisch runtergezwungen, doch ihr Magen rebellierte gegen die feste, fettige Konsistenz, und eine Stunde später musste sie sich heftig übergeben.

»Du hättest mir einfach sagen können, dass du kein Steak magst«, beschwerte sich Caleb.

»Ich mochte es doch«, log sie. »Ich hatte es nur vorher noch nie gegessen.«

»Echt? Du bist aber keine Vegetarierin, oder?«

»Nein«, antwortete sie, nachdem sie ihn dazu gebracht hatte, ihr zu erklären, was das Wort bedeutete. Wie konnte es so etwas überhaupt geben? Landbewohner mussten über endlose Nahrungsquellen verfügen, wenn sie einfach so beschließen konnten, ein Nahrungsmittel aus absolut unerfindlichen Gründen nicht mehr zu essen. Wobei, wenn Fleisch immer so schlecht schmeckte, hätte Mellie nichts dagegen gehabt, sich als Vegetarierin zu bezeichnen. Und Caleb schien sie unbedingt in eine Schublade einsortieren zu wollen: Albino, schwedisch, Hexe – plus einen Haufen anderer Begriffe, die Mellie nicht kannte. Wenn es so weiterging, würde er noch zufällig über das Wort Wandler stolpern. Mellie fragte sich jetzt allerdings, worauf Albinos verzichteten, wenn Vegetarier kein Fleisch aßen. Landbewohner waren wirklich unglaublich seltsam.

Mellie brach eine weitere Garnele auf und verkniff sich ein Lächeln. Sie konnte sich Calebs entsetzten Gesichtsausdruck lebhaft vorstellen, wenn er sie jetzt sehen könnte.

»Gib mir auch mal eine.« Rynn streckte die Hand nach dem Netz aus.

»Hast du nicht gerade gefrühstückt?«

»Ich kann immer essen«, erwiderte er achselzuckend, und ein paar Minuten lang beobachtete Mellie ihn dabei, wie er eine Garnele nach der anderen schälte und verputzte. Dabei entging ihr nicht, dass seine Finger zitterten. Nur unmerklich, aber doch genug, dass ihr der Appetit verging. Rynn hatte keinen Hunger. Er wollte nur Zeit schinden.

»Und?« Mellie konnte nicht mehr länger warten. »Hast du mit dem Captain gesprochen?« Sie hatte die ganze Nacht versucht, sich keine Hoffnungen zu machen. Sie war am Leben. Rynn hasste sie nicht. Selbst wenn sie Astria nie wiedersehen würde, hatte sie wenigstens das. Aber dann war ihr wieder eingefallen, wie wild entschlossen er gewesen war, einen Weg zu finden, sie nach Hause zu holen, und sofort war wieder Hoffnung in ihr aufgekeimt. Jetzt lag ihr diese Hoffnung schwer im Magen, wie eine scharfe Bombe, die nur darauf wartet, zu explodieren.

»Ja, habe ich.« Rynn warf die leeren Schalen ins Wasser. Er sah sie nicht an.

Das war kein gutes Zeichen. »Und …?«

»Und es gibt einen Grund dafür, dass du dich nicht verwandeln kannst, Mel. Der Captain sagt, sobald wir den Sonnenuntergang verpassen, verlieren wir die Fähigkeit für immer – deshalb macht das Korps so einen Druck, dass wir bis zum Einbruch der Nacht zu Hause sind.«

Dann wusste das Korps doch, dass *gestrandet* ein dauerhafter Zustand war. Eine Tatsache, die den Wandlern wohlweislich verheimlicht wurde.

»Also stecke ich hier draußen fest.« Mellie brachte die Worte kaum über die Lippen. Vor einer Woche hatte sie sich schon so gut wie damit abgefunden, doch es von Rynn bestätigt zu hören war wie ein Schlag ins Gesicht. Sie war dazu verdammt, den Rest ihres Lebens an der Oberfläche zu verbringen, gefangen in einem menschlichen Körper. Bei den Göttern, in ihren schlimmsten Albträumen hätte Mellie sich nichts Furchtbareres vorstellen können.

»Du steckst nicht hier fest, Mellie.« Rynn klang fast schon wütend. »Es gibt einen Weg, wie du nach Hause kommen kannst.«

Aber wieso sah er dann nicht glücklich aus?

»Aber es wird nicht leicht werden. Es ist ein sehr alter, mächtiger Zauberspruch, einer, der seit fast fünfhundert Jahren nicht benutzt wurde.«

»Warum nicht?«, fragte Mellie. Wenn der Captain einen Zauberspruch kannte, der gestrandete Wandler nach Hause holen konnte, warum um alles in der Welt hielt er das geheim?

»Nun, erstens wurde er nicht benötigt. Kein gestrandeter Wandler wurde je lebendig aufgefunden.«

»Ja, aber das ist nicht der Grund, oder?« Mellie spürte, dass Rynn etwas zurückhielt. Er knetete die Hände, so wie er es immer tat, wenn er schlechte Nachrichten zu überbringen hatte, und mied den Blickkontakt.

»Nein«, gab er zu. »Dieser Zauberspruch ist gefährlich, Mel. Richtig gefährlich. Der Captain hat erzählt, als ihn die ersten Wandler benutzten, um in den See zu gelangen, da …« Er brach ab und kaute auf der Unterlippe.

»Spuck es schon aus, Rynn.«

»Es hat mehr als die Hälfte von ihnen das Leben gekostet.«

»Die Hälfte?« Mellie wurde schlecht.

Rynn nickte und hielt den Blick dabei starr auf den Boden gerichtet. »Das hat er gesagt.«

Die Hälfte. *Die Hälfte.*

»Den Teil der Geschichte haben sie im Unterricht wohl absichtlich ausgelassen.« Mellie wusste nicht, was sie sonst sagen sollte.

»Ja.« Rynn schien es genauso zu gehen. Eine Fünfzig-fünfzig-Chance zu überleben. Ihr Schicksal war so unsicher, als würde sie eine Münze werfen. In Titans Namen, es war ja kein Wunder, dass das Korps beschlossen hatte, diese Information geheim zu halten. Kein Wandler würde sich je wieder mehr als drei Meter vom See entfernen, wenn die Wahrheit bekanntwürde. Mellie hätte es auch nicht getan.

Sie zog die Beine an die Brust und versuchte, einen klaren Kopf zu behalten. Wenn sie sich dazu entschied, an der Oberfläche zu bleiben, würde sie sicher nicht mehr so lange überleben. Ein wildes Tier, ein Landbewohner oder vielleicht sogar der hartnäckige Husten – irgendwas würde sie sicher umbringen. Mit diesem Zauberspruch hatte sie wenigstens eine Chance. Eine halbe Chance war besser als keine, oder etwa nicht?

»Ich werde es tun«, beschloss sie schließlich. »Was auch immer es braucht, ich will nach Hause.«

»So einfach ist es nicht, Mel.« Rynn knetete die Hände im Schoß so fest, dass selbst die Prellungen weiß wurden.

Bei den Göttern, was jetzt noch? »Da ist noch etwas, stimmt's?«

»Mellie, dieser Zauberspruch … Er ist zu mächtig, als dass du ihn allein anwenden könntest. Selbst wir beide zusammen sind nicht stark genug, wir brauchen einen Magier. Und da es für ihn genauso gefährlich ist wie für uns, müssen die Magier dafür Titans Erlaubnis einholen.«

Mellie schloss die Augen und stieß die Luft durch die Zähne aus. »Und er wird nicht ja sagen.« Nicht für sie. Warum sollte er das Leben eines Magiers aufs Spiel setzen für einen Scout, der auch noch das Blut einer Verräterin in sich trug und deshalb nicht vertrauenswürdig war?

»Doch, das wird er, wenn wir ihm einen Grund geben.« Rynn fasste sie an den Schultern und zwang sie, ihn anzusehen. »Meine Eltern haben einen großen Einfluss auf den Titan. Wenn sie sich zusammen mit dem Captain für dich einsetzen – ihn davon überzeugen, dass es nicht deine Schuld war –, dann könnte er einwilligen.«

»Rynn, deine Eltern hassen mich.«

»Vielleicht.« Es war das erste Mal, dass er es tatsächlich zugab. »Aber sie lieben mich, und sie würden es tun, wenn ich sie darum bitte. Außerdem sind sie nicht unser Hauptproblem.«

Natürlich. Mellie schluckte schwer. Der Captain. Der Einzige auf der Welt, der sie noch mehr hasste als Rynns Eltern.

»Er wird es nicht machen, oder?« Sie drehten sich im Kreis.

»Er würde, wenn …«

»O super, es gibt ein *Wenn.*«

»Mellie …«

»Nein, wirklich, ich kann es kaum erwarten, das zu hören.«

Rynn sah sie mit gerunzelter Stirn an. »Bist du fertig?«

»Okay, okay, sorry. Bitte klär mich auf, was will der Captain von mir?« *Dass ich einen riesigen Aal mit bloßen Händen bezwinge? Mich auf magische Weise in jemand anderen verwandele?*

»Er will, dass du herausfindest, wer die Schutzanker beschädigt.«

Ihr rutschte das Herz in die Hose. »Er will, *was*?«

»Er verlangt nicht, dass du die Täter stellst oder so«, fügte Rynn schnell hinzu. »Er will nur wissen, womit wir es zu tun haben, ob es ein Einzelner ist oder eine Gruppe.«

»Das macht es nicht besser.« Mellie fuhr sich mit den Händen durch die Haare. Er hatte die eine Sache – die einzige Sache – ausgesucht, von der er wusste, dass Mellie sie nicht erfüllen konnte.

»Mel …«

»Es passiert nachts, Rynn«, fuhr sie ihn an. »Willst du, dass ich *bei Nacht* rausgehe und den Wald absuche?«

»Natürlich will ich das nicht, aber es ist der einzige Weg. Der Captain wird sich nicht für dich einsetzen, wenn du das nicht tust. Er meinte, er wollte erst einen Beweis, dass du noch von … *Nutzen* für ihn sein kannst.« Er hielt den Blick gesenkt, als würde er sich für seine Worte schämen. »Er will sich vergewissern, dass du keine …«

»Dass ich keine Verräterin bin wie meine Mutter?«

Rynn zuckte zusammen. Aber er korrigierte sie auch nicht.

»Nein. Es muss einen anderen Weg geben«, sagte Mellie bestimmt. »Deine Eltern … Vielleicht könnten sie allein mit dem Titan sprechen? Mag sein, dass er ihnen auch so zuhört.« Da die Anzahl der Wandler stetig sank, konnten sie ihn doch bestimmt davon überzeugen, dass es von *Nutzen* wäre, sie nach Hause zu holen. Selbst wenn der Captain diese Meinung nicht teilte.

»Das geht nicht, Mel.« Rynn schaute sie inzwischen gar nicht mehr an. »Sie wissen nicht, dass du am Leben bist. Niemand weiß das. Der Captain hat mir befohlen, nichts zu sagen, für den Fall, dass … es nicht funktioniert.«

Unfassbar. Jetzt war sie schon gestrandet, und er fand trotzdem noch einen Weg, sie zu bestrafen.

»Und du weißt, dass ich es ihnen sagen würde, wenn ich davon überzeugt wäre, dass es dir helfen könnte«, fuhr Rynn fort. »Du weißt, dass ich das tun würde. Ich würde sofort zurückschwimmen und es dem gesamten Annex verkünden, wenn ich denken würde, dass es einen Unterschied macht. Aber du hast gehört, was mein Dad über den Captain gesagt hat. Wenn es um das Korps geht, verlässt sich der Titan *völlig* auf seine Meinung. Ich glaube nicht, dass wir es ohne ihn schaffen können. Wir müssen auf seine Bedingung eingehen.«

»Na gut, dann bis morgen«, sagte Mellie knapp und stand auf. »Falls ich bis dahin nicht von einem Bären gefressen worden bin, versteht sich.«

»Das ist nicht lustig, Mellie.« Rynn packte sie am Arm und zog sie wieder zu Boden.

»Das sollte es auch nicht sein.« Sie schüttelte ihn ab. Was der Captain wollte, war reiner Selbstmord. »Wie kann er das von mir verlangen? Wie kann er mich nur so sehr hassen?«

»Ich weiß es auch nicht.« Rynn schlang die Arme um sie und ignorierte ihren Protest, bis sie nachgab und sich von ihm halten ließ. »Aber du musst es tun, Mel. Was auch immer es braucht, weißt du noch? Du hast so lange überlebt, du kannst das auch ertragen.«

»Und wenn ich die Täter nie finde?« Hunderte Quadratmeter Wald waren zu durchsuchen, ganz zu schweigen von den Landzungen, die den See im Norden begrenzten. Es wäre einfacher, am Ufer ein bestimmtes Sandkorn zu finden, das musste dem Captain doch bewusst sein.

»Du wirst sie finden.« Rynn fuhr mit den Fingern ihre Wirbelsäule entlang, was sie zum Erschaudern brachte. »Ich helfe dir, so gut ich kann.«

Mir kann niemand mehr helfen. Mellie versuchte, ein Schluchzen zu unterdrücken, das sich stattdessen in einen heftigen Hustenanfall verwandelte. Sie riss sich von Rynn los und lehnte sich an einen Baumstamm, bis der Husten nachgelassen hatte. Als sie die Hand vom Mund nahm, war sie mit Blutflecken übersät.

»Das klingt nicht gut, Mel«, bemerkte Rynn besorgt.

»Ach, das ist nichts.« Sie wischte sich das Blut hastig an der Jeans ab. Ausnahmsweise war sie dankbar dafür, dass er das volle Ausmaß ihrer Krankheit aufgrund der Kleidung nicht zu sehen bekam. Auch, wie die Haut an ihrem Bauch und ihren Beinen nach so langer Zeit außerhalb des Wassers Blasen warf und sich schälte. »Ich bin nur müde. Die Luft erschwert mir das Schlafen.« Manchmal erschwerte die Luft sogar das Atmen. Manchmal fühlte es sich so an, als würde ihre Lunge die Luft nicht aufnehmen wollen.

»Er wird mich wirklich nicht nach Hause kommen lassen, wenn ich das nicht tue, oder?«, wechselte Mellie schnell wieder das Thema. Wenn es umgekehrt wäre, würde der Captain Rynns Leben nie so aufs Spiel setzen, und Ayer hätte längst einen ganzen Raum voller Magier zusammengetrommelt, die den Zauberspruch noch am selben Tag wirken könnten. Aber Mellie hatte niemanden in Astria, der bereit war, sich für sie einzusetzen. Niemanden außer Rynn.

»Es tut mir leid, Mel. Es tut mir so leid«, wiederholte Rynn, obwohl nichts davon seine Schuld war. Schon seit Jahren war er der Einzige, der sie aufbaute und beschützte. Und das musste aufhören. An der Oberfläche konnte sie es sich nicht erlauben, Schwäche zu zeigen. Sie konnte sich nicht länger nur auf Rynn verlassen.

»Richte dem Captain aus, dass ich heute Nacht anfange«, erklärte Mellie bestimmt. »Wer auch immer da draußen ist, ich finde ihn.«

Rynns Miene fiel in sich zusammen. Er schloss die Augen und lehnte die Stirn an ihre, wobei er ihr die Hand in den Nacken legte. Mellie hielt die Luft an. Sie konnte seine Anspannung spüren, die Schuldgefühle, die ihn überrollten, und als er die Augen wieder öffnete, sah sie seine Unentschlossenheit, sein Zögern. Sie erkannte Angst, gemischt mit weiteren Gefühlen, die sie nicht entschlüsseln konnte. Mellie wusste nicht, was er in diesem Moment suchte oder wie seine Pläne waren. Sie wusste nur, dass er sie nicht loslassen sollte.

»Komm auf Patrouille mit mir, Mellie«, sagte er schließlich. »Sei wieder ein Scout.«

Die Luft strömte wieder zwischen sie, ein ohrenbetäubendes Rauschen in ihren Ohren. Mellie verdrängte die Schmetterlinge in ihrem Bauch und nahm seine Hand, als er sie ihr anbot. Ein Scout zu sein war die *eine* Sache, die sie gut konnte.

Sie hatte Rynn in der Abenddämmerung verlassen, mit einem aufgesetzten Lächeln und dem Versprechen, ihn morgen wiederzutreffen. Ein leeres Versprechen angesichts der Aufgabe, die sie nachts erwartete, aber Mellie gab es ihm trotzdem, und wenn es nur dazu diente, dass er sie nicht länger ansah, als wäre sie bereits eine Leiche. Aber jetzt, da die Sonne untergegangen war und die Dunkelheit sich um die Hütte schloss, verließ Mellie der Mut.

Sei kein Feigling, es ist machbar. Caleb ging nach Einbruch der Dunkelheit häufig raus, und er wurde nie von einem Bären gefressen. Natürlich glaubte Caleb auch nicht, dass es Bären im Wald gab. Vielleicht war das sein Erfolgsrezept. Vielleicht hatte sein Glaube die Macht, die Tiere von ihm fernzuhalten. Oder vielleicht verfügten alle Landbewohner über eine Art Magie, um Bären abzuwehren. Oder das, was Caleb den See sehen ließ, bewahrte ihn auch vor Bärenangriffen. *Oder vielleicht hat er bisher auch einfach nur unglaubliches Glück gehabt.* So wie es um Mellies Glück derzeit bestellt war, würde wahrscheinlich seine Macht, Bären fernzuhalten, genau in der Nacht versagen, in der sie mit ihm unterwegs war.

Du musst es trotzdem tun. Sie knirschte mit den Zähnen und erhob sich widerwillig von der Couch. *Du hast es Rynn versprochen.*

»Caleb, kann ich heute mitkommen, wenn du mit Sammie Gassi gehst?«, fragte Mellie und trat in den Flur, wo Caleb sich gerade die Jacke anzog.

»Ähm … klar.« Er hielt in der Bewegung inne. »Du hast dir aber eine verdammt schlechte Nacht für einen Spaziergang ausgesucht. Es regnet in Strömen.«

»Der Regen ist mir egal.«

»Na dann, von mir aus. Sammie?« Er schaute den Hund fragend an. Sammie bellte einmal und wedelte mit dem Schwanz.

Wie macht er das nur? »Kann er …? Versteht er wirklich, was du sagst?« Mellie konnte sich die Frage nicht verkneifen.

»Besser als die meisten anderen.« Caleb lächelte, aber aus irgendeinem Grund war es ein trauriges Lächeln. »Hier, die solltest du besser anziehen.« Er reichte ihr eine seiner Jacken, die hinter der Tür hingen.

»Nein danke, ich komme schon klar.« Sie bückte sich, um sich die Schnürsenkel zu binden.

»Scout, es ist eiskalt da draußen, und du hustest seit ein paar Tagen eh schon … Nicht, dass du noch krank wirst.«

»Echt, Caleb, mir ist nicht kalt.«

»Du bist doch kein *Mensch.*«

Mellie sagte nichts.

»Wie wäre es dann mit so einer?« Er warf ihr eine Taschenlampe zu. »Um die Bären abzuhalten.«

Konnte es wirklich so einfach sein? War das künstliche Licht das Geheimnis, wie Caleb Nacht für Nacht rausgehen konnte, ohne von wilden Tieren angefallen zu werden?

Sei kein Idiot. So wie Caleb grinste, zog er sie nur auf.

Der erste Schritt vor die Hütte war der schlimmste – die Schwelle zu überqueren, von der Sicherheit in die Finsternis zu treten. Mellie zwang sich, tief einzuatmen, und hielt dann die Luft an, weil sie jederzeit damit rechnete, dass eine Bestie aus den Schatten gesprungen kam, um sie zu attackieren. Doch nichts passierte.

Ich bin draußen, dachte sie und zog die Tür hinter sich zu. Draußen im Wald bei Nacht. *Nicht viele Wandler haben das je getan.* Mellie wagte einen weiteren zögerlichen Schritt und versuchte, die

Tatsache zu verdrängen, dass jeder andere Wandler, der es je getan hatte, jetzt tot war.

»Kommst du?«, fragte Caleb, der bereits ein Stück gegangen war.

»Ja.« Mellie straffte die Schultern, knipste ihre Taschenlampe an und beeilte sich, zu ihm aufzuschließen. Ihre Stiefel machten schmatzende Geräusche im Matsch. Solange sie sich in Calebs Nähe hielt, war sie in Sicherheit.

Überhaupt war sie schwer beeindruckt von Caleb. Er spazierte durch die Nacht, als wäre sie sein Reich, und obwohl der Regen auf sie einprasselte und alle Geräusche überdeckte, schien er keine Angst zu haben. Meistens hielt er sich auf den Pfaden, die sich durch den Wald wanden, und bog erst dann zwischen die Baumstämme ab, als Sammie beschloss, einen Waschbären jagen zu müssen (oder zumindest hoffte Mellie, dass er hinter nichts anderem her war). Mellie hatte keine Ahnung, wie Caleb noch wusste, wo er war; für sie sah in der Dunkelheit alles gleich aus.

Sie waren etwa eine halbe Stunde unterwegs, als Sammie wieder davonschoss und sie auf eine kleine Lichtung führte. Mellie schnappte nach Luft, als sie zwischen den Bäumen hervortrat. Der Regen hatte aufgehört, und über ihren Köpfen öffnete sich das Blätterdach, so dass sie einen unverstellten Blick auf den Nachthimmel hatten. Kein blauer Himmel, kein grauer und auch kein rosa eingefärbter. Der *Nachthimmel.* Getaucht in alle Schattierungen von Kohle und Onyx, mit Tausenden winziger Lichtpunkte übersät, die zwischen den Wolken hervorblitzten.

Sterne.

Natürlich wusste Mellie, dass es sie gab, sie hatte die ersten

Andeutungen davon in der Abenddämmerung gesehen. Aber sie hätte sich nie vorstellen können, dass der Himmel so aussehen konnte. Etwas derart Schönes sollte es an der Oberfläche eigentlich nicht geben.

»Erde an Scout …« Caleb schüttelte sie sanft an der Schulter. »Scout, bitte kommen.«

»Hm?« Mellie wurde jäh aus ihren Gedanken gerissen. »Sorry, hast du etwas gesagt?«

»Ja, habe ich. Ich habe dich gefragt, ob alles okay ist. Du sahst aus, als hättest du ein Aneurysma oder so.«

»Nein, ich …« Ein was? »Alles okay. Ich schaue mir nur die Sterne an.«

»Hast du etwa noch nie Sterne gesehen?« Er kicherte.

»Ach Quatsch.« Sie hatte sich wieder so weit gefangen, um mit den Augen rollen zu können. »Natürlich habe ich das.« *Aber noch nie auf diese Weise.*

»Na gut, wir sollten wohl besser zurückgehen«, sagte Caleb und zog seine Jacke enger um sich. »Ich bekomme schon eine Lungenentzündung, wenn ich dich nur anschaue.«

»Eine Lungenentzündung?« Was sollte das denn nun wieder sein?

»Ja, du weißt schon, was alte Leute immer bekommen. Wasser in der Lunge und so.«

Mellie schaute schnell weg, um ihre Gefühle vor ihm zu verbergen. Wasser in der Lunge. Schön wäre es.

Mellie wartete, bis Caleb zu Bett gegangen war, ehe sie sich wieder nach draußen schlich, was bedeutete, dass sie geduldig das Abendessen durchstehen musste und beide Filme, die er noch anschauen wollte. Als er sich endlich zurückgezogen hatte, warf Mellie die Decke von sich und zog eilig ihre Stiefel an. Sammie, der neben dem Feuer lag, spitzte die Ohren und setzte sich auf, als sie durchs Zimmer schlich. Sie erkaufte sich sein Schweigen mit ein paar übriggebliebenen Keksen und nahm noch die Taschenlampe aus dem Flur mit, ehe sie sich in die Nacht davonstahl.

Die Dunkelheit war ohne Caleb an ihrer Seite anders – irgendwie dichter, als hätte sie ein Eigenleben. Mellie bewegte sich langsam und horchte auf verdächtige Geräusche oder Anzeichen einer Gefahr. Jedes Knacken eines Zweiges, jedes Blätterrascheln – oder das, was sie für ein Fauchen oder Knurren hielt – ließ sie hinter den nächsten Baum springen, ein stummes Gebet auf den Lippen. Dann lugte sie um den Stamm herum, nur um festzustellen, dass anstatt eines Bären oder wütenden Landbewohners ein Opossum oder ein Waschbär davonhuschte. Ein- oder zweimal verfiel Mellie in eine ausgewachsene Panik, überzeugt davon, dass sie den Weg zur Hütte niemals wiederfinden würde. Tagsüber kannte sie diesen Wald wie ihre Westentasche, doch bei Nacht verschmolzen die Bäume alle zu einer lebendigen Masse aus Formen und Schatten. Keine Farben, keine Orientierungspunkte – keinerlei Möglichkeit, die Dichte des Blätterdachs zu bestimmen oder die Entfernung zwischen den Eichen. Selbst die Pfade, die sich vertraut anfühlten, schienen sie immer nur im Kreis zu führen. *Ich werde hier draußen sterben.* Mellie brach auf dem Waldboden zusammen. *Genau wie alle anderen gestrandeten Wandler vor mir.*

Es dauerte ein paar Minuten, ehe die Panik nachließ, doch irgendwann schaffte es Mellie, sich wieder aufzurappeln. Ein Zusammenbruch hatte noch niemandem geholfen, und außerdem war ihr Verhalten lächerlich. Die Dunkelheit veränderte den Wald nicht, sie verhüllte ihn nur. Alles, was sie brauchte, um ihren Weg zu finden, war noch da. Sie konnte das Moos auf den Bäumen und Felsen ertasten, um es zu ihrer Orientierung zu verwenden. Sie konnte ihre eigenen Spuren im Matsch zurückverfolgen, ehe der Regen sie wegwusch. *Also reiß dich zusammen und lauf weiter*, redete Mellie sich selbst gut zu. Ihre Ausbildung hatte sie darauf vorbereitet, genau solche Aufgaben zu lösen. Und sie *würde* sie lösen. Egal, wie schwierig es war oder wie lange es dauerte.

Im Endeffekt war ihre Nacht im Wald pure Zeitverschwendung. Mellie sah einen Fuchs, drei Opossums und ein halbes Dutzend Waschbären, aber keinen Vandalen, der die Schutzanker beschädigte. Erschöpft, nass und entmutigt brach sie ihre Suche schließlich kurz vor Sonnenaufgang ab. Sie hatte nicht wirklich erwartet, gleich beim ersten Mal fündig zu werden; diese Art von Wunder passierte nur anderen. Trotzdem konnte Mellie ein gewisses Gefühl der Enttäuschung nicht verleugnen. Ohne Antwort für den Captain würde sie auch morgen nicht nach Hause gehen können. Sie würde sich der Nacht ein weiteres Mal stellen müssen.

Kapitel zehn

Die nächsten Tage liefen alle nach dem gleichen Muster ab. Mellie begleitete Rynn tagsüber auf seiner Patrouille, schaute abends mit Caleb Filme und schlich sich dann raus, um ihre Suche nach dem Vandalen fortzusetzen. Bisher hatte das nur dazu geführt, dass sie unglaublich erschöpft war, und vermutlich würde das auch so bleiben. Was für eine Chance gab es schon, dass ein einzelner Scout in einem Meer aus Bäumen ein Phantom aufspürte?

Ohne die Patrouille mit Rynn wäre Mellie vermutlich schon verrückt geworden. Glücklicherweise schien es der Captain nicht eilig zu haben, ihm einen neuen Partner zuzuteilen. Doch schon bald würde er es tun, wenn sie sich nicht beeilte und ihren Teil der Abmachung erfüllte. Irgendein blauäugiges Kind, das gerade frisch aus der Ausbildung kam, hinter seinem Rücken über ihn lästern würde und möglichst schnell zu einem anderen Partner wechseln wollte. Rynn würde für keinen Scout mehr der Traumpartner sein. Mellies »Tod« hatte ihn befleckt, genau wie der Verrat ihrer Mutter einen Makel bei ihr hinterlassen hatte.

Aber Rynn wollte ihre Entschuldigung nicht annehmen. Jedes

Mal, wenn sie es versuchte, unterbrach er sie und wechselte das Thema. Auch um seinetwillen brach Mellie Nacht für Nacht zu ihrer vergeblichen Suche in den Wald auf. Wenn sie es nach Hause schaffte, wäre alles wieder gut. Rynn würde nicht mehr länger der Scout sein, der seine Partnerin hatte sterben lassen; er wäre der Scout, der seine Partnerin zurückgebracht hatte. Und Mellie würde eine neue Art Berühmtheit erlangen, nicht als die Tochter einer Verräterin, sondern als die einzige Wandlerin der Geschichte, die es je überlebt hatte, auf dem Trockenen zu stranden. *Sollen sie doch darüber tratschen.*

Doch nicht einmal dieser verlockende Gedanke konnte Mellie noch optimistisch stimmen. Einerseits war sie dem Captain dankbar, dass er ihr diese Chance gab – so klein sie auch sein mochte –, ihren Fehler wiedergutzumachen. Wenn man bedachte, wie er zu ihr stand, war es umso erstaunlicher. Andererseits zweifelte sie inzwischen an der Aufrichtigkeit seines Angebots. Bei so vielen Schutzankern, die über so ein großes Gebiet verteilt waren, und ohne Anhaltspunkt, wo sie suchen sollte, rechnete der Captain da wirklich damit, dass sie Erfolg hatte? Oder war das alles bloß ein Ablenkungsmanöver? Hoffte er, dass sie einen tragischen Unfall erlitt, wenn sie sich oft genug in Gefahr brachte? *Ich kann keinen Ärger mehr machen, wenn ich von einem Bären gefressen wurde.*

Wobei es vermutlich gar keinen Bären mehr brauchte, wenn es mit ihrer Gesundheit weiter so bergab ging. Mellie hatte die vergangenen Tage versucht, das Fieber und die Schüttelfrostattacken zu ignorieren, und ihre Erschöpfung in Calebs oder Rynns Gegenwart heruntergespielt. Ihre Kleidung verbarg den Großteil ihres Hautausschlags, und sie versteckte das Blut, das sie aushustete, in Taschentüchern, die sie sich in die Hosentasche stopfte und dann in der Toilette herunterspülte. Aber vor sich selbst konnte Mellie die Wahrheit nicht verstecken. Ihr Zustand verschlechterte sich, und zwar ziemlich schnell.

Heute kostete es sie noch mehr Überwindung als sonst, sich von Calebs Couch zu erheben. Sie wollte nichts lieber als den Tag verschlafen, aber Rynn würde sich Sorgen machen, wenn sie nicht auftauchte, und Caleb würde ihr zu viele Fragen stellen, wenn sie blieb, also biss Mellie die Zähne zusammen und machte sich auf zum See.

Nur, um dort festzustellen, dass Rynn nicht da war.

Seltsam, dachte sie, als sie sich neben seinen Kleidern auf dem Felsen niederließ. Scouts durften manchmal später auftauchen, aber niemals so spät. Wenn man erst jetzt an die Oberfläche kam, blieb nicht mehr genug Zeit, um seinen Job zu erledigen, und da dort draußen ein verrückter Landbewohner herumlief, der die Schutzanker beschädigte, war ihr Job wichtiger denn je.

Aber wo steckt er? Je länger Mellie wartete, desto mehr wuchs ihre Sorge. Vielleicht hatte er wieder See-Arrest? Ihr wollte kein Grund dafür einfallen. Rynn war nicht derjenige, der es nicht schaffte, die einzige Aufgabe, die ihm aufgetragen worden war, zu erledigen. Es ergab keinen Sinn, dass der Captain seine Wut an ihm ausließ. Doch wenn es um Mellie ging, war dem Captain alles zuzutrauen.

Sie hatte nicht vorgehabt, an einem derart ungeschützten Ort einzunicken, aber eine Woche mit langen Tagen und noch längeren Nächten machte es ihr unmöglich, gegen den Schlaf anzukommen. Am Ende musste die Erschöpfung sie übermannt haben, denn das Nächste, was sie spürte, war, dass jemand sie an der Schulter rüttelte.

»Lass mich in Ruhe«, murmelte sie und schlug die Hand weg. In ihrem Kopf lag sie wieder in ihrem Seegrasbett, und die Hand an ihrer Schulter gehörte Rynn, der sich zu ihr geschlichen hatte, weil ihm langweilig war. Aber natürlich schlummerte sie nicht in ihrem Bett, sie war am Seeufer eingeschlafen. *Und jemand schüttelte sie.*

Mellie fuhr erschrocken hoch.

»Ruhig Blut, Scout.« Rynn lachte. »Ich bin es doch nur.«

»Bei den Göttern, willst du, dass ich einen Herzinfarkt bekomme?«

»Geschieht dir recht, wenn du unter freiem Himmel einfach einschläfst.«

»Versuch du doch mal, wach zu bleiben, wenn du die ganze Nacht im Wald verbracht hast.« *Und jeden Abend deinen Landbewohner-Gastgeber unterhalten musst.* Mellie rappelte sich auf und klopfte sich den Schmutz von der Hose. Es tat nichts zur Sache, dass sie Caleb nicht mehr länger fürchtete oder dass sie seine Gesellschaft inzwischen sogar genoss. Er stellte nach wie vor eine Gefahr da, und sei es nur, weil er ihr weiterhin endlose Fragen stellte. Jeder Moment, den Mellie mit ihm verbrachte, barg das Risiko, dass ihr etwas Unbedachtes herausrutschte, womit sie alle in Gefahr bringen konnte.

»Wo hast du überhaupt gesteckt?«, fuhr sie Rynn an. »Soweit ich weiß, fangen die Patrouillen morgens an.« Und dem Sonnenstand zufolge war es schon später Nachmittag. Rynn hatte den gesamten Tag verpasst, und so, wie es aussah, hatte Mellie stundenlang geschlafen.

»Die Patrouillen sind für heute abgesagt worden.« Rynn zuckte mit den Schultern. »Der Captain hatte ein Treffen für sämtliche Korpsmitglieder einberufen. Für alle drei Einheiten plus Ranger.«

»Was? Warum denn das?« Die Patrouillen wurden nicht abgesagt. *Niemals.*

»Der Rat hat ihn dazu gezwungen, denke ich. Ich schätze, sie wollen nicht, dass man ihnen vorwirft, nichts unternommen zu haben. Du hättest deinen Spaß gehabt, Scout. Ein Haufen alter Natürlicher, die uns erzählen wollen, wie wir uns an der Oberfläche sicher verhalten. Es war eigentlich ziemlich lustig.«

»Klingt, als wäre es vor allem ziemlich unnötig gewesen.« Mellie verspürte einen gewissen Unmut. Sie hatte ohnehin nur ein paar Stunden am Tag mit Rynn, und der verdammte Rat stahl ihr diese Zeit auch noch.

»Das Treffen … Ja, totale Zeitverschwendung«, bestätigte Rynn. »Aber in der Mittagspause habe ich zufällig etwas mitbekommen, das ich dir erzählen wollte. Deshalb bin ich aufgetaucht.«

»Und?« Mellie zog eine Augenbraue hoch. »Ich sterbe noch vor Spannung.«

»Dazu komme ich gleich. Aber erst will ich dir etwas geben, bevor ich es wieder vergesse.« Rynn ging in die Hocke und kramte in seiner Tasche.

»Ist es wieder was zu essen?«, fragte Mellie. Zu ein paar Austern oder Muscheln würde sie nicht nein sagen. Vielleicht ein paar saftige Garnelen …

»Nee, viel besser als Essen.« Er richtete sich wieder auf, hielt das, was er aus der Tasche geholt hatte, aber in der Faust verborgen. »Okay, schließ die Augen.«

»Die waren geschlossen, aber du hast mich ja aufgeweckt.«

»Na, dann schließ sie wieder.«

Stattdessen verdrehte Mellie sie übertrieben. »Im Ernst?«

»Ja, komm schon, es ist eine Überraschung.«

»Na gut.« Widerwillig spielte sie mit.

»Jetzt streck deine Hand aus.«

»*Muss* das sein?«

»Bitte Mel …«, *Mel*, nicht Scout, »… tu mir den Gefallen.« Er klang seltsam ernst, weshalb Mellie seufzend nachgab und ihm die Handfläche hinstreckte. Sollte dieses Spiel damit enden, dass sie gleich eine eklige Spinne oder einen genervten Krebs in der Hand hielt, würde sie ihn an einen Baumstamm binden und ihm den Sonnenuntergang zeigen.

Rynn legte ihr einen kleinen, kühlen, festen Gegenstand in die Hand. »Okay, du kannst hingucken.«

Mellie öffnete die Augen, bereit, eine sarkastische Bemerkung zu übertriebener Dramatik und Theatralik loszulassen. Stattdessen erstarrte sie. In ihrer Hand lag ihr einziger Besitz, der ihr je etwas bedeutet hatte: eine dünne Silberkette mit einer Dollarmünze als Anhänger. Ihr Geschenk zur ersten Landprüfung; sie hatte es von ihrer Mutter bekommen, als sie sich vor Angst geweigert hatte, ihre Koje zu verlassen, auch wenn sie es mit aller Macht zu verbergen versucht hatte.

»Diese Münze stammt von der Oberfläche«, hatte ihre Mutter gesagt. »Wenn du sie während der Landprüfung trägst, verwandelst du dich garantiert, solange es das ist, was du willst.« Ein Versprechen, das sie nicht hätte halten können, und doch hatte es Mellie Mut gemacht. »Und vergiss nie, Liebling: Ich werde dich immer lieben, egal, was du bist.«

»Selbst, wenn ich ein langweiliger Natürlicher bin?« Mit ihren zehn Jahren konnte Mellie sich nichts Schlimmeres vorstellen.

»Selbst, wenn du ein langweiliger Natürlicher bist.«

Auch wenn die Jahre die Erinnerung an ihre Mutter getrübt hatten, brachte sie es nichts übers Herz, die Münze wegzuwerfen. Sie trug sie nicht mehr in der Öffentlichkeit, nur in der Privatsphäre ihrer Koje. Sie mochte das Gewicht des Metalls auf ihrer Haut und ließ gern die Scheibe zwischen den Fingern kreisen. Es erinnerte sie daran, dass sie auch einmal eine Familie gehabt hatte.

»Rynn, wie …? Wie bist du da drangekommen?«

»Magie.« Er lächelte und nahm ihr die Kette aus der Hand.

Mechanisch hob Mellie die Haare an, damit er sie ihr anlegen konnte. »Du bist eine Niete in Magie.« Sie schauderte, als seine Finger ihren Nacken streiften.

»Und *du* kannst so charmant sein.«

»Rynn, wie?«

Er antwortete nicht sofort. »Sie haben deine Koje ausgeräumt, am Tag nachdem … Na ja, du weißt schon.« Rynn beendete den Satz nicht. Es war auch nicht nötig. Ihre Sachen waren abgeholt worden, sobald der Captain sie für tot erklärt hatte, genau wie es bei ihrer Mutter der Fall gewesen war, noch bevor Mellie die Chance gehabt hatte, richtig um sie zu trauern. Im Annex herrschte zwar kein Platzmangel, aber für eine Wandlerin, die die Regeln nicht befolgte, war definitiv kein Platz.

»Aber ich konnte Jay überreden, mich noch ein letztes Mal reinzulassen, ehe sie deine Sachen mitgenommen haben«, fuhr Rynn fort. »Ich wollte etwas von dir, das ich bei mir tragen konnte.«

»Das ist aber gegen die Regeln«, wandte Mellie ein. Sie hatte das Gleiche mit den Sachen ihrer Mutter versucht, aber die Soldaten hatten darauf bestanden, alles restlos mitzunehmen.

»Ich weiß, aber ich glaube, er hatte Mitleid mit mir. Ich konnte einfach nicht zulassen, dass sie alles mitnahmen. Ich konnte nicht so tun, als hättest du nie existiert.« Der Silberdollar schmiegte sich unterhalb ihres Schlüsselbeins an ihre Haut. »Jedenfalls konnte ich nicht allzu viel retten, aber das hier schon. Ich weiß, wie viel es dir bedeutet.«

»Ich …« Mellie spürte eine Enge in der Brust, die ausnahmsweise nichts damit zu tun hatte, wie rau sich die Luft in letzter Zeit in ihrer Lunge anfühlte. Sie hatte eher das Gefühl, als würde sich ihr Herz ausbreiten und so fest gegen ihren Brustkorb drücken, dass sie schon befürchtete, er könnte zerspringen. Rynn hatte ihr ein Stück Zuhause mitgebracht, das sie auch an der Oberfläche behalten konnte. Er wusste einfach immer, was sie brauchte.

»Danke.« Mellie fiel ihm um den Hals. »Danke, danke, danke, danke.«

»Gern geschehen.« Er lachte leise und fuhr mit den Fingerspitzen über ihre Schulterblätter. »Ich hätte schon vor Tagen daran denken sollen.« Er zog sich von ihr zurück, aber nicht ganz, sondern nur ein paar Zentimeter, und ließ die Hände an ihre Taille gleiten, wobei er den Kopf leicht senkte. Die Luft zwischen ihnen schien zu knistern, und Mellie stockte der Atem. Sie war sich ziemlich sicher, dass Rynn sie küssen würde, wenn sie es zuließ.

Ich sollte es verhindern. In ihrem Kopf häuften sich die Einsprüche. Sie war gestrandet, und Rynn machte sich Sorgen um sie, und egal, wie sehr sie auch versuchten, sich selbst das Gegenteil einzureden, es bestand keine echte Chance, dass sie je wieder nach Hause zurückkehren konnte. Rynn hatte etwas Besseres verdient. Er hatte ein Mädchen verdient, das nicht auf dem Trockenen gestrandet war und als Verräterin geächtet wurde. Ein Mädchen, das er seinen Eltern vorstellen und auf das er stolz sein konnte. Jetzt zuzulassen, dass er sie küsste, war nicht fair.

Bis auf die Tatsache, dass Rynn – der Junge, dessen Bilderbuchzukunft ihm von einer Laune der Natur gestohlen worden war – nicht an das Wort »fair« glaubte. Diesem Jungen war es egal, dass sie die Regeln gebrochen hatte oder dass die halbe Stadt sie für eine Verräterin hielt. Dieser Junge wollte *das*, und zwar genau jetzt, und zu ihrer eigenen Überraschung stellte Mellie fest, dass sie es auch wollte. Sie wollte, dass Rynn sie küsste. *Im Namen Titans, wann ist das denn passiert?*

Es war nicht so, als wäre sie die vergangenen Jahre seinem guten Aussehen und seinem unwiderstehlichen Charme gegenüber blind gewesen. Mellie hatte einfach nie auf *diese* Art an ihn denken müssen. Seit ihrem ersten Schultag, als sie ihn beim Mittagessen ganz allein hatte da sitzen sehen, gehörte er auf alle anderen Arten zu ihr, die wichtig waren.

Damals war er derjenige gewesen, der immer gehänselt wurde. Weil er klein und dünn war und sich nicht wehren konnte. Weil er der Sohn eines bekannten Ratsmitglieds war und ihm die anderen Kinder das neideten. Aber hauptsächlich, weil Kinder keinen Grund brauchen, um gemein zu sein. Rynn hatte seine Austern mit ihr geteilt, und im Gegenzug hatte Mellie die gesamte Mittagspause lang mit ihm Krebse gejagt. Am nächsten Tag hatten sie es genauso gehalten.

Sie allein wusste, dass er süß sein konnte, wenn er wollte, und extrem loyal, wenn es darum ging, diejenigen zu beschützen, die ihm am Herzen lagen. Dass er sich manchmal davonstahl, um das alte Schulgebäude zu besuchen und sich daran zu erinnern, dass er verdammt schlau war, was jedoch keine Bedeutung mehr hatte. Oder dass seine Mutter ihn nicht dazu zwingen musste, jeden Sonntag zum Mittagessen nach Hause zu kommen, da er es von sich aus tat, weil er seine Familie mehr vermisste, als er sich je eingestehen würde.

Rynn war der Einzige in ihrem Leben, mit dem sie über alles reden konnte, und keines der Mädchen, die ihm immer am Arm hingen, war ihm je so nah gekommen, dass es ihre Freundschaft zu Rynn gefährdet hätte. Deshalb war es einfach, so weiterzumachen wie bisher. Bis zu diesem Moment hatte Mellie nie gedacht, dass sie mehr brauchen könnte. Und doch wollte sie, *dass Rynn sie küsste.*

Dann endlich tat er es. Es fühlte sich ganz anders an als ihr erster Kuss mit Gen; jener Kuss war unbeholfen gewesen. Gen war zu vorsichtig und sie zu nervös gewesen, und sie hatten beide den Kopf in dieselbe Richtung gedreht und sich dann sofort wieder voneinander gelöst, sobald sich ihre Lippen berührt hatten. Sie hatten es erneut versucht, aber keiner von ihnen wusste wirklich, was zu tun war, und der Kuss war nicht mehr als ein kindisches Tasten im Dunkeln geblieben.

Das hier, ja, so hatte sich Mellie einen richtigen Kuss vorgestellt. Feurig, süß und berauschend. Fest und sanft zugleich. Anders als Gen war Rynn nicht vorsichtig, und er wusste genau, was er tat. Er hatte eine Hand an ihren Rücken gelegt und drückte sie damit an sich, während die andere in ihren Haaren war und ihr sanft den Nacken streichelte. Und Mellie hatte zwar nicht viel Erfahrung in diesen Dingen, aber da Rynn sich nicht beschwerte, fragte sie sich nicht länger, ob sie alles richtig machte. Sie beschloss, dass sie es lieber schlecht als gar nicht tun wollte.

Rynn rückte sie in seinen Armen zurecht und zog sie auf die Zehenspitzen, damit er sie noch besser küssen konnte. Sein Atem war heiß an ihrem Gesicht, und sie schmeckte Salz und ... *Metall*? Das kam ihr etwas seltsam vor. Sollten Jungs nach Metall schmecken?

»Mel ...« Rynn riss sich plötzlich von ihr los. Vielleicht machte sie doch etwas falsch. »Mellie, du hast Nasenbluten.«

»Was?« Mellie hob die Hand an die Nase. »Ach Mist.« Sie legte den Kopf in den Nacken. »Mist, Mist, Mist. Tut mir leid.« Bei all den Dingen, über die man sich Sorgen machen konnte, wenn man einen Jungen zum ersten Mal küsste – Habe ich Mundgeruch? Wo soll ich mit meinen Händen hin? Mag er mich wirklich, oder bin ich nur eine unter vielen für ihn? – , wäre sie nie darauf gekommen, dass sie ihn versehentlich vollbluten könnte. Hastig wandte Mellie sich ab. Mehr hätte sie es nicht vermasseln können, selbst wenn sie es versucht hätte.

»In Titans Namen, ich kann es nicht fassen, dass mir das passiert.« Sie hielt sich die Nase zu, um den steten Blutfluss zu unterbinden. »Das kann doch nicht wahr sein.«

»Lass mich mal sehen.« Rynn kicherte.

Mellie scheuchte ihn weg. »Findest du das etwa lustig?«

»Komm schon, Mel, mindestens zwanzig Dinge an dieser Situation sind lustig, du kannst sie nur gerade nicht erkennen.«

»Das stimmt, das kann ich nicht. Jetzt lass mich bitte allein.« *Damit ich in Ruhe vor Scham im Boden versinken kann.*

»Würdest du bitte aufhören, so einen Quatsch zu reden? So ein bisschen Blut verjagt mich doch nicht.« Er drehte sie wieder zu sich um. »Oh, wow, das blutet aber richtig.« Rynn zog sein T-Shirt aus und knüllte es zusammen. »Hier, nimm das.«

»Nein, ich mache es nur schmutzig.«

»Dann hole ich mir ein neues.« Er drückte ihr den Stoff an die Nase und half ihr auf den Waldboden, so dass sie Schulter an Schulter mit dem Rücken an einem Baumstamm zu sitzen kamen.

»Weißt du, das ist für mich auch etwas Neues«, meinte er. »Normalerweise versuchen die Mädchen, den Kuss einprägsam zu machen, indem sie mit den Händen ein bisschen kreativ werden.«

»Bei den Göttern, würdest du wohl die Klappe halten?« Mellie stöhnte auf. Der Boden müsste sich jetzt jeden Moment öffnen und sie verschlucken. *Jeden Moment …* »Wie würde es dir gefallen, wenn ich dir erzählte, dass Gen mit seinen Händen kreativ geworden ist?«

Rynn zog ganz kurz die Augenbrauen zusammen. »Ich denke, ich wäre … beeindruckt.« Er grinste sie schelmisch an.

»Grrr, das wärst du nicht.«

»Klar wäre ich das.« Er legte den Arm um sie. »Ich hätte nie gedacht, dass der kleine Goldfisch so was draufhätte.«

Mellie konnte nicht anders, sie musste einfach lachen. Rynn hatte recht – alles an diesem verkorksten Versuch eines Kusses war lustig. Aber lachen war trotzdem eine schlechte Idee, denn es brachte sie nur zum Husten, und als sie einmal angefangen hatte, konnte Mellie nicht mehr aufhören, bis ihre Kehle ganz wund und der Boden zu ihren Füßen rot war.

»*Mellie*.« Rynn war todernst geworden. Er musterte sie, als würde er sie zum ersten Mal sehen. Die geisterhafte Blässe ihrer Haut, der klebrige Schweißfilm an ihren Schläfen, die tiefen bläulichen Schatten unter ihren Augen. »Es wird schlimmer, nicht wahr?«

»Ja.« Mellie ließ sich erschöpft an den Stamm der Eiche sinken. Jetzt, da ein halber Liter ihres Blutes auf dem Waldboden verteilt war, sah sie keinen Sinn mehr darin, es zu leugnen.

»Warum hast du mir das nicht gesagt?«

»Du kannst doch ohnehin nichts tun.«

»Mel …«

»Weißt du, manchmal wünsche ich mir, ich wäre in der ersten Nacht einfach gestorben.« Das Feuer in ihrer Lunge hatte sich bis zu ihren Augenhöhlen ausgebreitet. »Das wäre besser gewesen als das.« Als dass die Luft sie von innen heraus austrocknete.

»Hör sofort auf, Mellie. Was auch immer das ist, die Heiler können sich darum kümmern, wenn du wieder zu Hause bist.«

»Du bist ein furchtbarer Lügner, weißt du das?« Heiler konnten fast alles wiedergutmachen: gebrochene Knochen, Krankheiten, Wunden, die von einer Klinge oder von Magie stammten.

Mithilfe ihrer professionellen Pflege konnte ein Wandler knapp zwei Jahrhunderte erleben, ein Natürlicher vielleicht sogar drei. Aber für die Landkrankheit gab es keine Heilung. Entweder ging sie von alleine weg, oder sie brachte einen um. Rynn wusste das genauso gut wie sie.

»Das ist nicht die Landkrankheit, Mel«, sagte er, als müsste er die Worte nur aussprechen, damit sie wahr wurden. »Und selbst wenn sie es ist, ist es wahrscheinlich nur die Grippe. Das geht vorbei.«

Mellie hatte früher schon einmal Grippe gehabt. Fast jeder Wandler bekam im ersten Jahr an der Oberfläche irgendetwas wie eine Erkältung, die Grippe oder eine andere seltsame Krankheit. Ein paar Tage lang tat alles weh, die Nase hörte nicht auf zu laufen, und der Kopf fühlte sich doppelt so groß an wie sonst. Aber es ging vorbei.

Das hier war nicht die Grippe.

»Sieh mich an, Mellie.« Rynn hob ihr Kinn an, damit er ihr in die Augen schauen konnte. »Es ist nur die Grippe.« Eine Lüge, aber eine gut gemeinte. Eine Lüge, die Mellie trösten und das Thema beenden sollte. Vor fünf Minuten hatten sie und Rynn sich noch geküsst, dann hatte ihr Nasenbluten angefangen, und jetzt weinte sie. Sie hatte keine Lust, einen Streit zu dieser Liste hinzuzufügen. Wenn überhaupt wollte sie mit dem Küssen weitermachen, aber das stand vermutlich nicht mehr zur Debatte.

»Nun, dann brauche ich einen besseren Plan«, erwiderte Mellie und presste sich die Handflächen auf die Augen, um die Tränen zu unterdrücken. »Ich kann nicht weiter ziellos durch den Wald laufen und hoffen, zufällig auf denjenigen zu treffen, der die Schutzanker demoliert.« Erstens war es zu anstrengend. Zweitens völlige Zeitverschwendung.

»Das musst du auch nicht.« Rynn entspannte sich merklich. »Deshalb bin ich aufgetaucht: weil ich zu wissen glaube, welcher Schutzanker als Nächstes zerstört wird.«

»Was?« Mellie riss die Augen auf. »Woher willst du das denn wissen?«

»Ich habe gehört, wie sich Ria während des Meetings beschwert hat.«

»Ria beschwert sich immer, das ist nichts Neues.«

»Stimmt, aber heute hat sie nicht aufgehört zu jammern, wie unfair es ist, dass immer die Schutzanker in ihrem Gebiet betroffen sind, als wäre die gesamte Krise eine einzige riesige Verschwörung, nur um ihr mehr Arbeit zu machen.« Er schüttelte den Kopf. »Egal. Ihr Gejammer hat mich jedenfalls auf eine Idee gebracht, woraufhin ich mich mal umgehört habe, und ich denke, ich habe ein Muster entdeckt.«

»Ein Muster?« Mellie wollte nicht so skeptisch klingen, aber ein Muster, das sie finden konnten – ein Muster, das Rynn aufgefallen war, dem Captain aber nicht –, fühlte sich ein wenig zu sehr nach Wunschdenken an. Oder vielleicht war es dem Captain *doch* aufgefallen, aber er hatte beschlossen, es Rynn gegenüber nicht zu erwähnen. Mellies frühere Zweifel kehrten zurück. *Ich kann keinen Ärger mehr machen, wenn ich von einem Bären gefressen wurde.*

»Ja, ich denke schon«, erwiderte Rynn. »Am Anfang war da keins, die demolierten Schutzanker waren überall verstreut. Doch dann hat sich etwas verändert.«

»Und was?«

»Die Schutzanker – wir haben sie versetzt, weißt du noch?« Er nahm einen Zweig und kritzelte damit im Schmutz herum. »Es hätte mir schon früher auffallen müssen, aber ich bin davon ausgegangen, dass die Landbewohner nicht so dumm sind, zweimal an derselben Stelle zu suchen, also habe ich nicht nachgefragt.« Er sprach jetzt schneller, während er neue Striche und Kringel zu der Behelfslandkarte auf dem Waldboden hinzufügte. »Aber nachdem ich heute mit den anderen Scouts gesprochen habe, bin ich mir ziemlich sicher, dass seit der Verlegung nur drei Schutzanker zerstört worden sind, und die erwischt es immer und immer wieder, was daran liegen könnte, dass …«

»Derjenige nicht weiß, wo die neuen sind«, beendete Mellie den Satz für ihn.

»Genau.« Rynn grinste triumphierend. »Deshalb sind in der Nacht, als wir die Schutzanker verlegt haben, keine beschädigt worden. Und jetzt umkreisen die Landbewohner die paar, die sie finden konnten. Vor ein paar Tagen haben sie das Gebiet von Ben und Ria erreicht. Hier.« Er markierte einen Punkt am Westufer des Sees, ganz in der Nähe der Stelle, wo die Landprüfung immer stattfand. »Gestern waren sie dann hier.« Er zeigte auf die Landzunge, Sierras und Metts Gebiet. Rynn hatte mal ein Techtelmechtel mit Sierra gehabt – ein Techtelmechtel, das derart öffentlich zu Ende gegangen war, dass sie sich alle eine Standpauke darüber hatten anhören müssen, was *angemessenes Verhalten* bedeutete. Ein Techtelmechtel, an das Mellie plötzlich nicht mehr denken konnte, ohne dass ihr schlecht wurde.

»Wenn sie bisher noch keinen weiteren Schutzanker entdeckt

haben, sollten sie als Nächstes hier unterwegs sein.« Rynn fügte noch ein Kreuz hinzu und schaute Mellie an. »Patrouille sechs, Schutzanker zwei. Lailas und Brans Gebiet. Nordufer, direkt am Wasser.«

»Und du denkst, dort werden sie heute Nacht sein?«

»Heute oder morgen Nacht vielleicht. Aber ja, ich denke, das ist ihr nächster Anlaufpunkt.«

Wenn er recht hatte, bedeutete das, dass Mellie eine echte Chance hatte. Eine echte Chance, im Gegensatz zu dem erfolglosen Stochern im Dunkeln, das sie seit Tagen betrieb. Natürlich bedeutete es auch, dass sie tatsächlich dem Landbewohner begegnen würde, der Astria bloßstellen wollte. Das war der Teil, über den sie und Rynn nie sprachen – was Mellie tun sollte, wenn sie den Vandalen auf frischer Tat ertappte. Vermutlich weglaufen. Und zu den Göttern beten, dass sie schneller war.

»Und das hast du alles ganz allein herausgefunden?«, fragte Mellie und versuchte, nicht allzu besorgt zu klingen. Ihr blieb ohnehin nichts anderes übrig. Sie konnte entweder ihre Chance ergreifen, dem Captain seine Antworten zu beschaffen, oder sich von der Krankheit, die ihre Lunge verzehrte, umbringen lassen. *Das ist nicht wirklich eine Wahl*, dachte sie, *eher ein extremer Mangel an Möglichkeiten.*

»Ich hatte einen guten Anreiz.« Rynn sah sie wieder auf diese Art an. Als würde es nichts zur Sache tun, dass sie krank war oder mit Blut beschmiert. Als wäre sie das Einzige, was es wert war, angesehen zu werden.

»Du wirst die Täter finden, Mellie, das weiß ich«, sagte er und strich ihr eine Haarsträhne hinters Ohr. »Du schaust sie dir gut an, und dann darfst du nach Hause kommen.« Bei ihm klang es so einfach. Als wäre es nicht das Gefährlichste, was sie je getan hatte. Als würde nicht am Ende noch ein potentiell tödlicher Zauberspruch auf sie warten.

»Okay?« Seine Hand verweilte in ihren Haaren, so dass sie nur noch an den Kuss denken konnte und daran, wie viel lieber sie ihn wiederholen würde, als sich über Landbewohner Sorgen zu machen oder Zaubersprüche oder darüber, wie sie einen vollständigen Satz zustande bringen sollte.

Und vielleicht ahnte Rynn, was sie dachte, denn anstatt die Hand wegzunehmen, kam er noch näher und legte seine Stirn an ihre.

»Weißt du, Mel«, murmelte er, während er ihr mit den Fingerspitzen über die Wange fuhr, »ich würde dich ja wieder küssen, aber ich weiß nicht, ob du den Blutverlust verkraften kannst.«

»Bei den Göttern, du bist so ein Arschloch.« Mellie schubste ihn weg. Das war genau der Grund, warum sie sich nie hatte vorstellen können, mit ihm zusammen zu sein. Weil Rynn die Tendenz hatte, sich wie der letzte Vollidiot zu verhalten.

»Ach komm … das meinst du nicht so.« Sie hörte ihm an, dass er lächelte.

»Und ob. Und du kannst jetzt gerne gehen.«

»Auch das kaufe ich dir nicht ab.« Rynn griff nach ihrem Arm und zog sie mit einem Ruck an seine Brust. »Ich glaube, du willst, dass ich bleibe.«

Es war total nervig, wie gut er wusste, was er zu tun hatte, um sie weich zu bekommen. Alles, was es brauchte, waren seine Hände an ihrer Taille, heiß auf ihrer Haut, wo ihr T-Shirt nach oben gerutscht war. Dieses Gefühl – das seine Berührung etwas bedeutete –, daran musste sie sich erst gewöhnen. Mellie schauderte und gab den Kampf auf. Als er sie zu sich umdrehte, grinste er über beide Ohren. *Natürlich.*

Vollidiot.

»Würde es dich umbringen, mir nicht das Gefühl zu geben, dass ich total bescheuert bin?«, fragte sie.

»Vielleicht.«

»Vielleicht erledige ich das auch selbst.«

Rynn lachte und ließ die Hände langsam über ihre Seite gleiten. »Du bist nicht bescheuert, Mel«, sagte er, und dann küsste er sie wieder, wenn auch ganz vorsichtig, als hätte er Angst, sie könnte zerbrechen.

»Ich muss jetzt los, wenn ich es rechtzeitig zur Ausgangssperre nach Hause schaffen will.«

»Ja, okay.« Mellie wollte ihn eigentlich nicht gehen lassen. Sie mochte diese neue … Sache zwischen ihnen. Es gefiel ihr, wie sie sich anfühlte und schmeckte und wie sie dadurch vergaß, dass sie gestrandet und todkrank war. Allerdings konnte sie nicht umhin, sich zu fragen, ob dieser Zauber, der hier offenbar am Werk war, in dem Moment erlöschen würde, wenn Rynn wieder im See verschwand. Ob er sich daran erinnern würde, was sie eigentlich waren, und beschließen musste, dass sie besser dran waren, wenn sie nur Freunde blieben. Doch das schien ihr auf einmal nicht mehr genug zu sein.

»Pass auf dich auf, Mel«, flüsterte Rynn, ehe er sich zum Gehen wandte. Und heute fühlte es sich mehr denn je wie ein Abschied an.

Kapitel elf

Mellie hätte lieber im Wald den Einbruch der Nacht abgewartet. Wenn Caleb sie in ihren blutbefleckten Kleidern sah, würde er ihr bestimmt wieder einen Haufen Fragen stellen und dann irgendeine Ausrede finden, um lange aufzubleiben, damit er sie im Auge behalten konnte. Sich rauszuschleichen würde sicher ein Albtraum werden. Doch sich ohne Taschenlampe und ohne Abendessen in die Nacht zu wagen, war es genauso. Oder ohne saubere Klamotten. Der Geruch ihres Blutes würde sicher jeden einzelnen Bären anlocken, dem sie bisher erfolgreich aus dem Weg gegangen war.

Als sie zurückkehrte, saß Caleb im Wohnzimmer mit dem Laptop auf den Knien auf dem Boden, umgeben von Papierstapeln. Er hob eine Hand zum Gruß, als er sie hereinkommen hörte, doch seine Augen blieben fest auf den Bildschirm gerichtet.

Ein Glück, er ist abgelenkt. Mellie suchte sich einen Weg durchs Zimmer. Wenn sie nur schnell ihr Hemd wechseln konnte, ehe er aufsah.

»Himmelherrgott, Scout!« Natürlich bemerkte er es. »Was ist denn mit dir passiert?«

»Nichts«, log Mellie. *Die Bären wären doch die bessere Wahl gewesen.* »Ich hatte nur Nasenbluten, das ist alles.« Außer, dass es eben doch mehr gewesen war, und als sie sich vorbeugte, um in ihre Tasche zu greifen, überfiel sie die nächste Hustenattacke. Dieses Mal konnte sie das Blut nicht schnell genug verstecken.

»Ist das …?« Caleb war mit einem Satz bei ihr. »Scout, hustest du Blut?«

»Kein Grund zur Sorge, mir geht's gut.«

»Dir geht es eindeutig *nicht* gut. Zieh dich schnell um, dann bringe ich dich zum Arzt. Etwa eine Stunde Fahrt von hier entfernt gibt es eine Klinik. Wenn wir jetzt losfahren, kommen wir noch dort an, ehe sie …«

»*Nein!*« Mellie schrie ihn regelrecht an. Sie hatte das Wort »Arzt« erkannt. Vor ein paar Jahren war ein Läufer, der gerade mit seiner Gruppe auf einem Markt Kleidung eintauschte, gestolpert und hatte sich das Bein gebrochen. Die Landbewohner, mit denen sie gerade am Verhandeln waren, riefen einen Arzt, und laut den Erzählungen des Läufers war der Mann der reinste Barbar. Er bestand darauf, den Knochen weiterzubrechen, ehe er ihn richten konnte. Unnötig zu erwähnen, dass der Läufer das Angebot mit einem knappen »Nein danke« plus ein paar anderer weniger höflicher Worte abgelehnt hatte.

Glücklicherweise war das Ganze im Sommer passiert, so dass die Tage lang genug waren und die anderen Läufer den Verletzten rechtzeitig vor Sonnenuntergang zum See tragen und nach Hause bringen konnten. Mellie schauderte beim Gedanken daran, was ansonsten mit ihm passiert wäre. Seine Kollegen hätten keine andere Wahl gehabt, als ihn zurückzulassen. Besser *ein* toter Wandler als *sechs*.

Der Läufer hatte erzählt, dass die Verwandlung mit gebrochenem Bein eines der schmerzhaftesten Erlebnisse gewesen war, das er je erdulden musste, aber sobald er wieder sicher im Wasser war, hatte ein Heiler die Verletzung innerhalb kürzester Zeit behoben. Es war Mellie egal, wie krank sie war, sie würde auf keinen Fall zulassen, dass Caleb sie in irgend so eine Klinik schleppte.

»Nein«, wiederholte sie bestimmt. »Ich will nicht zu einem Arzt.«

»Dir geht es nicht gut, Scout.«

»Ist mir *egal.*« Sie würde lieber sterben, als sich von einem Landbewohner-Metzger foltern zu lassen. »Du kannst mich nicht dazu zwingen, Caleb. Das geht nicht, ich … ich *will* nicht.« Sie verspürte einen ersten Anflug von Panik. Was, wenn Caleb kein Nein akzeptierte? Was, wenn er einen Arzt zu seiner Hütte bestellte?

»Okay, okay, beruhige dich.« Er streckte ihr die Handflächen entgegen. »Kein Arzt. Aber du musst etwas gegen diesen Husten nehmen.«

»Was soll ich denn nehmen?«

»Ich müsste hier irgendwo noch Hustensaft haben.« Caleb ging in die Küche und fing an, die Schränke zu durchsuchen. »Auch wenn ich mir ziemlich sicher bin, dass man mit der Einnahme beginnen sollte, ehe man Blut hustet. Trotzdem kann es nicht schaden … Hier ist er ja.« Er fischte eine kleine Flasche aus einer Schublade und goss einen kleinen Schluck der Flüssigkeit in ein Glas. Sie war knallpink. *Knallpink.*

»Soll das so aussehen?« Mellie beäugte das Glas misstrauisch. Unter Wasser gab es nur eine Regel, was Essen anging: Wenn etwas eine Schale hatte, unauffällig oder irgendwie getarnt aussah, dann ließ es sich höchstwahrscheinlich gefahrlos essen. Aber etwas, das so leuchtend farbig war, konnte nur giftig sein. Mellie hatte die Lektion auf die harte Tour lernen müssen, als sie eines Tages beschlossen hatte, einen gepunkteten Kofferfisch zu essen, nur weil er lecker aussah.

»Warte, bis du es probiert hast.« Caleb reichte ihr das Glas.

»Bist du dir da ganz sicher?« Nach der Sache mit dem Kofferfisch hatte sie sich stundenlang übergeben, und das wollte sie nicht noch einmal erleben.

»Um Himmels willen, Scout, das ist keine experimentelle Droge oder so, das ist nur Hustensaft. Und wenn du den nicht nimmst, fahre ich dich in die Klinik. Du hast die Wahl.«

Ach, trink es doch einfach. Mellie rümpfte die Nase und nahm all ihren Mut zusammen. Manchmal war es am einfachsten, seinen Landbewohner-Quatsch mitzumachen, nur damit er Ruhe gab. Sie kippte den Hustensaft in einem Zug runter und verzog angewidert das Gesicht, als die dickflüssige, klebrige Flüssigkeit ihre Kehle hinabrann. Noch nie in ihrem Leben hatte Mellie einen Geschmack mit einer Farbe beschreiben müssen, aber wenn man sie gefragt hätte, wie diese unnatürlich stinkende Pampe schmeckte, hätte sie sagen müssen: knallpink.

Der Hustensaft schaffte es nicht, ihren Husten zu lindern, doch Mellie bemühte sich das ganze Abendessen hindurch, ihn zu unterdrücken, indem sie sich auf die Innenseiten der Wangen biss, sobald sie das Kribbeln in der Kehle spürte. Sie wollte nicht, dass Caleb sich wieder aufregte oder etwas Unbedachtes tat, wie einen Arzt zu rufen, sobald sie ihm auch nur eine Sekunde den Rücken zukehrte.

»Ich hatte mir überlegt, wir könnten heute mal einen Werwolf-Abend machen«, sagte Caleb, als sie mit dem Essen fertig waren. »Wir hätten einen Tierkostüme-Klassiker im Angebot, gefolgt von einem computeranimierten Jeder-gegen-jeden-Gemetzel. Wie klingt das?«

Es klang eigentlich gar nicht so schlecht, zumindest der Teil, den Mellie verstanden hatte. Doch die Werwölfe würden warten müssen. Sie musste arbeiten.

»Ehrlich gesagt, bin ich ziemlich müde, Caleb. Würde es dir etwas ausmachen, wenn ich heute früh zu Bett gehe?«

»Oh.« Er machte ein langes Gesicht. »Klar, natürlich. Vermutlich keine schlechte Idee, wo du ja krank bist. Dann …«, er schnappte sich seinen Laptop und die DVDs, die er auf dem Couchtisch ausgebreitet hatte, »lasse ich dich mal allein, schätze ich. Also, äh … gute Nacht.« Die Schlafzimmertür schloss sich hinter ihm.

Mellie hatte ein schlechtes Gewissen, weil sie ihn aus seinem eigenen Wohnzimmer vertrieb, aber heute Nacht war es wichtiger denn je, dass er sie nicht daran hinderte, in den Wald zu gehen. Draußen war es bereits dunkel, und wenn die dreisten Vandalen heute zuschlugen, wollte sie da sein. Sollte sie heute Nacht jedoch keinen Erfolg haben … Nun ja, Mellie wusste nicht, wie viele Nächte ihr noch für die Suche blieben.

Sich rauszuschleichen war einfacher als gedacht. Mellie wartete, bis das Geräusch von Werwölfen, die College-Studentinnen in Stücke rissen, durch Calebs Tür drang, dann drapierte sie ein paar Kissen unter ihrer Decke auf der Couch und bestach Sammie mit Essensresten, die sie von den Tellern in der Spüle gekratzt hatte.

Mit der Taschenlampe in der Hand schlüpfte sie in die Dunkelheit davon und eilte leise in Richtung Seeufer. Wenigstens würde sie heute Nacht nicht ziellos umherirren, bis sie so müde war, dass sie aufgeben musste. Wenn Rynn recht hatte, musste sie nur den betreffenden Schutzanker beobachten und hoffen, dass der Täter auftauchte.

Genau dort, wo Rynn gesagt hatte, wurde Mellie fündig – am nördlichen Ende von Lailas und Brans Gebiet. Unweit des Wassers war ein Schutzanker vergraben. Um nicht gesehen zu werden, kletterte sie auf einen nahe gelegenen Baum und schaltete ihre Taschenlampe aus, damit sich ihre Augen an die Dunkelheit gewöhnen konnten. Dann blieb ihr nichts anderes übrig, als abzuwarten.

In der Dunkelheit hatte Zeit keine Bedeutung. Es verging eine Stunde, vielleicht waren es auch fünf. Mellie wusste nur, dass sich irgendwann die Geräusche um sie herum veränderten. Schritte, die sich durch das Unterholz näherten, zu schwer, um von einem Fuchs oder einem Waschbären zu stammen. *Landbewohner oder Bär?* Mellie richtete sich auf und spähte in die Lücken zwischen den Bäumen. Da, ein Licht tauchte in der Ferne auf und durchbrach die Dunkelheit. *Eine Taschenlampe.* Sie entspannte sich ein wenig. Bären hatten keine Taschenlampen. *Nein, aber Landbewohner.* Und Caleb ging nie so spät mit Sammie Gassi.

Das Licht näherte sich und warf einen Kegel, der in ihre Richtung zeigte. *In Titans Namen, Rynn hatte recht.* Mellie drückte sich enger an den Stamm der Eiche. Mann, er würde unerträglich sein, wenn er das erfuhr.

Aus den Augenwinkeln sah Mellie, wie der Lichtstrahl nach schräg oben geneigt verharrte. Der Täter musste die Taschenlampe abgelegt haben, um die Hände frei zu haben. Er verschwendete keine Zeit und ging gleich an die Arbeit. Das schrille Geräusch von Metall, das über Knochen kratzte, jagte Mellie einen Schauer über den Rücken, und sie biss die Zähne aufeinander. Sie lehnte sich nach vorn, um einen Blick durch die Zweige zu riskieren. *Ein Blick, und du darfst nach Hause kommen.*

In ihrer Vorstellung war der Vandale immer ein Hüne von einem Mann gewesen, ein eiskalter Killer mit grausamem Blick und stählernen Muskeln. In der Realität sah der Täter aber weder groß noch bullig aus.

Er war nicht einmal ein *Er*.

Nein, die Person, die sich über den Schutzanker beugte, war definitiv weiblich. Groß und schlank und nicht wie die meisten Landbewohner um diese Jahreszeit von unzähligen Lagen aus Kleidung bedeckt. Die Frau trug nur dunkle Jeans und einen engen schwarzen Pullover. Mellie ließ sich in den Schatten zurückfallen. Das würde den Captain sicher amüsieren: Bei der vermeintlichen Gruppe bedrohlicher Landbewohner, die seine Stadt terrorisierte, handelte es sich in Wirklichkeit nur um eine einzelne Frau.

Das Messer stach ein letztes Mal in den Knochen, ehe die Frau nach vollendeter Tat den Schutzanker zu Boden fallen ließ und sich wieder aufrichtete. Wie einfach das für sie gewesen war.

Fünf Minuten – mehr brauchte sie nicht, um die Existenz Astrias zu gefährden. *Und jetzt kann sie zu ihrem bequemen Landbewohner-Leben zurückkehren.* Mellie presste die Nägel in die Handflächen. Es war einfach nicht fair.

Aber anstatt in die Richtung zurückzugehen, aus der sie gekommen war, wandte sich die Frau dem Seeufer zu. *Das ist ja seltsam*, dachte Mellie. Wenn sie hätte raten sollen, hätte sie vermutet, dass die Frau als eine Art Landbewohner-Scout vorausgeschickt worden war, um die Vorarbeit für eine Attacke zu leisten. Aber warum ging sie dann zum Wasser? Sie konnte unmöglich vorhaben, jetzt in die Stadt einzubrechen. Schließlich hatte sie keine Taucherausrüstung bei sich, sie würde also innerhalb kürzester Zeit ertrinken. Und selbst mit der entsprechenden Ausrüstung konnte sie unmöglich glauben, Astria allein infiltrieren zu können. Die patrouillierenden Soldaten würden sie in dem Moment entdecken, in dem sie den Seetangwald verließ, wenn nicht schon vorher. Wo war ihre Armee? Ihre Verstärkung? Sie hatte nicht einmal einen Partner, der ihr Rückendeckung gab. Konnte sie wirklich so verrückt sein, das allein versuchen zu wollen?

Folge ihr nicht. Folge ihr nicht. Den Täter zu verfolgen, der die Schutzanker demolierte, war nie Teil der Abmachung gewesen. Mellie hatte ihre Aufgabe erfüllt; sie hatte Antworten für den Captain, Informationen, die ihr den Weg nach Hause erkaufen würden. Und wenn sie herausfinden konnte, was diese Landbewohnerin noch im Schilde führte? Dann würde es keinen Zweifel mehr geben, dass sie für das Korps noch *von Nutzen* war. Der Captain würde sich für sie einsetzen müssen.

Er würde wollen, dass du das tust. So eine Chance bekommst du nicht noch einmal.

So leise sie konnte, ließ sich Mellie zu Boden gleiten. Doch vielleicht war sie kränker, als sie dachte, denn selbst bei dieser kleinen Bewegung wurde ihr schwindelig. Sie taumelte, und ein Zweig knackte unter ihren Füßen, als sie sich bemühte, die Balance zu halten. Das Geräusch hallte so laut durch die Stille der Nacht, dass Mellie genauso gut eine Bombe hätte zünden können.

Die Frau fuhr herum, die Augen weit aufgerissen, das Messer abwehrend vor sich ausgestreckt. Mellie erstarrte und schnappte kurz darauf entsetzt nach Luft. Sie kannte diese Augen. Aber das war unmöglich.

Nein.

Nein, nein, nein, nein.

Es konnte nicht ihre Mutter sein, denn ihre Mutter hatte weiße Haare wie sie selbst, nicht rostbraune wie diese Frau. Und sie trug es länger, nicht schulterlang und glatt.

Es konnte nicht ihre Mutter sein, denn ihre Mutter war tot. Sie war *tot.*

»Mellie?«

Der Klang ihres Namens ließ Mellie das Blut in den Adern gefrieren. Wenn diese Frau nicht ihre Mum war, woher kannte sie dann ihren Namen?

»Warum bist du nicht im Wasser, Mellie? Was tust du an der Oberfläche?«

»Du bist nicht …« Mellie wich vor ihr zurück. »Du kannst nicht echt sein.« Das musste eine Nebenwirkung ihrer Krankheit sein. Der Krankheit, die nicht die Landkrankheit war, sie aber dennoch umbrachte. Vielleicht hatte sie so viel Zeit damit verbracht, mit dem Tod zu tanzen, dass sie jetzt direkt auf die andere Seite sehen konnte. So musste es sein. Mellie sah Gespenster.

Die Welt um sie herum drehte sich immer schneller und verschwamm, wodurch der Waldboden zu einem seltsamen Wirrwarr aus Formen und Klängen wurde. In ihrer Eile davonzukommen stolperte Mellie über eine Wurzel und fiel hin. Ein heftiger Hustenanfall überkam sie, und sie schmeckte Blut.

»Mellie!« Zwei Hände packten sie an den Schultern. »Wann warst du das letzte Mal im Wasser?«, fragte der Geist, der aussah wie ihre Mum. »Wann, Mellie?«

»Lass mich in Ruhe.« Mellie schüttelte sie ab. Die Dunkelheit um sie verdichtete sich und fühlte sich an, als würde ihr etwas Schwarzes und Schweres von hinten gegen die Augen drücken.

»Mellie?« Der Geist rüttelte sie. »Komm schon, Mellie, bleib bei mir.«

»Warum denn? Du bist auch nicht bei mir geblieben.« Mellie war sich nicht sicher, ob sie die Worte laut ausgesprochen hatte. Sie hoffte es jedenfalls.

»Mellie?« Der Geist schüttelte sie wieder und rief andauernd ihren Namen. Und Mellie wusste jetzt sicher, dass es ein Geist war, denn das Gesicht der Frau verschwamm bereits vor ihren Augen.

Als Mellie wieder zu sich kam, befand sie sich in der Badewanne in Calebs Badezimmer und lag bis zum Hals in Wasser, das sich nach zu Hause anfühlte. Und sie war nackt, was ihr weniger etwas ausmachte, sondern sie eher verwirrte. Caleb stellte sich immer ziemlich an, wenn es um Nacktheit ging, er hätte sie nicht freiwillig ausgezogen.

Mellie fuhr sich mit beiden Händen durch die Haare und setzte sich auf, doch noch bevor sie aus der Wanne steigen konnte, durchschnitt eine Frauenstimme die Stille.

»Nicht aufstehen. Du musst noch eine Weile im Wasser bleiben.«

Mellie schaute auf. In der Zimmerecke saß die Frau aus dem Wald. Die Frau, die das Gesicht ihrer toten Mutter trug.

Sie ist nicht tot. Die Erkenntnis traf sie wie ein Schlag in die Magengrube. Die ganze Zeit war ihre Mutter am Leben gewesen.

Abgesehen von den Haaren sah sie noch genauso aus, wie Mellie sie in Erinnerung hatte. Um die Augen herum hatte das Alter leichte Spuren hinterlassen, und ihr Gesicht war vielleicht ein klein wenig runder und etwas blasser. Doch davon abgesehen, hatte sich Learra Mayreed kaum verändert, und Mellie schoss unwillkürlich durch den Kopf, dass das nicht richtig war. Es sollte nicht spurlos an einem vorbeigehen, die eigene Tochter zu verlassen. Man sollte nicht einfach so bleiben dürfen, wie man war.

»Wie bin ich hierhergekommen?« Mellie zog die Beine an die Brust und schlang die Arme um die Knie. Es war zwar nicht die erste Frage, die sie in diesem Moment gern gestellt hätte, sie schaffte es nicht einmal unter die ersten zehn, aber es war die sicherste.

»Dein Freund war im Wald unterwegs.« War die Stimme ihrer Mum schon immer so kalt gewesen? So nüchtern? »Er meinte, er würde den Hund ausführen, aber ich glaube, er hat nach dir gesucht.«

Bei den Göttern, das war ja klar. Mellie errötete, als ihre Erinnerung allmählich zurückkehrte. Daran, wie Arme sie vom Waldboden hochgehoben hatten, stark und doch auf vertraute Art sanft. Wie sie zwischen den Bäumen hindurchgetragen worden war, das Gesicht an einen festen, kratzigen Stoff gedrückt. Und dann der schwere Geruch nach Holz, Feuer und Tee, so nah, dass Caleb sie zurück in seine Hütte getragen haben musste. Mal wieder. Er hatte wirklich ein untrügliches Gespür dafür, wann sie ihn brauchte.

»Was hast du ihm erzählt?«

»Dass du eine Krankheit hast. Du kannst von Glück reden, dass er nicht zu viele Fragen stellt.« Ihre Mum lehnte sich auf dem Stuhl nach vorn, die Hände vor sich gefaltet. Ein goldener Ring glänzte an einem ihrer Finger, und ums Handgelenk trug sie einen goldenen Armreif. So teuren Schmuck hatte Mellie noch nie bei einer Wandlerin gesehen. Ihre Kleidung wirkte ebenfalls hochwertig, genau wie ihre Schuhe. Und alles passte so gut, als wäre es nur für sie gemacht worden. Sie sah überhaupt nicht mehr wie eine Wandlerin aus. Sie sah aus wie eine Landbewohnerin.

»Was ist passiert, Mellie?«, wollte ihre Mum wissen. »Wie bist du gestrandet?«

»Was tut das zur Sache? Es ist eben passiert.«

»Wann?«

»Vor ein paar Wochen.« Vor dreizehn Tagen, um genau zu sein. Vor einer Ewigkeit.

»Caleb hat dich aufgenommen?«

»Ja.«

»Aber du hast ihm nicht erzählt, was du bist?«

»Was? *Nein.*« Was dachte ihre Mutter denn von ihr? »Natürlich nicht.«

»Wann warst du das letzte Mal im See?«

Langsam kam sich Mellie vor wie bei einem Verhör. »Ich weiß nicht, vor fünf, vielleicht sechs Tagen.«

»Das kannst du nicht machen, Mellie. Du darfst nicht so lange außerhalb des Wassers bleiben, verstehst du? Erst recht nicht, wenn du dich nicht mehr verwandelt hast.«

»Warum denn nicht?« Mellie wollte sich am liebsten weiter mit der Frau streiten, die einmal ihre Mutter gewesen war. Mit der Frau, der es nicht zustand, ihr zu sagen, was sie zu tun hatte.

»Weil du dann stirbst.« Ihre Mum hielt offenbar nichts davon, jemandem etwas sanft beizubringen. Als würde es ihr nichts ausmachen, ihrer einzigen Tochter zu sagen, dass sie sterben musste.

»Gut zu wissen«, murmelte Mellie und machte Anstalten, aus der Badewanne zu steigen. Sie hatte genug Fragen beantwortet.

»Bleib im Wasser«, wiederholte ihre Mum. »Es ist das Einzige, was dich im Moment am Leben hält, doch die Wirkung setzt erst nach einiger Zeit ein.«

»Das ist ein bisschen sehr dramatisch, findest du nicht?«

»Ist es das? Du bist heute Nacht zusammengebrochen, Mellie, und ich vermute, dass du seit Tagen Blut hustest. Was mit dir passiert, ist keine normale Landkrankheit, das ist Entzug, und bis du dich wieder verwandelst, wird es nur schlimmer werden. Also, bleib bitte im Wasser.«

»Na schön.« Mellie setzte sich wieder. »Was ist hier eigentlich drin?« Sie rieb ein paar Wassertropfen zwischen den Fingern. Das Wasser war seltsam weich, irgendwie gröber als das Wasser im See, aber glitschiger als Leitungswasser. Nicht so langweilig.

»Speisesalz. Nicht so gut wie das Original, aber es wird uns genügend Zeit verschaffen, um dich zum Meer zu bringen. Dort wirst du in der Lage sein, dich zu verwandeln.«

Mellie zuckte bei der glatten Lüge und dem Wort »uns« zusammen. »Mit dir gehe ich nirgendwohin.«

Ihre Mum seufzte. »Du stirbst, Mellie, und ich weiß, dass dir das ebenfalls bewusst ist. Hasst du mich wirklich so sehr, dass du dein Leben dafür aufs Spiel setzen willst?«

Fast hätte Mellie ja gesagt. Stattdessen biss sie die Zähne zusammen und ließ sich tiefer in die Wanne sinken. Vielleicht konnte sie vor diesem Streit nicht davonlaufen, aber sie konnte ihn immerhin beenden.

»Es gibt einen Ort, etwa zwei Stunden Fahrtzeit von hier entfernt.« Ihre Mum stand seufzend auf. »Ein Strand, aber ein sehr abgeschiedener. Ich gebe Caleb die Wegbeschreibung. Du musst unbedingt dort hin, und zwar so bald wie möglich.« Sie fixierte sie mit einem Blick, der sich für Mellies Geschmack viel zu vertraut anfühlte, also schaute sie schnell weg. »Ich gebe ihm auch meine Telefonnummer und meine Adresse, falls du bereit bist zu reden.«

Ganz bestimmt nicht. Mellie hatte kein Interesse an dem, was ihre Mum zu sagen hatte.

»Du solltest noch eine Stunde im Wasser bleiben«, war das Letzte, was ihre Mum ihr riet, ehe sie hinausging und die Tür hinter sich schloss. Während des gesamten Gesprächs hatte sie sich nicht ein Mal entschuldigt. Nicht ein Mal.

Mellie blieb noch eine Weile im Wasser, nachdem ihre Mutter gegangen war, aber nur deshalb, weil es sich gut anfühlte, nicht weil ihre Mum es ihr geraten hatte. Als sie schließlich die Wanne verließ, stellte sie fest, dass ihre Mum ihre Kleider ordentlich zusammengefaltet auf einen Stapel gelegt hatte, und aus irgendeinem Grund nervte sie das. Sie mochte gar nicht darüber nachdenken, dass ihre Mum in diesem Raum gesessen, sie beobachtet und ihre Sachen angefasst hatte – oder dass ihre Mum überhaupt am Leben war. Eine tote Mutter zu haben war schmerzhaft, doch Mellie hatte gelernt, mit diesem Schmerz zu leben, ihn zu unterdrücken und mit Hass unter Kontrolle zu halten. Aber eine Mutter, die sie verlassen hatte? Die nachts durch den Wald schlich und Schutzanker zerkratzte, als wäre sie genau die Verräterin, für die sie alle hielten? Diese Art von Schmerz konnte Mellie nicht einfach ignorieren. Das war eine klaffende Wunde, die pochte und sich entzündete, bis sie einen umbrachte.

»Scout!« Caleb schoss von der Couch hoch, als er sie erblickte. Da die Vorhänge zugezogen waren, konnte Mellie nicht sagen, wie viel Uhr es war. Sie hatte daher keine Ahnung, wie lange er dort schon wartete, dass sie aus dem Bad kam. Der bedenklich hohen Anzahl DVDs zufolge, die auf dem Couchtisch verstreut waren, saß er wohl schon eine ganze Weile dort.

»Fühlst du dich besser?«, fragte er und musterte sie, als sie den

Raum durchquerte. »Ich meine, du siehst ein bisschen besser aus, oder zumindest … mehr bei Bewusstsein.«

»Ja. Danke«, sagte sie und setzte sich neben ihn auf die Couch. Er ließ sich ebenfalls wieder nieder. »Und danke, dass du da draußen nach mir gesucht hast. Das hättest du nicht tun müssen.«

»Ich weiß nicht, was du meinst. Ich war nur mit Sammie Gassi.« Nur Caleb konnte gleichzeitig schuldbewusst und selbstzufrieden aussehen. »Und ich habe mir vermutlich Sorgen gemacht. Du bist … einfach verschwunden.«

Mellie senkte den Blick. »Ja, was das angeht …«

»Du hattest garantiert deine Gründe.« Caleb beendete das Thema, ohne weiter nachzuhaken, was sehr untypisch für ihn war. Stattdessen rutschte er nervös auf seinem Platz herum, und sie konnte ihm ansehen, dass ihm etwas unter den Nägeln brannte, was normalerweise bedeutete, dass ihr seine nächsten Worte nicht gefallen würden.

»Äh … ich dachte, deine Eltern wären tot?«

Ach, da war ja noch was.

»Das war doch deine Mum, oder nicht? Du siehst ihr total ähnlich. Abgesehen von den Haaren natürlich – und den Augen. Sie hat normale Augen.«

Mellie funkelte ihn böse an. Sie sah ihrer Mutter überhaupt nicht ähnlich, im Wasser zumindest nicht. An der Oberfläche schon; sie hatten das gleiche herzförmige, feingeschnittene Gesicht. Aber ihre Mum hatte braune Augen, und wenn sie sich verwandelte, waren ihre Schuppen deutlich dunkler und schimmerten in einem satten Kupferton. Mellie hatte ihre Farbe hauptsächlich von ihrem Dad geerbt, ihre goldenen Schuppen ähnelten seinen sandfarbenen viel stärker.

Natürlich konnte Mellie Caleb nichts davon erzählen, also sagte sie stattdessen: »Sie ist schon lange nicht mehr meine Mutter, und ich will nicht über sie reden.«

»Sie hat gesagt, du stirbst, Scout. Stimmt das? Bist du …« Er konnte es ganz offensichtlich nicht aussprechen.

Mellie starrte ins Feuer, das im Kamin knisterte und zischend ausging, als das letzte Holzscheit zu Asche zerfiel. *Du stirbst, Mellie, und ich weiß, dass dir das ebenfalls bewusst ist.*

»Nein«, antwortete sie. Denn warum sollte sie irgendetwas glauben, das ihre Mutter ihr gesagt hatte? »Darüber brauchst du dir keine Gedanken zu machen. Sie lügt.«

Kapitel zwölf

Wie sich herausstellte, hatte ihre Mutter nicht gelogen. Das Salzwasserbad verbesserte Mellies Zustand für ein paar Stunden, doch noch ehe die Sonne richtig aufgegangen war, kehrte der Husten zurück, und bis zum Mittag lag sie zusammengerollt auf der Couch, zu erschöpft, um irgendwas anderes zu tun, als zu schlafen.

»Okay, es reicht«, beschloss Caleb schließlich. Er war den ganzen Morgen durch die Hütte getigert, hatte immer wieder versucht, mit ihr zu sprechen, und ihr ansonsten nervöse Blicke zugeworfen. Offenbar war er es leid.

»Es ist mir egal, wie sehr du sie hasst, wir tun jetzt, was deine Mutter gesagt hat.« Er warf ihr eine Jacke in den Schoß. »Ich meine es ernst, Scout, ich werde nicht einfach ruhig danebensitzen, während du auf meiner Couch krepierst. Ich mag diese Couch, und ich habe keine Lust, mir eine neue kaufen zu müssen.«

Mellie stöhnte und richtete sich mühsam auf. »Warum solltest du dir eine neue Couch kaufen müssen?«

»Weil … *Ernsthaft?*« Er starrte sie an. »Dir ist schon klar, dass das nicht der Punkt ist, oder?«

»Ich vertraue ihr nicht, Caleb.« Das war der Punkt. Außerdem konnte Mellie nicht einfach eine Spritztour zu irgendeinem Landbewohner-Strand machen. Wenn sie sich je wieder verwandeln wollte, musste sie zurück zum See und Rynn erzählen, was sie herausgefunden hatte. Dann würde der Captain sie endlich nach Hause zurückkehren lassen.

Das würde er doch, oder nicht? Mellie verspürte den Hauch eines Zweifels. Nur einen Hauch zwar, aber immerhin. Würde der Captain Wort halten, wenn er erfuhr, dass es ihre Mutter war, die da draußen die Schutzanker beschädigte? Oder würde er entscheiden, sich einfach ihrer beider zu entledigen? Das Mayreed-Problem ein für alle Mal zu lösen?

»Dann vertrau ihr eben nicht«, erwiderte Caleb und hockte sich auf die Kante des Couchtischs. »Mann, du musst sie nicht einmal mögen. Aber wenn es an diesem Ort irgendetwas gibt, das dir helfen kann, dann ist es den Versuch wert, finde ich. Denkst du nicht auch?«

Verdammt, vielleicht hatte er recht. Ihre Mum war seit fünf Jahren an der Oberfläche, und doch war sie nicht krank. Was, wenn sie wirklich einen anderen Weg gefunden hatte, sich zu verwandeln? Was hatte Mellie schon zu verlieren, wenn sie es versuchte?

Das könnte deine beste Chance sein, hörte sie eine leise Stimme in ihrem Kopf sagen. *Es könnte deine* einzige *Chance sein.* Denn selbst wenn sie jetzt zum See ging und der Captain tatsächlich zustimmen würde, sich beim Titan für sie einzusetzen, wie lange würde das alles dauern? Einen Tag vielleicht? Ein paar Tage? Eine Woche? Hatte sie wirklich noch so viel Zeit? Es fühlte sich nicht so an. Und was, wenn der Titan nein sagte? Oder wenn sie die Krankheit so sehr schwächte, dass sie den Zauberspruch noch weniger überleben konnte, der sie – bei ihrem Glück – sowieso am Ende töten würde?

»Bitte, Mellie.« Caleb benutzte nie ihren richtigen Namen. »Wenn es eine riesige Zeitverschwendung ist, dann verspreche ich dir, dich auf meiner Couch sterben zu lassen, sobald wir zurück sind.« Er versuchte, einen Scherz daraus zu machen, aber Mellie sah, wie er bei den Worten zusammenzuckte. Scherze sind nicht wirklich lustig, wenn am Ende jemand stirbt.

»Na gut.« Sie knickte ein. Sie hätte nicht nachgeben sollen; sie hätte diesen Quatsch vergessen und sich stattdessen zum See schleppen sollen, auch wenn sie den ganzen Weg dorthin hätte kriechen müssen. »Aber mach dir keine allzu großen Hoffnungen. Meine Mum ist eine Lügnerin.« Beim Aufstehen wurde Mellie schwindelig, und sie taumelte. Caleb schnellte hoch und packte sie an den Schultern, ehe sie fallen konnte.

»Jetzt erzähl mir noch mal, dass du nicht krank bist. Los, sag es mir ins Gesicht.«

»Mir geht es gut. Ein bisschen schwindelig, mehr nicht.« Mellie errötete und richtete sich in seinen Armen auf. Caleb kam ihr selten so nah, auch wenn seine Nähe sie nicht mehr länger mit Angst erfüllte. Ganz im Gegenteil, um genau zu sein, fühlte sie sich tröstlich und sicher an. Genau wie letzte Nacht.

»Nein, stur bist du.« Caleb verdrehte genervt die Augen. »Ich schätze, du willst nicht, dass ich dich zum Auto trage?«

»Da schätzt du richtig.« Nicht, solange sie bei Bewusstsein war. Nein danke. Krank oder nicht, es wäre ihr viel zu peinlich.

»Komm schon, Scout, du kannst kaum stehen. Außerdem ist es nicht so, als hätte ich dich noch nie getragen.«

»Ich *muss* aber nicht getragen werden, Caleb.« Mellie schubste ihn weg, was sie erneut aus der Balance brachte und ins Straucheln geraten ließ, wobei sie sich die Schienbeine am Couchtisch anschlug.

»Um Himmels willen. Wie wäre es denn dann damit?« Caleb legte ihr vorsichtig den Arm um die Taille. »Ich werde dich nicht tragen, sondern nur ein bisschen stützen, um dich aufrecht zu halten. Das ist doch nicht so schlimm, oder?«

Nun, es war auf jeden Fall weniger erniedrigend.

»Nein, das geht«, gab Mellie zu. Sie hätte es auch allein schaffen können, wenn sie es versucht hätte. Wenn sie sich gezwungen hätte, die Krankheit zu ignorieren, wie sie es die gesamte vergangene Woche getan hatte. Aber eigentlich wollte sie das gar nicht. Caleb war stark und warm, und aus irgendeinem Grund war sie ihm wichtig genug, dass er darauf bestand, ihr zu helfen. Also ließ sich Mellie ohne weitere Gegenwehr von ihm nach draußen zum Auto führen. Zum ersten Mal seit fünf Jahren vertraute sie jemand anderem außer Rynn.

Und zu ihrer Überraschung fühlte es sich gar nicht schlecht an.

Mellie war noch nie in einem Auto gefahren. Sie wusste natürlich, dass es Autos gab und dass Caleb eines besaß – er fuhr damit alle paar Tage zur nächsten Stadt, um Lebensmittel zu besorgen. Er hatte ihr sogar schon ein paarmal angeboten, ihn zu begleiten, und auch wenn Mellie immer abgelehnt hatte, war sie doch neugierig gewesen, wie es sein würde. Jetzt würde sie es herausfinden. Eigentlich schade, dass sie zu krank war, um es zu genießen.

Caleb nannte sein Auto gern Pick-up, und sein Pick-up hatte eine rostigrote Farbe und sah schon ziemlich mitgenommen aus. Die Türen quietschten beim Öffnen, und der Lack platzte an etlichen Stellen ab, aber Caleb versicherte ihr, dass man gefahrlos damit fahren konnte.

»Sie ist nicht gerade eine Schönheit, aber in dem alten Mädchen steckt noch einiges an Leben«, erklärte er, als er Mellie beim Einsteigen half.

»Dein Pick-up ist ein Mädchen?«

»Quark. Alle Autos sind Mädchen«, entgegnete er und rutschte neben sie auf die Sitzbank. »Tut mir übrigens leid, dass es hier drinnen so kalt ist. Ich verspreche, es wird gleich wärmer, sobald wir ein Stückchen gefahren sind.«

»Ist es kalt?« Sie warf ihm ein ironisches Lächeln zu. »War mir gar nicht aufgefallen.«

»Klar, habe ich vergessen, du bist ja eine dieser kaltblütigen Weltraumeidechsen. Apropos, hätte es dich umgebracht, mir zuliebe die Jacke anzuziehen?«

»Ich glaube wirklich nicht, dass ich weniger krank wäre, wenn ich eine Jacke tragen würde.«

»Das ist lustig, denn ich bin überzeugt davon, dass du gar nicht krank geworden wärst, wenn du eine Jacke getragen hättest«, murmelte Caleb. »Anschnallen, bitte.« Er fasste über seine Schulter und zog sich einen breiten grauen Gurt quer über den Oberkörper.

»Bin ja schon dabei.« Mellie machte es ihm nach und befestigte den Gurt, was ein seltsames Klicken ertönen ließ. Ihr missfiel die Vorstellung, in diesem Gefährt festgeschnallt zu sein, aber sie wollte auch keinen Aufstand machen.

Caleb ließ den Motor an, und der gesamte Wagen ruckelte und vibrierte heftig. Mellie musste sich zwingen, sich nicht zu auffällig am Sitz festzukrallen.

»Du musst kein so besorgtes Gesicht machen.« Er grinste sie an. »Ich bin ein sehr sicherer Fahrer.«

Mellie hätte um ein Haar laut aufgestöhnt. Sie saßen in einer riesigen Metallkiste auf Rädern – *sehr sicher* fühlte sich hier gar nichts an.

Doch ihre Sorge war unbegründet. Bei Caleb sah Autofahren ganz einfach aus. Er manövrierte den Pick-up-Truck mühelos zwischen den Baumstämmen hindurch, wobei er nicht ein Mal auch nur so nah an etwas herankam, dass es hätte knapp werden können, was bei der Größe des Wagens eine beachtliche Leistung darstellte.

Die Fahrt selbst verlief … seltsam. Zuerst war es Mellie viel zu viel. Jede Unebenheit schlug ihr direkt auf die Wirbelsäule, und sie wurde in ihrem Sitz herumgeworfen. Aber nach ein paar Kilometern hatte sich ihr Körper daran gewöhnt und passte sich den Bewegungen an, anstatt dagegen anzukämpfen.

Es dauerte länger, als sie erwartet hatte, aus dem Wald herauszufahren – oder vielleicht fuhren sie auch um ihn herum? Mellie konnte es nicht sagen. Aber sobald sie die Hauptstraße erreicht hatten, geriet die seltsame Fahrt in den Hintergrund, und sie betrachtete staunend die eigenartige Landschaft.

Theoretisch wusste Mellie, dass jenseits des Sees eine ganz andere Welt lag. Als Kind hatte ihre Mum versucht, ihr zu erklären, wie riesig diese Welt wirklich war. Sie war nach einem Besorgungsgang mit lauter Geschichten über all die Dinge, die sie auf ihrem Weg zu den Märkten gesehen hatte, nach Hause gekommen. Endlose Felder mit Büschen und Wildblumen, Wälder voller dreieckiger Bäume, die auch im Winter grün blieben, eine Stadt aus Glas und Metall mit Gebäuden, die bis an die Wolken reichten. Aber es war schwer, sich so etwas vorzustellen, wenn man es noch nie gesehen hatte. Mellie hatte ihr gesamtes Leben damit verbracht, dieselben paar Kilometer abzulaufen, und konnte sich deshalb kaum ausmalen, dass die Welt aus etwas anderem als der Erde, den Felsen und den Bäumen bestand, die sie kannte.

Eine Weile saß sie mit der Nase ans Fenster gedrückt da und nahm alles in sich auf, doch da die Heizung heiße Luft in die Fahrerkabine des Pick-ups blies und der Motor stetig dröhnte, verlor Mellie schließlich den Kampf gegen den Schlaf. Zumindest so lange, bis das Auto abrupt zum Stehen kam und sie nach vorne geschleudert wurde.

»Uff«, stöhnte Mellie, als der Sicherheitsgurt sie unsanft in den Sitz zurückschleuderte. *Dafür ist er also da.*

»Oh, Gott sei Dank«, sagte Caleb. »Du warst für eine Minute so still, dass ich schon dachte, du wärst mir weggestorben.«

»Ich bin eingeschlafen, Caleb.«

»Klar, sorry. Ich schätze, ich habe nur Panik bekommen.«

»Ich sehe wirklich schlimm aus, was?«

Caleb wandte sich ab und lenkte den Pick-up wieder auf die Straße. Warum taten Leute das eigentlich immer? Wie kamen sie darauf, dass Schweigen besser war, als die Wahrheit zuzugeben? Mellie kannte die Antwort auch so. Und außerdem war es nicht so, als würde er ihr etwas sagen, das sie nicht ohnehin schon wusste.

»Tu mir nur einen Gefallen, Scout, und rede mit mir, okay?« Caleb warf ihr einen kurzen Blick zu. »Es würde mich beruhigen.«

»Ich bin zu müde«, erwiderte Mellie. »Aber wenn du redest, verspreche ich, alle paar Minuten ein Geräusch von mir zu geben, damit du das Auto nicht gegen einen Baum fährst und uns beide umbringst.«

»Abgemacht.« Er nickte sichtlich erleichtert.

Caleb war ein erstaunlich guter Erzähler. Er berichtete ihr von seiner Kindheit in einer großen Familie und von seinem Gefühl, nicht dazuzupassen. Seine Brüder hatten alle so eine Sportart betrieben, Football nannte er sie, aber er interessierte sich mehr für Bücher und Filme. Vampirgeschichten hatte er am liebsten, aber er mochte auch alles mit Werwölfen oder Hexern und einer Menge anderer Dinge, von denen Mellie noch nie etwas gehört hatte. Aber am liebsten verbrachte Caleb Zeit im Freien. Wandern, angeln, jagen – er bekam leuchtende Augen, wenn er von seinen Hobbys sprach. Als Mellie fragte, ob er deshalb allein im Wald lebte, kam seine Antwort schnell und ohne Bedauern.

»Die Natur ist einfach, ich verstehe sie. Aber Menschen … Menschen sind kompliziert. Ich weiß nie, wie ich mich ihnen gegenüber verhalten soll. Immer ist mir etwas unangenehm, und ich sage die falschen Dinge, und ehe ich mich versehe, weint meine Mum, und mein Dad will von mir wissen, warum ich nicht normal sein kann wie meine Brüder.« Er seufzte. »Es ist viel einfacher, allein zu sein.«

»Das ist doch lächerlich«, meinte Mellie. »Ich finde, du wirkst total normal.«

Caleb warf ihr ein amüsiertes Lächeln zu. »Nun ja, du bist auch ganz anders als alle Menschen, die ich je getroffen habe.«

Er erzählte ihr auch vom College, dass er es dort gehasst hatte und wie er nach dem ersten Semester das Studium hingeschmissen hatte. Seine Eltern waren offenbar sehr wütend darüber gewesen. Sie hatten von ihm erwartet, dass er wie seine Brüder Jura studierte und danach in die Kanzlei seines Dads eintrat – was auch immer das sein sollte. Wenn man sie fragte, nahm Caleb nur ein paar Monate »Auszeit«. Er hatte keine Ahnung, wie er ihnen beibringen sollte, dass er nicht vorhatte zurückzukehren.

»Ich will schreiben«, sagte er. »Und dafür muss ich nicht aufs College gehen.« Je länger er redete, desto mehr fiel Mellie sein leichter Akzent auf, ein fast unmerkliches Dehnen der Vokale, das irgendwie gut zu ihm passte.

»Ich sage dir, Scout, eines Tages wird mein Name am Ende eines Filmes dort oben zu lesen sein. ›Drehbuch: Caleb Greene‹, gleich zu Beginn des Abspanns.« Er grinste. »Na ja, nach dem Namen des Regisseurs natürlich. Sie werden immer zuerst genannt, aber das ist okay für mich.« Er ließ die Schultern hängen, und sein Lächeln erstarb. »Ich wünschte, mein Dad würde das genauso sehen.«

Mellie konnte nicht anders, als Mitleid für ihn zu empfinden.

Bis sie Caleb kennengelernt hatte, waren Landbewohner nur ein abstraktes Bild in ihrem Kopf gewesen, Monster in Menschengestalt. Sie hatte nur daran gedacht, wie sie ihnen aus dem Weg gehen und sie von Astria fernhalten konnte, aber sie hatte nie wirklich einen Gedanken daran verschwendet, wie sie waren oder was sie taten, wenn sie nicht gerade neue Wege suchten, um sich gegenseitig umzubringen. Und selbst andernfalls hätte sie sicher angenommen, dass sie frei waren, zu tun und zu lassen, was ihnen gefiel. Ihnen stand die ganze Welt offen, und sie mussten sich nicht verstecken.

Aber Caleb zuzuhören, wie er über seinen Dad sprach, erinnerte sie an Rynn und daran, wie auch er den Ansprüchen seines Dads nicht genügen konnte, egal, wie sehr er sich auch bemühte. Vielleicht war das Leben überall gleich, wo man auch wohnte oder was man war. Entweder tat man, was von einem erwartet wurde, oder man lernte, damit zu leben, immer eine Enttäuschung zu sein.

Sie waren schon ein paar Stunden unterwegs, als sich die Landschaft, die vor Mellies Fenster vorbeirauschte, veränderte. Die wogenden Felder wurden seltener, bis sie ganz verschwanden und der gesamte Horizont blau war. *Das ist Wasser*, stellte sie erstaunt fest und setzte sich auf, um besser sehen zu können. Mehr Wasser, als sie je in ihrem Leben gesehen hatte. Es erstreckte sich so weit in die Ferne, dass Mellie nicht sagen konnte, wo der Ozean aufhörte und wo der Himmel anfing.

»Caleb, wo sind wir?«, fragte sie.

»Am Ridge Pointe Beach«, antwortete er und steuerte den Wagen auf den Strand zu. »Es hat mich ehrlich gesagt ein wenig gewundert, dass deine Mum uns ausgerechnet hierhingeschickt hat. Dieser Ort ist nicht gerade bekannt für … Nun, eigentlich für gar nichts. Nicht einmal Touristen verirren sich hier raus, die Strömung ist normalerweise zu stark, um darin zu schwimmen. Nicht, dass irgendjemand verrückt genug wäre, mitten im Winter schwimmen zu gehen.« Ein paar Meter vom Wasser entfernt hielt er das Auto an.

»Da wären wir.« Caleb stellte den Motor ab und schwang die Tür auf. »Wobei, warte, das kann nicht stimmen. Sind wir wirklich am richtigen Ort?«

»Ja, das ist der richtige Ort«, bestätigte Mellie und stellte die Füße auf den weißen Sand. Caleb war sofort an ihrer Seite und musterte sie mit besorgter Miene.

»Bist du sicher? Denn ich kann hier echt nichts erkennen, was uns weiterhelfen könnte.«

Nein, das kannst du vermutlich nicht. Aber wenn sie so aufs Wasser schaute, verstand Mellie, warum ihre Mum sie hierhergeschickt hatte. Alles an diesem Ort roch nach zu Hause.

»Siehst du diese Höhlen dort drüben?« Sie zeigte auf eine Reihe großer Felsen in der Ferne. »Dort muss ich hin.«

»Natürlich, da hätte ich auch gleich drauf kommen können.« Caleb schüttelte den Kopf und legte stützend den Arm um sie. Dieses Mal machte sich Mellie nicht die Mühe, sich dagegen zu wehren, auch wenn ihr Schwindelgefühl ein wenig nachgelassen hatte.

»Du willst mir vermutlich nicht erzählen, was für eine seltsame Krankheit das ist, die besser wird, wenn du irgendwelche gruseligen Höhlen aufsuchst?«, fragte er, als sie den Strand überquerten. »Ich meine, glaubt deine Mum vielleicht an Hexerei oder so? Wartet da in der Höhle ein *Schamane* auf dich?«

Weil er das Wort so abfällig aussprach, entschied sich Mellie dagegen, mit Ja zu antworten.

»Nein, nichts dergleichen. Es ist ein bisschen schwer zu erklären.«

In Wahrheit hatte Mellie überhaupt nicht vor, die Höhlen zu betreten; sie interessierte sich nur für den Sichtschutz, den die Felsen ihr und dem Strand bieten würden. Beim See gab es einen Felsvorsprung, der ganz ähnlich aussah. Sie hatte sich im Sommer immer mit Rynn dorthin geschlichen, wenn sie mehr Zeit an der Oberfläche verbringen konnten. Sie waren auf den Felsen geklettert und ins Wasser gesprungen. Der Vorsprung hatte die perfekte Höhe für den schnellen Kick. Hoch genug, um sich zu fühlen, als würde man für immer fallen, aber nicht so hoch, dass es weh tat. Nichts auf der Welt war damit zu vergleichen, erst durch die Luft zu fliegen und sich dann beim Aufprall zu verwandeln und wieder eins zu werden mit dem Wasser. So wollte sich Mellie fühlen. Ein letztes Mal, bevor sie starb.

»Caleb, würde es dir etwas ausmachen, im Auto auf mich zu warten?«, bat sie ihn, als sie die Felsen erreicht hatten.

»Was? Sei doch nicht albern. Ich kann dir dabei helfen …« Er sah sich unsicher um und betrachtete die Höhlen, als hoffte er, sie würden die Geheimnisse preisgeben, die Mellie bewahrte, »… was auch immer zu suchen, das du hier zu finden glaubst. Außerdem – und fass das bitte nicht falsch auf oder so –, aber du siehst nicht wirklich so aus, als könntest du allein klarkommen.«

»Mir geht's wirklich gut, Caleb. Siehst du?« Mellie bewegte

die Arme auf und ab und machte eine große Show daraus, auf den eigenen zwei Beinen stehen zu können, dabei fühlten sie sich in Wahrheit genauso wackelig an wie an dem Tag, als sie das Gehen gelernt hatte. Aber sie hatte genug Kraft übrig, um diese eine letzte Sache zu tun. Und zwar allein.

»Ich werde nicht schlechter von dir denken, wenn du mich dir helfen lässt, weißt du?«

»Bitte, Caleb, ich muss das allein tun.«

»Na gut, okay.« Er atmete durch die Zähne aus. »Aber versuch wenigstens, vorsichtig zu sein, ja? Und wenn du in der Klemme steckst, ruf einfach nach mir. Ich warte im Pick-up.«

Sobald er außer Sichtweite war, wandte sich Mellie von den Höhlen ab. Die Felswand war zu steil, um direkt hinaufzuklettern, also folgte sie dem Strand weiter, bis sie einen Pfad entdeckte, der sich den Felsen emporschlängelte. Ihn zu erklimmen kostete sie das letzte bisschen Kraft, das sie noch in sich hatte. Die letzten paar Meter bis zur Klippe kroch sie auf allen vieren.

Das ist eine blöde Idee, dachte Mellie, als sie sich aufrappelte. Es ging ihr inzwischen so schlecht, dass sie vermutlich nicht mehr genug Kraft haben würde, um ans Ufer zurückzuschwimmen, sollte sie sich nicht verwandeln. Verdammt, sie konnte ohne ihre Schwanzflosse nicht einmal schwimmen. Aber es war Mellie egal. Sie hatte nicht vor, den Rest ihres Lebens in einer Wanne voller Salzwasser zu verbringen. Und selbst wenn sie das täte, wäre ihr Leben vermutlich nicht mehr sehr lang. *Du stirbst, Mellie, und ich weiß, dass dir das auch bewusst ist.* Tja, wenn sie schon sterben musste, dann wollte sie es hier tun, im Wasser, wo sie hingehörte.

Mellie schloss die Augen, holte ein letztes Mal tief Luft und sprang.

Am Morgen ihrer Landprüfung verbrachte Mellie so viel Zeit damit, sich darüber Sorgen zu machen, ob sie von Rynn getrennt werden würde, dass sie gar nicht dazu kam, sich vor den Schmerzen der Verwandlung zu fürchten. Doch sobald sie sich verwandelt hatte, ebenso wie Rynn, und sie beide derselben Einheit zugeteilt worden waren, musste sie sich wohl oder übel mit der *Rückverwandlung* beschäftigen. Menschliche Gestalt anzunehmen war eine mehr als unangenehme Erfahrung gewesen, und auch wenn ihre neuen Beine langsam schmerzten und ihre Lunge sich gegen die Luft zu wehren schien, hatte Mellie sich nicht wirklich darauf gefreut, die Prozedur zu wiederholen.

Aber sich zurückzuverwandeln war nicht unangenehm. Selbst bei diesem ersten Mal fühlte es sich richtig an – wie heimkommen.

Genauso empfand Mellie jetzt, als würde das Wasser sie zu Hause willkommen heißen.

In dem Moment, als sie die Wasseroberfläche durchbrach, wurde ihr ganzer Körper lebendig, und es fühlte sich an, als würde jede Zelle vor Glück singen, als sie sich von innen heraus verwandelte. Mellie riss sich die Kleider und Stiefel runter, damit das Wasser jeden Zentimeter ihrer Haut erreichen konnte. Und nicht nur die Haut, sondern auch die Schuppen und Kiemen – und ihre Schwanzflosse. *Ich bin immer noch eine Wandlerin.* Der

Gedanke war so schön, dass es beinahe weh tat. *Ich bin noch eine Wandlerin.*

Es dauerte ein paar Minuten, bis die erste Euphorie abgeklungen war und ihr noch etwas anderes auffiel: Sie befand sich im Ozean, in *dem* Ozean; einem Ort, der mehr Märchen als Tatsache war, ein mythischer Körper aus Wasser, so groß, dass er vom Rand der Welt herunterfiel. Es hieß, die ersten Wandler seien aus dem Ozean gekommen, hatten sich notgedrungen sicheres Wasser suchen müssen, als die Landbewohner das Meer übernahmen. Die alten Geschichten beschrieben es als größer, wilder als den See, und als sich Mellie so umschaute, verstand sie, was mit wild gemeint war. Die Riffe hier waren nicht so gepflegt wie zu Hause, sondern erstreckten sich weitläufig über den Meeresboden, wobei sie weite, vielgestaltige Kolonien ohne erkennbares Muster bildeten. Scharfkantige Korallen lugten wie Messer zwischen den Felsen hervor. Teppichanemonen wiegten sich sanft in der Strömung, und ihre Tentakel boten einem Schwarm winziger Fische Schutz. Es gab Seeigel, Weichkorallen und buntstachlige Seesterne; Seepferdchen, Krebse und Zackenbarsche, größer, als Mellie sie je gesehen hatte. Sie hatte die Korallenfelder in Astria immer für den Inbegriff von Schönheit gehalten, pulsierend, leuchtend und vor Leben strotzend. Doch das Meer war irgendwie *noch* pulsierender, *noch* schöner. Als würde man aufwachen und plötzlich neue Farben im Regenbogen entdecken oder, noch besser: verschiedene Farbkombinationen, Texturen und Formen.

Mellie konnte sich den Schmerz kaum vorstellen, den die ersten Wandler empfunden haben mussten, einen solchen Ort zu verlassen, besonders während dieser ersten Jahre, als Astria noch in den Kinderschuhen steckte. Reaus Samphire, der Gründungsvater der Stadt, hatte beschlossen, sein Volk zum See zu führen, der ihnen Sicherheit bot, ohne wirklich zu wissen, was sie dort erwartete – und wahrscheinlich noch weniger, was sie diese Reise kosten würde. *Dieser Zauberspruch ist gefährlich, Mel. Richtig gefährlich. Als ihn die ersten Wandler benutzten, um in den See zu gelangen, hat es die Hälfte von ihnen das Leben gekostet.*

Bei den Göttern. Mellie schauderte. Sie mussten wahrhaft verzweifelt gewesen sein, um ein solches Risiko einzugehen. Die Landbewohner schienen ihnen dicht auf den Fersen gewesen zu sein.

Glücklicherweise hatte sich das Risiko ausgezahlt. Reaus hatte seinen Wandlern einen sicheren, fruchtbaren Ort versprochen, wo sie ihr Leben neu aufbauen konnten, und genau das fanden sie im See. Aber dennoch forderte es ihren ganzen Einsatz, diesen See in ein Zuhause zu verwandeln, in *ihr* Zuhause.

Damals besaßen sie die Magie der Natürlichen noch nicht, auf die sie sich verlassen konnten, weder Magier noch Alchimisten, um ihnen dabei zu helfen, die Stadt aufzubauen. Das war einer der Gründe, weshalb die Samphire-Nachfahren auf ihrem Thronanspruch bestanden. Reaus' Sohn Lancen war als erster Natürlicher im See geboren worden, und seine Kräfte trugen maßgeblich zu Astrias Wachstum und damit auch zu ihrem späteren Wohlstand bei.

Und jetzt war Mellies Mutter dort draußen und bedrohte all das, was Astria erreicht hatte.

Mellie verbrachte gut eine Stunde damit, die Riffe zu erkunden und bekannte und unbekannte Dinge zu bestaunen. Schließlich sammelte sie ihre Kleider wieder ein und machte sich auf den Weg zum Strand. Wenn sie noch länger fortblieb, würde sich Caleb nur Sorgen machen. Es war besser zurückzukehren, ehe er auf dumme Gedanken kam und sich vielleicht auf die Suche nach ihr machte.

Hinter einem kleinen Felsvorsprung verließ Mellie das Wasser, so dass sie vom Wagen nicht zu sehen war. Sie streckte sich auf dem Sand aus und seufzte, als ihr Körper einmal mehr die Verwandlung durchlief. Dabei genoss sie den kühlen Wind auf ihrer Haut und den salzigen Geschmack, der auf ihrer Zunge zurückblieb. Es ging ihr zweifellos besser. *Entzug* hatte ihre Mum die Krankheit genannt, und Mellie konnte sich kein passenderes Wort dafür vorstellen. Die Verwandlung hatte sie geheilt. Die offenen Wunden an ihren Beinen und an ihrer Brust waren verschwunden, genau wie die Schmerzen in der Lunge. Zum ersten Mal seit Tagen fühlte Mellie sich gut. Nicht mehr so, als wäre es ein Kampf, ihr Herz am Schlagen zu halten. *Ich sterbe nicht länger.* Sie holte tief Luft und genoss es, wie leicht die Luft durch ihre Kehle rauschte. In Titans Namen, warum musste es ausgerechnet ihre Mum sein, die das Rätsel gelöst hatte?

Mellie wrang ihre Kleider aus und zwängte sich in die feuchten Sachen. Sie würde sich eine Erklärung ausdenken müssen, warum sie nass zurückkam. Caleb würde sie sicher danach fragen. Vielleicht sollte sie behaupten, sie wäre gestolpert und ins Wasser gefallen. Das würde er ihr sicher glauben.

»Was in Gottes Namen bist du?«, erklang seine Stimme hinter ihr.

Oder vielleicht auch nicht.

Mellie erstarrte. Sie war so glücklich gewesen, so voller Freude darüber, sich wieder verwandelt zu haben, dass sie vergessen hatte, vorsichtig zu sein. Sie war aufgetaucht, ohne sich erst zu vergewissern, dass die Luft rein war, hatte blind darauf vertraut, dass die Felsen sie verbergen würden, und jetzt hatte Caleb sie gesehen. Verdammt, sie hätte wissen müssen, dass er nicht im Wagen bleiben würde.

Sie schluckte die Galle runter, die ihr hochzukommen drohte, und drehte sich um. Bei jeder anderen Gelegenheit hätte sie darüber gelacht, wie er gewartet hatte, bis sie angezogen war, um sie zu konfrontieren, aber in diesem Moment war es weniger lustig.

»Caleb …«, setzte sie an, doch weiter kam sie nicht.

»Keine Bewegung!« Er wich stolpernd vor ihr zurück, die Arme vor sich ausgestreckt. »Bleib, wo du bist. Ich meine es ernst.«

»Caleb, bitte, ich … ich kann es erklären«, sagte Mellie, auch wenn dem nicht so war. Nicht wirklich. Was sollte sie ihm schon sagen?

»*Erklären?*«, wiederholte er mit aufgerissenen Augen. »O nein. Nein, nein, nein, nein, nein.« Er bewegte sich weiter rückwärts in Richtung seines Pick-up-Trucks. »Heilige Mutter Gottes, bist du …? Du bist kein *Mensch.*«

»Nein, das ist … Es ist nicht, was du denkst.« Mellie folgte ihm über den Sand, verzweifelt darum bemüht, den Schaden zu begrenzen. Von allen dummen Dingen, die ihr hätten passieren können … Musste sie ausgerechnet *gesehen werden*? Bei den Göttern, wie hatte sie so unvorsichtig sein können? »Bitte, Caleb, wenn du mich nur kurz …«

Blitzschnell riss Caleb die Fahrertür auf und griff in den Wagen. »Ich habe gesagt, bleib, wo du bist.« Er fuhr herum, eine Pistole in der zitternden Hand.

Eine Pistole. Sämtliche Luft wich aus Mellies Lunge. Sie hatte erst einmal im Leben eine gesehen. Die letzte Stunde ihres Selbstverteidigungsunterrichts war mehr eine Präsentation der bitteren Wirklichkeit gewesen, die sie an der Oberfläche erwartete.

»Das droht euch dort draußen«, hatte Zane gesagt und eine kleine Pistole in die Luft gehalten. »Damit werdet ihr konfrontiert, wenn man euch schnappt.« Dann hatte er sich breitbeinig hingestellt und einen Schuss auf einen Baum abgefeuert.

Mellie erinnerte sich noch lebhaft daran, wie der Stamm aufgeplatzt war und Fetzen der Rinde in alle Richtungen geflogen waren. Zu der Zeit war sie von der Zerstörungskraft der Waffe fasziniert gewesen; wenn sie das mit einem Baum machen konnte, wollte sie gar nicht an den Schaden denken, den man damit bei einer Person anrichten konnte. Und jetzt richtete Caleb – der Landbewohner, dem sie leichtsinnigerweise vertraut hatte – eine solche Waffe auf sie.

»Caleb.« Sie machte einen vorsichtigen Schritt zurück und hob die Hände. »Was machst du denn? Ich bin nicht …« Ihr Mund war zu trocken, ihre Stimme brüchig. »… ich bin nicht gefährlich.«

»Ich weiß nicht, was zum Teufel du bist«, spie er aus, und einen Moment lang war Mellie sich sicher, dass er auf sie schießen würde. In seinem Blick lag rohe Angst, und sein normalerweise so sanftmütiges Gesicht war derart verzerrt, dass Mellie ihn kaum erkannte.

»Ich werde jetzt in meinen Pick-up steigen, und du wirst dich nicht vom Fleck rühren, bis ich weg bin, verstanden?«

Er lässt mich hier zurück? Eine völlig neue Art von Panik ergriff sie. *Nein. Nein, das kann er nicht tun.* Mellie wusste nicht einmal, wo sie war. Sie war auf der Fahrt viel zu krank gewesen, um sich den Weg zu merken, und das Auto hatte sich so schnell bewegt …

»Bitte nicht, Caleb.« Sie spürte heiße Tränen auf ihren Wangen. »Bitte, du kannst mich hier nicht alleinlassen.«

Doch wie sich herausstellte, konnte er das sehr wohl.

Kapitel dreizehn

Calebs Wagen entfernte sich mit dröhnendem Motor vom Strand und wurde kleiner und kleiner, bis er plötzlich – aus für Mellie unerfindlichen Gründen – anhielt, so abrupt, als wäre er gegen eine unsichtbare Wand geprallt. Mit quietschenden Reifen drehte der Pick-up auf der Straße um und brauste auf den Strand zurück. Vielleicht hatte Caleb doch beschlossen, sie umzubringen. So war es zumindest in den Filmen immer, die sie zusammen geschaut hatten. Das Monster starb jedes Mal am Ende. Mellie hätte wahrscheinlich besser weglaufen sollen, aber sie sah keinen Sinn darin. Caleb hatte eine Pistole. Und sie war nicht schneller als eine Kugel.

Der Wagen kam vor ihr zum Stehen, und eine feine Sandschicht wurde gegen ihre Beine gewirbelt.

»Steig ein«, knurrte Caleb durchs geöffnete Fenster.

»Was?« Das war das Letzte, womit Mellie gerechnet hatte.

»Steig. Ein. Ich bringe dich zum Haus deiner Mutter. Aber du sitzt hinten. Du sprichst nicht mit mir, du fasst mich nicht an, und du denkst nicht einmal daran, irgendwelche Dummheiten zu machen, verstanden?«

Mellie hielt sich gerade noch rechtzeitig davon ab, ja zu sagen, aus Angst, er könnte das als sprechen auffassen. Stattdessen nickte sie und versuchte zu ignorieren, dass Caleb leise vor sich hin fluchte, als sie zu ihm in den Wagen stieg.

Er sagte auf der ganzen Fahrt kein einziges Wort. Hin und wieder warf er einen verstohlenen Blick in den Rückspiegel, schaute jedoch immer schnell weg, wenn sich ihre Blicke kreuzten. Mellie zog die Beine an die Brust und ließ den Kopf auf die Knie sinken. Sie wollte die Panik in seinen Augen nicht mehr sehen. Caleb, der Landbewohner, der weder Angst vor Bären noch vor Wölfen oder Vampiren hatte, fürchtete sich vor *ihr*.

Sie waren etwa eine Stunde gefahren, als er vor einer Reihe großer holzverkleideter Häuser anhielt, von denen jedes in einer anderen Pastellfarbe gestrichen war.

»Da wären wir«, verkündete er. »Das blaue Haus ganz links ist es.«

»Danke«, murmelte Mellie und mühte sich mit dem Türgriff ab. Sie hätte gern noch etwas anderes gesagt wie »Es tut mir leid«, aber Caleb gab ihr nicht die Gelegenheit dazu.

»Raus hier«, knurrte er schroff. Und es war das Letzte, was er zu ihr sagte.

Ihn wegfahren zu sehen verletzte sie mehr, als sie gedacht hätte. Als würde die letzte greifbare Verbindung zu ihrem Leben abgerissen.

Vergiss ihn. Er ist nur ein dummer Landbewohner. Was machte es schon, dass Caleb sie nicht mehr anschauen konnte? Ein guter Scout lässt sich nicht entdecken. Caleb hätte sie von Anfang an nicht sehen dürfen.

Mellie schob die Gedanken an Caleb beiseite und wandte sich dem Haus zu, auf das er gezeigt hatte. Wie die anderen Häuser in der Straße sah es groß und prächtig aus, mit erhöhter, überdachter Veranda, weiß umrandeten Fenstern und einem spitzen Schieferdach. Die Art von Haus, wie sie in Calebs Horrorfilmen immer vorkam, wo die glückliche Landbewohner-Familie lebte, bis ein Geist oder ein Axtmörder auftauchte und sie alle umbrachte.

Gerade könnte ich einen Axtmörder gut gebrauchen, dachte Mellie. Es erschien ihr ein gnädigeres Schicksal als dieses hier.

Sie nahm all ihren Mut zusammen, stieg die Treppe hoch und klingelte an der Tür. Damals, als ihre Mum verschwunden war, hätte Mellie alles darum gegeben, sie noch einmal sehen zu können. Aber jetzt, als sie hier war und vor ihrem Haus stand – dem Haus, in dem sie an der Oberfläche lebte –, stellte Mellie fest, dass sie die Chance gern gegen die Möglichkeit, nach Hause zu gehen, eingetauscht hätte.

Zu schnell für ihren Geschmack wurde die Tür aufgerissen. Aber auf der anderen Seite stand nicht ihre Mum, sondern ein Landbewohner-Mann. Ein großer breit gebauter Landbewohner-Mann mit kurzgeschnittenen Haaren und kantigem Gesicht. Einen Moment lang erinnerte er sie an Breitschulter, aber auf den zweiten Blick stellte sie fest, dass sein Gesicht ganz anders aussah. Rundere Augen, sanftere Augenbrauen, keine Kerbe im Kinn – ein freundliches Gesicht, das sie anlächelte.

Dennoch geriet Mellie unwillkürlich in Panik. Caleb war weg, und er hatte den Zettel mitgenommen, auf dem die Adresse ihrer Mum notiert war. Sie würde Tür um Tür abklappern müssen, wenn das das falsche Haus war. Wenn es die falsche Straße war, was sollte sie dann bloß tun? *In Titans Namen, kann dieser Tag denn noch schlimmer werden?*

»Mellie?« Dieser Mann kannte doch tatsächlich ihren Namen.

Jepp, es geht noch schlimmer.

»Du bist doch Mellie, oder?« Sein Blick verharrte einen kurzen Moment lang auf ihren Haaren. »Ich bin David. Bitte, komm doch rein.« Er schob sie regelrecht ins Haus. »Deine Mum ist vor ein paar Stunden weggegangen, aber ich rufe sie gleich an und sage ihr, dass du hier bist.« Seine Stimme folgte ihr nach drinnen, wo sie vom polierten Holzfußboden widerhallte. »In der Zwischenzeit hole ich dir mal ein paar trockene Klamotten. Was hältst du davon?« Er schien kein bisschen überrascht, dass sie mitten im Winter nass vor seiner Tür stand, was sie zu der Frage veranlasste, wie viel dieser Fremde von ihr wusste. Der Gedanke machte sie nervös.

David verschwand nach oben und ließ Mellie im Wohnzimmer zurück, wo sie unbehaglich auf seine Rückkehr wartete. Sie wusste nicht, was sie von diesem Haus halten sollte. Alles war so ordentlich und sauber, perfekt platziert und farblich abgestimmt. Die Vorhänge passten zur Couch, die Couch passte zum Teppich, und die Möbel hatten alle den gleichen honigfarbenen Holzfarbton, als wären sie aus einer einzigen riesigen Eiche geschnitzt worden. Nachdem sie so viel Zeit in Calebs organisiertem Chaos verbracht hatte, ließ die kühle Sterilität dieses Hauses Mellies Haut kribbeln und jucken. Als wüsste ihr Körper, dass sie nicht hierhergehörte. Als wüsste das Haus, dass sie nicht hierhergehörte.

Aber schlimmer noch als die unnatürliche Perfektion dieses

Hauses waren die Bilder, die überall an den Wänden hingen, die glücklichen Gesichter, die sie aus den vergoldeten Rahmen anlächelten. David und ihre Mum, die vor einem Baum voller Lichter saßen. Die beiden, wie sie lachend zu Abend aßen. Ihre Mum in einem einfachen weißen Kleid mit Blumen in den Haaren, Davids Arm um ihre Taille. Mellie wandte schnell den Blick ab, doch das Bild stand ihr weiter vor Augen. Sie kannte sich mit den Gebräuchen der Landbewohner gut genug aus, um zu begreifen, was das Foto bedeutete. *Deshalb ist sie also gegangen. Damit sie an der Oberfläche leben und einen Landbewohner heiraten konnte.*

»Die sind dir vermutlich ein bisschen zu groß.« David betrat wieder das Zimmer, einen Stapel ordentlich gefalteter Kleidungsstücke auf dem Arm. »Aber sie sind warm und trocken. Obwohl, wenn du auch nur ein bisschen wie Laura bist, fühlst du die Kälte wahrscheinlich gar nicht.«

Laura? Mellie nahm ihm die Kleider ab, ohne seinem Blick zu begegnen. Es waren also nicht nur ihre Haare, ihre Mum hatte auch ihren Namen geändert. Bei den Göttern, natürlich hatte sie das. Learra passte vermutlich nicht zum Haus. Oder zu ihrem Landbewohner-Ehemann.

»Brauchst du sonst noch irgendwas? Ich kann dir etwas zu essen bringen oder ein heißes Getränk?« David lächelte. Mellie hätte ihn am liebsten geschlagen.

»Nein«, erwiderte sie patzig. Sie wollte nichts von dem Landbewohner, der sich auf den Bildern an ihre Mutter schmiegte. Der Landbewohner, der wusste, dass *Laura* die Kälte nicht spürte. »Ich meine, nein danke, ich bin nicht hungrig.«

»Deine Mum ist jetzt auf dem Heimweg, sie müsste bald zu Hause sein.«

»Schön. Haben Sie … Gibt es hier ein Badezimmer, das ich benutzen kann?«

David zeigte auf den Flur hinter der Treppe. »Letzte Tür links.«

Die Kleider, die David ihr gegeben hatte, mussten ihrer Mutter gehören, und sie anzuziehen kam Mellie ein bisschen so vor, als würde sie als Kind Verkleiden spielen. Die Jeans waren zu lang, und das Shirt saß zu locker, aber beides war wesentlich schöner als alles, was sie vom Korps je zugeteilt bekommen hatte. Das Sweatshirt, das er ihr gebracht hatte, brauchte sie nicht, aber der Stoff fühlte sich so samtig weich an, dass es ihr wie Verschwendung vorkam, etwas so Feines nicht zu tragen, wenn sie schon mal die Gelegenheit dazu hatte.

Es wäre nur höflich gewesen, das Bad wieder zu verlassen, sobald sie umgezogen war, aber stattdessen setzte sich Mellie auf den Fußboden und lehnte sich mit dem Rücken an die Tür. Sie hatte nicht vor, mit dem neuen *Ehemann* ihrer Mum Smalltalk zu halten, und das Badezimmer erschien ihr ein ebenso guter Ort zum Verstecken wie jedes andere Zimmer. David brauchte sicher nicht lange, um herauszufinden, was sie tat, aber er unternahm keinen Versuch, sie herauszulocken. Wenigstens hatte ihre Mum keinen Dummkopf geheiratet.

Etwa eine Stunde verging, ehe das Geräusch von einem Schlüssel, der sich im Türschloss drehte, durchs Haus hallte.

Mellie fluchte und vergrub das Gesicht in den Händen. Sie war noch nicht bereit, ihrer Mum zu begegnen. Sie wusste nicht, was sie sagen sollte.

Leichte Schritte eilten durch den Flur.

»Wo ist sie?«, hörte Mellie ihre Mutter fragen.

»Im Bad«, antwortete David. »Ich denke, sie versteckt sich.«

Mellie knirschte mit den Zähnen.

»Wie sieht sie aus?«

»Es geht ihr gut, Laura.« Seine Stimme klang sanft. »Ist patschnass hier aufgetaucht, also gehe ich davon aus, dass sie direkt vom Meer gekommen ist. Auf ihren Kleidern war kein Blut, sie hat nicht gehustet. Es geht ihr *gut*.«

Bei den Göttern, gibt es irgendetwas, das sie ihm nicht erzählt hat? Mellie stand auf und öffnete die Tür. Wenn sie schon über sie reden mussten, konnten sie es genauso gut in ihrem Beisein tun.

»Mellie.« Ihre Mutter erblickte sie in dem Moment, als sie den Flur betrat. Sie war heute weniger wie eine Verbrecherin gekleidet: hellblaue Jeans, einfaches weißes T-Shirt und trotz der Kälte kein Pullover. Fast genau die Kleidung, die sie getragen hätte, wenn sie noch für das Korps tätig gewesen wäre, nur schöner und besser geschnitten, so dass sie ihr richtig passten.

»Ich lasse euch zwei mal allein, damit ihr euch unterhalten könnt«, sagte David. Ehe er verschwand, drückte er kurz die Hand ihrer Mum. Mellie musste sich abwenden.

»Du siehst besser aus«, stellte ihre Mum fest, als er gegangen war, und machte ein paar Schritte auf sie zu, blieb dann aber wieder stehen, als wollte sie einen Sicherheitsabstand einhalten. »Caleb hat dich also zum Strand gefahren?«

»Ja.«

»Ist er noch hier?«

»Nein.« Mellie schlang die Arme um den Oberkörper, als sie wieder an die Pistole und die Panik in seinen Augen denken musste. *Was in Gottes Namen bist du?* »Caleb ist weg.«

»Ist etwas passiert?«, fragte ihre Mum, weil sie ihren Gesichtsausdruck offenbar bemerkt hatte. Mellie hatte keine Ahnung, was sie dort sah. Wut? Reue? Trauer? Schmerz? Mellie wusste selbst nicht, wie sie sich in Bezug auf Caleb fühlte. Nur, dass sie auf keinen Fall über ihn reden wollte.

»Du hast einen Landbewohner geheiratet«, sagte sie stattdessen. »Und deinen Namen geändert.«

»Liebling, ich weiß, wie verwirrend das alles für dich sein muss.« Ihre Mum kam nun doch näher. Zu nah. »Aber ich kann dir alles erklären, wenn du mir …«

»Nein«, unterbrach Mellie sie. »Ich bin nicht hergekommen, um zu reden, ich …« Die Worte blieben ihr im Hals stecken, und sie musste allen Mut zusammennehmen, um sie herauszubringen. »Caleb hat mich rausgeschmissen. Ich brauche einen Ort, an dem ich bleiben kann.«

»Alles klar.« Ihre Mum sah enttäuscht aus.

Mellie senkte den Blick auf den zu sauberen Boden. Sie hatte nicht vorgehabt, gemein zu sein, aber ihre Mum musste wissen, dass sie nur gekommen war, weil sie keine andere Wahl gehabt hatte. Das war keine fröhliche Familienzusammenführung, es war ihre letzte Möglichkeit. Außerdem, welches Recht hatte ihre Mutter, so verletzt auszusehen? Sie war es doch, die gegangen war. *Um einen Landbewohner zu heiraten.*

»Warum kommst du dann nicht mit nach oben?« Ihre Mum wirkte wieder gefasster. »Wir hatten schon mal ein Zimmer vorbereitet für den Fall, dass du beschließt, zu uns zu kommen.«

Wir. Mellie verkrampfte sich, als sie ihr die Treppe hoch und den Gang hinunter in ein großes, sparsam eingerichtetes Zimmer folgte. Bett, Schrank, Schreibtisch, Fernseher. Elegant und sauber, wie alles andere im Haus auch.

»Zum Badezimmer geht es da lang.« Ihre Mum deutete auf eine Tür in der gegenüberliegenden Ecke. »Und im Schrank findest du Handtücher, falls du gern duschen möchtest. Wir können dir morgen ein paar Klamotten besorgen, die dir passen, bis dahin kannst du alles tragen, was du findest.«

»Okay, danke.« Ja, nein, okay, gut. Es schien, als hätte Mellie die Fähigkeit verloren, ganze Sätze zu bilden.

»Na dann …«

Offenbar war sie da nicht die Einzige.

»… lasse ich dich mal allein, damit du dich eingewöhnen kannst. Wenn du etwas brauchst, ich bin unten.«

»Gut.« Allein gelassen zu werden war alles, was Mellie im Moment brauchte.

Doch anstatt zu gehen, blieb ihre Mum im Türrahmen stehen. Ihr standen die aufgewühlten Gefühle ins Gesicht geschrieben. »Ich bin froh, dass du hier bist, Mellie«, sagte sie. »Du glaubst mir wahrscheinlich nicht, aber das bin ich wirklich.«

Vielleicht waren es diese Worte oder der tiefe Schmerz, den sie in ihr erzeugten, aber in dem Moment, als sich die Tür hinter ihrer Mutter schloss, brach Mellie zusammen. In diesem Haus zu sein, ihre Mum und ihr neuer Landbewohner-Ehemann, Calebs geschockter Gesichtsausdruck, als er sah, was sie wirklich war; alles stürzte auf einmal auf sie ein. Die Sturmflut aus Schmerz war so mächtig, dass es ein Wunder war, wie ihr Körper sie überhaupt so lange hatte zurückhalten können.

Das Bett sah zu perfekt aus, um darin zu weinen, also sackte Mellie auf den Boden und weinte dort. Sie gab sich keine Mühe, leise zu sein, es hätte auch nicht funktioniert, aber im Moment war es ihr egal; sie musste sämtliche Kraft aufwenden, um genug Luft in der Lunge zu behalten und die Welt vor dem Auseinanderbrechen zu bewahren. Einmal meinte sie zu sehen, wie sich der dünne Lichtstreifen unter der Tür bewegte, als würde auf der anderen Seite jemand stehen bleiben. Doch glücklicherweise wurde die Tür nicht geöffnet, und nach einer langen Minute hörte das Flackern wieder auf.

Es dauerte eine Weile, doch irgendwann versiegten Mellies Tränen. Sie rappelte sich vom Boden auf und schleppte sich ins Bett, wo sie sich unter der kühlen weißen Decke zusammenrollte. Als ihre Mum ins Zimmer kam, um sie zum Abendessen zu holen, sagte Mellie, sie hätte keinen Hunger. Als sie wiederkam, um ihr gute Nacht zu sagen, zog sich Mellie die Decke über den Kopf und stellte sich schlafend.

Doch sie schlief nicht. An Land fiel ihr das Schlafen nie leicht, und heute Abend gelang es ihr gar nicht. Zu Hause hatte Mellie bei Einschlafproblemen immer an die Decke gestarrt und die Seepocken gezählt, die ihre fächerartigen Fangfüßchen ständig ausstreckten, um das Wasser nach Essbarem zu durchsieben, bis sie irgendwann eindämmerte. Aber hier war die Decke langweilig weiß und glatt. Bei den Göttern, wie Mellie ihre Koje vermisste, auch wenn sie klein und bescheiden war. Sie hasste alles an dieser viel zu großen, zu weichen Matratze. Sie wollte *ihr* Bett und *ihre* Sachen und das Leben, das damit verbunden war. Sie wollte Rynn und das Wasser und morgens aufwachen und zur Arbeit gehen. Ihr Leben in Astria war nie perfekt gewesen, weder bevor ihre Mum gegangen war noch danach.

Aber es war ihr Leben.

Und Mellie wollte es wiederhaben.

Außer, dass es vermutlich gar nicht mehr existiert. Der Gedanke hätte ihr um ein Haar erneut die Tränen in die Augen getrieben. Jenes Leben war Vergangenheit. Selbst Caleb und das seltsame Leben, das sie an der Oberfläche geführt hatte, waren fort, und zu Mellies Überraschung spürte sie diesen Verlust fast ebenso schmerzhaft. Es versetzte ihr seltsamerweise einen Stich, wenn sie daran dachte, dass sie ihn nie wiedersehen würde. *Das ist alles, was mir geblieben ist.* Mellie biss sich auf die Innenseite der Wange, um nicht laut loszuschreien. *Ein Landbewohner-Haus, eine doch nicht tote Mutter und David.* In einem vorherigen Leben musste sie einen der Götter wirklich verärgert haben. Vermutlich Nalastia. Die Wächterin der dreizehn Höllen fand immer die kreativsten Wege, ihre Rache auszuüben.

Irgendwann nach Mitternacht gab Mellie es auf und schlich sich auf der Suche nach etwas Essbarem aus dem Zimmer. Es war schon lange ruhig geworden im Haus; die einzigen Geräusche waren das Rauschen der Heizkörper und das leise Prasseln des Regens auf den Fensterbrettern. David und ihre Mum waren bestimmt inzwischen ins Bett gegangen. Es war die perfekte Zeit, um einen Ausflug nach unten zu wagen.

Der Kühlschrank war leicht zu finden – er sah genauso aus wie der von Caleb –, und sie stellte erfreut fest, dass sie ihn gut gefüllt hatten. Ihre Freude verflog, als sie einen genaueren Blick hineinwarf. Das eine Fach war voll mit Davids Landbewohner-Essen, aber in dem anderen standen große offene Schüsseln mit Garnelen und Muscheln in Salzwasser. *Na, ist das nicht allerliebst?* Mellie schlug die Kühlschranktür etwas fester zu, als nötig gewesen wäre. *Sie teilen sich sogar den Kühlschrank.*

»Hunger?« Ihre Mum stand plötzlich im Türrahmen.

»Ich …« Mellie fuhr ertappt herum. »Äh … nein, ich …«

»Konntest du nicht schlafen?«, fragte ihre Mum. »Die ersten Wochen an Land sind die schlimmsten, aber danach gewöhnt man sich daran, an der Luft zu schlafen.« Sie trat in die Küche und schaltete das kleine Licht über dem Herd an. »Komm, ich mach dir etwas Warmes zu trinken, das hilft.«

»Okay.« Mellie hatte keine Lust, sich zu streiten. »Bloß keinen Tee.« Tee war ein ekelhaftes Getränk. Jetzt, wo sie nicht mehr bei Caleb war, musste sie wenigstens nicht mehr so tun, als würde sie es mögen.

»Dann eben heiße Schokolade.« Ihre Mum lächelte und holte eine Flasche Milch aus dem Kühlschrank. »Ich bin auch kein großer Fan von Tee.«

Mellie hielt den Blick auf den Küchentresen gerichtet, während ihre Mum die Milch in einen Topf füllte und Tassen aus einem Schrank holte. Zwar hatte Mellie Caleb oft beobachtet, wie er ähnliche Dinge tat, doch aus irgendeinem Grund fühlte es sich falsch an, ihrer Mum dabei zuzusehen. Die Art, wie sie sich durch die Küche bewegte, die Leichtigkeit, mit der sie den Herd anmachte und genau wusste, wo sie in den ordentlich eingeräumten Schränken alles fand. All das erinnerte sie nur zu gut daran, dass ihre Mum jetzt ein neues Leben hatte. Ein Leben ohne Mellie.

»Du bist nie zurückgekommen.« Die Worte waren heraus, ehe Mellie es verhindern konnte. »Die ganze Zeit warst du am Leben, und du bist nie zurückgekommen.«

Der Topfdeckel fiel klappernd zu Boden.

»Mellie.« Ihre Mum drehte sich langsam um, als hätte sie Angst davor, ihrer Tochter ins Gesicht zu sehen. »Es gibt so vieles, was du nicht verstehst, aber es war nicht so einfach, wie du zu glauben scheinst.«

»Doch, das war es! Es ist ja nicht so, als hättest du nicht gewusst, wo du mich findest. Ich war seit Jahren täglich an der Oberfläche.«

»Liebling …«

Das Deckenlicht wurde eingeschaltet, und sie blinzelten beide in die Helligkeit.

»Alles okay bei euch?« David stand mit verwuschelten Haaren und verschlafenem Blick in der Tür.

»Ja, alles okay«, antwortete ihre Mum. »Ich mache uns eine heiße Schokolade.«

»Für mich nicht – ich bin müde. Ich gehe wieder ins Bett.« Mellie schoss auf die Tür zu und an David vorbei. Das Letzte, was sie wollte, war, heiße Schokolade zu schlürfen, während ihre Mutter sich beschwerte, wie hart das alles für *sie* gewesen war. Was wusste sie schon? Sie hatte die letzten fünf Jahre damit verbracht, mit einem Landbewohner auf heile Welt zu machen – weit entfernt von dem Getuschel und dem Spott, der nie ganz verstummt war. Das Mädchen mit Verräterblut nannten sie Mellie. Ein derart schreckliches Mädchen, das seine eigene Mutter dazu gebracht hatte, zu einer Gestrandeten zu werden.

»Mellie, warte …«, rief ihre Mum ihr hinterher.

Doch Mellie dachte nicht daran. Zwei Stufen auf einmal nehmend, rannte sie die Treppe hoch und in ihr Zimmer zurück, wo sie die Tür hinter sich zuwarf. Es war ein Fehler gewesen, hierherzukommen. Morgen würde sie einen Weg finden, zum See zurückzukehren; das hätte sie gleich tun sollen. Dann würde sie Rynn suchen, ihm alles erzählen und darauf vertrauen, dass der Captain sein Wort halten und sie nach Hause holen würde.

Kapitel vierzehn

Mellie verschanzte sich den ganzen nächsten Vormittag in ihrem Zimmer und lehnte alles ab, was ihre Mum ihr anbot, sei es Essen, heiße Getränke oder ein Ausflug in die Stadt, um ihr neue Kleidung zu kaufen (bei Letzterem schrie sie ihr das Wort »nein« regelrecht entgegen. Als ob sie freiwillig eine Stadt voller Landbewohner besuchen würde). Und jedes Mal, wenn sie ihre Mum wegschickte, wurde deren Blick trauriger und ihr Lächeln schwächer. Mellie tat so, als würde sie es nicht bemerken. Und als wäre es ihr egal.

Gegen Mittag gab ihre Mum schließlich auf und verließ das Haus. Mellie fragte sie nicht, wohin sie ging, sie beobachtete nur durchs Fenster, wie sie davonfuhr. Sie beobachtete ihre Wandler-Mutter, wie sie *davonfuhr*. In einem Auto. Wie ein Landbewohner.

Erst als sie weg war, riskierte Mellie einen weiteren Ausflug nach unten. Ihr Zimmer hatte sich immer mehr wie ein Gefängnis angefühlt. Natürlich gab es keine Schlösser an der Tür, und sie konnte kommen und gehen, wie es ihr gefiel, aber da sie weder irgendwohin konnte noch eine Transportmöglichkeit hatte, hätte es genauso gut eine Zelle sein können. Wenn sie noch eine Minute länger damit verbracht hätte, dieselben vier Wände anzustarren, wäre sie definitiv kurz davor gewesen, »das Rad zu drehen« oder wie auch immer Caleb es nannte, wenn Landbewohner verrückt wurden.

Caleb. Bei den Göttern, nur an seinen Namen zu denken tat ihr schon weh. Sie war leichtsinnig genug gewesen zu vergessen, was er wirklich war, und hatte begonnen, ihn als Freund zu sehen. Aber es hatte sich herausgestellt, dass er sich kein bisschen von allen anderen Landbewohnern unterschied. Er war nur ein weiteres Monster mit Pistole und aufbrausendem Temperament. Ein weiterer Fehler auf ihrer länger werdenden Liste.

David klapperte in der Küche herum, als Mellie die Treppe runterkam, also zog sie sich stattdessen ans andere Ende des Hauses zurück. Ihre Mum hatte es jedenfalls gut getroffen; dieses Haus war mindestens fünfmal so groß wie jeder Privatbereich im Annex auch nur sein konnte. *Ist sie deshalb gegangen? Weil sie ein großes Haus haben wollte?* Mellie schob den Gedanken hastig beiseite. Nach Erklärungen für das Verhalten ihrer Mum zu suchen würde sie nur noch unglücklicher machen.

Sie beschloss, sich im Esszimmer zu verstecken, weil sie die Seefotos mochte, die an den Wänden hingen. Anders als die Bilder im Wohnzimmer waren diese viel größer und steckten in breiten Holzrahmen. Jede Landschaft erinnerte sie ein bisschen an zu Hause, auch wenn sie alle unterschiedlich aussahen – umgeben von anderen Baumarten und Pflanzen, andere Erde, andere Farben am Himmel. Und doch sprachen sie sie alle an, wie es nur große Wasseransammlungen konnten.

»Gefallen dir die Fotos?« David hatte sich ihr unbemerkt genähert. »Ich habe sie selbst aufgenommen.«

So viel dazu, ihm aus dem Weg zu gehen.

»Sie sind ganz nett, denke ich.« Mellie zuckte mit den Achseln. »Du musst ja ziemlich auf Wasser stehen.«

»Ich?« David lachte. »Als ich deine Mutter kennengelernt habe, konnte ich kaum schwimmen. Laura ist diejenige, die darauf bestanden hat, dass wir dort hinfahren. Sie hat die vergangenen Jahre damit verbracht, die Welt zu bereisen und nach anderen Wandlern zu suchen, um Informationen zu sammeln … Nach allem, was ihr helfen könnte, einen Weg zu dir zurück zu finden.«

Mellie wich seinem Blick aus.

»Sie war an noch mehr Orten allein, aber immer, wenn ich mir vom Krankenhaus freinehmen kann, begleite ich sie.« David zeigte auf eines der Bilder auf der rechten Seite. »Das ist das Kaspische Meer in Europa. Wir haben dort drei verschiedene Wandler-Gemeinschaften angetroffen, und das Meer ist so groß, dass es möglicherweise noch weitere gibt. Und das hier …«, er deutete auf das Foto direkt vor ihm, »… ist der Große Salzsee in Utah, ein bisschen näher an zu Hause. Laura dachte, sie würde dort vielleicht Wandler finden, die etwas über Astria wissen.«

»Und?« Mellie konnte nicht anders, ihre Neugier siegte. Andere Wandler, andere Seen, der Ozean; ihre Welt wurde mit einem Mal viel größer.

»Nein, der See ist zu flach. Eine Unterwasserstadt wäre unmöglich zu verstecken. Aber das hier …« David zeigte auf das Foto ganz links. »Das ist Loch Ness in Schottland. Die einzige Gruppe Süßwasser-Wandler, der wir begegnet sind. Laura konnte sich im Wasser nicht verwandeln, aber sie waren trotzdem bereit, mit ihr zu sprechen. Eine faszinierende Gemeinschaft. Sie halten seit Jahrhunderten eine Monsterlegende am Leben. Die Touristen sind so damit beschäftigt, etwas zu suchen, das gar nicht existiert, dass sie nicht sehen, was sich direkt vor ihrer Nase befindet.« Er lachte leise in sich hinein.

»Wann hat sie es dir erzählt?«, wollte Mellie wissen. »Was sie ist, meine ich.« Die lockere Art, wie David über Wandler sprach, war ihr höchst unangenehm. Landbewohner sollten Dinge, die sie nicht kannten, eigentlich fürchten oder verabscheuen. Wie konnte es sein, dass ihm das alles nichts ausmachte? Wie kam ein Landbewohner mit gutem Job und großem Haus dazu, eine Wandlerin zu heiraten?

»An dem Tag, als ich ihr den Heiratsantrag gemacht habe«, antwortete David. »Wir waren schon etwa ein Jahr ein Paar und wohnten bereits zusammen. Dennoch wollte mir Laura zunächst keine Antwort geben; sie meinte nur, es gäbe etwas, das ich zuerst sehen müsste, ehe wir diesen Schritt wagen könnten. Sie wollte mir nicht sagen, was es war, stattdessen ist sie mit mir zum Strand gefahren. Dann sagte sie – und das waren ihre genauen Worte –, ›das ist es, was ich bin. Wenn du mich immer noch heiraten möchtest, erzähle ich dir alles, was du wissen möchtest, aber wenn nicht, verstehe ich es auch.‹ Dann ist sie ins Wasser gesprungen und hat sich verwandelt.« Er lächelte, als erinnerte er sich gern an den Moment.

»Und es war einfach *okay* für dich?« Mellie musste an Calebs Reaktion denken, der überhaupt nicht damit klargekommen war. *Was in Gottes Namen bist du?*

»Ich wünschte, das könnte ich behaupten, aber in Wahrheit hab ich mir die Autoschlüssel geschnappt und eine möglichst große Entfernung zwischen uns gebracht. Ich bin nicht stolz darauf, aber ich war damals einfach zu geschockt, und ich hatte Angst.«

»Aber du hast deine Meinung geändert?«

»Ja, das habe ich.« David nickte. »Ich habe deine Mutter vom ersten Tag an geliebt. Am Ende hat das mehr gezählt als alles andere. Du solltest versuchen, ein bisschen netter zu ihr zu sein, weißt du. Das ist genauso schwer für sie wie für dich.«

»Ach ja?« Mellie richtete die Worte an den Fußboden. Sie hatte keine Lust, darüber zu sprechen. Am wenigsten mit ihm.

»Hör zu, Mellie, ich verstehe ja, dass du wütend bist, aber …«

»Ich bin nicht wütend. Ich habe nur kein Interesse an dem, was sie zu sagen hat.«

»Du *bist* wütend.« David sah sie wissend an, als könnte er sie einfach durchschauen. »Du bestehst im Moment fast ausschließlich aus Wut. Laura hat das vorhergesehen; sie wusste, dass sie dich gegen sie aufhetzen würden.«

»*Sie* haben gar nichts getan. Sie ist gegangen.«

»Vielleicht hatte sie einen guten Grund dafür.« Davids ruhiger, geduldiger Tonfall ging ihr langsam auf die Nerven. Warum war er überhaupt so nett zu ihr? Aus Mitleid? Der Gedanke war nicht sehr angenehm.

»Ja, nur dass mich ihre Gründe auch nicht interessieren.«

David seufzte. »Mellie, ich weiß, du denkst, du warst deiner Mum egal – weil sie an der Oberfläche gelebt hat, weil sie *mich* geheiratet hat. Aber das ist einfach nicht wahr. Sie hat dich immer geliebt, und sie hat nie aufgehört, nach einem Weg zu suchen, zu dir zurückzukehren. Sie hat nur eben auch gelebt in dieser Zeit, das bedeutet aber nicht, dass du ihr weniger wichtig gewesen wärst oder dass sie dich weniger vermisst hätte. Gib ihr eine Chance, es dir zu erklären; das bist du ihr schuldig.«

»Ich bin ihr gar nichts schuldig«, zischte Mellie. Nicht, wenn ihre Art der Zuneigung darin bestand, nachts durch den Wald zu schleichen und Schutzanker zu beschädigen. Ohne die illegalen nächtlichen Aktionen ihrer Mum wäre Mellie vielleicht nie gestrandet.

»Dann tu es nicht für sie, sondern für dich. Hör ihr wenigstens zu. Wenn dir nicht gefällt, was sie zu sagen hat, kannst du immer noch in deiner Wut schwelgen.« David drückte sanft ihre Schulter. »Denk drüber nach, Kleine.«

Mellie dachte nicht darüber nach, oder zumindest versuchte sie, es nicht zu tun, doch der Nachmittag zog sich endlos hin. Und sosehr sie sich auch bemühte, sich einzureden, dass ihr die Gründe ihrer Mutter gleichgültig waren, trugen ihre Füße sie schließlich der Antwort entgegen, auch wenn ihr Kopf sich weigerte.

Es muss gar nichts bedeuten, sagte sie sich. Mit ihrer Mum zu reden war nicht das Gleiche, wie ihr zu verzeihen. Und wenn sie ihre Antworten erst einmal hatte, wüsste sie wenigstens Bescheid. Wie schmerzhaft die Wahrheit auch sein mochte, es musste immer noch besser sein, als den Rest ihres Lebens in Ungewissheit zu verbringen, oder nicht?

Ein Gespräch, entschied Mellie, als sie auf die Treppe zuging. Sie würde ihrer Mutter *eine* Chance geben, ihr alles zu erklären.

Im Flur hörte sie erhobene Stimmen und Schritte, die nervös auf und ab gingen. Mellie schlich sich zum Treppenabsatz und lugte über das Geländer.

»Ich weiß nicht mehr, was ich tun soll«, hörte sie ihre Mum sagen. Ihre Stimme klang gepresst und dünn wie ein Faden, der bis zum Zerreißen gespannt war. »Sie will mir nicht zuhören, sie erträgt es kaum, mich anzusehen.«

»Du musst ihr Zeit geben, Laura«, erwiderte David. »Sie ist stur, genau wie jemand anderes, den ich kenne, und im Moment ist sie auch wütend und verletzt, und ich bin mir ziemlich sicher, dass sie denkt, du hättest sie verlassen, um mich zu heiraten.«

Die Schritte hörten auf. »Das hat sie gesagt? Sie hat mit dir *geredet?*«

»Sie musste es nicht sagen, ich habe es ihr angesehen, als sie unser Hochzeitsfoto angestarrt hat. Und ich würde nicht behaupten, dass sie mit mir geredet hat, aber immerhin ist sie nicht gleich weggerannt, während ich geredet habe.«

Mellie umfasste das hölzerne Geländer noch fester. David war ein besserer Beobachter, als sie gedacht hatte.

»Sie haben ihr fünf Jahre lang Lügen eingetrichtert, Laura«, fuhr er fort. »Du musst ihr ein bisschen Zeit geben.«

»Ich hätte das nie zulassen dürfen.« Das nervöse Auf-und-ab-Schreiten ging weiter. »Ich hätte sie nehmen und mit ihr davonlaufen sollen, als ich die Gelegenheit dazu hatte.«

»Und wo wärst du hingegangen?« Davids Stimme war sanft.

»Du hast mir von deinem ersten Jahr an der Oberfläche erzählt, erinnerst du dich? Ist es das, was du für sie gewollt hättest?«

»Es wäre besser gewesen, als sie in seinen Händen zu lassen. Es war nur eine Frage der Zeit, bis etwas wie das hier passiert. Sie war dort nie sicher.«

»Du denkst, er hat sie absichtlich stranden lassen?«

Ihre Mum seufzte. »Ich weiß es nicht. Ferrick wäre es zuzutrauen; er wollte sie von Anfang an nicht im Korps haben. Ich wollte auch nicht, dass sie zum Korps geht, aber die Alternative …«

Mellie blieb nicht lange genug, um sich die »Alternative« anzuhören. *Ich wollte auch nicht, dass sie zum Korps geht.* Sie hätte nicht gedacht, dass ihre Mum ihr noch mehr weh tun konnte, doch diese Worte trafen sie wie ein Faustschlag. Was sagte es über sie aus, dass ihre eigene Mutter sie lieber zu irgendeiner Gilde geschickt hätte? Wahrscheinlich das Gleiche wie die Tatsache, dass sie sich entschieden hatte, ihren Tod vorzutäuschen, um an der Oberfläche leben zu können. *Ich will dich nicht mehr,* bedeutete es. *Toll, danke, Mum, Botschaft angekomm*en.

Und was meinte sie damit, dass der Captain sie von Anfang an nicht im Korps haben wollte? Mellie wusste, dass er sie hasste – das hatte er unmissverständlich klargemacht –, aber sie war immer davon ausgegangen, dass seine Ablehnung eine Reaktion auf das Verhalten ihrer Mum war, dass er Verrat für erblich hielt. Aber Mellie hatte dem Korps bereits angehört, als ihre Mum abgehauen war … Welchen anderen Grund konnte ein erwachsener Mann haben, ein zwölfjähriges Mädchen zu hassen?

Es gibt keinen anderen Grund. Captain Ferrick hasste sie nur wegen ihrer Verrätergene. Die einzige Person, die seit fünf Jahren log, war ihre Mum.

Zurück in ihrem Zimmer schaltete Mellie den Fernseher ein und zappte durch die Programme, auf der Suche nach etwas Lautem und Blutigem mit genug Geschrei, um die Lügen zu ersticken. Aber auf keinem der Sender lief ein Horrorfilm, und auch wenn es seltsam war – Mellie vermisste die Filme tatsächlich. Die dunklen, unscharfen Bilder; die schrille, durch Mark und Bein gehende Musik, die jedes Mal ertönte, wenn es wieder einen unglücklichen Landbewohner erwischte. So seltsam, blutig und unsinnig die Streifen auch waren, Mellie hatte sich an das Geräusch kreischender Collegestudenten im Hintergrund gewöhnt. Der Gedanke, dass sie nie wieder einen solchen Film schauen würde – zumindest nicht mit Caleb, war befremdlich. Ohne ihn würde es vermutlich eh nicht so viel Spaß machen. Er hatte es drauf, sich selbst über die erschreckendsten Wesen im Film lustig zu machen.

Am Ende schaute sie irgendeine Sendung, in der ein dicker Landbewohner mit Brille und Schnauzbart anderen Landbewohnern sagte, für wie viel Geld sie ihre Antiquitäten verkaufen konnten. Dabei musste sie an Rynn denken. Wenn es in Astria eine vergleichbare Show gäbe, würden seine Eltern ein Vermögen verdienen.

»Jugendstil von der Jahrhundertwende …«, dröhnte es aus dem Fernseher, »… wie neu, wunderbar erhalten …«

Bei den Göttern, kein Wunder, dass Caleb Horrorfilme bevorzugte. Diese Sendung war einfach schrecklich.

Eine alte Frau, die eine hässliche Porzellanvase verkaufte, war gerade in Tränen ausgebrochen, als David vorsichtig die Tür öffnete und den Kopf ins Zimmer steckte.

»Hey, Kleine, dein Freund ist hier.«

Freund? Mellie setzte sich im Bett auf. *Meint er Rynn?* Der Hoffnungsfunke, den dieser Gedanke entzündet hatte, erlosch sofort wieder. Denn es konnte natürlich nicht Rynn sein. Rynn hatte keine Ahnung, wo sie steckte. Rynn hielt sie vermutlich inzwischen für tot.

Aber wenn es nicht Rynn war, wer dann? *Caleb.*

»Weißt du, was er will?«

»Mein Tipp wäre, dass er mit dir sprechen will. Soll ich ihn bitten, wieder zu gehen?«

Will ich das?, fragte sich Mellie. War Caleb wirklich den ganzen Weg hierher zurückgefahren, nur um sie umzubringen?

»Nein, ist schon okay. Ich rede mit ihm«, sagte sie und verkniff sich gerade noch die Frage, ob er mit einer Pistole aufgetaucht war. Das hätte vermutlich ein paar andere Fragen aufgeworfen, die sie lieber nicht beantworten wollte.

»Na dann, er wartet vor der Haustür«, sagte David. »Ich habe ihn hereingebeten, aber er wollte lieber draußen bleiben.«

»Okay, danke.« Mellie folgte ihm nach unten. Es gab nur einen Weg herauszufinden, was Caleb von ihr wollte, und dazu musste sie rausgehen und ihn fragen.

Kapitel fünfzehn

»Hey, Scout.« Caleb beobachtete sie aufmerksam, als sie aus dem Haus trat. »Ich hoffe, es ist okay, dass ich hergekommen bin. Ich hätte wahrscheinlich erst anrufen sollen, aber du hast kein Handy, und ich dachte mir, du würdest meinen Anruf eh nicht entgegennehmen, also …« Er verstummte.

Mellie ließ die Tür hinter sich zufallen. »Sie werden wahrscheinlich nicht zulassen, dass du mich hier erschießt«, sagte sie und lehnte sich mit dem Rücken an die Hauswand.

»Das ist nicht der Grund, warum ich …« Caleb senkte den Blick und steckte die Hände in die Hosentaschen. »Tut mir leid, ich hätte dich nie mit der Pistole bedrohen sollen.« Sein Blick wanderte wieder zu ihrem Gesicht. »Weißt du, ich habe immer gedacht, dass ich wirklich gut damit umgehen könnte, wenn ich herausfände, dass es andere … Dinge da draußen gibt. Dass ich der Coole wäre, verstehst du? Derjenige, der sagt: ›Dann ist sie eben ein Vampir, na und? Ist doch kein Ding.‹«

Mellie starrte ihn an. »Ich bin aber kein Vampir, Caleb.«

»Das weiß ich. Du bist offensichtlich kein *Vampir*. Ich versuche dir nur zu sagen, dass es mir leidtut. Ich habe überreagiert.«

»Ach *wirklich?*« Mellie zog die Augenbrauen hoch und setzte sich auf die Verandatreppe. Sie hoffte, er würde den Hinweis verstehen und sich zu ihr setzen. Es machte sie ganz nervös, wie er auf den Fußballen vor und zurück wippte.

»Ich will ehrlich zu dir sein, Scout: Ich weiß nicht, was ich denken soll.« Er zögerte einen Moment, ehe er sich zu ihr setzte. »Mir war zwar klar, dass du irgendwie anders bist, aber …« Er stieß zischend Luft durch die Zähne aus. »*Damit* habe ich wirklich nicht gerechnet.«

Damit. Das Wort verpasste ihr einen ordentlichen Dämpfer. Dabei war es doch dumm; es sollte ihr egal sein, was Caleb von ihr dachte. Er war ein Landbewohner, seine Meinung zählte nicht. Warum traf es sie dann so sehr, wenn er von ihr als *Ding* sprach? Warum wünschte sie sich, dass er sie wieder so anschaute wie vorher, ehe er sie bei der Verwandlung beobachtet hatte?

»Du hast es aber niemandem gesagt, oder? Was du gesehen hast?«

»Machst du Witze?« Er lachte. Es war ein hohles Lachen, völlig frei von Humor. »Ich weiß ja nicht mal selbst, was ich gesehen habe. Außerdem ist es nicht so, als würde mir das irgendjemand glauben. Meerjungfrauen sollten eigentlich gar nicht existieren.«

»Meerjungfrauen?«, fragte Mellie. »Was zum Teufel ist eine Meerjungfrau?«

»Du weißt schon«, erwiderte Caleb und hob beide Hände, als wollte er die richtigen Worte aus der Luft pflücken. »Halb Mensch, halb Fisch. Lebt im Meer, spricht mit singenden Krabben …« Er brach ab, als er ihren Gesichtsausdruck sah.

»Krabben reden nicht, Caleb. Und sie singen schon gar nicht, und ich bin kein *Fisch.*« Sie zuckte dabei zusammen. Sie so zu nennen war einfach nur beleidigend.

»Okay, schon gut.« Er besaß so viel Anstand, beschämt auszusehen. »Aber dann – und bitte, versteh das jetzt nicht falsch –, was genau bist du?«

Da war sie, die Frage, die Mellie fürchtete, seit sie die Tür geöffnet hatte. *Was bist du?* Die eine Frage, die sie nicht beantworten konnte, ohne alles zu verraten, an das sie glaubte. Astria geheim zu halten war wichtig. Die Regeln hatten eine Bedeutung. Und trotz allem war Caleb hier. Aus irgendeinem Grund gab er sich Mühe, und Mellie hatte das Gefühl, dass sie es ebenfalls tun sollte.

»Ich bin eine Wandlerin.« Und einfach so war die Wahrheit heraus, hing in der Luft, wo Mellie sie nicht mehr zurücknehmen konnte.

»Eine Wandlerin?«

Mellie konnte regelrecht sehen, wie sich in seinem Kopf die Zahnräder drehten, während er versuchte, das Wort einzuordnen. Zweifellos durchforstete er seine Liste an Dingen und Kreaturen, um rauszufinden, ob er in einem seiner Bücher oder Filme einmal über den Ausdruck gestolpert war.

»Wie eine Gestaltwandlerin?«, fragte er schließlich. »Kannst du dich in alles verwandeln? Wann immer du möchtest?« Seine Augen leuchteten bei der Vorstellung.

»Nein, so ist es nicht.« Mellie suchte krampfhaft nach Worten für etwas, das sie noch nie hatte beschreiben müssen. »Ich kann es nicht kontrollieren, es *passiert* einfach so. Wenn ich an Land bin, habe ich Beine, aber im Wasser … na ja, da habe ich keine.«

»Aber ich habe dich im See gesehen.« Caleb schüttelte den Kopf. »Ich habe dich rausgezogen, weißt du noch? Und an dem Tag hattest du definitiv Beine.« Er errötete bei der Erinnerung.

»Ja, stimmt, aber das ist eine lange Geschichte.« Und keine mit Happy End.

»Ich hab Zeit.« Caleb neigte den Kopf und schaute ihr in die Augen. »Wenn du darüber reden möchtest.«

Zu ihrer eigenen Überraschung stellte Mellie fest, dass sie das tatsächlich wollte, und nachdem sie die vergangenen Wochen damit verbracht hatte, Geheimnisse hüten zu müssen, empfand sie es als Erleichterung, die Wahrheit sagen zu können. Sie hatte nicht vorgehabt, ihm alles zu erzählen, aber genau das sprudelte jetzt aus ihr heraus, und als Caleb ihr Fragen stellte, beantwortete sie ihm jede einzelne. Es fühlte sich gut an, wieder jemandem zu vertrauen. Nicht mehr so einsam zu sein.

»Nur, damit ich das richtig verstehe«, sagte Caleb, als sie geendet hatte, »du willst mir erzählen, im See gibt es eine ganze Stadt voller Meerjungfrauen? In meinem See. Dem See, zu dem ich schon mein ganzes Leben lang komme.« Er war entweder erstaunt oder verärgert, Mellie konnte es nicht erkennen. »Wie kommt es, dass ich nichts davon wusste?«

»Du sollst nichts davon wissen, darum geht es ja«, erwiderte Mellie. »Der einzige Grund, warum du mich gefunden hast, ist, weil ich es vermasselt habe.«

»Du bist von drei Kerlen verprügelt worden, als ich dich gefunden habe. Wie genau hast du es denn bitte vermasselt?«

»Ich habe mich erwischen lassen.«

»Meinst du nicht, das ist ein bisschen hart?«

Mellie zuckte mit den Schultern. »Es gibt nicht mehr allzu viele von uns, deshalb müssen wir vorsichtig sein.«

»Alles klar. Vorsichtig«, murmelte Caleb. »Und du – du bist sicher, dass du nicht zumindest zum Teil Fisch bist?«, fragte er zum gefühlt hundertsten Mal.

»Caleb, wenn du mich noch ein Mal einen Fisch nennst, gehe ich sofort wieder rein.«

»Okay, okay, tut mir leid. Kein Fisch. Darf ich dich wenigstens Meerjungfrau nennen?«

»Nein.« Meerjungfrau war ein dummes Wort.

»Gut, verstanden«, lenkte er kleinlaut ein. »Also, wenn du eine Wandlerin bist, was bin ich denn dann?«

»Wie meinst du das?«

»Ich meine, wenn du eine Hexe wärst, wäre ich ein Muggel, oder wenn du ein Vampir wärst, wäre ich … na ja, Essen, nehme ich an. Ihr müsst einen Namen für uns haben … du weißt schon, für uns Nichtwandler.«

»Landbewohner«, sagte Mellie. »Wir nennen euch Landbewohner.«

»Landbewohner.« Caleb wiederholte das Wort, als probierte er es, und es klang, als würde es ihm nicht sonderlich schmecken. »Ich schätze, ihr meint das nicht gerade liebevoll, oder?« Er grinste schief.

Jetzt war es an Mellie, kleinlaut zu werden. »Nein, nicht wirklich.«

»Na, dann mache ich dir einen Vorschlag. Ich verspreche, das M-Wort nicht mehr zu benutzen, wenn du aufhörst, mich so zu nennen.«

»Das M-Wort?« Mellie lachte. »Das klingt wie das F-Wort, und das bedeutet …«

»Ich weiß, was das verdammte F-Wort bedeutet, Scout.« Caleb verdrehte die Augen, aber er lachte mit. Und es fühlte sich gut an zu lachen, als würde sich etwas in ihr lösen. Mellie konnte sich kaum erinnern, wann sie das letzte Mal so gelacht hatte – nicht weil sie glaubte, dass sie es tun sollte, oder wegen einer Szene in einem Film, sondern weil sie es wollte und weil jemand, den sie mochte, etwas Lustiges gesagt hatte.

Mellie wollte die Stimmung zwischen ihnen nicht trüben, aber es gab etwas, das sie wissen musste. Sie würde ihm sonst nie wieder vertrauen können.

»Caleb, kann ich dich mal was fragen?«

»Klar, du hast was gut, denke ich.«

»Gestern am Strand … warum hattest du eine Pistole?« Mellie hatte die halbe Nacht damit verbracht, sich diese Frage zu stellen. Sie wusste aus eigener Erfahrung, wozu Landbewohner fähig waren, welche schrecklichen Dinge sie sich antaten. Sie hatte sich selbst eingeredet, dass Caleb anders war, dass er solche Sachen nicht tun würde. Er hatte ihr immerhin das Leben gerettet, sie bei sich aufgenommen, ihr eine Bleibe gegeben, ohne eine Gegenleistung zu erwarten.

Aber er hatte auch eine Pistole dabeigehabt.

»Hör zu, ich …« Caleb fuhr sich mit beiden Händen durch die Haare. »Meine Mum hasst es, wenn ich allein in die Hütte fahre. Ich musste ihr versprechen, die Pistole im Wagen liegen zu haben, für den Fall, dass ich Ärger bekomme. Ich habe versucht, ihr zu erklären, dass ich zu Hause eher Ärger bekomme als dort im

Wald, aber sie hat darauf bestanden. Dann hat sich mein Dad noch eingemischt, und wir hatten einen üblen Streit, weil ich angeblich nie tue, was mir gesagt wird. Am Ende war es einfach leichter, das zu tun, was sie wollten. So ist es fast immer.« Er ließ den Kopf an die hölzerne Balustrade sinken. »Und es tut mir wirklich leid, dass ich sie auf dich gerichtet habe«, fügte er ernst hinzu. »Ich hätte sie nie benutzt, ich habe bloß Panik bekommen. Ich wusste nicht, was ich da vor mir habe, und ich hatte Angst.«

»Aber jetzt hast du keine mehr? Angst, meine ich?«

»Wie sich herausgestellt hat, bist du eigentlich gar nicht so furchteinflößend.« Calebs Lächeln war vorsichtig, eher zögerlich. Ein Test, um zu sehen, ob sie es erwidern würde, ob sie ihm verzeihen konnte.

Mellie lächelte zurück.

»Hier wohnt also deine tote Mutter?« Caleb schaute an dem Haus hoch.

»Jepp.« Mellie seufzte. »Meine tote Mutter und ihr neuer Ehemann *David*.«

Caleb stieß einen leisen Pfiff aus. »Wow, das nervt.«

»Allerdings.« Und Mann, fühlte es sich gut an, es endlich zugeben zu können.

»Habt ihr zwei Gelegenheit gehabt, euch zu unterhalten?«

»Wir …« Sie hätte bei so vielen Antworten heute lügen können, warum sollte sie es ausgerechnet jetzt tun? »Nein«, antwortete Mellie, denn reden und sich anschreien waren nicht dasselbe. »Ich glaube, sie wollte es gern, aber ich … bin einfach rausgerannt.«

»Sie hat angerufen, weißt du. Bestimmt hundertmal.« Caleb

schien zu glauben, dass das irgendetwas änderte. »Ich hatte einen Haufen Nachrichten, als ich nach Hause gekommen bin, in denen sie sich erkundigt hat, ob ich dich schon zum Strand gebracht habe. In der letzten Nachricht sagte sie, dass sie zurückkommen und dich selbst hinbringen würde, wenn sie nicht bald von mir hören würde.«

»Na und?« Das änderte nichts. Anzurufen – selbst, wenn es hundertmal gewesen war – war nicht genug. Nicht nach *fünf* Jahren.

»Komm schon.« Caleb stieß sie leicht mit der Schulter an. »Ich glaube nicht, dass sie das gemacht hätte, wenn du ihr egal wärst.«

»Sie hat mich verlassen, Caleb.« Das hätte sie nicht getan, wenn Mellie ihr etwas bedeuten würde. »Sie ist verschwunden und hat mich in dem Glauben gelassen, sie wäre tot – *jahrelang*.« Ein paar Anrufe waren da nicht annähernd genug.

»Hör zu, Scout, ich kann nicht behaupten, dass ich es wirklich nachvollziehen kann. Meine Eltern waren immer eher zu viel für mich da, wenn du verstehst, was ich meine.« Er zog eine Grimasse, als wäre es ihm peinlich, eine funktionierende Familie zu haben. »Aber vielleicht lohnt es sich, ihr zuzuhören, weißt du? Wenn dir nicht gefällt, was sie zu sagen hat, dann hast du doch nichts verloren, oder?«

Bei den Göttern, er klingt schon wie David.

»Und wenn du magst, kannst du jederzeit wieder zurückkommen und bei mir wohnen, wenn du lieber nicht … hier sein willst.«

»Echt?«

Caleb zuckte mit den Achseln. »Ob du es glaubst oder nicht, irgendwie vermisse ich die Gesellschaft.«

»Was ist denn aus deiner Abneigung gegen andere Menschen geworden?« Mellie grinste ihn an.

»*Genau genommen* bist du kein Mensch, also zählst du nicht.« Er warf einen verstohlenen Blick zum Haus hinüber. »Ich warte aber auch gern hier, wenn du erst mit deiner Mum reden möchtest.«

Vielleicht hatte sie einen guten Grund. So ungern Mellie es zugab, vielleicht hatten David und Caleb doch recht.

»Macht es dir wirklich nichts aus zu warten?«, fragte sie. *Sag, dass es dir etwas ausmacht. In Titans Namen, bitte, sag, dass es dir etwas ausmacht.*

Caleb schüttelte den Kopf. »Ich habe noch ein Buch im Auto, das darauf wartet, gelesen zu werden. Ich hab Zeit.«

Na super.

»Du kannst bestimmt auch drinnen warten.«

»Ja, ich weiß. Aber Bücher sind einfacher als Eltern.«

Dagegen konnte Mellie nichts sagen. Mal davon abgesehen – wenn das Gespräch auch nur ansatzweise so gut laufen würde wie das von letzter Nacht, würde er ohnehin nur ein paar Minuten warten müssen.

Mellie traf ihre Mum in der Küche an, wo sie das Geschirr vom Mittagessen wegräumte. Ihr Magen knurrte lautstark. Bei den Göttern, war sie hungrig. Vielleicht hatte Caleb für die Rückfahrt etwas zu knabbern im Auto.

»Äh … Mum?« Das Wort fühlte sich seltsam an auf ihrer Zunge, wie das Überbleibsel einer ausgestorbenen Sprache.

»Mellie.« Ihre Mum schien genauso überrascht, es zu hören. »Ist alles in Ordnung? Hast du dich wieder mit Caleb vertragen?«

»Ja.« Mellie blieb zögernd im Türrahmen stehen. »Ich fahre wieder mit ihm zurück, um bei ihm zu wohnen.«

»Verstehe.« Ihre Mum schürzte die Lippen, und für einen Moment sah es so aus, als wollte sie widersprechen, doch dann überlegte sie es sich anders und hielt den Mund.

Gut. Mellie war nicht gekommen, um sie um Erlaubnis zu bitten. Ihre Mum hatte ihre Elternprivilegien verspielt, als sie beschloss, sich fünf Jahre lang tot zu stellen.

Vielleicht hatte sie einen guten Grund. Mellie musste sich ins Gedächtnis rufen, warum sie zurück ins Haus gegangen war. Sie wollte ihrer Mutter die Gelegenheit geben, ihr alles zu erklären.

»Aber wir können uns erst noch unterhalten«, sagte sie und nestelte am Reißverschluss ihrer Sweatjacke herum. »Ich meine, nur wenn du magst … Bevor ich wieder gehe.«

»Das wäre schön.« Ihre Mum lächelte leise. »Wie wäre es, wenn ich uns eine heiße Schokolade mache? Wenn du schon nichts isst, solltest du wenigstens etwas trinken.«

»Ja, okay. Danke.« Mellie nahm am Küchentresen Platz. Der Plastikhocker war hart und unbequem, so ähnlich wie die Spannung, die zwischen ihnen in der Luft hing. Mit ihrer Mum zusammen zu sein war früher so einfach gewesen, so mühelos. Aber die Frau, die jetzt vor ihr stand, hätte genauso gut eine Fremde sein können, und jedes Wort, jeder Schritt, jedes Nicken und jede Geste fühlten sich an, als watete sie durch Treibsand.

»Hier.« Ihre Mum reichte ihr eine Tasse mit einer schaumigen braunen Flüssigkeit, die köstlich roch und sogar noch besser schmeckte, süß, dickflüssig und berauschend.

»Schokolade.« Ihre Mum lächelte, dieses Mal richtig, und setzte sich ihr gegenüber. »Definitiv das Beste am Leben an der Oberfläche.«

Mellie konnte sich nicht dazu durchringen, das Lächeln zu erwidern, also nahm sie noch einen Schluck. Ihre Mum erwartete wahrscheinlich, dass sie etwas sagte. Aber Mellie hatte so viele Fragen, die sich in ihr aufgestaut hatten, dass sie gar nicht wusste, wo sie anfangen sollte. Was war an dem Tag passiert, als ihre Mum verschwunden war? Warum hatte sie niemandem erzählt, dass sie noch lebte? Wie war es dazu gekommen, dass sie hier lebte, mit David verheiratet war und das Leben einer Landbewohnerin führte? Es kam ihr so vor, als könnte ihre Mutter die nächsten fünf Jahre reden und immer noch nicht alles richtig erklären.

»Ich weiß nicht wirklich, wo ich anfangen soll«, sprach ihre Mum Mellies Gedanken aus. »Es gibt so vieles, was ich dir schon so lange sagen wollte …«

»Warum hast du es dann nicht getan?« Mellie stellte die Tasse ab. Die süße Flüssigkeit war in ihrem Mund bitter geworden. »Ich verstehe ja, dass du nicht in die Stadt zurückkehren konntest, aber du hättest mich an der Oberfläche suchen können.« *So ziemlich jederzeit*, hätte Mellie beinahe noch hinzugefügt. Sie gab sich große Mühe, nicht wieder die Beherrschung zu verlieren und das Gespräch in Streit ausarten zu lassen.

»Ich wünschte, es wäre so einfach gewesen, Liebling, aber du warst erst zwölf, als ich gestrandet bin. Es hätte noch Jahre gedauert, bis du das erste Mal allein an der Oberfläche gewesen wärst, und da wusste ich bereits …« Ihre Mutter hielt kurz inne, um sich zu sammeln und ihre bebende Stimme wieder unter Kontrolle zu bekommen. »Ich weiß, was das Korps von Wandlern hält, die stranden, Mellie, und ich kann mir nur zu gut vorstellen, wie sie dich behandelt haben, nachdem ich weg war. Ich hatte Angst, du könntest weglaufen, wenn du mich siehst, und ich hätte dir nicht folgen können. Du wärst direkt zu Ferrick gegangen, und dieses Risiko konnte ich nicht eingehen.«

»Warum nicht?«, wollte Mellie wissen. Was hatte der Captain denn damit zu tun?

»Weil es kein Unfall war, dass ich gestrandet bin.«

Kein Unfall, die Worte trafen sie wie ein Blitzschlag. Mellie hatte damit gerechnet, alle möglichen Halbwahrheiten und Ausflüchte aufgetischt zu bekommen, aber kein Geständnis. Denn irgendwo lag, tief unter ihrer Wut und ihrem Hass vergraben, die absolute Überzeugung, dass der vermeintliche Selbstmord ihrer Mum nicht der egoistische Verrat gewesen war, wie es der Captain behauptete. Selbst in den Wochen nach ihrem Verschwinden – als der Schmerz am schlimmsten war – hatte Mellie sich geweigert, das zu glauben. Nur sehr unglückliche Leute begingen Selbstmord, und ihre Mum war ihr nie unglücklich vorgekommen. Sie wusste, der Tod ihres Vaters hatte ihr schwer zugesetzt; das hatte Mellie aus dem Schweigen ihrer Mum geschlossen und daraus, dass sie nicht über ihn reden oder erneut heiraten wollte.

»Du bist alles an Familie, was ich brauche«, sagte sie immer, sobald Mellie alt genug war, um sie danach zu fragen. Und Mellie hatte ihr geglaubt. Sie hatte geglaubt, dass sie zusammen glücklich waren, dass sie niemanden sonst brauchten. Deshalb hatte es kein Selbstmord sein können. Es musste einfach einen geheimen Grund gegeben haben, den Mellie schlichtweg nicht kannte.

Doch da hatte sie sich offenbar geirrt.

»Also hast du es absichtlich getan«, sagte Mellie düster. Diese ganze Zeit hatte sie an dem kindischen Glauben festgehalten, trotz der Gerüchte und dem Getuschel. Wie eine Idiotin.

»Nein, Liebling, natürlich nicht. Ich hätte dich nie einfach so verlassen.«

»Genau das hast du aber getan. Du bist ohne Erlaubnis aufgetaucht und nie zurückgekommen.«

»Hat Ferrick dir das erzählt? Das ist gelogen, Mellie, das kann ich dir versichern.«

»Wie war es denn dann?« Mellie spürte, wie der Ärger sich in ihr aufbaute. »Wenn es kein Unfall war und wenn du es nicht absichtlich getan hast, was ist *dann* passiert? Bist du von Landbewohnern angegriffen worden?«

»Nein.« Ihre Mutter riss die Augen auf. »Mellie, bist du etwa … Bist du auf diese Weise gestrandet?« Sie streckte den Arm über den Tresen, um Mellies Hand zu berühren, zog sie jedoch schnell wieder weg.

»Ich will nicht darüber reden, was mir passiert ist. Ich will wissen, warum du nicht nach Hause gekommen bist.«

»Okay.« Ihre Mum faltete die Hände im Schoß. »Das Erste, was du wissen solltest, ist, dass ich sehr wohl die Erlaubnis hatte, an diesem Tag aufzutauchen, zwar nicht für einen normalen Besorgungsgang, aber für einen privaten.«

Quatsch, so etwas gibt es nicht.

»Über die Jahre hat der Titan einen Appetit auf bestimmtes

Land-Essen entwickelt, also wurden wir hin und wieder losgeschickt, um etwas für ihn zu holen. Wir durften nicht darüber reden; Ferrick wollte nicht, dass außerhalb der Einheit jemand davon erfuhr.

Es war nicht wie ein normaler Besorgungsgang. Die Märkte sind einen halben Tagesmarsch entfernt, aber das, was er haben wollte, war auch näher zu bekommen. Normalerweise schickte man uns nur paarweise raus, aber mein Partner war an dem Tag bereits unterwegs, also baten sie mich, allein zu gehen.«

Oh, super, noch eine Lüge, dachte Mellie. Läufer wurden nie allein ausgeschickt. Das wusste doch jeder.

»Ich habe gegen dreizehn Uhr den Auftrag bekommen, mir jedoch keine Sorgen gemacht. Ich brauchte nur fünf Stunden Tageslicht, um es zur Tankstelle und zurück zu schaffen, und es war Frühling, also hatte ich genug Zeit bis zum Sonnenuntergang. Es sollte nie … Es war kein riskanter Einsatz, Mellie, das musst du mir glauben. Wenn ich auch nur für eine Sekunde gedacht hätte, dass ich es nicht zurückschaffen könnte …« Ihre Mum brach ab und starrte in ihre Tasse. Als sie fortfuhr, war ihre Stimme kühl.

»Ich bemerkte erst, was Ferrick getan hatte, als es zu spät war. Läufer lernen nicht wie Scouts, den Himmel zu lesen, und damals habe ich mich völlig auf die Armbanduhr verlassen, die mir zugeteilt worden war«, sagte sie und rieb sich unwillkürlich das Handgelenk. Sie trug keine Uhr mehr.

»Ich weiß noch, dass ich beim Aufbruch dachte, der Himmel würde ein bisschen dunkler aussehen als erwartet, aber es war ein wolkiger Tag, und ich schob es auf das trübe Wetter. Ich kam genau zur erwarteten Zeit an der Tankstelle an – um Viertel vor vier –, aber als ich den Shop betrat, war es auf der Wanduhr über der Theke zehn vor sechs.«

Zehn vor sechs? Das ist zu spät. Klar, im Frühling waren die Tage länger, aber nicht *so* lang. Wenn ihre Mum um diese Zeit wirklich so weit vom See entfernt war, dann …

»Ich dachte, die Uhr müsste kaputt sein«, erzählte ihre Mum weiter.

»Und, war sie es?«, fragte Mellie, obwohl sie die Antwort bereits kannte.

»Nein. Die Uhr, die man mir gegeben hatte, war falsch eingestellt worden, um mir weiszumachen, ich hätte mehr Zeit an der Oberfläche, als es tatsächlich der Fall war. Ferrick wusste, dass ich mich immer strikt an die Regeln hielt und keine Verletzung riskieren würde, indem ich rannte, anstatt zu gehen, wenn ich schon allein unterwegs war. Er hatte darauf gesetzt, dass ich erst viel zu spät rausfinden würde, wie viel Uhr es wirklich war.«

Sie ist tatsächlich verrückt. Mellie konnte sie bloß anstarren. Das alles konnte auf keinen Fall wahr sein.

»Woher weißt du das?«, fragte sie schließlich.

»Was denn, Liebling?«

Bei den Göttern, Mellie wünschte, sie würde aufhören, sie so zu nennen. »Dass der Captain deine Armbanduhr absichtlich verstellt hat?«, erwiderte sie angespannt. »Woher *weißt* du es?« Die Vorstellung, dass der Captain eine seiner Wandlerinnen absichtlich stranden lassen würde, war regelrechter Wahnsinn, und Mellie konnte – nein, sie *würde* – es nicht glauben. War er ein Rüpel, der andere gern herumschubste? Auf jeden Fall. Aber er hatte nicht den Verstand verloren. Er war kein *Mörder*.

Nein, es musste eine andere Erklärung geben. Armbanduhren gaben immer mal wieder den Geist auf. Und Leute machten Fehler.

»Zuerst wusste ich es nicht sicher«, sagte ihre Mum geduldig. Das wurde allmählich zu Mellies meist gehasstem Tonfall. »Genau wie du bin ich davon ausgegangen, dass es ein Unfall war, und obwohl ich keinerlei Hoffnung hatte, es bis zum Sonnenuntergang zu schaffen, lief ich zum See zurück und machte mich bei einem der Suchteams bemerkbar. Ich dachte, ich könnte dir wenigstens eine Nachricht zukommen lassen, um dich wissen zu lassen, dass es mir gutgeht. Davon abgesehen konnten die Soldaten bis zum Morgengrauen wenig für mich tun. Sie rieten mir, mich still zu verhalten und am Leben zu bleiben.

Genau das habe ich getan. Da ich mich unten am Ufer nicht sicher gefühlt habe – viel zu exponiert, ich wäre leichte Beute für die Bären gewesen –, suchte ich in einem der Bäume Zuflucht, weshalb mich die Soldaten nicht entdeckten, als sie zurückkehrten.

Ich wusste in dem Moment, dass etwas nicht stimmte, als ich sah, dass sie die Waffen gezückt hatten. Sie können mich nicht gesehen haben, denn ich hörte sie reden. ›Lasst uns diese verdammte Läuferin finden. Der Captain braucht eine Leiche, die er ihrer Göre präsentieren kann‹, sagte einer zu den anderen.« Ihre Mum hielt kurz inne und nahm einen Schluck Schokolade, die inzwischen lauwarm sein musste.

»Ich habe mich stundenlang in diesem Baum versteckt und darauf gewartet, dass die Soldaten die Suche abbrechen. Sobald sie weg waren, bin ich zurück zum See geschlichen. Ich hatte nicht wirklich einen Plan, wie ich in die Stadt gelangen wollte – oder wie ich dich rausholen konnte; ich wusste nur, dass ich es versuchen *musste*. Aber als ich ins Wasser ging …«

»Konntest du dich nicht verwandeln«, beendete Mellie den Satz für sie. Diesen Teil der Geschichte hatte sie selbst erlebt. Diesen Teil glaubte sie.

»Nein, das konnte ich nicht«, bestätigte ihre Mum. »Aus mir unerklärlichen Gründen war meine Fähigkeit zum Morgengrauen nicht zurückgekehrt. Ich saß fest.

Danach hatte ich keine andere Wahl, als davonzulaufen. Ich nahm an, da Ferrick seine Leiche nicht bekommen hatte, würde er dich an der Oberfläche bewachen lassen, für den Fall, dass ich Kontakt zu dir aufnehmen wollte, also konnte ich das schon mal nicht riskieren. Ich suchte in einer der verlassenen Hütten Zuflucht, aber je mehr Tage vergingen, desto kränker wurde ich. Irgendwann beschloss ich, mich auf den Weg zu den Märkten zu machen. Ich kannte dort eine Verkäuferin, mit der ich mich über die Jahre angefreundet hatte, und ich hoffte, dass sie vielleicht eine Ahnung hätte, welche Art Landkrankheit ich hatte und wie man sie behandeln konnte.

Mary hat mich bei sich aufgenommen, als sie sah, wie schlecht es mir ging. Sie wollte mich zu einem Arzt bringen, aber damals vertraute ich keinem Landbewohner, also überredete ich sie, dass ich einfach einen Ort brauchte, wo ich mich ein paar Tage ausruhen konnte.

Am Ende war es pures Glück, das mir das Leben rettete. Mary wohnte in der Nähe des Strands, und ich konnte es nicht fassen, wie sehr es dort nach Zuhause roch. Also beschloss ich eines Tages, im Meer baden zu gehen. Ich dachte mir, wenn ich schon sterben muss, warum dann nicht im Wasser?«

Mellie konnte sich vorstellen, was als Nächstes passiert war. »Du hast dich verwandelt, richtig?«

»Richtig. Und als ich aus dem Wasser kam, war die Landkrankheit verschwunden. Damals wusste ich mir noch keinen Reim darauf zu machen, aber ich hoffte, dass es jetzt, nachdem ich mich im Meer verwandelt hatte, vielleicht auch wieder im See funktionieren würde und ich mich in die Stadt schleichen könnte. Aber es funktionierte nicht.« Ihre Mum seufzte. »Da kam mir der Verdacht, dass etwas Größeres dahintersteckte.

Ich brauchte Jahre, um den Grund dafür herauszufinden. Ich fing an, Gerüchten über andere Wandler-Gemeinschaften nachzugehen in der Hoffnung, Informationen über Astria zu erhalten. Es war ein Schuss ins Blaue, aber ich hatte das Gefühl, dass es meine einzige Chance war. Vor ein paar Monaten habe ich dann endlich eine Gruppe Wandler aus Astria ausfindig machen können.«

»Das ist unmöglich«, wandte Mellie ein. Sie hatte bis jetzt den Mund gehalten, um ihrer Mutter eine Chance zu geben. Aber das war eine Lüge zu viel.

»Ist es das, Liebling?«, erwiderte ihre Mum. »Für die Leute in Astria sind wir beide tot, und doch sitzen wir hier.«

»Ja, aber …« Mellie wusste nicht, wo sie mit ihrem Widerspruch anfangen sollte. In jüngster Vergangenheit waren vielleicht ein Dutzend Wandler gestrandet, und man hatte so gut wie keine Leichen gefunden. Doch selbst die vermissten Wandler waren im Abstand von mehreren Jahren verschwunden. Der Gedanke, dass sie alle überlebt und sich irgendwie an der Oberfläche wiedergefunden hatten … Es war einfach zu abwegig. Außer im Krieg war nie mehr als ein Wandler auf einmal spurlos verschwunden …

Nein. Mellie riss die Augen auf. *Sie konnte unmöglich andeuten …*

Als könnte ihre Mutter ihre Gedanken lesen, sagte sie: »Es gab nie einen Krieg, Mellie. Astria wurde nicht angegriffen. Es ist eine Lüge. Alles, was sie dir je erzählt haben, ist gelogen.«

Kapitel sechzehn

Nein! Ich glaube dir nicht!« Mellie sprang auf.

»Liebling …«

»Nenn mich nicht so.«

»Mellie …«

»Nein. Du liegst falsch.« Natürlich hatte es einen Krieg gegeben. Vierundzwanzig Soldaten verschwanden nicht einfach ohne guten Grund. Sie hatten ihr Leben geopfert, um Astria zu verteidigen, und etwas anderes zu behaupten war schlichtweg *falsch.*

»Vertrau mir, Mellie. Ich wünschte, ich würde mich irren, aber diese Soldaten sind nicht gestorben, sie haben sich einfach entschieden zu gehen.«

»Warum bei den dreizehn Höllen sollten sie das tun?«

»Weil das Korps sich verändert hat. Wegen der Dinge, zu denen Ferrick sie gezwungen hat.«

Was soll das nun wieder? Zuerst der Captain, dann der Krieg und jetzt das *Korps*? Gab es irgendetwas, zu dem ihrer Mum keine Lügen einfielen?

»Das stimmt nicht«, widersprach Mellie bestimmt. »Das Korps

hat die Stadt gerettet.« Ohne das Korps gäbe es gar keine Stadt mehr.

»Früher vielleicht«, erwiderte ihre Mutter. »Aber das Korps ist schon lange nicht mehr das, was es einmal war.«

»Und was wolltest du dagegen tun? Astria bloßstellen? Hast du deshalb die Schutzanker beschädigt? Weil du sauer auf das Korps bist?«

»Nein.« Die Stimme ihrer Mutter blieb weiterhin ruhig. »Ich habe die Schutzanker beschädigt, weil es der einzige Weg ist, wie ich in die Stadt zurückkehren kann.«

»Was?« Mellie erstarrte. Von allen Dingen, die sie gerade gehört hatte, schockierte sie das am meisten. Es gab nur einen Weg, nach Astria zurückzukehren, wenn man gestrandet war, und die Schutzanker hatten damit nichts zu tun.

»Liebling, hör mir bitte zu.« Ihre Mum stand auf und machte einen zögerlichen Schritt auf sie zu. »Die Schutzanker haben eine andere Aufgabe, als du denkst. Sie sind der Grund dafür, dass wir uns nach Sonnenuntergang nicht mehr verwandeln können und dass wir beide uns nicht mehr im See verwandeln.« Sie sprach langsam, als wollte sie Mellie Zeit geben, jedes Wort in sich aufzunehmen. »Die Schutzanker sind nicht dazu da, Landbewohner abzuhalten, vielmehr sollen sie verhindern, dass gestrandete Wandler wieder zurückkehren.«

Es fühlte sich an, als wäre alle Luft aus dem Raum gesaugt worden. Mellie sackte auf ihrem Barhocker in sich zusammen und stützte den Kopf auf die Hände. Mit ihrer Mutter zu diskutieren war, als versuchte man, Wahnsinn mit Logik beizukommen. Es war zwecklos. Wie kam ein Läufer überhaupt dazu, einem Scout etwas über Schutzanker beibringen zu wollen? Wie sollte sie gegen etwas vollkommen Verrücktes argumentieren?

»Die Schutzanker bewirken, dass der See für Landbewohner unsichtbar ist«, stellte Mellie fest. Das war eine Tatsache.

»Wie kommt es dann, dass Caleb ihn sehen kann?«, wandte ihre Mum ein.

»Ich …« Das war ihr auch nicht ganz klar. Aber das musste noch lange nichts zu bedeuten haben; es konnte hundert verschiedene Gründe dafür geben, warum Caleb den See sehen konnte. Vielleicht war der Zauber der Schutzanker weniger effektiv, wenn man in ihrer Nähe wohnte. Vielleicht war Caleb aus purem Zufall mal am Wasser vorbeigegangen, als einer der Schutzanker gerade defekt gewesen war. Oder er war einfach anders als die anderen Landbewohner. Caleb hatte doch selbst gesagt, dass er sich sogar in seiner Familie wie ein Außenseiter fühlte. Vielleicht machte ihn das der Magie gegenüber immun. Er war eine Ausnahme, nicht die Regel.

»Und David«, fügte ihre Mum hinzu, als wollte sie ihren Gedanken widersprechen. »Er kann den See ebenfalls sehen.«

»Wirklich?« Damit hatte Mellie nicht gerechnet.

»Ja.«

Nein. Das kann nicht sein. Ihr Leben drehte sich um diese Schutzanker; sie zu aktivieren, sie zu überprüfen, sie auszutauschen. Natürlich wusste sie, wie sie funktionierten. Wie konnte es anders sein?

Sie funktionieren genau so, wie du denkst. Du wüsstest es, wenn es anders wäre.

Doch wüsste sie das tatsächlich? Erste Zweifel machten sich

bemerkbar, und ihr Widerstand begann zu bröckeln. Dem Captain zufolge hatte Mellie die Fähigkeit verloren, sich zu verwandeln, und doch konnte sie im Meer ihre menschliche Haut sofort abschütteln. Alles – *alles* –, was sie wusste, hatte sie im Korps gelernt. Wie sollte sie es merken, wenn ihre Lehrer sie belogen hatten?

»Soll das etwa heißen, wenn ich einen Schutzanker außer Gefecht setze, kann ich wieder in die Stadt zurückkehren?«, fragte Mellie. »Selbst bei Nacht? Einfach so?« Die Worte klangen lächerlich. Weil sie es waren.

»Ja und nein«, antwortete ihre Mum. »Der Abwehrzauber hält uns davon ab, uns zu verwandeln, sobald wir den Sonnenuntergang verpasst haben. Einen Schutzanker zu deaktivieren unterbricht zwar diesen Zauber, aber nach Astria zurückzukehren ist eine andere Sache. Ich versuche es jetzt seit Wochen, studiere die Patrouillenmuster, damit ich mich an den Soldaten im Wasser vorbeischmuggeln kann. Das wahre Problem ist aber das Haupttor – es ist zu gut bewacht. Ich dachte, ich könnte stattdessen eine Schwachstelle im Schutzschild finden, aber bisher … nichts. Die Magie ist undurchdringbar.«

Wie sie es auch sein sollte, dachte Mellie. Der magische Schutzschild war eine der größten Errungenschaften des Titanen. Die konstante, vereinte Kraft von hundert Magiern, die gemeinsam die unsichtbare Kuppel aufrechterhielten, die die Stadt schützte. Eine magische Meisterleistung, perfektioniert nach dem Ersten Krieg, um sicherzustellen, dass Astria nicht fallen würde, selbst wenn die Landbewohner einmal die Wasseroberfläche durchbrechen sollten.

Oder zumindest hatte man ihr das erzählt.

»Es tut mir leid, Mellie«, fuhr ihre Mum fort. »Ich weiß, es ist schwer, das zu hören, aber du kannst nicht zurückgehen. Wenn Ferrick rausfindet, dass du am Leben bist, wird er dich umbringen.«

»Er weiß es aber schon.«

»Wie bitte?« Damit hatte ihre Mum nicht gerechnet.

»Der Captain weiß, dass ich am Leben bin.« So viel zu ihrer Theorie. »Er ist der Grund dafür, dass ich überhaupt im Wald war. Er hat gesagt, er lässt mich nach Hause zurückkehren, wenn ich die Person finde, die die Schutzanker zerstört.« Und das würde er vielleicht immer noch tun. Jay hatte ihr einmal gesagt, dass die Fehler ihrer Mum nicht ihre Fehler werden mussten. Mellie konnte immer noch das Richtige tun und dem Captain ihre Erkenntnisse zukommen lassen. Sie würde ihm nicht alles erzählen, so grausam war sie nicht. Ihre Mum würde ihr neues Leben an der Oberfläche behalten können, und Mellie würde ihr altes Leben zurückbekommen. Sie konnten beide so tun, als hätte dieses emotionale Chaos nie stattgefunden.

»Er lügt, Mellie.« Zum ersten Mal schwang ein Hauch von Unsicherheit in der Stimme ihrer Mutter mit. »Ich weiß nicht, warum, aber ich kann dir versichern, dass er lügt. Wenn du es in die Stadt zurückschaffst – wenn die anderen Wandler sehen, dass es möglich ist, fern von Astria an der Oberfläche zu überleben –, würde das alle Lügen entlarven, die er und der Titan uns all die Jahre aufgetischt haben. Es wundert mich, dass er noch nicht versucht hat, dich umzubringen.«

»Er konnte mich nicht umbringen.« Der Gedanke kam wie aus dem Nichts.

»Wie meinst du das, Liebling?«

Mellie knirschte mit den Zähnen. »Der Captain *konnte* mich nicht umbringen. Ich war in der Nacht, in der ich gestrandet bin, bei Caleb. Die Soldaten hätten mich gar nicht finden können. Falls sie überhaupt nach mir gesucht haben.«

Das können sie immer noch nicht. Rynn hatte ihnen nicht verraten können, wo sie sich aufhielt, weil Mellie es ihm nie erzählt hatte. Sie hatte lediglich gesagt, sie hätte eine leere Hütte im Wald gefunden. Die Information reichte nicht aus, als dass der Captain etwas hätte unternehmen können. Er würde es nicht riskieren, von Tür zu Tür zu gehen, nur um einen Scout zu finden. Dafür war er zu klug, zu vorsichtig.

Er hätte ein paar Soldaten mit Rynn nach oben schicken und ihrer so habhaft werden können. Aber das hätte bedeutet, dass er Rynn auch hätte umbringen müssen, und das würde er sicher vermeiden wollen. Der Tod des Sohns eines Ratsmitglieds wäre mit viel zu vielen Problemen verbunden. Da war es einfacher, sie mit einem Hoffnungsschimmer hinzuhalten und darauf zu warten, dass der Entzug sie erledigte. Vermutlich hatte der Captain nie damit gerechnet, dass sie den Täter erwischte, ansonsten hätte er ihr garantiert von Anfang an mitgeteilt, auf welches Gebiet sie die Suche konzentrieren sollte. Rynn hätte nicht rumfragen müssen, um selbst auf das Muster zu stoßen.

Und wenn sie den Täter wider Erwarten doch geschnappt hätte? Na, umso besser. Dann hätte der geheime Zauberspruch – der angeblich die Hälfte aller ersten Wandler das Leben gekostet hatte – sie zweifellos getötet. Ein perfekter, sauberer Mord, den niemand hätte hinterfragen können. Selbst Rynn hätte keine Zweifel gehabt.

Ich fasse es nicht, dass ich tatsächlich darüber nachdenke. Mellie hatte keinen Grund, ihrer Mum mehr zu vertrauen als dem Captain. *Keinen einzigen.* Dann hatte er eben falschgelegen, was ihre Fähigkeit anging. Wahrscheinlich hatte er keine Ahnung, dass sie in der Lage war, sich im Meer zu verwandeln, woher sollte er das auch wissen? Seit über fünfhundert Jahren war kein Wandler aus Astria mehr dorthin zurückgekehrt. Und selbst wenn Mellie beschloss, sich dieser wahnsinnigen Idee zu öffnen, war da immer noch die restliche Geschichte ihrer Mum, die auf der absurden Theorie aufbaute, dass der Captain sie von Anfang an hatte töten wollen, was völlig lächerlich war.

»Warum sollte der Captain dich tot sehen wollen?«, fragte sie, weil sie einfach wissen wollte, welche verrückte Story ihre Mum sich dazu ausgedacht hatte.

»Mellie, das ist … eine komplizierte Frage.«

»Ich werde dir schon folgen können.«

Ihre Mum seufzte. »Captain Ferrick und ich hatten bereits lange vor deiner Geburt unsere … *Probleme.*« Sie schien ihre Worte mit Bedacht zu wählen. »Dann, einen Tag bevor ich gestrandet bin, habe ich etwas mitgehört, was ich nicht hätte hören sollen. Und nach unserer Vorgeschichte war das vermutlich Grund genug für ihn.«

»Was hast du denn gehört?« Welches Geheimnis konnte es wert sein, einen solchen Aufwand zu betreiben?

»Nichts, was ich nicht sowieso irgendwann erfahren hätte.

Der Titan wollte nicht bis zur Landprüfung warten, um herauszufinden, was die Prinzessin ist, also hat er sie ein paar Jahre zuvor an die Oberfläche bringen lassen. Ich habe gehört, wie Ferrick sagte, dass sie sich verwandelt hat. Vermutlich konnte er nicht riskieren, die Nachricht an die Öffentlichkeit dringen zu lassen, dass die einzige Erbin des Titans nicht als Thronfolgerin geeignet ist. Vielleicht wollten sie das Ganze auch vertuschen, indem sie Kira nicht an der öffentlichen Landprüfung teilnehmen lassen, um ihren Anspruch auf den Thron zu wahren.«

»Sie haben aber nichts vertuscht«, widersprach Mellie. Wie konnte sie den abwegigen Geschichten ihrer Mum Glauben schenken, wenn sie gerade einen Teil davon als Lüge entlarvt hatte? »Sie haben Kira zur Landprüfung geschickt, ich war dabei, ich habe es selbst gesehen. Sie hat sich nicht verwandelt.«

»Mellie … bist du dir sicher?«, hakte ihre Mum verwirrt nach. »Sie ist keine Wandlerin?«

»Nein. Ist sie *nicht*. Du musst dich verhört haben.«

Ihre Mum wurde blass um die Nase. »Dann war alles umsonst.«

Alles umsonst. Die Worte hallten in Mellies Kopf wider. Fünf Jahre Schmerz und Erniedrigung für nichts und wieder nichts.

»Ich muss los.« Sie ließ sich vom Hocker gleiten. »Caleb wartet auf mich.«

»Mellie …«

»Bitte, ich … ich brauche Zeit, um nachzudenken.« *Und um zu beweisen, dass du lügst*. Der einzige Weg, die Lügen von der Wahrheit zu trennen, war, sie auf den Prüfstand zu stellen, und das konnte Mellie hier nicht tun. Nicht in diesem Haus. Nicht mit ihrer Mum, die jede ihrer Bewegungen überwachte.

»Mellie, warte.« Ihre Mum folgte ihr zur Tür. »Ich weiß, was du vorhast. Wenn ich du wäre, würde ich es genauso machen, und mir ist bewusst, dass ich kein Recht habe, dich aufzuhalten, aber bitte versprich mir, dass du nicht in die Stadt zurückkehrst.« Sie erwischte Mellie am Ärmel und hielt sie fest. »Ferrick wird dich umbringen, wenn du dich dort wieder blicken lässt.«

»Na schön. Ich werde nicht zurückgehen.« Mellie wollte sich losreißen, um die Haustür zu öffnen. Es war nicht schwer, ein Versprechen zu geben, dass sie gar nicht brechen konnte.

Ihre Mum entspannte sich sichtlich und ließ ihren Arm los. »Hier, das ist für dich.« Sie nahm eine Tüte vom Beistelltisch im Flur. »Da sind ein paar neue Klamotten drin. Und das habe ich dir auch gekauft.« Sie hielt ihr eine schmale weiße Schachtel mit dem Foto eines Handys darauf hin. Das Telefon war schwarz und glänzend wie das von Caleb. »Caleb hat meine Nummer. Er kann dir zeigen, wie man es benutzt.«

»Ich brauche kein Telefon«, entgegnete Mellie.

»Bitte, Mellie, ich würde mich besser fühlen, wenn du eins hättest.«

Super, ich aber nicht. Sie nahm es trotzdem.

In einer normalen Familie wäre das wahrscheinlich der Moment gewesen, wo man sich zum Abschied umarmte, aber Mellie war noch nicht bereit dazu, also hob sie stattdessen die Hand und winkte unbeholfen, ehe sie die Stufen runterlief und zu Calebs Wagen ging.

»Und?«, fragte er, als sie zu ihm in die Fahrerkabine kletterte. »Wie ist es gelaufen?«

»Vergiss es«, erwiderte sie und schloss den Sicherheitsgurt.

»So gut, ja?«

Mellie starrte ihn an.

»Okay, ich sollte aufhören zu fragen, verstanden. Aber bist du sicher, dass es für deine Mum in Ordnung ist, wenn du bei mir wohnst? Denn …«, Caleb warf einen verstohlenen Blick in Richtung Veranda, »… sie sieht nicht allzu glücklich darüber aus.«

»Sie hat aber keine Wahl«, erwiderte Mellie. Eine an den Haaren herbeigezogene Geschichte machte noch keine rehabilitierte Mutter aus ihr, selbst wenn wider Erwarten alles wahr sein sollte. *Was nicht der Fall sein wird.* »Außerdem habe ich jetzt so eins.« Sie reckte ihr brandneues Handy in die Höhe. »Sie kann mich also erreichen. Und sie weiß auch, wo du wohnst.«

»Und ich dachte, allein im Wald zu wohnen wäre ein guter Weg, wütenden Eltern aus dem Weg zu gehen«, murmelte Caleb, als der Motor röhrend ansprang. »Was meinst du, Scout, fahren wir direkt nach Hause, oder hast du erst noch Lust auf …« Er räusperte sich. »… einen kleinen Badeausflug?«

Er will schwimmen gehen?

»Kommt darauf an.« Mellie verengte die Augen zu Schlitzen.

»Worauf?«

»Ob die Pistole noch im Wagen ist oder nicht.«

»Ha, ha.« Caleb verdrehte die Augen und steuerte das Auto auf die Straße. »Du bist ziemlich lustig für eine Meerjungfrau.«

Die Fahrt zum Meer verging jetzt, da sie sich wieder unterhielten, wesentlich schneller. Caleb nutzte die Gelegenheit, um mit ihr alles zu besprechen, was er in den vergangenen vierundzwanzig Stunden über Meerjungfrauen herausgefunden hatte, wobei er sich am Ende jeden Satzes zu ihr umdrehte und »Wahr oder falsch?« fragte.

Es war alles falsch. Nein, sie lockten keine Seeleute mit ihrem Gesang in den Tod oder ertränkten Menschen im See, um sie essen zu können. Nein, sie schliefen nicht in riesigen Muschelschalen; es gab gar keine so großen Muscheln. Nein, sie fuhren nicht in Streitwagen, die von Delphinen gezogen wurden. Mellie wusste nicht einmal, was Streitwagen oder Delphine waren, er musste ihr beides beschreiben, und nichts dergleichen existierte im See. Und wie genau stellte er sich vor, dass man Aale als elektrische Lampen benutzen konnte? Die verdammten Biester hielten kaum lange genug still, um einem einen elektrischen Schlag zu verpassen, und selbst wenn sie es taten, gaben sie Elektrizität ab, nicht Licht. Irgendwann reichte es Mellie, und sie fuhr ihn an, wo er denn diese Informationen herhabe.

»Ach, du wirst schon sehen«, erwiderte Caleb grinsend. »Wenn wir nach Hause kommen, machen wir einen Meerjungfrauenfilmmarathon. Du wirst es lieben.«

Das bezweifelte sie. Zumindest den Teil mit den Meerjungfrauen. Das Filmeschauen dagegen war mehr als okay.

Als sie am Strand ankamen, parkte Caleb den Pick-up auf dem Sand und stieg zu Mellies Überraschung mit aus.

»Scout, meinst du, ich kann … Na ja, kann ich dir vielleicht zuschauen, wenn du dich verwandelst?«, fragte er schüchtern und errötete. »Oder ist das zu seltsam?«

Ist es zu seltsam? Mellie schwieg einen Moment, weil sie nicht mit einer solchen Bitte gerechnet hatte. Es war definitiv gegen die Regeln, auch wenn es sich lächerlich anfühlte, sich jetzt noch daran zu halten, wo sie sowieso schon so gut wie jede andere Regel gebrochen hatte. Dennoch, einen Landbewohner zuschauen zu lassen, wenn sie sich verwandelte … das war eine neue Ebene der Dreistigkeit, selbst für ihre Verhältnisse.

»Es ist zu seltsam, nicht wahr?« Caleb interpretierte ihr Schweigen als Ablehnung. »Macht nichts; vergiss, dass ich gefragt habe.« Er senkte den Blick auf seine Füße, und die Enttäuschung, die ihm ins Gesicht geschrieben stand, ließ sie eine Entscheidung treffen.

»Nein, schon okay. Du kannst zuschauen, wenn du willst«, sagte Mellie. »Du weißt aber schon, dass du dafür ins Wasser gehen musst?«

»Ja, ich weiß.« Caleb strahlte über beide Ohren.

»Und das Wasser ist kalt …«

»Ich hab keine Angst vor ein bisschen kaltem Wasser.« Er warf sich in die Brust und setzte eine empörte Miene auf. »Oder vor den *Dingen*, die darin leben, wenn wir schon dabei sind.«

Mellie grinste ihn an. »Na schön, dann los.«

Caleb sagte wenig, als sie den Strand überquerten, aber Mellie spürte, wie seine Nervosität mit jedem Schritt wuchs, so dass sie schon fast davon angesteckt wurde. Es war verrückt, wie viel sich innerhalb eines Tages zwischen ihnen verändert hatte. Erst gestern hatte er sie bei der Verwandlung erwischt und sie daraufhin mit einer Waffe bedroht. Heute sah er hingegen aus, als hätte er im Lotto gewonnen oder als würde ein Kindheitstraum in Erfüllung gehen.

»Du solltest zuerst ins Wasser gehen«, meinte Mellie, als sie am Ufer ankamen. »Sonst verpasst du es noch.«

»Alles klar.« Caleb klatschte in die Hände. Er zog die Stiefel aus und pellte sich aus seiner Jacke, die er zusammen mit seinem Handy, seinem Geldbeutel und seinen Schlüsseln auf den Sand warf. Das Karohemd war als Nächstes dran, doch bei dem dünnen weißen T-Shirt, das er daruntertrug, zögerte er und schaute sie fragend an. Mellie verdrehte nur die Augen, und eine Sekunde später landete das T-Shirt auf dem Haufen mit den restlichen Klamotten. Mellie hatte keine Ahnung, wie er darauf kam, dass sie der Anblick seines nackten Oberkörpers stören könnte. Unter all den Schichten versteckte Caleb eine durchaus ansehnliche Figur.

»Willst du das wirklich tun?«, fragte sie, als ihn ein heftiges Schaudern ergriff.

»Worauf du wetten kannst.« Er machte ein paar Schritte in die Brandung und zuckte zusammen, als das Wasser seine Beine berührte. »Siehst du? Wie in der Badewanne.«

»Es ist einfacher, wenn du schnell reingehst.«

»Für dich vielleicht«, murmelte er, doch nach ein paar tiefen Atemzügen nahm er sich ihren Ratschlag zu Herzen und tauchte in die Wellen. Als er wieder hochkam, fluchte er lautstark.

»Heilige Scheiße, ist das kalt. Titanicmäßig kalt«, bibberte er und schüttelte sich das Wasser aus den Haaren. »Okay, Scout, du bist dran. Willst du, dass ich – ich kann mich umdrehen, wenn du dich ausziehen musst. Ich verspreche auch, nicht hinzugucken.«

Das war so typisch für Caleb. Bis zum Hals in eiskaltem Wasser, und trotzdem machte er sich deswegen Sorgen.

»Ich kann mich auch im Wasser ausziehen.« Mellie lachte auf. Wenn das so weiterging, würde sie ihn demnächst doch mal fragen müssen, warum es ihn so entsetzte, sie nackt zu sehen. Sie befürchtete allerdings, allein die Frage würde ihm einen Herzinfarkt bescheren. »Bist du bereit?«

»Bereit.« Caleb nickte. Dann holte er tief Luft und tauchte unter.

Dann mal los, dachte Mellie und streifte ihre Stiefel ab. *Ich werde das wirklich tun.*

Das Wasser empfing sie auf dieselbe Art wie am Vortag und bot ihr eine Erleichterung, die Mellie nie wieder für selbstverständlich erachten würde. Sie wartete, bis die ersten Schuppen sich gebildet hatten (damit Caleb nicht die Augen aus dem Kopf fallen würden), dann zog sie ihr T-Shirt aus und wand sich aus der Jeans. Erst als die Verwandlung abgeschlossen war, brachte sie es über sich, Caleb anzusehen.

Er trieb ein paar Meter von ihr entfernt im Wasser wie ein Phantom, mit vor Kälte bleichen Armen und Beinen, die Haare wie ein Fächer um den Kopf ausgebreitet, die sich leise mit der Strömung bewegten. Sein Blick wanderte über ihren Körper, als müsste er sich alles ganz genau anschauen. Die Kiemen, die Schuppen, ihre Schwanzflosse und wie sie sich am Ende verjüngte und einen dunkleren Goldton annahm. Plötzlich wurde Mellie verlegen. Sie fühlte sich entblößt. Dass jemand sie sah – nicht bloß anschaute, sondern wirklich *sah*, ohne die Maske, ohne Lügen und ohne Heuchelei –, war furchteinflößend.

Sie hatte fast damit gerechnet, dass Caleb enttäuscht wirken würde, vielleicht sogar angewidert, aber das Gegenteil war der

Fall. Er starrte sie aus großen Augen mit purem, grenzenlosem Staunen an, als würde er sein persönliches Wunder erleben. Ein paarmal zuckte seine Hand in ihre Richtung, als wollte er sie berühren, aber er traute sich nicht. Hatte er Angst davor? Oder dachte er, sie würde es nicht wollen? Wahrscheinlich Letzteres, so wie sie Caleb kannte. Also nahm Mellie beim nächsten Versuch einfach seine Hand und legte sie sich an die Hüfte, wo die Haut in Schuppen überging. Ein Schwall Luftblasen entwich seinem Mund gemeinsam mit einem seltsam verzerrten Laut, der nach »wow« klang.

Ganz langsam, um ihn nicht zu erschrecken, streckte Mellie den Arm aus und legte die Hand an seine Schläfe. So kommunizierten sie als Kleinkinder, bevor sie lernten, ihre Stimme richtig in den Kopf eines anderen zu projizieren. Sie wusste nicht, ob es bei einem Landbewohner funktionierte, aber sie fand, es war ein Versuch wert.

Es brauchte wesentlich mehr Konzentration als üblich. Calebs Geist war nicht offen wie der eines Wandlers, sie musste sich einen Weg hineinbahnen. Und trotz des physischen Kontakts fühlte es sich mehr so an, als würde sie ihre Stimme durch eine Mauer zwingen. Mellie musste sogar ein wenig Magie abrufen, ehe sie schließlich den Durchbruch schaffte.

»Und?«, fragte sie und biss sich auf die Lippe. »Was denkst du?«

Sie wusste, dass es funktioniert hatte, weil Caleb sich von ihr losriss und auftauchte.

»Verdammte Axt!«, rief er, als sie ihm nach oben gefolgt war. »Bist du … War das Telepathie?«

Natürlich hatte er ein Wort dafür. Caleb hatte für alles ein Wort. »Wir nennen es Projektion, aber ja, ich schätze schon.«

»Okay, na, das machen wir definitiv noch mal.« Er fasste sie am Arm und zog sie wieder unter Wasser.

Mellie lachte und legte ihre Hand abermals an seine Schläfe. »Dann hast du jetzt keine Angst mehr davor?«

Sein Lächeln hätte sie fast geblendet.

Sie blieben eine Weile im Wasser. Caleb war ein erstaunlich guter Schwimmer für jemanden mit Beinen, auch wenn ihn seine Unfähigkeit, unter Wasser atmen zu können, ziemlich behinderte. Als Mellie einen Witz darüber machte, dass er ständig zum Luftholen an die Wasseroberfläche zurückkehren musste, verdrehte Caleb nur die Augen und sagte, er würde nächstes Mal seinen Schnorchel mitbringen, allerdings würde dieses nächste Mal nicht vor dem Sommer stattfinden. Was vermutlich ratsam war, denn Caleb lief bereits bedenklich blau an.

»Okay, ich glaube, es ist Zeit, dass dieser *Landbewohner* wieder an Land geht.« Er zitterte wie Espenlaub.

»Du hast genug, was?«

»Davon …«, er ließ den Blick über ihren Körper wandern, »… garantiert nicht. Darüber reden wir auf jeden Fall noch mal. Aber vom Wasser schon. Macht dir die Kälte wirklich nichts aus?«

»Nein, ich finde es angenehm.«

»Na, dann füge ich mal ›verrückt‹ zu der Liste der Dinge hinzu, die dich beschreiben.« Caleb watete bereits in Richtung Strand. »Lass dir Zeit, ich warte im Wagen und versuche, mich nicht zu Tode zu frieren.«

Mellie verließ das Wasser kurz darauf und fand auf dem Sand ein Handtuch und ein paar frische Kleider, die er ihr hingelegt hatte. Als sie zu ihm ins Auto stieg, fiel ihr auf, dass auch er ein Paar trockene Jeans trug.

»Was ist?«, fragte Caleb, als er ihren Blick bemerkte.

»Du hast eine andere Hose an.«

»Äh ja, die andere war nass.«

»Und du hast rein zufällig eine frische Jeans mit zum Haus meiner Mutter gebracht?«

Er grinste. »Vielleicht.«

Unglaublich. Er hatte das geplant. »Woher wusstest du, dass ich dir erlaube, mit ins Wasser zu kommen?«

»Das wusste ich nicht.« Caleb bog auf die Straße ab. »Aber die Hoffnung stirbt zuletzt.«

»Bei den Göttern. Was soll das überhaupt heißen?«

»Keine Ahnung. Das ist nur so eine Redewendung, die meine Mutter immer benutzt. Und, wirst du mir endlich die Sache mit den Göttern erklären? Jetzt, wo ich das mit der Meerjungfrau schon weiß?«

»Auf keinen Fall.« Mellie verschränkte die Arme und schaute demonstrativ aus dem Fenster. »Zumindest bis du aufhörst, mich *Meerjungfrau* zu nennen.«

Kapitel siebzehn

Die Sonne war bereits untergegangen, als sie den Wald erreichten, was bedeutete, dass Rynn schon wieder im Wasser sein würde. Mellie hatte ein schlechtes Gewissen. Zwei Tage waren vergangen, seit sie ihn zuletzt gesehen hatte, und vor zwei Tagen war sie nicht gerade bei bester Gesundheit gewesen. Rynn machte sich bestimmt fürchterliche Sorgen um sie. Trotzdem konnte sie jetzt nichts mehr unternehmen, also wandte sie ihre Aufmerksamkeit lieber den Schutzankern zu. *Die Schutzanker sind nicht dazu da, Landbewohner abzuhalten, Mellie. Sie sollen verhindern, dass gestrandete Wandler wieder zurückkehren.* Zumindest das konnte sie überprüfen, und dazu brauchte sie kein Tageslicht.

Mellies Plan war einfach: einen Schutzanker außer Gefecht setzen und ins Wasser gehen. Eine Art umgekehrtes Experiment, ein eindeutiger Weg rauszufinden, was die Schutzanker konnten und was nicht. Und wenn dieses Experiment schiefging? Wenn sich herausstellte, dass ihre Mum gelogen hatte? Dann hatte sie immer noch ihre Ersatzschutzanker aus der Nacht, in der sie gestrandet war, sie konnte also jederzeit einen neuen aktivieren. Niemand in Astria würde je erfahren, was sie getan hatte.

Ich wüsste es. Mellie ballte die Hände zu Fäusten, damit sie nicht zitterten. *Selbst wenn es sonst niemand weiß, ich wüsste es.*

»Also, nur damit ich das richtig verstehe«, sagte Caleb und musterte den Schutzanker, den er aus ihrer Tasche gefischt hatte. »Du verbringst deine Tage damit, rumzulaufen und nach diesen Dingern zu schauen? Das ist dein *Job*?«

»Ja, Caleb, das ist mein Job.« Mellie seufzte. Sie hatte eigentlich nicht vorgehabt, ihn zu ihrem kleinen Abenteuer mitzunehmen, aber er hatte sie unbedingt begleiten wollen, und ihr war kein guter Grund eingefallen, warum er nicht mitkommen konnte. Zumindest nicht, bis er anfing, sie mit Fragen zu bombardieren. Caleb hatte wirklich einen endlosen Vorrat davon. »Hast du ein Problem damit?«

»Nein, nein. Kein Problem. Woraus ist das Ding überhaupt gemacht?« Er warf den Schutzanker so in die Luft, dass er sich drehte, und fing ihn mit der anderen Hand wieder auf. »Sieht aus wie Elfenbein, aber wenn es so viele gibt, wie du sagst, dann … sind das jede Menge toter Elefanten.«

»Es besteht aus Knochen«, erklärte Mellie. Inzwischen wusste sie, dass es besser war, ihn nicht zu fragen, was Elfenbein war oder warum Elefanten dafür sterben mussten.

»Moment mal, *Knochen*?« Caleb erstarrte in der Bewegung. »Etwa von einer Meerjungfrau?«

»Von einem Natürlichen«, korrigierte sie ihn zähneknirschend, weil er weiter darauf bestand, dieses Wort zu benutzen. »Er muss von Natürlichen stammen.«

»Weil ihr die hasst?«

»Ich hasse sie nicht.« Mellie schnappte sich den Schutzanker.

Das ist kein Spielzeug. »Es ist nur so, dass ihre Magie stärker ist als unsere. Wandler-Magie ist allein nicht stark genug, sie braucht einen Anker, etwas, um sie zu vergrößern. Also benutzen wir die hier.«

»Die Knochen toter Meerjungfrauen.« Caleb verzog das Gesicht. »Wenigstens … O Gott, bitte sag mir, dass sie vorher schon tot sind.«

»Sind sie, sobald wir ihnen alle Knochen entnommen haben.«

Er wurde bleich.

»Das war ein Witz, Caleb.«

»Es ist definitiv zu früh für dich, solche Witze zu machen.«

»Na gut.« Mellie beschleunigte ihre Schritte. Sie waren fast am Ufer, und sie wurde ungeduldig.

»Kann ich dich was fragen?« Caleb schloss zu ihr auf.

»Klar.« *Das tust du doch eh die ganze Zeit.*

»Was macht die Magie der Natürlichen stärker?«

»Wie meinst du das?«

»Ich meine, warum ist sie stärker?«

»Keine Ahnung, es ist einfach so.«

»Hast du nie gefragt?«

Solche Fragen standen ihr nicht zu. »Ich habe noch nie darüber nachgedacht.«

»Wie kannst du noch nie darüber nachgedacht haben?«

»Bei den Göttern, Caleb, ich weiß es nicht. Wie kommt es, dass du unter Wasser nicht atmen kannst? Manchmal sind die Dinge eben so, wie sie sind.«

Das brachte ihn zum Verstummen … für etwa sechzig Sekunden. »Nur, damit du es weißt: Ich kann sehr gut unter Wasser atmen – eine ganze Minute lang«, erklärte er.

»Klar, das nennt sich nur nicht Atmen, sondern Luftanhalten.« Mellie fand, wonach sie gesucht hatte. Sechs vertikale Markierungen in die Rinde eines Baumes geschnitzt, gefolgt von zwei horizontalen Linien und einem auf dem Kopf stehenden Dreieck. Patrouillengebiet sechs, Schutzanker zwei, versteckt unterhalb des Stammes. Mellie ging in die Hocke und wischte Blätter und lockere Erde beiseite. Der Schutzanker war genau dort, wo ihre Mum den Vorgänger vor zwei Nächten gefunden hatte: in der Lücke zwischen den Wurzeln vergraben. Zwei Zentimeter des Knochens ragten aus der Erde heraus. Ein wenig buddeln und ein paarmal kräftig ziehen, dann hielt Mellie den Schutzanker in den Händen.

»Hier.« Sie streckte Caleb den Knochen und das Messer hin. »Mach du es.«

»Ich?«

»Ja. Ich habe Jahre meines Leben damit verbracht, diese Dinger instand zu halten, ich glaube nicht, dass ich es übers Herz bringe, eins zu demolieren.«

»Okay.« Caleb schluckte. »Soll ich drauf einstechen, oder wie?«

»Du musst die Runen zerstören, also … Ich weiß auch nicht, bearbeite ihn einfach so lange, bis etwas passiert.«

Sie musste genauso unsicher geklungen haben, wie sie sich fühlte, denn Caleb sah sie erstaunt an. »Du willst wirklich, dass ich das tue?«

Mellie nickte. Es gab jetzt kein Zurück mehr. Sie musste die Wahrheit erfahren.

»Okay, dann mal los.« Caleb nahm das Messer und fing an, auf den Schutzanker einzustechen, und das Geräusch jagte Mellie einen eisigen Schauer über den Rücken. Es klang nach Verrat.

»Verdammt, das Ding ist ganz schön hart«, grummelte er und hackte weiter, bis die Klinge tief genug eindrang, um die Magie zu stören. Ein leiser Knall ertönte, und Caleb ließ fluchend den Schutzanker fallen, als hätte er sich verbrannt.

»Wow.« Er wedelte mit den Händen. »Ich schätze, das war's.«

»Ja.« Mellie sprach ganz leise. Sie konnte nicht anders, als das demolierte Knochenstück auf dem Waldboden anzustarren. Da gab es nichts mehr zu diskutieren. Wenn das Leben einer Person auf wenige Augenblicke reduziert werden könnte, würde das der Moment sein, an den man sich erinnern würde – als sie sich gegen ihr Volk gewandt und zu etwas geworden war, das sie zuvor immer gehasst hatte.

»So, und was jetzt?« Caleb holte sie aus ihren Gedanken.

Reiß dich zusammen. »Jetzt gehe ich ins Wasser, und wir sehen, was passiert.« Entweder log ihre Mutter, oder ihr ganzes Leben war eine Lüge gewesen.

»Scout?« Caleb schaute aufs Wasser, das dunkel im Mondlicht schimmerte.

»Ja?«

»Was hast du vor, wenn sie recht hat?«

»Ich weiß es nicht«, erwiderte Mellie. »Ich habe nicht die geringste Ahnung.«

Lügen sind etwas Seltsames. Als Mellie noch ein Kind war, hatte man ihr immer eingebläut, dass Lügen schlecht waren. Ihre Mum, ihre Lehrer, der Captain, Jay – das gehörte zu den wenigen Dingen, bei denen sich alle einig waren. Aber wie sich herausstellte, war selbst das gelogen, denn Lügen können auch wunderschön sein. Sie stellen die Welt genau so dar, wie man sie sehen will, leuchtender und phantastischer, als sie im wahren Leben je sein könnte. Das Problem an Lügen ist, dass sie zerbrechlich sind. Wenn eine zerbricht, fallen die anderen wie ein Kartenhaus in sich zusammen.

Die Schutzanker sind nicht dazu da, um Landbewohner abzuhalten, Mellie, sie sollen verhindern, dass gestrandete Wandler wieder zurückkehren.

Ein kaputter Schutzanker, und plötzlich war Mellie nicht mehr gestrandet.

Ein kaputter Schutzanker, und schon konnte sie sich wieder verwandeln.

Und das bei Nacht.

Bei den Göttern, kein Wunder, dass der Captain so darauf bedacht war, sie alle instand zu halten.

Trotz des Nebels, der sie nach dieser Erkenntnis umgab, tat Mellie noch, was zu tun war. Sie verdrängte den Schmerz und mühte sich mit dem Ersatzschutzanker ab, für dessen Aktivierung sie gerade noch genug Magie aufbringen konnte. Caleb fand den Vorgang ziemlich enttäuschend, weil er für seinen Geschmack nicht genügend »Special Effects« beinhaltete. Jedes andere Mal hätte Mellie gelacht oder Witze darüber gemacht, dass echte Magie nicht so funktionierte wie in Filmen. Es war keine große Show mit Funken und Blitzen. Man musste keinen Zauberstab benutzen, und es kam auch nichts Glitzerndes aus den Fingerspitzen geschossen. Magie hatte damit zu tun, dass man Energie kanalisierte und die Elektrizität im eigenen Blut einzusetzen lernte. Aber sie erzählte Caleb nichts davon, da sie zu sehr in Gedanken versunken war.

Fast zweihundert Jahre hatte der Titan über Astria regiert; hundertfünfzig Jahre war es her, dass sein Großvater Lancen das Korps gegründet hatte. Wie viele Wandler waren seither wohl gestrandet? Wie viele Familien waren zerrissen worden? Wie viele Wandler waren an der Oberfläche umgekommen, weil sie eine dämliche, bedeutungslose Regel gebrochen hatten?

Den gesamten Weg zurück zu Calebs Hütte grübelte Mellie über die Lügen nach. Lügen waren einfach, man konnte sie ebenso leicht schlucken wie verdauen. Aber die Wahrheit war ein langsam wirkendes Gift. Zuerst konnte sie es kaum schmecken, es war wie ein bitterer Nachgeschmack auf der Zunge. Doch mit jedem Herzschlag verteilte sich das Gift weiter in ihrem Körper, bis Mellie schließlich das Netz aus Lügen, das sie gefügig gehalten hatte, als das erkannte, was es war – eine Fassade. Caleb würde es ein Filmset nennen. Aus der Ferne sah es poliert und echt aus, aber von nahem betrachtet bestand der Stein nur aus angemaltem Styropor, und alle Türen führten ins Nichts.

Und jetzt, da Mellie die Lügen kannte, erschienen sie ihr umso offensichtlicher. Wie konnten Landbewohner eine Stadt angreifen, von deren Existenz sie nichts wussten – in einem See, den sie nicht zu sehen vermochten? Wie hatte sie jemals etwas so Dummes glauben können?

»Scout, ist alles okay bei dir?«, Caleb setzte sich neben sie auf die Couch. »Du starrst wieder die Wand an und sagst nichts mehr. Das macht mir immer Angst.«

»Ich habe keine Lust zu reden, Caleb.« Ihre Stimme klang komisch. Anfangs hatten Rynn und sie nach der Arbeit an der Oberfläche immer versucht, im Wasser genauso zu sprechen, wie sie es an Land taten. Es funktionierte nicht, das Wasser verzerrte den Klang zu sehr. So fühlte es sich jetzt an – wie unter Wasser.

Als würde sie ertrinken. Mellie ertrank.

»Es hat sich immer falsch angefühlt«, sagte sie.

»Was hat sich falsch angefühlt?«

»Die Schutzanker.« Von was sollte sie denn sonst reden? »Sie zu aktivieren, die Magie fühlte sich … falsch an.« Kalt und kräftezehrend und *nicht richtig*. »Ich hätte es wissen müssen.« Sie hatte sogar einmal nachgefragt. Sie hatte nachgehakt und eine Lüge aufgetischt bekommen, die sie anstandslos geschluckt hatte, wie ein braver, gehorsamer Scout.

»Komm schon, Scout, tu das nicht. Du hättest es nicht wissen können.«

»Das ist meine Schuld.«

»Es ist nicht deine Schuld.«

»Bei den Göttern, Caleb, was kümmert dich das überhaupt?« Mellie sprang auf. »Nichts hiervon ist dein Problem.«

Eine Sekunde lang wirkte Caleb von ihrem plötzlichen Wutausbruch überrumpelt. Doch dann verschränkte er die Arme und erwiderte ihren Blick mit hochgezogener Augenbraue. »Du hast recht, das ist es nicht. Aber es ist dein Problem, und es kümmert mich, weil du mir nicht egal bist. So funktioniert diese …«, er gestikulierte zwischen ihnen hin und her, »… Freundschaftsache eben. Aber wenn es dir hilft, kannst du mich auch weiter anschreien.«

»Tut es nicht.« Mellie ließ sich wieder auf die Couch fallen. Sie fühlte sich eher schlechter, besonders nach dem, was er gesagt hatte. Als hätte sie nicht schon genug emotionales Chaos zu verkraften, kamen jetzt auch noch Schuldgefühle dazu.

»Also dann.« Caleb stand auf und ging in die Küche. »Ich weiß nicht, wie es dir geht, aber ich bin am Verhungern. Ich koche uns mal was, dann können wir weiter überlegen, wie wir gegen die bösen Meerjungfrauen angehen können, die in deiner geheimen Meerjungfrauenstadt herrschen.«

Mellie wusste nicht, ob sie lachen, schreien, ihn umarmen oder treten sollte. Aber in diesem Moment traf sie eine andere Entscheidung. Sie hatte genug. Sie hatte genug von Regeln, Schutzankern und dem blinden Befolgen von Befehlen, und sie hatte erst recht genug davon, den falschen Leuten zu vertrauen. Sie hatte genug vom Captain, seinen Lügen und seinem Kuhhandel. Aber vor allem hatte sie genug davon, in Selbstmitleid zu ertrinken. Sie würde es zurück in die Stadt schaffen. Koste es, was es wolle, sie würde einen Weg nach Hause finden, und wenn es so weit war, würde sie den Captain und den Titan als die Lügner entlarven, die sie waren.

Am nächsten Morgen verließ Mellie die Hütte in aller Frühe, um Rynn nicht zu verpassen. Mehr als jeder andere auf der Welt verdiente er es, die Wahrheit zu erfahren, ganz zu schweigen von einer Erklärung dafür, wo sie die vergangenen paar Tage gesteckt hatte. Hoffentlich hatte er aus ihrer Abwesenheit nicht auf das Schlimmste geschlossen. Hoffentlich würde er ihr glauben, wenn sie ihm von den Lügen erzählte.

Rynn tauchte pünktlich auf und kam mit der ihm eigenen Eleganz ans Ufer. Sein Anblick jagte ihr einen sehnsüchtigen Schauer durch den Körper. Bei den Göttern, wie kamen die Leute nur mit diesem Gefühl klar? Wie konnten sie sich noch auf irgendetwas anderes konzentrieren?

Mellie zwang sich, im Schutz der Bäume zu warten, während Rynn sich das Wasser abschüttelte und seine Kleider anzog. Mehr denn je war sie sich der im See patrouillierenden Soldaten bewusst. Erst als Rynn sich in sicherer Entfernung zum Ufer befand, zischte sie seinen Namen hinter einem Baumstamm hervor.

»Rynn, hier drüben.«

»Mellie?« Er fuhr herum und suchte hektisch den Wald mit den Augen ab. Als er sie endlich erblickte, stand ihm die Erleichterung ins Gesicht geschrieben. »Wo bei den dreizehn Höllen hast du gesteckt?« Dieselbe Erleichterung schwang in seiner Stimme mit, wenn auch mit Wut vermischt. »In Titans Namen, Mel, du kannst nicht einfach so verschwinden.« Er lief auf sie zu und umarmte sie fest.

»Ich …«

»Es waren zwei *Tage*. Was sollte ich denn bitte denken?«

»Rynn …«

»Ich war mir sicher, dass dir irgendetwas Schlimmes zugestoßen ist oder dass du …«

»*Rynn.*« Mellie legte ihm die Hände auf die Schultern. »Würdest du bitte mal für eine Sekunde die Klappe halten?«

Endlich schwieg er.

»Mir geht es gut, okay?« Sie brachte ihn dazu, sie anzusehen, wirklich anzusehen. »Siehst du? Ich bin nicht einmal mehr krank.«

»Du siehst tatsächlich … besser aus.« Er musterte sie erneut, als wollte er sichergehen. »Und was hast du da eigentlich an?« Er zupfte am Ärmel ihres Sweatshirts. »Hast du einen Landbewohner überfallen, oder was?«

»Nein, ich …« Mellie wich einen Schritt zurück. Sie hatten so viele wichtige Dinge zu besprechen, da durfte sie sich nicht von dem überwältigenden Bedürfnis, nicht zu reden und etwas ganz anderes zu tun, ablenken lassen. »Meine Mum hat mir die Sachen gegeben.«

Rynn erstarrte so plötzlich, dass sie hörte, wie ihm der Atem stockte.

»Was hast du gesagt?« Seine Miene verfinsterte sich. »Ich habe die letzten beiden Tage gedacht, du seist *tot*, also, wenn du das für lustig hältst …«

»Das ist kein Scherz, ich schwöre es. Lass es mich einfach erklären«, fiel Mellie ihm schnell ins Wort. Rückblickend hätte sie ihm die Neuigkeit wahrscheinlich etwas schonender beibringen können. Nicht, dass es eine gute Art gab zu sagen: »Übrigens, meine tote Mutter, die du fast mehr hasst als ich selbst, ist in Wahrheit gar nicht tot. *Überraschung!*«

Mellie erzählte ihm alles. Nicht nur von ihrer Mum und den Schutzankern, sondern auch von Caleb und David und dem

Meer und den Lügen. Und Rynn hörte zu und wurde mit jedem Wort grimmiger. Er musterte ihr Gesicht, als hoffte er auf den Moment, in dem sie das Schauspiel beenden und ihm sagen würde, dass alles nur Spaß gewesen war.

»Ich weiß, wie das klingt«, fügte Mellie hinzu, als sie fertig war. »Aber ich verspreche dir, Rynn, es ist die Wahrheit. Du glaubst mir doch, oder? Bei den Göttern, bitte, sag, dass du mir glaubst.«

»Natürlich glaube ich dir.« Seine Antwort kam wie aus der Pistole geschossen, als gäbe es keine Alternative. »Es ist nur … ziemlich viel.«

»Ich weiß.«

»Was du über den Captain gesagt hast und die Schutzanker … das ist …«

»Verrückt, ich weiß. Ich habe es zuerst auch nicht glauben wollen, bis ich es mit eigenen Augen gesehen habe.«

Rynn riss den Mund auf. »Wie meinst du das?«

»Na ja, ich konnte doch meiner Mum nicht einfach blind vertrauen, also habe ich gestern Nacht einen Schutzanker deaktiviert und …«

»Du hast *was*?« Rynn sah sie voller Entsetzen an.

»Ähm … genau genommen war das Caleb, aber mach dir keine Sorgen, ich habe einen neuen aktiviert«, beeilte sie sich zu sagen. »Jedenfalls ist das jetzt nicht mehr wichtig. Wichtig ist, dass es alles wahr ist, Rynn. Meine Mum sagt die Wahrheit. Als der Schutzanker kaputt war, konnte ich mich im See verwandeln. Sie hat recht, sie waren der Grund dafür, dass ich nicht nach Hause kommen konnte. Hier, ich kann es dir zeigen, wenn du magst …« Sie wollte losgehen, um es ihm zu demonstrieren.

»Nein, lass gut sein.« Rynn hielt sie am Arm fest. »Du musst mir nichts beweisen, okay? Ich glaube dir.«

»Ja?«

»Ja.«

Ihre Erleichterung war so groß, dass sie gar nicht wusste, wie ihr geschah. Er glaubte ihr. Rynn glaubte ihr.

»Aber was passiert jetzt, Mel? Was hast du vor?«

»Ich weiß es noch nicht« Mellie seufzte. »Caleb wird mich wahrscheinlich noch eine Weile bei sich wohnen lassen, aber irgendwann werde ich wohl zu meiner Mum ziehen müssen, nehme ich an, bis ich weiß, wie es weitergehen soll.«

»Nein.« Rynn schüttelte den Kopf und ballte die Hände zu Fäusten. »Das wirst du nicht tun.«

»Rynn …«

»Es muss einen anderen Weg geben, Mel, denn bei ihr zu wohnen oder bei *ihm* … Nein, auf keinen Fall.«

»Hör zu, ich bin auch nicht begeistert davon, aber welche Wahl habe ich denn? Ich kann nicht einfach zur Stadt zurückschwimmen.«

»Nein«, wiederholte Rynn, und sein Blick war wild entschlossen, als er ihre Hand nahm. »Du kommst nach Hause.«

»Du hörst mir nicht zu, Rynn. Meine Mum hat alles versucht, sie konnte keinen Weg hinein finden.«

»Aber du hast etwas, das sie nicht hatte.«

»Ja? Und was ist das?«

»Mich.«

Mellie riss die Augen auf. »Dich?«

»Ja. Ich werde dir helfen, in die Stadt zu kommen. Von innen.«

»*Nein.*« Plötzlich war es an ihr zu protestieren. »Auf keinen Fall, das ist viel zu riskant.«

»Du machst Witze, oder?« Rynn verschränkte die Arme und sah sie stirnrunzelnd an. »Du wohnst bei einem Landbewohner und machst dir Sorgen, dass es für *mich* riskant ist?«

»Caleb wird mir nichts tun, Rynn.« Mellie glaubte es inzwischen selbst, deshalb klangen die Worte aufrichtig. »Aber wenn der Captain erfährt, dass du die Wahrheit kennst – und dass du mir hilfst –, wird er dich *umbringen.*«

»Ist mir egal.«

»Na, dann bist du ein Idiot.«

»Schön, dann bin ich eben ein Idiot.« Rynn grinste. Und schrie dabei. Irgendwie schaffte er es, beides zu tun.

»Bei den Göttern, du bist unmöglich.« Mellie ließ sich auf den Waldboden sinken. Mit Rynn zu streiten war, als wollte man dem Wind davonlaufen.

»Erinnerst du dich noch an das erste Mal, als ich zu dir nach Hause gekommen bin?«, fragte sie, nachdem er sich neben sie gesetzt hatte. »Als deine Mum dir gesagt hat, du sollst dich nicht mit Annex-Kindern anfreunden, als sie dachte, ich könnte es nicht hören? Weil sie befürchtete, dass mein *Wandler-Sein* oder was auch immer auf dich abfärben könnte?«

»Ja.« Rynn legte den Arm um ihre Schulter. »Ich erinnere mich auch an die Schimpfwörter, die du mir kurz darauf beigebracht hast. Das mochte Mum übrigens ganz besonders. Sie fand, dass du einen wunderbaren Einfluss auf mich hast.«

»Weißt du, ich wollte dir das schon vor einer Weile sagen, aber deine Mum ist ein ziemlicher Snob.«

»Das hast du mir schon gesagt. Mehr als einmal, um genau zu sein.«

Mellie brachte nur ein halbes Lächeln zustande. »Denkst du manchmal, dass sie recht haben könnte?«

»Nun, bei einer Sache lag sie jedenfalls richtig. Ich bin ein Wandler, oder nicht?«

»Das habe ich nicht gemeint. Fragst du dich manchmal, wie dein Leben verlaufen wäre, wenn du dich nicht verwandelt hättest? Wenn du mich nie kennengelernt hättest?«

»Okay, Scout, ich fürchte, die Luft vernebelt dir allmählich doch den Verstand, denn du redest dummes Zeug«, neckte er sie, aber seine Augen schauten seltsam traurig.

Sie warf ihm einen Blick zu, als wollte sie sagen: *Beantworte einfach die verdammte Frage.*

»Nein«, sagte Rynn, und Mellie wusste, dass er es jetzt ernst meinte. »Ich wollte nie ein anderes Leben. Und wenn du an jenem Tag in der Schule nicht Mitleid mit mir gehabt hättest ...« Er suchte den Blickkontakt zu ihr und lächelte. »... na, dann hätten wir uns eben kennengelernt, als wir dem Korps beigetreten sind. Wir wären trotzdem jetzt hier, denn wenn wir mal ehrlich sind, Scout, könnte es niemand anders jeden Tag mit dir aushalten.«

Von ernsthaft zu Vollidiot in weniger als drei Sekunden. Das musste ein neuer Rekord sein.

»Ach gut, dann kann ich mich wohl glücklich schätzen, dich zu haben«, entgegnete Mellie mit ironischem Unterton. Was auch immer sie im Moment waren – Partner, Freunde ... irgendetwas Neues –, sie brachte es nicht über sich, mit Rynn sanft umzugehen. So waren sie eben. Das war es, was funktionierte.

»Und vergiss das nur nicht.« Rynn grinste, ehe er wieder ernst wurde. »Ich werde dich nicht verlieren, Mel, nicht noch einmal. Egal, was ich tun muss, du kommst wieder nach Hause.«

Kapitel achtzehn

Mellie konnte es nicht länger aufschieben. Jetzt, da sie die Wahrheit kannte, mit Rynn gesprochen und drei Filme mit Caleb geschaut hatte, nur um noch etwas Zeit herauszuschinden, musste sie ihre Mum endlich anrufen. Sosehr es ihr auch zuwider war, diese Frau um Hilfe zu bitten, Learra – oder eher Laura – Mayreed wusste vermutlich mehr über Astrias Abwehrsysteme, als Mellie und Rynn je allein herausfinden konnten. *Wir brauchen ihre Hilfe.* Jede Faser in Mellies Körper sträubte sich gegen den Gedanken. Es widerstrebte ihr zutiefst, dass sie ihre Mutter brauchte, vor allem, da sie fünf Jahre lang so getan hatte, als brauchte sie sie nicht.

Mellie hätte kein Problem damit gehabt, Calebs Telefon zu benutzen, aber er bestand darauf, ihr neues einzurichten. Es war eine Generation aktueller als seins – seinen Worten zufolge. Mellie hätte den Unterschied nicht bemerkt. Abgesehen von dem langen Riss, der sich über Calebs Display zog, sahen die beiden Telefone völlig identisch aus.

»Wie genau mache ich das jetzt?« Mellie wusste, dass sie die Nummer ihrer Mutter eintippen sollte … *irgendwo*. Aber außer der Uhrzeit war nichts auf dem Display zu sehen, und es brachte nichts, darauf herumzudrücken.

»Also, zuerst entsperrst du den Bildschirm, indem du mit dem Finger nach rechts wischst.« Caleb rutschte auf der Couch näher an sie ran. »Dann drückst du auf das Symbol, das aussieht wie ein Telefon.«

»Da ist aber keins.« Mellie musterte das Meer aus bunten Zeichen, das plötzlich aufgetaucht war.

»Klar doch. Schau, da ist es.« Er zeigte auf ein Symbol, das etwas völlig anderes darstellte.

»Das sieht aber überhaupt nicht wie ein Telefon aus.«

»Vielleicht nicht wie das hier, aber früher sahen Telefone so aus, als noch jeder einen Festnetzanschluss hatte. Haben sie dir das in der Meerjungfrauenschule nicht beigebracht?«

Bei den Göttern, da war wieder dieses dumme Wort. »Caleb, zum letzten Mal, ich bin keine …«

»Meerjungfrau, ja, ich weiß. Aber ich habe viel darüber nachgedacht und – hör mir erst mal zu …«, er hatte offenbar bemerkt, dass sie widersprechen wollte, »… ich denke, wir brauchen irgendeine Bezeichnung.«

»Wir haben doch eine: Wandler.«

»Ja, aber du bist nicht nur eine Wandlerin, oder? Es gibt Wandler und Natürliche, doch ihr gehört alle der gleichen Art an, stimmt's?«

»Ja und?«

»Und wie heißt diese Art?«

»Sie hat keinen Namen.« Zumindest nicht, soweit Mellie wusste. Ein- oder zweimal hatte ihr Geschichtslehrer sie alle als

Pysons Kinder oder Kinder des Wassers bezeichnet, aber das waren uralte Begriffe, die selten außerhalb religiöser Kreise verwendet wurden.

»Es sollte aber einen Begriff geben«, stellte Caleb fest. »Sonst weiß ich nicht, wie ich euch nennen soll, und dann wird es verwirrend.« Er verbrachte definitiv zu viel Zeit damit, darüber nachzudenken. »Wir müssen Meerjungfrau nicht benutzen, wenn du das Wort wirklich so hasst – obwohl es die offensichtlichste Wahl wäre –, aber wir sollten uns auf jeden Fall einen Namen überlegen.«

Mellie zog eine Augenbraue hoch. »Ich gehe mal davon aus, dass du das bereits getan hast?«

»Stell dir vor, ich habe mir tatsächlich schon ein paar Möglichkeiten einfallen lassen.«

Natürlich hast du das. Mellie musste unwillkürlich grinsen. Das konnte lustig werden. »Ich bin ganz Ohr.«

»Okay, gut. Wie wäre es mit: Wasserlinge?«

»Nein.«

»Warum nicht?«

»Weil es dumm ist.«

»Ist es nicht.«

»Komm schon, Caleb, das klingt, als wären wir aus Wasser.«

»Na schön, was ist mit: die Merms?«

»Merms? Was soll das denn für ein Name sein?«

»Nein, nicht Merms, *die* Merms. Das ›die‹ macht es erst besonders.«

»Tut es nicht.«

»Nächster Vorschlag: Sears.«

»Seeers?«

»Nein, Sea-rs.« Er betonte die erste Silbe, wodurch das Wort komisch in die Länge gezogen wurde.

»Caleb, das wird ja immer schlimmer.«

»Okay, okay. Mein persönlicher Favorit: Aquatiker.«

»Und wie wäre es, wenn wir einfach bei Meerjungfrauen bleiben?«, fragte Mellie resigniert, weil sie den Verdacht hatte, dass er ihr absichtlich nur schlechte Möglichkeiten angeboten hatte.

»Oh, wirklich?« Calebs Enttäuschung war so schlecht gespielt, dass er damit nicht einmal einen Meeresschwamm getäuscht hätte. »Na gut, wenn du dir sicher bist …«

»Das war doch von Anfang an dein Plan, oder?«

»Vielleicht.« Caleb grinste sie an. »Aber du hast zugestimmt, also …« Er beugte sich vor und drückte auf das Telefonsymbol auf ihrem Handy.

Und wir sind wieder beim Telefon, dachte Mellie missmutig. Sie hätte gern den Rest des Abends damit verbracht, ihn zu zwingen, sich bessere Alternativen zu »Meerjungfrau« einfallen zu lassen, wenn sie dadurch diesen Anruf umgehen konnte.

»Ich habe die Nummer deiner Mum bereits in die Kurzwahl einprogrammiert«, erklärte Caleb. »Du musst also nur die Eins drücken und dann auf den grünen Kreis unten und fertig.« Bei ihm klang es so einfach. Als könnte sie tatsächlich fünf Jahre Schweigen mit einem Tastendruck beenden.

Mellie umklammerte das Handy. Das verdammte Ding fühlte sich schwer an in ihrer Hand. Gefährlich. Wie konnte so ein kleiner Gegenstand überhaupt eine solche Macht besitzen? Wie gingen die Landbewohner damit um?

»Es wird schon gutgehen.« Caleb legte vorsichtig seine Hand auf ihre. Vermutlich, um das Zittern zu stoppen. »Selbst, wenn sie dir nicht helfen kann, finden wir einen Weg, dich nach Hause zu bringen.«

Wie immer wusste Mellie, dass er es ernst meinte.

»Ja, ich weiß.« Sie setzte ein schiefes Lächeln auf. In Wahrheit hatte Mellie überhaupt keine Angst davor, dass ihre Mum nein sagen könnte, ganz im Gegenteil. Sie fürchtete sich vielmehr vor einem Ja, weil das bedeutete, dass sie sich wiedersehen würden. Dass sie diese Frau freiwillig wieder in ihr Leben lassen würde.

»Wie wäre es, wenn ich dir ein bisschen Privatsphäre gebe?« Caleb stand auf.

»Nein, warte …« Mellie hielt ihn am Ärmel fest. »Bitte, bleib da.« *Lass mich das nicht allein tun.*

Caleb nickte und ließ sich wieder auf die Couch sinken, um ihr Kraft zu schenken, ohne Fragen zu stellen oder auch nur ein weiteres Wort zu sagen.

Dann, ehe sie es sich anders überlegen konnte, drückte Mellie die Taste.

Das ist eine furchtbare Idee, dachte Mellie, während sie in Calebs Wohnzimmer auf und ab tigerte. Rynn würde hierherkommen. Zu Calebs Haus. Zum Haus des *Landbewohners.* Und ihre Mum auch. Sie würden sich alle vier am selben Ort befinden. *Titan hilf, das ist eine furchtbare Idee. Titan hilf, ich muss aufhören, diesen Aus-*

druck zu verwenden. Grrr! Mellie zuckte innerlich zusammen. Dieser Tag konnte nicht gut enden.

»Um Himmels willen, Scout, würdest du dich bitte hinsetzen?« Caleb schaute von seinem Laptop auf. »Mir wird noch ganz schwindelig.«

»Sorry.« Aber Mellie konnte sich nicht setzen. Sie war viel zu nervös, als würde Strom in ihren Adern pulsieren und sie davon abhalten, zur Ruhe zu kommen.

»*Scout.*«

»Du verstehst das nicht, Caleb, das wird ein Desaster. Rynn hasst meine Mutter. Er hasst sie mehr als die Vorstellung, dass ich bei dir wohne.«

»Was habe ich ihm denn getan?«

»Nichts. Es ist nur, weil du … du weißt schon, du bist ein …«

»Landbewohner, klar, wie konnte ich das vergessen? Ich bin das große, böse Monster, vor dem sie euch Meerkinder warnen.«

Mellie hielt inne und starrte ihn an. »Meerkinder? Im Ernst?« Als ob Meerjungfrau nicht schlimm genug wäre.

»Jepp. Und ich werde das Wort so lange benutzen, bis du dich hinsetzt. Wenn du ein Loch in meinen Fußboden läufst, kommt nur Ungeziefer ins Haus.«

»Na schön.« Mellie setzte sich auf die Kante der Couch, mit kerzengeradem Rücken, die Hände im Schoß verschränkt. Unwillkürlich wippte sie dabei mit dem Fuß im Staccatorhythmus auf dem Fußboden.

»Super, das ist ja viel besser.« Caleb gab das Arbeiten seufzend auf und erhob sich, um Teewasser aufzusetzen. »Das nervt fast gar nicht.«

Ihre Mutter kam als Erste, angekündigt durch dumpfes Motorengeräusch, das neben der Hütte verstummte. *Bei den Göttern, warum konnte Rynn nicht zuerst hier sein?* Mellie sank tiefer in die Couch. Er hätte sie dazu überredet, das Ganze noch abzublasen.

Dafür ist es jetzt zu spät. Mellie versuchte, ihre Zweifel runterzuschlucken. Ihre Mum stand bereits vor der Tür.

»Hast du nicht vor, sie reinzulassen?«, fragte Caleb, als Mellie sich nicht rührte.

»Ich …« Sie blieb regungslos sitzen, als wäre sie am Polster festgewachsen.

»Dann mache ich es eben.« Er schüttelte den Kopf. »Gib dir Mühe und reiß dich zusammen, ja? Das ist deine Mum dort draußen, nicht die vier apokalyptischen Reiter.«

Mellie hätte lieber die Reiter in Empfang genommen. Wer auch immer das war.

»Hallo, Caleb«, hörte sie die Stimme ihrer Mutter im Flur.

»Hi, Laura«, antwortete er. »Scout – ich meine, Mellie ist drinnen. Kann ich Ihnen etwas zu trinken anbieten? Wasser? Tee?«

»Kaffee, wenn du welchen da hast. Danke.«

Natürlich mochte ihre Mum auch keinen Tee. Vielleicht war das eine generelle Sache bei Wandlern.

Caleb ging wieder in die Küche und ließ die beiden im Wohnzimmer zurück, wo sie sich in betretenem Schweigen anstarrten. Mellie hatte gehofft, die Wahrheit würde die Distanz zwischen ihnen auf wundersame Weise überbrücken. Dass der Schmerz und die Wut beim nächsten Treffen auf magische Weise verschwunden sein würden. Aber die Wahrheit veränderte gar nichts. Der Schmerz war weiterhin da, Mellie fühlte sich immer noch verlassen. Sie würden ihre Beziehung zueinander wohl doch auf die altmodische Weise reparieren müssen, einen schmerzhaften Schritt nach dem anderen.

»Rynn ist noch nicht hier?«, fragte ihre Mum.

»Nein, er sollte aber jeden Moment da sein.« Oder zumindest betete Mellie darum. Das Warten machte sie noch wahnsinnig. Entscheidungen waren einfach, etwas zu unternehmen auch. Aber die Unsicherheit des Wartens, wenn man nicht wusste, was passieren würde? Diesen Teil konnte Mellie nicht ausstehen. Ihre Gedanken drehten sich dann immer im Kreis und spielten alle möglichen Szenarien durch – vor allem die schlimmsten. Aus irgendeinem Grund stellte sie sich nie ein Happy End vor.

Wie aufs Stichwort klopfte es wieder an der Tür. Dieses Mal leiser. Zögerlicher.

»Das muss er sein.« Ihre Mum machte Anstalten, zur Tür zu gehen.

»Nein, ich mach das schon.« Mellie sprang mit einem Satz von der Couch auf. »Es ist wahrscheinlich am besten, wenn er mich zuerst sieht.«

»Okay.« Ihre Mum nickte und trat beiseite, um sie vorbeizulassen.

Rynn war bereits ein paar Schritte von der Tür zurückgewichen, als Mellie sie öffnete, und ein Blick in sein Gesicht genügte, um zu wissen, dass er beinahe wieder auf dem Absatz kehrtgemacht hätte. Von allem, um das sie ihn je gebeten hatte, nach all den Auseinandersetzungen, Beleidigungen und Vorurteilen, die er ihrer Freundschaft zuliebe ertragen hatte, war das vermutlich das erste Mal, dass er darüber nachgedacht hatte, ihr eine Bitte abzuschlagen.

»Hey.« Mellie trat vor die Tür, um ihn zu begrüßen. »Hast du den Weg gefunden?« Eine dumme Frage. Natürlich hatte er das. Er stand ja direkt vor ihr.

»Ja«, antwortete Rynn. »Hier hast du also die ganze Zeit gewohnt?«

»Seltsam, oder?«

»Kann man wohl sagen.« Er musterte die Hütte mit besorgter Miene. »Der Landbewohner und deine Mum sind beide da drin?«

»Ja, sie sind hier.«

Rynn rührte sich nicht vom Fleck. Mellie konnte sehen, wie es in seinem Kopf arbeitete, wie das Versprechen, das er ihr gegeben hatte, gegen den Instinkt zu fliehen ankämpfte. Er wollte nicht hier sein, so viel war klar, und doch tat er es für sie.

»Rynn.« Mellie griff nach seiner Hand. »Es ist sicher, das verspreche ich dir.«

»Ich weiß. Ich vertraue dir«, erwiderte er, drückte ihre Finger aber trotzdem fest. »Okay, bringen wir es hinter uns.«

Mellie hätte alles darum gegeben, zu wissen, was er dachte, als sie ihn in die Hütte führte. Sie hatte sich an die erdrückende Hitze drinnen gewöhnt, an den Geruch nach verbranntem Holz, Popcorn und Staub, der schwer in der Luft hing. Ebenso war sie das Durcheinander gewohnt und kannte sich darin aus. Aber sie wusste noch, wie sie die Hütte zum ersten Mal betreten und über das schiere Ausmaß des Chaos gestaunt hatte. Das Korps verbrachte Jahre damit, einen auf jede mögliche Situation vorzubereiten, was man zu erwarten hatte, was man sagen sollte, wie man überleben konnte. Aber keine Theorie der Welt hatte sie auf die Panik vorbereiten können, die einen ergriff, wenn man mit einem Landbewohner in dessen eigenen vier Wänden gefangen war. In diesem Moment sah Rynn seinem schlimmsten Albtraum ins Auge.

»Rynn, das ist Caleb«, stellte Mellie ihn vor, um das Schweigen zu brechen. »Caleb, Rynn.«

»Lo.« Calebs Hallo war kaum mehr als ein Knurren. Vielleicht war ihm Rynns düstere Stimmung aufgefallen und hatte auf ihn abgefärbt. Mellie bedauerte das und verließ sich eigentlich auf die Tatsache, dass er der Gutmütigere der beiden war. Immerhin hatte er gerade drei Meerjungfrauen im Haus, da sollte er doch aufgeregt sein wie ein Schulmädchen.

»Und meine Mum kennst du ja …« Mellie verstummte, als sie Rynns Gesichtsausdruck bemerkte. Er sah aus, als hätte er einen Geist gesehen, geschockt und wütend gleichzeitig. Um genau zu sein, wohl eher geschockt als wütend. Etwas erzählt zu bekommen war eine Sache, es mit eigenen Augen zu sehen eine ganz andere.

»Hallo, Rynn«, sagte ihre Mum, die ihn fast genauso eindringlich musterte wie er sie. Mellie konnte es gut nachvollziehen. Es war unmöglich, Rynn anzusehen und in ihm den Jungen wiederzuerkennen, der er mit zwölf Jahren gewesen war. Dieses schlaksige, unbeholfene Kind mit den zu langen Armen und Beinen, das so dünn war, dass es schon fast weh tat, existierte nicht mehr. Rynn war in seinen Körper hineingewachsen und hatte ihn durch die Schwerkraft an Land gestählt.

Mellie ertappte sich dabei, wie sie ihn anstarrte, und wandte eilig den Blick ab. Sie war sich seines Körpers noch nie so bewusst gewesen, den festen Muskeln unter seinem T-Shirt oder dem Gesicht, das die frühere Weichheit verloren hatte.

»Learra.« Natürlich benutzte Rynn ihren echten Namen, nicht die neue Version, die sie sich für die Oberfläche zugelegt hatte.

»Du siehst gut aus«, erwiderte sie, ohne darauf einzugehen. Mellie bemerkte, wie Caleb verwirrt zwischen ihnen hin und her schaute, doch glücklicherweise hielt er den Mund.

»Und du siehst … nicht tot aus«, entgegnete Rynn patzig. »Sind wir fertig mit dem Smalltalk?«

Seine offene Feindseligkeit ließ Mellie zusammenzucken. *Das ist alles noch neu für ihn*, rief sie sich in Erinnerung. Dass ihre Mum am Leben war, mit einem Landbewohner in einem Haus zu sein – ganz abgesehen vom Hund des Landbewohners, der angetrottet kam, um den neuen Fremden zu begrüßen.

»Geh weg.« Rynn versuchte, ihn zu verscheuchen. Sammie ignorierte es und beschnüffelte weiter seine Füße. »Hau ab, du blöder Hund.«

»Sammie, geh zu Caleb«, versuchte es Mellie, ehe Rynn auf die Idee kam, das Tier zu treten. Wenn Rynn Sammie attackierte, würde Caleb auf ihn losgehen, und das Letzte, was irgendjemand hier gebrauchen konnte, war ein handfester Streit.

Mit leisem Schnauben tapste Sammie zu Caleb und legte sich vor seine Füße. Mellie wandte sich wieder ihrer Mum zu. Sie wollte es schnell hinter sich bringen.

»Mum …«

Rynn verzog bei dem Wort das Gesicht.

»Du musst uns alles erzählen, was du darüber weißt, wie man in die Stadt hineinkommt.«

»Du hast vor zurückzugehen«, stellte ihre Mum fest. »Um Fericks Machenschaften aufzudecken?«

Mellie nickte. »Ich will nicht an der Oberfläche leben. Ich will nach Hause.«

»Ich hatte befürchtet, dass du das sagen würdest.« Ihre Mum seufzte. »Du warst schon immer ein Sturkopf, selbst als du noch ein kleines Mädchen warst und …«

»Können wir bitte nicht darüber reden?«, unterbrach Mellie sie. Sie hätte hinzufügen sollen: »Ich bin nicht bereit, darüber zu reden«, das hätte ihren Worten die Schärfe genommen und vielleicht sogar den schmerzvollen Ausdruck verhindert, der wie ein Schatten über das Gesicht ihrer Mum huschte. Aber wie sich herausstellte, war Mellie noch nicht bereit zuzugeben, wie wenig bereit sie für all das war.

»Natürlich, tut mir leid.« Ihre Mum hatte sich schnell wieder gefasst. »Wenn wir es mit Astria aufnehmen wollen, können wir das nicht allein tun.«

»Mellie ist nicht allein, sie hat mich«, erklärte Rynn und legte ihr den Arm um die Taille.

Caleb verschluckte sich lautstark an seinem Tee.

»Das wird nicht reichen«, sagte ihre Mum. »Ich habe wochenlang versucht, in die Stadt zu gelangen. Die ersten Nächte habe ich es kaum durch den Seetangwald geschafft, weil so viele Patrouillen im Wasser waren. Und selbst wenn es mir gelang, mich an ihnen vorbeizuschleichen, habe ich keinen Weg gefunden, durch das Haupttor zu kommen. Wir werden Hilfe brauchen und einen richtigen Plan.«

»Wer genau soll uns denn helfen? Dein neuer Ehemann?«, entgegnete Rynn spitz. »Denn soweit ich weiß, sind Landbewohner im Wasser ziemlich nutzlos.« Er warf Caleb einen gehässigen Blick zu, den Caleb offenbar nur zu gern erwiderte. Dass die beiden miteinander auskamen, war wohl zu viel verlangt.

»Da draußen gibt es noch andere wie mich, wie *Mellie*«, betonte ihre Mum, die denselben Tonfall annahm. »Nachdem sie Astria verlassen haben, hat sich eine Gruppe aus Soldaten vor der Küste Kanadas ein neues Zuhause aufgebaut. Gebt mir ein bisschen Zeit, um mit ihnen in Kontakt zu treten. Eventuell sind sie bereit, uns zu helfen.«

»Wie viel Zeit?«, wollte Rynn wissen. Mellie bezweifelte, dass es eine Zeiteinheit gab, die klein genug war, ihn zufriedenzustellen.

»Einen Tag oder zwei, vielleicht drei. Sie tauchen in bestimmten Abständen auf und können daher nicht sofort antworten.«

»Auf keinen Fall«, erwiderte Rynn und warf Caleb einen verstohlenen Blick zu. »Wir können nicht so lange warten, das ist zu riskant.«

»Nicht so riskant, wie allein und unvorbereitet reinzugehen«, entgegnete ihre Mum bestimmt. »Bevor sie gegangen sind, gehörten diese Soldaten zu Ferricks innerstem Kreis, sie kennen ihn also besser als jeder andere. Mit ihrer Hilfe haben wir deutlich größere Erfolgschancen. Das Warten wird sich lohnen.«

»Wenn ihr mich fragt, habt ihr schon so lange gewartet«, warf Caleb ein, »was sind da noch ein paar Tage mehr?«

»Niemand hat dich nach deiner Meinung gefragt, Landbewohner«, zischte Rynn. »Das hat nichts mit dir zu tun.«

Sammie stand auf und knurrte ihn an.

»Tu das nicht, Rynn.« Mellie stellte sich zwischen die beiden. »Sie haben recht, wir sollten warten.« Sie stellte sich nur äußerst ungern auf die Seite ihrer Mutter, aber in diesem Fall hatte sie recht. Zwei Scouts hatten keine Chance gegen die Macht des Korps. Sie würden allein nie nach Astria gelangen.

»Na schön«, stieß Rynn zähneknirschend hervor. »Dann sagt mir Bescheid, wenn ihr bereit seid, wirklich etwas zu unternehmen.« Er machte auf dem Absatz kehrt und stürmte aus der Hütte.

Bei den Göttern!

»Rynn.« Mellie lief ihm hinterher. Sie war nicht an diese kalte Wut gewöhnt. Rynn wurde nicht oft wütend, und selbst wenn, explodierte er meist schnell und heftig, so dass nach wenigen Sekunden alles vergessen war. Aber heute hatte es keinen Ausbruch gegeben, nur ein weit gefährlicheres, langsames Brodeln. Denn das war keine Wut, es war Hass. Und Rynns Hass entsprang nicht seinem eigenen Schmerz, sondern er rührte daher, dass er *ihren* Schmerz gesehen hatte. Er hatte mit ansehen müssen, wie ihre Trauer sich nach innen gerichtet hatte und sich von Traurigkeit in Schuldgefühle und dann in Selbsthass verwandelt hatte. Er hatte mit ansehen müssen, wie sich das gesamte Korps gegen sie gewandt hatte, nur weil sie den Nachnamen einer Verräterin trug.

»Rynn, warte doch mal eine Sekunde. *Rynn …*«

Er fuhr herum. »Das gefällt mir nicht, Mellie. Es gefällt mir nicht, dass sie dabei ist.«

»Mir doch auch nicht. Aber wir können das nicht allein machen.«

»Vertraust du ihr jetzt etwa einfach?«

»Nein, aber …«

»Denn sie wird dich wieder enttäuschen, Mellie. Und ich habe gesehen, was es beim letzten Mal mit dir gemacht hat. Ich war da, erinnerst du dich?«

Natürlich erinnerte sich Mellie. Diese Nacht hatte sich für immer in ihr Gedächtnis gebrannt. Ihr Rücken an seiner Brust, als er sie von der Wasseroberfläche wegzerrte, seine Hände im ständigen Kampf mit ihren, während sie versuchte, sich aus seinem Griff zu befreien. In ihrem Schmerz hatte sie in jener Nacht ein paar wirklich schlimme Dinge zu ihm gesagt. Dinge, die nicht stimmten und die er nicht verdient hatte, unter anderem, dass sie ihn nicht in ihrem Leben brauchte oder wollte. Aber auch Dinge, die der Wahrheit entsprachen, die er jedoch nicht verdient hatte, zum Beispiel, dass seine Eltern sich für das schämten, was er war. Sie hatte alles probiert, um ihn zu verjagen – egal, wie grausam oder verletzend es war –, und Rynn hatte sie alle diese Dinge sagen lassen und es ihr später nie vorgehalten oder auch nur mit einer Silbe erwähnt.

Jetzt waren fünf Jahre vergangen, und immer noch wollte er sie nur beschützen. Und bei den Göttern, es war verlockend, einfach einzulenken und ihn machen zu lassen. Er wollte sie vor der Frau beschützen, die ihr mehr Schmerz zugefügt hatte als irgendwer sonst auf der Welt.

Aber dafür war es zu spät; Rynn konnte sie davor nicht mehr beschützen.

»Ich vertraue ihr nicht«, sagte Mellie leise. »Und ich habe ihr nicht verziehen. Aber im Moment brauchen wir ihre Hilfe.«

Rynns Kiefermuskeln zuckten. »Ich muss jetzt los, ehe jemand rausfindet, dass ich nicht dort bin, wo ich sein sollte.«

Was er eigentlich meinte, war: *Ich muss von dir weg.*

»Nein, warte …« Mellie ertrug es nicht, ihn wütend gehen zu lassen. Wären sie im Wasser gewesen, hätte die Sache anders ausgesehen, dann hätte sie ihn gehen lassen und ihm Zeit gegeben, sich zu beruhigen. Rynn schmollte nie lange, und er war nie lange sauer auf sie. Er schwamm eine Weile durch die Gegend und kam später bei ihr vorbei, um sich zu vertragen. Einmal war Mellie eingeschlafen, während sie auf ihn gewartet hatte, und am Morgen lagen seine Arme um ihre Taille, und seine Schwanzflosse nahm den ganzen Platz in ihrem Seegrasbett ein.

Aber jetzt, wo sie voneinander getrennt waren, wollte Mellie nicht, dass sie im Streit auseinandergingen.

»Rynn …« Sie nahm seine Hand, und in dieser aufgeladenen Atmosphäre fühlte sich seine Haut an ihrer fast zu intim an.

Rynn erstarrte und schloss die Augen. Eine quälende Minute lang dachte Mellie, er würde die Hand wegziehen und abhauen – dass sie den Streit nicht würde beenden können –, aber dann seufzte er schwer und verschränkte die Finger mit ihren.

»Es tut mir leid.« Er drehte sich zu ihr um und nahm auch ihre andere Hand. »Ich hasse einfach alles an dieser Situation. Dass *sie* hier ist und dass du bei *ihm* wohnen musst. Ich ertrage das nicht. Ich will, dass alles so ist wie vorher.« Er drückte seine Stirn an ihre. Aber er versuchte nicht, sie zu küssen. Das hatte er seit dem ersten Mal nicht mehr getan, und keiner von ihnen hatte diesen

Kuss noch mal erwähnt. Vielleicht wollte er sie gar nicht erneut küssen. Vielleicht hatte er gemeint, dass sie wieder nur Freunde sein sollten, als er sich wünschte, alles würde wieder so sein wie früher. *Oder vielleicht hat er auch wichtigere Dinge im Kopf. Zum Beispiel, dir zu helfen.*

In diesem Moment dämmerte ihr, wie viel Rynn für sie riskierte, wie viel Ärger er bekommen würde, wenn der Captain ihn erwischte, wie er sich heimlich mit Verrätern und Landbewohnern traf. Plötzlich wollte Mellie ihn nur noch loslassen und nach Hause schicken. Sie hätte es auch getan, wenn sie daran geglaubt hätte, dass sie ihn auf diese Weise retten konnte. Aber es gab keine Sicherheit mehr für Rynn. Er konnte zurückgehen und dem Captain erzählen, dass sie dem Entzug erlegen war, doch ohne Leiche würde man Rynn kaum glauben. Zwölfjährige Mädchen waren vielleicht so naiv, aber nicht ein erfahrener Soldat. Und sollten sie beim Versuch, in die Stadt zu gelangen, geschnappt werden, nachdem Rynn sie für tot erklärt hatte, wüsste der Captain, dass er gelogen hatte, und Rynn wäre so gut wie tot.

Selbst wenn Mellie jetzt sofort verschwinden würde, wäre Rynn nicht sicher, weil er wusste, dass sie am Leben war. Der Captain hatte schon versucht, ihre Mum umzubringen, weil sie über eines seiner Geheimnisse gestolpert war.

»Versprich mir, dass du vorsichtig bist, Mel«, flüsterte Rynn und sprach damit aus, was sie eigentlich zu ihm hätte sagen sollen. »Und wenn dieser Landbewohner auch nur daran denken sollte, irgendwas zu versuchen, dann schwöre ich dir …«

»Du musst dir wegen Caleb keine Sorgen machen«, versicherte Mellie ihm. »Er will nur helfen.«

»Das ist nicht alles, was er will«, grummelte Rynn, ließ das Thema aber fallen.

Er kam nicht mit ihr zurück zu Calebs Hütte, sondern lief sich stattdessen im Wald den Frust von der Seele.

Ist vermutlich besser so, dachte Mellie. Rynn sollte dort sein, wo der Captain ihn erwartete, um den Schein zu wahren, bis sie so weit waren, die Lügen zu entlarven.

»Bist du allein?«, fragte Caleb, als sie ins Wohnzimmer zurückkehrte.

»Ja. Rynn musste los. Ist meine Mum auch gegangen?«

Caleb nickte. »Sie dachte, dass … dass du sie lieber nicht hier sehen möchtest, wenn du zurückkommst. Sie meinte, sie würde sich melden, sobald sie von den Kanadiern hört.«

»Den Kanadiern?« Mellie brauchte einen Moment, um zu verstehen, wen er meinte. »Oh, richtig, die Soldaten.« Warum bestand Caleb darauf, allem einen Landbewohner-Namen zu geben? »Ich schätze, dann sprechen wir uns später.«

Ehrlich gesagt, war Mellie erleichtert, dass ihre Mum nicht mehr da war. Sie wusste nicht, wie sie sich in ihrer Gegenwart verhalten sollte, ohne immer gleich an die fünf Jahre voller Schmerz und Erniedrigung zu denken. Vielleicht würden diese Gefühle nie wieder verschwinden, wie sehr sie es sich auch wünschte. Manchmal, wenn man etwas kaputt machte, konnte man es wieder reparieren und dadurch robuster machen. Manchmal ließ sich etwas Zerbrochenes aber auch nicht mehr kitten.

»Also …« Calebs Tonfall war mit einem Mal frostig. »Ist das dein Freund?«

»Wer, Rynn?« Selbst mit ihrer begrenzten Erfahrung wusste Mellie, dass es viel zu früh war, Begriffe wie »Freund« zu benutzen. Ein missglückter Kussversuch machte Rynn noch lange nicht zu ihrem Freund – nicht, dass Caleb das irgendetwas anging.

»Nein. Vielleicht … ich weiß auch nicht, es ist kompliziert.«

»Offensichtlich«, sagte Caleb, ohne sie anzuschauen.

Mellie knirschte mit den Zähnen. Das hatte ihr gerade noch gefehlt, dass er jetzt seltsam wurde. »Warum? Tut es etwas zur Sache?«

»Nein, nein. Du hast ihn nur noch nie erwähnt?«

Ich habe einige Dinge noch nie erwähnt.

»Er ist ein wenig aufbrausend, oder?«

»Du musst ihm das nachsehen, Caleb, es war alles ziemlich viel für ihn.« Sich für Rynn zu entschuldigen fühlte sich seltsam an, als hätten sie die Rollen getauscht. »Ich war am Anfang genauso, weißt du noch?«

»Versteh mich nicht falsch, Scout, du warst echt seltsam, als du hier das erste Mal aufgetaucht bist, aber du warst nie ein totales A…«

»Bitte, Caleb, können wir das Thema sein lassen?« Mellie war auf einmal sehr müde. Sie war nicht so verrückt gewesen, davon auszugehen, dass die beiden sofort Freunde würden, aber mit Calebs Feindseligkeit hatte sie nicht gerechnet.

»Klar, ja, tut mir leid, es ist nur so, dass …«

Wir lassen es also noch nicht sein.

»… Er ist nicht gerade der hässlichste Kerl, nicht wahr?«

»Das weiß er auch.« *Und ungefähr jedes Mädchen im Annex.* Bei dem Gedanken stellten sich ihr die Nackenhaare auf. Vorher hatte ihr das nie etwas ausgemacht. Wo auch immer Rynn hinging, folgte ihm ein endloser Strom aus Mädchen. So war das nun schon eine ganze Weile, aber es hatte noch nie dazu geführt, dass sich ihr Magen anfühlte, als würde ihn eine unsichtbare Hand zusammendrücken.

»Ja, das kann ich mir gut vorstellen«, murmelte Caleb.

»Caleb …«

»Sorry, sorry.« Er streckte kapitulierend die Hände in die Luft. »Ich lasse es jetzt offiziell sein.«

Und das tat er wirklich, wie sie ihm zugutehalten musste.

Kapitel neunzehn

Die Soldaten meldeten sich am nächsten Tag, doch zur Enttäuschung ihrer Mum waren nur zwei bereit, sich mit ihnen zu treffen: Quinn Ajax und Niya Rose. Mellie erkannte die Namen wieder, sie waren mit zweiundzwanzig anderen in das riesige Quarzdenkmal eingraviert, das der Rat in Gedenken an die gefallenen Soldaten hatte aufstellen lassen. Den nicht wirklich gefallenen Soldaten, korrigierte sich Mellie im Kopf, denn genau wie ihre Mum waren die beiden ganz offensichtlich nicht tot.

Sie kamen nachmittags zum Haus ihrer Mum, wo sie mit einem monströsen schwarzen Jeep vorfuhren. Quinn sah immer noch aus wie ein Soldat. Raspelkurzgeschnittenes Haar, der Oberkörper so breit und muskulös, dass Arme und Brust drohten, den Stoff seines T-Shirts zu sprengen. Selbst seine Haltung war noch militärisch. *Alte Gewohnheiten sind schwer abzulegen*, dachte Mellie. Quinn hatte vielleicht das Korps verlassen, aber das Korps nicht ihn.

Niya schien im Laufe der Jahre etwas weicher geworden zu sein. Sie trug die Haare nicht mehr im üblichen Kurzbob, den die meisten weiblichen Soldaten bevorzugten, sondern in wilden

Locken, die ihr auf die Schultern fielen. Ihre Figur war fülliger, ihr Gesicht entspannt. Doch ihr Blick blieb wachsam, und wenn sie sprach, lag in ihrer Stimme genauso viel Autorität wie in Quinns.

Mellie konnte den Blick kaum von ihnen abwenden. Zwanzig Jahre hatten sie außerhalb des Sees gelebt, und insgeheim wünschte sie sich, dass sie schlechter aussehen würden. Aber wie alles andere auch schienen sie die Geschichte ihrer Mum nur zu bestätigen. Sie waren der lebende Beweis, dass Wandler sehr gut an der Oberfläche überleben konnten, solange sie regelmäßige Abstecher ins Wasser machten.

Alles, was sie dir je erzählt haben, ist eine Lüge.

»Du hast Glück gehabt, Laura, das Mädchen kommt definitiv mehr nach dir als nach ihm«, sagte Quinn, als er das Wohnzimmer betrat. Ihre Mum brachte ihn mit einem warnenden Blick zum Verstummen. Sie hatte es immer gehasst, über Mellies Dad zu sprechen, daran konnte sich Mellie nur allzu gut erinnern, und Mellie nur wenig über ihn erzählt: Sein Name war Silas, er war ein Wandler – ein Läufer – gewesen und kurz vor Mellies Geburt bei einem Unfall an der Oberfläche gestorben. Als Kind hatte Mellie versucht, ihre Mum dazu zu zwingen, ihr mehr über ihn zu verraten – oder wenigstens etwas mehr als: *Er hatte sandfarbene Schuppen und ein genauso großes Herz wie du* –, doch das war ihr nie gelungen. Irgendwann hatte Mellie es aufgegeben.

»Es ist ein Wunder, dass du noch atmest, wenn Ferrick dich tot sehen will. Wie hast du das geschafft, Kleine?«, fragte Quinn.

»Ich habe Glück gehabt, nehme ich an«, antwortete Mellie, ohne ihn direkt anzusehen. Quinns Blick brachte sie dazu, in der Wand hinter ihr verschwinden zu wollen.

»Und jetzt hast du beschlossen, dieses Glück wegzuwerfen, indem du dich mit dem Korps anlegst?«

»Lass dich von ihm nicht einschüchtern, Mellie«, schaltete sich Niya ein und legte eine Hand auf Quinns Oberarm. »Er war noch nie der Typ für Smalltalk.«

Quinn griff nach ihrer Hand, und seine Winterhaut wirkte auf ihrer dunkleren noch blasser. Die beiden trugen die gleichen Eheringe, wie Mellie bemerkte, genau wie David und ihre Mum. Es war seltsam, zu sehen, dass zwei Wandler die Landbewohner-Gebräuche angenommen hatten. Vielleicht hatten sie die zwanzig Jahre an der Oberfläche doch mehr verändert, als Mellie zunächst gedacht hatte.

»Wir haben den ganzen Tag im Auto verbracht, Ny«, erwiderte Quinn. »Wozu sollen wir da noch Zeit verschwenden, um über das Wetter zu plaudern?« Er wandte sich wieder Mellie zu. »Ich gehe davon aus, dass du weißt, wer wir sind?«

Mellie nickte. »Sie haben uns erzählt, ihr wärt im Krieg gefallen.« Die Worte kamen etwas unverblümter rüber, als sie geplant hatte, aber sie konnten ebenso gut damit anfangen.

»Ach ja, der berühmte *Krieg*.« Quinn zog das Wort in die Länge. »Laura hat uns schon berichtet, wie sie unser Verschwinden vertuscht haben. Er weiß jedenfalls, wie man eine gute Lüge spinnt, nicht war? Dieser miese Hund schaut dir eiskalt in die Augen, während er dir den Bauch aufschlitzt, und überzeugt dich noch davon, dass er dir gerade das Leben rettet.«

»Quinn.« Niya hielt ihn davon ab, weiterzuschimpfen. »Vielleicht wäre es am besten, wenn wir ganz von vorne anfangen. Mellie, wie viel weißt du über die Soldateneinheit?«

»Nicht viel«, gab Mellie zu. Soldaten und Scouts gehörten nicht derselben Kompanie an. Andere Lehrer, andere Unterrichtsklassen, andere Stundenpläne. Ein paar der besonders dekorierten Staffeln hatten sogar ihre eigenen Wohnräume weit entfernt von den Kojen der anderen.

»Hast du dich nie gefragt, warum das so ist? Warum wir von euch anderen separiert werden?«

Mellie schüttelte den Kopf. Es war ihr nie wichtig erschienen.

»Natürlich hast du dich das nicht gefragt.« Quinn schnaubte. »Ferrick hat euch beigebracht, nichts zu hinterfragen. *Kenne deinen Platz.*« Er imitierte die Stimme des Captains. »Was er damit eigentlich meint, ist, dass du den Mund halten und Befehle befolgen sollst, egal, welche Befehle es sind. Erzähl mal, Kleine, wie sah deine Abschlussprüfung aus? Einen Schutzanker aktivieren? Die Zeit bestimmen? Dich im Wald orientieren?«

»So in der Art«, knurrte Mellie. Er tat so, als wäre es ein Kinderspiel, doch das war es *nicht*. Am Tag ihrer Abschlussprüfung war sie bei Sonnenaufgang an die Oberfläche gebracht und nur mit einer Karte allein im Wald ausgesetzt worden. Sie hatte sich orientieren, drei Ablageorte finden, die Schutzanker, die dort für sie hinterlassen worden waren, aktivieren und es rechtzeitig zur Ausgangssperre zurück in den Annex schaffen müssen. Jeder Scout, der nach Hause kam, ohne die Aufgabe erledigt zu haben, musste das letzte Ausbildungsjahr wiederholen. Eine vermasselte Abschlussprüfung war die Art Erniedrigung, die einen ein Leben lang verfolgte, und Mellie hatte bereits mehr als genug Erniedrigungen erleben müssen. Sie schaffte es als Vierte in den Annex zurück und schlug Rynn um fast eine Stunde.

»Tja, uns hat man eine andere Art von Aufgabe gestellt«, erzählte Quinn. »Ferrick schickte uns ein paar Stunden vor Sonnenuntergang an die Oberfläche, mit dem Befehl, am Ufer entlang auszuschwärmen und dortzubleiben. Die genaue Anweisung lautete, an Ort und Stelle zu verharren, was auch passiert.

Klingt nicht so schwer, stimmt's? Das dachte ich auch. Also bezog ich am Ufer Stellung und rührte mich nicht – nicht mal, als die Sonne unterging, obwohl das natürlich bedeutete, dass ich die Ausgangssperre verpassen würde. Ich dachte, das wäre die Prüfung, zu sehen, ob wir auch schwierige Befehle befolgten. Einer nach dem anderen sprangen die Soldaten rechts und links von mir ins Wasser, aber ich nicht, ich war wild entschlossen, mich zu beweisen.

Um ehrlich zu sein, war ich eher dumm als loyal, denn ich ging davon aus, dass in letzter Sekunde jemand auftaucht und mich an den Beinen ins Wasser zieht. Aber es kam niemand. Und so stand ich da, bis es zu spät war, um irgendetwas zu tun. Ich bestand Ferricks Test.«

»Euer Test war, euch stranden zu lassen?« Mellie starrte ihn entgeistert an. »Aber *warum*?« Warum sollte der Captain das wollen? Was nutzte ihm ein Soldat, der sich nicht mehr verwandeln konnte? »Wie bist du zurück ins Wasser gekommen?«

»Wenn ein Zauberspruch dich stranden lassen kann, liegt es doch nahe, dass es auch einen Zauberspruch gibt, der dich wieder *ent*-strandet, denkst du nicht?« Quinn griff in sein Shirt und zog ein schwarzes Band hervor, an dem ein Anhänger baumelte. Er warf es zwischen ihnen auf den Tisch.

Mellie beugte sich vor und nahm den Anhänger in die Hand.

Wie die Schutzanker war der Anhänger aus Knochen geschnitzt und mit tiefen, stark verblassten Runen versehen. Etwas daran kam ihr bekannt vor, aber sie konnte nicht sagen, was. Vielleicht hatte sie Soldaten in der Stadt mit dem Anhänger gesehen, aber sie war sich nicht sicher.

»Solange du das trägst, haben die Schutzanker keinen Einfluss auf dich?«, fragte Mellie. Ein winziges Knochenstück an einem Faden. Weit entfernt von der Geschichte, die der Captain Rynn aufgetischt hatte über einen Zauberspruch, der so mächtig war, dass er sie töten konnte. *Bei den Göttern.* Mellie schleuderte den Anhänger zurück auf den Tisch. *Eine verdammte Halskette.*

»Ein elegantes System, nicht wahr?«, meinte Quinn. »Uns dazu zu bringen, uns stranden zu lassen, brachte ihm gleich doppelt etwas: Es zeigte ihm, dass er uns vertrauen konnte, wenn es darum ging, Befehle zu befolgen, und es verlieh ihm Macht über uns. Sollten wir mal aus der Reihe tanzen, konnte er uns einfach unsere Anhänger abnehmen und es so einrichten, dass wir nicht mehr nach Hause kommen konnten. Er hatte die totale Kontrolle über uns. Bis auf die eine Sache, mit der unser guter Captain nie gerechnet hätte: dass wir uns *entscheiden* könnten, nicht mehr nach Hause zu kommen. Dagegen konnte er nichts unternehmen.

Nach dem Test teilte Ferrick uns in verschiedene Einheiten ein. Die Soldaten, die sich seinem Befehl widersetzt hatten – wohlgemerkt die Mehrheit –, wurden der Haupteinheit zugeteilt. Ihr Versagen hatte ihnen lebenslange Sicherheitspatrouillen eingebracht. Aber die von uns, die ihm ihre Loyalität bewiesen hatten, wurden mit der Wahrheit – oder einer etwas rosigeren Version davon – belohnt. Er erzählte uns, wozu die Schutzanker in Wirklichkeit da sind und warum wir sie brauchen. Horrorgeschichten von Wandlern, die von den Wundern an der Oberfläche vom See fortgelockt worden waren, nur um sich dann in einem Käfig eingesperrt wiederzufinden, bis der Entzug sie dahinraffte, oder, noch schlimmer, von irgendwelchen grausamen Experimenten im Labor eines Landbewohners, der sie im Namen der Wissenschaft umbrachte. ›Die Schutzanker beschützen uns alle‹, erzählte er uns. Nicht nur vor einem tragischen Ende an Land, sondern auch davor, dass Astria entdeckt wird und wir alle verdammt wären.

Und weißt du was, Kleine? Wir haben ihm jedes Wort geglaubt. Wir haben nicht nachgedacht, wir haben einfach *geglaubt*. Der Titan sorgte schon so lange dafür, dass Astria sicher war und geheim blieb, wer waren wir schon, seine Methoden in Frage zu stellen?«

Kenne deinen Platz. Mellie hatte auch nie etwas in Frage gestellt. Zumindest nicht, bis die Wahrheit aufgehört hatte, Sinn zu ergeben.

»Der Winter, bevor wir gegangen sind, war der schlimmste in der Geschichte, was gestrandete Wandler anging«, fuhr Quinn fort. »Eine ganze Gruppe Läufer wurde auf dem Heimweg von den Märkten von einem Gewittersturm aufgehalten. Die armen Schweine verpassten den Sonnenuntergang um eine Stunde.« Er schnalzte angewidert mit der Zunge. »Damals wussten wir schon, was Ferrick mit gestrandeten Wandlern machte, aber da die Zahl der Wandler stetig zurückging, sind wir davon ausgegangen, dass er bei einer so großen Gruppe eine Ausnahme machen würde. Hat er nicht. Sie waren der erste offizielle Aufräumauftrag meines Teams. Uns wurde befohlen, uns um alle sechs zu kümmern.«

»Euch um sie zu kümmern?« Der Ausdruck schien ihr irgendwie unpassend. »Du meinst, sie zu töten?«

»Töten ist ein zu freundliches Wort dafür. Unser Befehl lautete, sie zu zerfleischen, damit es aussah, als wären sie einem Bären oder einem Landbewohner zum Opfer gefallen, wenn der Suchtrupp sie am nächsten Morgen fand. Damit wäre der Mythos, dass eine Nacht außerhalb des Wassers nicht zu überleben war, wieder gestützt. Deshalb wollte Ferrick es so brutal wie ...«

»Quinn, das *reicht*«, unterbrach ihn ihre Mutter.

»Du wolltest doch, dass sie die Wahrheit erfährt, Laura.«

»Die Wahrheit schon, aber das ist noch kein Grund, es so bildlich darzustellen.« Der Blick, mit dem sie ihn fixierte, hätte jeden anderen eingeschüchtert.

»Um es kurz zu machen, Kleine«, Quinn räusperte sich, »das war der Tag, an dem ich beschloss, Astria zu verlassen, und ich war nicht der Einzige. Wobei ein paar der anderen auch so waren wie er und die Brutalität genossen.«

»Ich habe meinen ersten Aufräumauftrag mit neunzehn bekommen«, meldete sich Niya zu Wort. »Ihr Name war Amber. Sie war eine Soldatin, aber keine von Ferricks engsten Getreuen, daher musste sie weg, als sie wegen einer Verletzung gestrandet war. Sie hatte zwei Kinder, die zu Hause auf sie warteten.«

Ein kalter Schauer lief Mellie über den Rücken.

»Insgesamt waren wir vierundzwanzig, die rauswollten«, erklärte Quinn. »Wir haben angefangen, Pläne zu schmieden, Vorräte zu horten. Wir wussten, dass unser Verschwinden jede Menge Staub aufwirbeln würde, und einige hatten Familie im Korps, Leute, denen Ferrick schaden konnte. Wir wollten sie in Sicherheit bringen, ehe wir die Flucht wagten.«

Die vermissten Wandler. Ein weiteres Puzzleteil fiel an seinen Platz. Mehr als ein Dutzend war in den Wochen vor dem Krieg verschwunden. Scouts und Läufer – von den Landbewohnern entführt, gefoltert, um an Informationen zu kommen, und dann getötet. So besagten es die Geschichten.

»Sie wurden unser Alibi«, fuhr Quinn fort und bestätigte damit Mellies Verdacht. »Wir haben sie dazu gebracht, ein paar Schutzanker zu deaktivieren, damit es eine ordentliche Panik geben würde, wenn sie verschwanden, und bei so vielen vermissten Wandlern musste Ferrick uns andere an die Oberfläche auf Patrouille schicken. Dann, sobald alles bereit war, sind wir …«

»Abgehauen«, beendete Mellie seinen Satz. »Ihr seid einfach abgehauen.«

»Wir waren jung, Kleine. Und wir waren definitiv keine Helden.« Wenigstens besaß Quinn so viel Anstand, beschämt auszusehen. »Wir hatten nicht vor, jemanden zu stürzen. Wir wollten raus, nicht sterben.«

Und was ist mit den anderen?, hätte Mellie fast geschrien. Wie hatten sie ihre Kollegen im Annex einem Mann ausliefern können, von dem sie wussten, dass er ein Monster war? Wie viele andere Wandler hatten sterben müssen, weil sie weggelaufen waren, anstatt den Mund aufzumachen?

Aber was sie wirklich als größte Ungerechtigkeit empfand, war, dass Quinn, Niya und die restlichen Soldaten Astria freiwillig verlassen hatten, und doch hatte der Captain beschlossen, sie als Kriegshelden zu ehren. Mellie kannte seit ihrer Kindheit ihre Namen, weil ihr Opfer geehrt wurde. Aber als ihre Mum zur Flucht gezwungen gewesen war, hatte der Captain sie als Verräterin bezeichnet. Das hätte er nicht tun müssen; er hätte auch behaupten können, sie hätte einen Unfall an der Oberfläche gehabt oder wäre einer Landbewohner-Attacke zum Opfer gefallen. Warum hatte er die schlimmstmögliche Lüge gewählt? Dieser unbändige Hass … Mellie konnte sich nicht vorstellen, was ihre Mum getan hatte, um das zu verdienen.

»Was hat sich verändert?« Sie musste sich anstrengen, um sich ihre Wut nicht anmerken zu lassen. »Warum wollt ihr uns jetzt helfen?«

Dieses Mal antwortete Niya. »Unsere Entscheidung blieb nicht ohne Konsequenzen. Diejenigen von uns, deren Familien nicht dem Korps angehörten, mussten sie zurücklassen. Wir wussten, dass sie sicher waren – Ferrick würde es nicht riskieren, sich an Natürlichen zu rächen –, aber dennoch sind zwanzig Jahre eine lange Zeit, wenn man seine Angehörigen nicht sehen kann. Wir haben inzwischen selbst zwei Kinder, und wenn wir euch helfen, ihn zu entlarven, dann können sie vielleicht eines Tages ihre Großeltern kennenlernen.«

Mellie wusste nicht, was sie dazu sagen sollte. Ihr Blick fiel ein weiteres Mal auf Quinns alten Anhänger und blieb an der ausgeblichenen Rune hängen. *Die Schutzanker.* Plötzlich wusste sie wieder, wo sie die Rune schon mal gesehen hatte. Das war eine der neuen Runen, die ihr solche Schwierigkeiten bereitet hatte.

Er wappnet sich gegen die Soldaten, wurde ihr bewusst. Der Captain wusste, dass sie dort draußen waren, dass sie und die anderen vermissten Wandler eines Tages beschließen konnten zurückzukehren. Als die Schutzanker wieder deaktiviert worden waren, musste er davon ausgegangen sein, dass dieser Tag gekommen war, also befahl er, dass die Schutzanker umgesetzt und die Magie geändert wurde, um ihre Anhänger unwirksam zu machen.

»Eure Kinder, sind sie beide Wandler?«, fragte Mellie. Ein Wandler in der Familie war heutzutage selten genug; sie konnte sich nicht erinnern, dass ein Paar mal zwei Kinder bekommen hatte, die sich verwandeln konnten.

»Ja.« Niyas Lächeln war so voller Stolz und Liebe, dass Mellie den Blick abwenden musste. »Alle Kinder, die geboren wurden, nachdem wir Astria verlassen hatten, sind Wandler.«

Alle? »Wie viele sind das?«

Niya überlegte kurz. »Dreißig, glaube ich.«

»Und sie sind *alle* Wandler?« Mellie schaute sie groß an. Die Wahrscheinlichkeit war so gering … Eigentlich war es unmöglich.

»Jedes Einzelne«, bestätigte Quinn, und er sah dabei aus, als würde er sich darauf etwas einbilden. »Wir wissen nicht genau, woran es liegt, aber unsere Theorie ist, dass wir nicht dazu bestimmt sind, unser Leben nur an einem Ort zu verbringen. Erinnere dich mal an dein erstes Jahr an der Oberfläche, Kleine. Du bist krank geworden, richtig?«

Mellie nickte.

»Das liegt daran, dass dein Körper nicht an die Luft gewöhnt war. Aber je mehr Zeit du an der Oberfläche verbringst, umso stärker wirst du. Wir gehen davon aus, dass es ähnlich ist, wenn man sich zwischen verschiedenen Wassermassen bewegt. Wenn wir zu lange an einem Ort bleiben, geht unsere Fähigkeit, uns zu verwandeln, zurück. Deshalb sinkt die Zahl der Wandler ständig.

Wir nehmen auch an, dass das der Grund dafür ist, warum die Magie der Natürlichen stärker ist als unsere. Weil sie die eine Fähigkeit verloren haben, wird ihre angeborene Kraft anders verteilt, und sie können sich besser auf die Magie konzentrieren. Wer weiß, vielleicht erklärt das auch, warum sie so viel länger leben als wir.« Quinn zuckte mit den Achseln. »Wenn man sich überlegt, dass Ferrick und der Titan sich die ganze Zeit Sorgen machen, dass es nicht genügend Wandler gibt ... Dabei sind es ihre Lügen, die uns aussterben lassen.«

»Ich verstehe es nicht«, gestand Mellie. »Warum lügen sie uns überhaupt an? Was soll der Aufwand mit den Schutzankern?«

»Sag du es mir, Kleine. Du hast das Meer gesehen. Kannst du mir aufrichtig sagen, dass du nicht dorthin zurückwolltest? Es weiter erkunden?«

»Ja schon, aber ... Ich würde auch wieder nach Hause gehen wollen.« Astria würde immer ihr Zuhause sein.

»Jeden Abend? Zur Ausgangssperre?«

»Ohne die Schutzanker wäre die Ausgangssperre hinfällig, ich könnte also beides haben.«

»Das hier ...«, Quinn schnippte mit den Fingern, »... ist der Grund, warum sie jeden Wandler zum Schweigen bringen, der es wagt, eine ihrer Regeln zu brechen. Sie wollen nicht, dass du jederzeit gehen kannst. Sie wollen nicht, dass du die Wahl hast.

Sie wollen folgsame Soldaten, die jede Regel einhalten, ohne sie zu hinterfragen.«

»Aber … *warum?*« Mellie ließ sich auf die Couch sinken. Die Lügen, die Geheimnisse, das Töten – es erschien ihr alles so unnötig und das Lügengeflecht so wacklig.

»Weil Astria ohne Hilfe von der Oberfläche auseinanderfallen würde. Die Stadt ist zu schnell zu groß geworden, und sie wächst immer weiter. Die meisten Elemente und Metallpulver, die von den Alchemisten benötigt werden, sind schon lange ausgetrocknet – sie werden von den Läufern besorgt. Meine Großmutter hat sich unaufhörlich darüber beschwert, besonders im Winter. Sie erinnerte sich noch an die gute alte Zeit, als die Gilden ihre Mineralien selbst aufbereitet haben, anstatt auf die Vorräte warten zu müssen. Meistens haben die Läufer gar keine Ahnung, was es ist, das sie da erstehen, oder wie essentiell ihre Besorgungsgänge sind. Ohne sie würde der Titan die Macht über die Stadt verlieren.

Und er kontrolliert nicht nur die Stadt, sondern alles um den See herum. Der Wald war früher bei den Landbewohnern ein beliebter Ort zum Jagen, doch je größer Astria wurde, umso paranoider wurde er und fürchtete, dass die Stadt entdeckt werden könnte. Also ließ er vor fünfzig Jahren alle Bären und Hirsche im Wald töten, damit die Jäger keinen Grund mehr hatten, sich dort aufzuhalten. Dann brachte er die Bauern dazu, Krebse statt Forellen und Störe zu züchten, um die Angler fernzuhalten. Gerüchten zufolge wurden sogar ein paar der nahe gelegenen Hütten attackiert, um die Landbewohner zu verscheuchen.

Der Titan entscheidet alles, Kleine. Was du isst, was du lernst, wo du hingehst, und das Beste ist, er tut es unbemerkt. Er ist nicht grausam zu uns; wir werden gut ausgebildet, gut ernährt, bekommen unseren Raum. Es mangelt uns an nichts, und das Einzige, was er im Gegenzug von uns verlangt, ist unsere Freiheit. Er nennt es natürlich nicht so – er bezeichnet es als Ehre –, und solange du dich an seine Regeln hältst, kannst du ziemlich gut leben. Warum solltest du es hinterfragen oder dich auflehnen? Warum solltest du irgendetwas anderes machen als den Job, den er dir aufgezwungen hat?«

Mellie vergrub das Gesicht in den Händen. So zu reden – so zu *denken* – fühlte sich immer noch falsch an. Die Verbrechen, die sie dem Titan anlasteten … Obwohl sie die Wahrheit vor Augen hatte, fiel es Mellie schwer zu glauben, dass er seinen Wandlern so etwas antun würde.

Seine Wandler. Es war kein Kosewort, sondern ein Besitzanspruch. *Alles, was sie dir je erzählt haben, ist eine Lüge.*

»Was ist mit dem Rat?«, fragte sie. »Weiß er davon?« Wusste es Rynns Dad? Hatte er das Leben seines Sohnes wissentlich einem Mörder anvertraut? Hatte er ihr all die Jahre beim Mittagessen gegenübergesessen und gewusst, dass ihre Mutter weder tot noch eine Verräterin war, und kein Wort gesagt?

»Die Ratsmitglieder sind ein Haufen Dummköpfe«, erwiderte Quinn. »Sie sitzen in ihrer vergoldeten Kammer und streiten über Gesetze, die gar nichts bedeuten. Der Titan gibt ihnen gerade so viel Macht, damit sie zufrieden sind, aber nicht genug, um etwas zu bewirken. Ich wette, nur er, Ferrick und der Lakai, der gerade die Magiergilde leitet, wissen Bescheid.«

»Dann lasst es uns beenden«, sagte Mellie. Ihre Wut war zurück, nur dass sie dieses Mal gegen die Leute gerichtet war, die es wirklich verdient hatten. Sie sollten dafür bezahlen. Dafür, dass sie ihre Mum hatten stranden lassen und ihr Andenken beschmutzt hatten. Dafür, dass sie ihr das bisschen Familie, das sie noch hatte, geraubt hatten.

»Laura hat uns erzählt, du hast einen Freund in Astria, der bereit ist, uns zu helfen. Stimmt das?«, fragte Quinn.

»Ja.«

»Und du vertraust diesem Freund?«

»Mehr als jedem anderen.«

»Dann vereinbare ein Treffen mit ihm, Kleine. Wir müssen die Sache gründlich planen.«

Zwei Tage später hatten sich Mellie, ihre Mum, die Soldaten und Rynn in Calebs eh schon vollgestopftem Wohnzimmer versammelt und ignorierten beharrlich den Tee, den er unbedingt hatte machen wollen. Die Spannung in der Luft war schon fast greifbar, eine flüchtige Mischung aus Misstrauen, Neugier und Hoffnung. Sogar Sammie schien es zu merken, denn er drückte sich beschützerisch an Calebs Beine und bleckte die Zähne, wenn ihm jemand zu nahe kam.

»Unsere beste Chance ist, bei Nacht reinzugehen«, sagte Quinn, als sich alle einen Sitzplatz gesucht hatten. »Wenn dann etwas schiefgeht, müssen wir uns nur um Ferricks Getreue sorgen, die uns in den Wald folgen könnten. Wir deaktivieren einen Schutzanker, dann können wir uns verwandeln und in zwei Gruppen ins Wasser gehen …«

»Das wird nicht funktionieren«, unterbrach ihn Rynn. »Ihr werdet es nie bei Nacht in die Stadt hineinschaffen.«

Rynn hatte zwar zugestimmt, zu Calebs Hütte zurückzukommen und sich mit den Soldaten zu treffen, aber Mellie sah ihm an, wie ungern er hier war. Er hatte kaum drei Schritte ins Wohnzimmer gewagt und lungerte stattdessen in der Nähe der Tür herum, die Kiefer so fest aufeinandergepresst, dass Mellie regelrecht spüren konnte, wie er mit den Zähnen knirschte.

»Und warum nicht?« Quinn zog die Augenbrauen hoch.

»Weil Astria immer noch abgeriegelt ist. Im Wasser wimmelt es nur so von patrouillierenden Soldaten, und der Captain hat die Zahl der Wachen am Haupttor verdoppelt. Da kommt ihr auf keinen Fall unbemerkt rein. Sie werden euch schnappen, töten und das Ganze vertuschen.«

»Hast du eine bessere Idee, Junge?«

Rynn warf Mellie einen flüchtigen Blick zu, ehe er antwortete, als würde er eine Entscheidung treffen. »Die habe ich tatsächlich.« Er wandte sich an die anderen im Wohnzimmer. »Wir gehen gleich morgens rein, kurz nachdem die Sonne aufgegangen ist. Damit werden sie nicht rechnen; weniger Soldaten auf Patrouille, geringeres Risiko, geschnappt zu werden.«

»Sie werden uns nicht schnappen *müssen*, wenn wir bei Tag reingehen«, erwiderte Quinn. »Der Abwehrzauber wirkt auch im Wasser. Wenn die Scouts an der Oberfläche den defekten Schutzanker ersetzen, während wir in der Stadt sind, ertrinken wir.«

»Dann teilen wir uns auf und setzen gleich ein paar Schutzanker außer Gefecht, bevor wir ins Wasser gehen«, schlug Rynn vor. »Wenn wir es nicht über die Bühne gebracht haben, bis der Captain Scouts an die Oberfläche schickt, und diese Scouts Zeit haben, die zerstörten Schutzanker zu finden und zu ersetzen, sind wir wahrscheinlich sowieso schon tot. Am Morgen haben wir wenigstens den Überraschungseffekt auf unserer Seite. Die Wachen am Haupttor haben etwa eine Stunde nach Sonnenaufgang Wachablösung, das ist unsere Chance, uns an ihnen vorbeizuschleichen. Sobald wir drinnen sind, gehen wir direkt zum Annex. Um diese Zeit sind alle in der Kantine, und wenn wir Mellie dorthin bringen, wo sie alle sehen können, ist das Spiel vorbei. Das wird selbst der Captain nicht erklären können.«

»Nein«, widersprach ihre Mum, die zum ersten Mal das Wort ergriff. »Ich werde nicht zulassen, dass ihr meine Tochter in Gefahr bringt. Ich werde mit Niya und Quinn gehen. Es gibt keinen Grund, dass ihr Kinder da mit reingezogen werdet.«

Sie wird es nicht zulassen? Mellie schnappte entrüstet nach Luft. Seit wann entschied ihre Mutter darüber, was sie oder Rynn tun durften?

»Du kannst mich nicht daran hindern«, fauchte sie wütend. Wochenlang hatte sie nur nach einem Weg nach Hause gesucht, und jetzt würde sie ganz bestimmt nicht an der Oberfläche bleiben und Däumchen drehen, während alle anderen etwas unternahmen.

»Mellie *muss* mitgehen«, stimmte Rynn zu. »Euch werden sie nicht gleich erkennen. Eure Namen sind zwar bekannt, aber nicht eure Gesichter. Es wird zu lange dauern, bis allen klar ist, wer ihr seid. Bei Mellie ist das etwas anderes, der Captain hat sie erst vor ein paar Wochen für tot erklärt. Jeder Wandler im Annex war da, als er es verkündet hat. Ihr Gesicht müssen sie sehen.«

»Er hat recht, Laura.« Quinn starrte Rynn an, als würde er sein Potential erst jetzt erkennen. »Mellie zu schicken ist unsere beste Chance. Die Wahrheit wird mehr Gewicht haben, wenn sie von jemandem kommt, den die Wandler kennen und dem sie vertrauen.«

Vertrauen ist vielleicht zu viel gesagt. Mellie schaute ihre Mum verstohlen an. Sie sah nicht glücklich aus, aber da sie Rynns Logik weder widerlegen noch einen besseren Vorschlag machen konnte, hielt sie den Mund. Ehrlich gesagt, war Mellie selbst überrascht von seinem durchdachten, vernünftigen Plan. Rynn war immer schon klug gewesen, aber er tendierte auch dazu, übermütig zu werden.

»Das muss man dir lassen, Junge, der Plan ist nicht schlecht.« Quinn klang ernsthaft beeindruckt. »Bis auf eine Sache: Wie willst du so früh an die Oberfläche kommen? Oder hast du beschlossen, unseren kleinen Coup auszusitzen?«

»In die Stadt *rein*zukommen ist schwierig, nicht das *Rauskommen*. Die Soldaten am Haupttor werden sich nicht um einen Scout scheren, der seine Patrouille früher beginnen will. Ich erzähle ihnen einfach, dass ich für eine komplette Kontrollrunde eingeteilt bin und gleich zum Sonnenaufgang auftauchen möchte. Sie werden keine Fragen stellen. Nicht mir.« *Dem Scout, der seine Partnerin zurückgelassen hat*, das ließ Rynn unausgesprochen. Der Scout, der versuchte, seine Fehler wiedergutzumachen, indem er noch härter arbeitete. Es war eine gute Lüge.

»Gut, dann ist es abgemacht.« Quinn nickte. »Wie schnell kannst du bereit sein?«

»Wenn es nach mir ginge, könnten wir morgen gleich loslegen.« Rynn schaute erneut Mellie an. »Denk mal nach, Mel, du bist jetzt seit Wochen an der Oberfläche. Wenn der Captain wirklich auf deinen Tod wartet, wird er bald misstrauisch werden, wenn du es nicht tust.«

Mellie hatte damit gerechnet, dass Rynn sofort verschwinden würde, sobald die Pläne geschmiedet waren und Quinn ihn ausgefragt hatte. Immerhin hatte er noch einen Job zu erledigen, einen Patrouillengang, den er jetzt allein bewältigen musste, da seine Partnerin offiziell tot war. Doch stattdessen hing er in der Hütte herum, bis ihre Mum und die Soldaten gegangen waren, ohne das Zimmer richtig zu betreten, verharrte wie ein mürrischer Geist in Calebs Flur. Sobald die anderen weg waren, schaute er Mellie an und nickte mit dem Kopf in Richtung Tür, was bedeuten sollte: *Machen wir einen Spaziergang*. Caleb bedachte sie mit einem ganz anderen Blick, als sie Rynn in den Wald folgte, doch dessen Bedeutung konnte Mellie nicht entziffern.

»Na, das lief doch … gut, oder?«, brach sie das Schweigen, das ihr allmählich unbehaglich wurde. Die Fragen zu beantworten, mit denen Quinn ihn in der vergangenen Stunde bombardiert hatte – über das Korps, die Schutzanker, die Zeiten der Wachablösungen –, machte Rynn zweifellos zum Verräter. Was, wenn die Befragung ihm doch zu weit gegangen war? Was, wenn er es sich anders überlegt hatte und ihnen doch nicht helfen wollte?

Rynn sagte nichts. Er lehnte sich nur mit dem Rücken an einen Baumstamm und kickte einen Stein weg.

Kein gutes Zeichen.

»Es passiert endlich«, fuhr Mellie fort. »Bei den Göttern, es passiert schon morgen. Und du bist der Kopf dahinter, verstehst du? Du hast an alles gedacht. Und dann hast du Quinn überzeugt …« Sie plapperte auf ihn ein, ohne dass sie sich davon abhalten konnte. »Du … du bist gut in so was.«

Rynn sah endlich auf. »Ich finde es ein wenig verletzend, dass du so überrascht klingst, Mel.« Ein leises Lächeln spielte um seine Lippen. Aber sein Blick und sein Gesichtsausdruck … Nun ja, Mellie hatte ihn selten so in Aufruhr gesehen.

»Es tut mir leid, Rynn.« Sie konnte sich nicht länger verstellen. »Es tut mir leid, dass du das alles tun musst.«

»Mir nicht.« Er drückte sich vom Stamm weg und ging auf sie zu. »All die Lügen und das Herumschleichen – ich tue es, weil ich glaube, dass es das Richtige ist. Ich *muss* es glauben.« Rynn kam einen Schritt näher und dann noch einen. »Verstehst du es nicht, Mellie? Das ist mir genauso wichtig wie dir. Du bist mir wichtig.« Dann plötzlich war kein Raum mehr zwischen ihnen. Keine Distanz, kein Zögern, keine Luft. Rynn packte sie an der Taille und beugte sich zu ihr runter, und dieses Mal würde er sie definitiv, hundertprozentig küssen.

Doch er tat es nicht.

»Gibt es einen Grund, weshalb uns der Landbewohner beobachtet?« Er wich zurück und runzelte die Stirn.

Mellie fuhr herum. Caleb stand am Fenster und starrte Rynn schamlos an.

»Bei den Göttern, Mel, ich kann es kaum erwarten, dass du aus dieser blöden Hütte rauskommst und wir ihn nie wieder sehen müssen.«

»Ja klar«, murmelte sie. Wäre der Moment nicht bereits zerstört gewesen, diese Worte allein hätten ihn ihr ruiniert. Mellie hatte nicht darüber nachgedacht, was mit Caleb passieren würde, wenn sie wieder nach Hause ging. Sie hatte sich nicht erlaubt, so weit vorauszudenken. Diese ungewöhnliche Wohnsituation würde enden müssen, so viel war klar. Aber ihn gar nicht mehr zu sehen? *Nie wieder?* Bei dem Gedanken war ihr nicht ganz wohl. Es fühlte sich falsch an.

»Ich sollte wahrscheinlich reingehen und ihn fragen, was er will«, sagte sie zu Rynn. »Es könnte wichtig sein.«

»Es ist eh schon spät.« Er seufzte und ließ die Finger mit einer federleichten Berührung über ihren Arm gleiten. »Stell dir vor, Mel, morgen ist es vorbei. Du wirst wieder zu Hause sein.« Dieses Mal erreichte sein Lächeln alles, inklusive des Hohlraums unter ihren Rippen. Ihr wäre fast das Herz stehengeblieben.

»Alles okay?«, fragte Caleb, als sie in die Hütte zurückkehrte.

»Ja. Sorry. Wir haben nur ... ein paar Wassersachen besprochen.«

»Klar, kein Problem.« Er zuckte mit den Achseln und nahm einen tiefen Schluck aus seiner Teetasse. »Mann, dieser Quinn ist schon eine ganz spezielle Meerjungfrau, oder?« Er lächelte, aber auf die höfliche Art und Weise. So wie Mellie es selbst jeden Tag im Annex tat, damit die anderen Wandler nicht sahen, wie sehr sie ihre Beleidigungen verletzten. Mellie konnte nicht sagen, ob es bei ihm eine Reaktion auf Rynn war oder auf etwas, das sie getan hatte, oder ob Caleb auch einfach bewusstgeworden war, dass in ein paar Stunden diese geheime Welt, die er entdeckt hatte, sich wieder in eine Phantasie verwandeln würde. Sie wusste nur, dass sie für heute genug hatte von Fragen oder Schuldgefühlen oder Gefühlen überhaupt. Sowohl seinen als auch ihren eigenen. Der morgige Tag mit allem, was ihr bevorstand, belastete sie schon genug.

»Können wir bitte nicht über Quinn reden?«, fragte Mellie. »Auch nicht über Rynn oder meine Mum oder irgendetwas anderes, das mit Meerjungfrauen zu tun hat? Bitte, Caleb, nur heute Abend.«

Es dauerte einen Moment, bis seine Miene sich entspannte. Doch er wurde sofort wieder ernst.

»Klar, kein Problem.« Caleb verschränkte die Arme. »Aber das wird dich was kosten.«

»Ich bin ganz Ohr.« Inzwischen kannte Mellie das Spiel.

»Drei Filme meiner Wahl. Und du machst Popcorn.«

»Abgemacht.« Mellie versuchte gar nicht erst, mit ihm zu argumentieren, wie sie es sonst getan hätte. Wenn das der Preis dafür war, seinen verletzten Blick verschwinden zu lassen, würde sie ihn gern zahlen. Nicht nur, weil es genau das war, was sie jetzt auch tun wollte, sondern weil diese unmögliche Freundschaft zu einem Landbewohner die am wenigsten komplizierte Sache in ihrem Leben war.

Kapitel zwanzig

Die Dämmerung brach an. Mellie konnte sie schmecken, die ersten Anzeichen des Tageslichts webten sich bereits in die Schwärze der Nacht. In weniger als einer Stunde würde die Sonne aufgehen, und dann würden sie bereit sein und am Seeufer auf das warten, was vielleicht ihre beste Chance war, ihr Zuhause je wiederzusehen.

Die Kombination aus Nervosität, Aufregung und Furcht hatte Mellie den Großteil der Nacht wach gehalten. Sie hatte mit Caleb Filme geschaut, bis sie nicht mehr wussten, für welche Monster sie waren und welche Seite am Gewinnen war. Am Ende waren sie beide im Wohnzimmer eingeschlafen – sie auf dem Sofa, er im Sessel –, und es konnte nur wenige Stunden später gewesen sein, als ihre Mutter mit David, Niya und Quinn bei ihnen auftauchte.

Jetzt stand sie mit Caleb in einer Ecke des Zimmers und beobachtete die Soldaten dabei, wie sie sich mit mehr Waffen eindeckten, als Mellie je an einer Person gesehen hatte. Sie zählte jeweils mindestens drei Messer, die in Gürteln und Stiefeln steckten, und jeder trug eine Pistole in einem Halfter an der Hüfte und eine weitere um den Fußknöchel geschnallt. Sogar Calebs Pistole war aus dem Auto geholt worden, und selbst David – *David* – lud eine kleine Pistole in der Küche.

»Was sollen denn die vielen Pistolen?«, wollte Mellie von Caleb wissen. »Besitzt eigentlich *jeder* an der Oberfläche eine?«

»Nun, soweit ich weiß, sind wir immer noch in Amerika, Ma'am«, antwortete Caleb mit langgezogenem Akzent, den sie noch nie bei ihm gehört hatte.

»Warum redest du denn so komisch?«

»Keine Ahnung, was Sie meinen, Ma'am.« Er grinste. »So rede ich doch immer.«

»Okay, du kannst jetzt damit aufhören.«

»Wie Sie wollen, Ma'am.«

»Hör auf.« Mellie konnte nicht anders, sie musste lachen. Quinn warf ihr einen neugierigen Blick zu, woraufhin Mellie schnell wieder eine ernste Miene aufsetzte.

»Aber jetzt mal zurück zu den Pistolen. Selbst David hat eine.«

»Natürlich hat David eine«, erwiderte Caleb. »Er war Sanitäter bei der Armee, bevor er Arzt wurde. Hat er dir das nicht erzählt? Ich wette, er kennt sich mit Schusswaffen besser aus als unser Sergeant Meerjungfrau hier drüben.« Den letzten Satz hatte er ihr zugeflüstert und vielsagend zu Quinn hinübergeschaut. »Ernsthaft, Scout, dein Stiefvater ist ein ziemlich harter Knochen.«

»Bei den Göttern, nenn ihn doch nicht so.« Mellie stöhnte genervt. Sich an David zu gewöhnen war schwer genug, da musste Caleb nicht auch noch mit Begriffen wie *Stiefvater* um sich werfen. »Und ich würde mich an deiner Stelle lieber nicht dabei erwischen lassen, wie du Quinn *Sergeant Meerjungfrau* nennst.«

»Was ist denn so lustig, Kinder?«, fragte Quinn und kam zu ihnen rüber.

»Ähm … nichts, Sir.« Caleb räusperte sich. »Nichts ist lustig.«

»Dann hört jetzt gut zu, denn wir werden nur einen Versuch haben. Wenn wir aufbrechen, gehst du, Mellie …«, er zeigte auf sie, »… direkt zum See und triffst dich mit Rynn. Dann geht ihr gemeinsam zu dem Schutzanker, den wir bestimmt haben, deaktiviert ihn und schwingt eure Flossen ins Wasser. Bis ihr die Stadt erreicht habt, sollten Laura, Niya und ich bereits westlich vom Haupttor auf Position sein. Ihr zwei kommt von Osten. Haltet euch so dicht an der Wand wie möglich, und wenn ihr so weit seid, benutzt die hier.« Quinn hielt ihr eine Pistole hin. Als ob sie davon nicht schon genügend hätten.

»Ich glaube nicht, dass ich …« Mellie starrte das schwarze Stück Metall an. »Ich will keine Pistole.«

»Gut, denn ich habe auch keine Zeit, dir beizubringen, wie man eine benutzt«, erwiderte Quinn. »Das hier ist eine Signalpistole. Stell sie dir einfach wie die Oberflächenversion der Farbsignale vor, die wir unter Wasser verwenden. Alles, was du tun musst, ist, sie nach oben zu richten und den Abzug zu betätigen. Das Geschoss wird nicht so gut sichtbar sein wie Magie, aber wir sollten es dennoch ausmachen können. Dann locken wir die Wachen von ihrem Posten weg. Sobald du mit Rynn das Tor passiert hast, sollte der Weg zum Annex frei sein, aber wenn die Soldaten auch nur einen flüchtigen Blick auf euch erhaschen, schickt noch ein Signal los und haut sofort ab, habt ihr verstanden? Wenn wir das zweite Signal sehen, lenken wir sie so lange ab, bis ihr weg seid.«

»Wie denn?« Mellie schluckte schwer. Ihr dämmerte allmählich, wie gefährlich dieser Plan eigentlich war und wie viel schiefgehen konnte.

»Damit.« Quinn zog einen runden Metallgegenstand aus der Tasche.

»Himmel! Ist das eine *Handgranate?*« Caleb hätte fast seine Teetasse fallen gelassen. »Wo in Gottes Namen habt ihr die denn her?«

Quinn grinste, und eine Sekunde lang sah er eher wie ein aufgeregtes Kind aus als wie ein Soldat. »Wenn man die richtigen Leute kennt, kann man so gut wie alles bekommen. Auf dem Papier existieren wir in eurer Welt nicht, also müssen wir kreativ werden, wenn es darum geht, bestimmte Dinge zu beschaffen. Ferrick hat Jahrzehnte an der Oberfläche verbracht, um Verbindungen zu Verkäufern herzustellen, die mehr Interesse an Diamanten und Perlen haben als daran, Fragen zu stellen. Der arrogante Drecksack hätte sicher nie damit gerechnet, dass seine wertvollen Verbindungen eines Tages gegen ihn eingesetzt würden.« Quinn warf die Granate in die Luft und fing sie mit der anderen Hand wieder auf. Caleb zuckte zusammen.

»Unter Wasser wird sie nicht annähernd dieselbe Wirkung haben wie an Land, aber die Welle, die sie auslösen wird, sollte groß genug sein, um die Wachen abzulenken. Hoffentlich wird es gar nicht nötig sein, sie einzusetzen, aber wenn doch, schwimmt ihr, so schnell ihr könnt, und seht zu, dass ihr aus dem Wasser kommt. Rynn auch«, fügte Quinn hinzu, der wieder ernst geworden war. »Wenn heute irgendetwas schiefgeht, kann er es nicht riskieren zurückzukehren. Ferrick wird eins und eins zusammenzählen, und wenn er das tut, wird Rynn das nicht überleben.«

Mellie schluckte. Sie hatte es sich bereits gedacht, aber es laut ausgesprochen zu hören machte die Gefahr noch realistischer.

»Sobald ihr aufgetaucht seid, schickt ihr das nächste Signal in die Luft. Das ist dann dein Einsatz.« Er schaute Caleb an. »Du und David seid unser Backup, also haltet Ausschau nach unseren Signalen – ich habe auch eine Signalpistole, nur für den Fall. Ansonsten bleibt ihr in der Nähe des Notfalltreffpunkts, und wenn Ferricks Männer uns an die Oberfläche folgen sollten, werden sie nicht mit euch rechnen. Zwei Landbewohner mit Pistolen … Das sollte sie erst einmal aus dem Konzept bringen.« Quinn grinste. »Ist euch beiden klar, was ihr zu tun habt?«

»Jepp«, antwortete Caleb ein wenig zu enthusiastisch für Mellies Geschmack. Vielleicht war es ein Fehler gewesen, ihn in diese Sache mit reinzuziehen. Sollte heute etwas schiefgehen, würde er es mit bewaffneten Soldaten aus Astria zu tun bekommen, die den Auftrag hatten, die Stadt um jeden Preis weiter geheim zu halten.

»Gut, dann macht euch bereit«, forderte Quinn sie auf. »In zehn Minuten gehen wir los.«

Es wird nichts schiefgehen, sagte sich Mellie. Sie hatten einen guten Plan, einen soliden Plan. Das fanden selbst Quinn und Niya, und sie hätten es mit Sicherheit gesagt, wenn sie es anders sehen würden. Sie wirkten beide nicht so, als würden sie ihre Meinung für sich behalten.

»Na dann …« Caleb zögerte neben ihr. »Das war es also? In ein paar Stunden bist du einfach … weg?« Das Kieksen in seiner Stimme traf sie unvorbereitet.

»Ich sterbe doch nicht, Caleb, ich gehe nach Hause. Du weißt schon, zurück ins Wasser – sollten *Meerjungfrauen* nicht dort leben?« Sie versuchte, einen Scherz daraus zu machen, doch Caleb lachte nicht, und sie bereute ihre Worte gleich wieder. Es war nicht fair ihm gegenüber. Nicht, wo sie die halbe Nacht damit verbracht hatte, sich das Gleiche zu fragen.

»Das weiß ich doch.« Caleb senkte den Blick. »Ich habe mich nur gefragt, ob du … mich vielleicht mal besuchen kommst. Du weißt schon, um der alten Zeiten willen.«

»Klar komme ich dich besuchen.« Mellie stupste ihn mit der Schulter an. Zu der Entscheidung war sie während des dritten Vampirklassikers gekommen. Ihr altes Leben wiederzubekommen bedeutete nicht, dass sie dieses neue wegwerfen musste. Mellie wollte beide behalten.

»Ich habe doch gar keine andere Wahl.« Sie grinste. »Unter Wasser gibt es keine Filme. Und kein Popcorn.« Ihre Mum würde vermutlich auch an Land bleiben. Sie würde David nicht verlassen wollen, und David konnte schlecht in Astria mit ihr leben. Wenn Mellie wieder eine Mutter haben und ihrer Beziehung eine echte Chance geben wollte, würde sie regelmäßig an die Oberfläche kommen müssen. Es gab keinen Grund, warum sie dann nicht auch Caleb besuchen sollte. Sie hatte sich irgendwie an ihn gewöhnt, wie sie sich eingestehen musste. An sein gutmütiges Lächeln, an seine Fragen und an die Witze über Elfen und Zauberer, die keinen Sinn ergaben.

»Und nach dem heutigen Tag werde ich hoffentlich ein bisschen mehr Freiheit haben«, fügte sie hinzu. Es würde natürlich nicht einfach werden. Sobald sie und Rynn allen reinen Wein eingeschenkt hatten, würde vermutlich Chaos ausbrechen. Vorwürfe, Leugnen, weitere Lügen. Der Rat würde sich wahrscheinlich einschalten, und der Titan? Bei den Göttern, Mellie konnte sich nicht vorstellen, was er tun würde. Würde er versuchen, die Stadt weiterzuregieren, obwohl seine Machenschaften aufgedeckt worden waren? Er hätte immer noch seine Armee aus Natürlichen und seine Leibwächter, sollte er also vorhaben, ein letztes verzweifeltes Gefecht zu riskieren, hätte er seine Soldaten, die für ihn kämpften. Und wie viele Wandler würden ihm treu bleiben, obwohl sie die Wahrheit kannten? Keine? Ein paar? Die Mehrheit? Wenn das Ganze funktionieren sollte, mussten sie und Rynn die Wandler unbedingt auf ihre Seite bringen. Ohne seine Verbindung zur Oberfläche wäre der Titan gezwungen, mit ihnen zu verhandeln – vielleicht sogar auf den Thron zu verzichten. Das Einzige, was Mellie wusste, war, dass nichts an diesem Tag *einfach* sein würde. Heute machten sie den ersten Schritt in eine neue Welt, die sie erschaffen wollten. Eine Welt, in der Wandler die Dunkelheit nicht mehr fürchten mussten.

»Ich werde immer neue Filme haben.« Calebs Miene hellte sich ein wenig auf. »Und Popcorn. Filme schauen ist sinnlos, wenn …«

»… es kein Popcorn gibt«, beendete Mellie den Satz für ihn. »Keine Sorge. Ich bin mit den Regeln vertraut.«

Endlich ein echtes Lächeln.

»Und ich habe mir gedacht«, fuhr Caleb fort und wippte auf

den Fußballen, »vielleicht sollte ich heute Morgen bei dir bleiben, zumindest bis du im Wasser bist.«

»Und Quinns ausgefeilten Plan über den Haufen werfen? Das wird ihm aber gar nicht gefallen.« Mellie zog eine Augenbraue hoch. Noch vor fünf Minuten hatte sie den Eindruck gehabt, Caleb wäre mit der ihm zugewiesenen Rolle ganz zufrieden. Was hatte sich verändert?

»David kommt auch ohne mich zurecht.« Er zuckte die Achseln. »Du dagegen ziehst das Unglück magisch an.«

»Tue ich *gar* nicht. Außerdem wird Rynn bei mir sein. Ich komme schon klar.«

»Was das angeht …«

Ah, Rynn war also sein Problem. Wenn sie sonst schon nichts gemeinsam hatten, dann wenigstens ihre gegenseitige Abneigung.

»Bist du dir sicher, dass du bei ihm sicher bist?«

»Caleb, ich kenne Rynn schon mein ganzes Leben; er wird nicht zulassen, dass mir irgendetwas passiert.«

»Ja, aber …«

»Caleb«, unterbrach ihn Mellies Mutter. »Würde es dir etwas ausmachen, uns kurz allein zu lassen?«

»Ähm … kein Problem, Laura. Ich gehe einfach … weg, schätze ich.« Er durchquerte das Zimmer, um sich zu David zu gesellen.

»Lass uns hier draußen reden.« Ihre Mum zog sie in den Flur. Offenbar wollte sie nicht, dass irgendjemand mithörte.

Na, das kann ja nichts Gutes bedeuten.

»Was ist denn los?« Mellie lehnte sich an die Jacken, die an der Wand hingen.

»Nichts Schlimmes«, erwiderte ihre Mum. »Hör zu, Mellie, ich habe versprochen, dir zu helfen, einen Weg in die Stadt zu finden, und ich werde dieses Versprechen halten, aber ehe ich das tue, musst du mir auch etwas versprechen.« In ihrem Blick lag etwas, das Mellie nicht zuordnen konnte.

»Und was?« Mellie zupfte am Ärmel einer Jacke. Sie war noch nicht bereit, ihrer Mum irgendwelche Versprechen zu geben.

»Versprich mir, dass du wegläufst, wenn heute irgendetwas schiefgeht. Selbst, wenn ich nicht mit dir gemeinsam fliehen kann, verschwindest du und suchst David. Er wird sich um dich kümmern, sollte mir etwas zustoßen.«

Mellie riss die Augen auf. »Du glaubst nicht daran, dass es funktionieren wird.«

»Liebling, wenn ich nicht glauben würde, dass wir eine Chance haben, wären wir jetzt nicht hier. Aber egal, was du von mir denkst, ich bin immer noch deine Mutter, und das bedeutet auch, dass ich mit jeder Eventualität rechnen muss. Ich verstehe, wie wichtig es dir ist, nach Hause zu kommen, aber glaub mir, Mellie, das ist es nicht wert, dass du dein Leben riskierst. Also, versprich mir bitte, dass du nichts Dummes tust, okay?«

Mellie nickte langsam. Was Versprechen anging, hätte es schlimmer kommen können.

»Okay, gut.« Ihre Mum lächelte leise. Es sah aus, als würde sie sich mehr wünschen. Als wollte sie die Distanz zwischen ihnen überbrücken und so tun, als wären die vergangenen fünf Jahre nie passiert. Und Mellie hätte das auch gern gewollt, aber fünf Jahre waren eine lange Zeit.

»Warum wolltest du nicht, dass ich zum Korps gehe?« Die

Frage rutschte ihr heraus, ehe Mellie es verhindern konnte. Diese plötzliche Zurschaustellung von Fürsorge, die Versuche ihrer Mum, sie anzurufen, mit ihr zu reden und sich zu vertragen – nichts davon ergab einen Sinn, wenn sie Mellie damals zu irgendeiner Gilde hatte fortschicken wollen.

»Liebling, wie kommst du darauf, dass …«

»Das kannst du dir sparen.« Mellie kochte vor Wut. »Du kannst mir nichts vormachen. Ich habe gehört, wie du dich mit David im Haus unterhalten hast. Du hast ihm gesagt, der Captain hätte mich nie im Korps gewollt und du auch nicht. Warum?«

Ihre Mum seufzte. »Weil ich wusste, dass Ferrick dich nie fair behandeln würde. Nicht bei unserer Vorgeschichte.«

Bei den Göttern!

»Welche *Vorgeschichte?*«, platzte es aus Mellie heraus. Sie hatte diese kryptischen Nichtantworten und Ausflüchte so verdammt satt. Wie sollten sie ihre Beziehung je wieder hinbekommen, wenn ihre Mum darauf bestand, Dinge vor ihr zu verheimlichen?

»Mellie, ich bin mir nicht sicher, ob das jetzt der beste Moment ist, um …«

»Nein. Du kannst diesem Thema nicht immer aus dem Weg gehen, es betrifft mich auch.« Es betraf sie seit fünf Jahren jeden Tag.

»Liebling …« Ihre Mum wirkte hin- und hergerissen. Und *nervös*. Nervöser, als Mellie sie je gesehen hatte.

»In Titans Namen, Mum, sag es mir einfach. Ich bin kein Kind mehr. Was auch immer du getan hast, ich kann damit umgehen.« Bis letzte Woche hatte Mellie ihre Mum für eine Verräterin gehalten, wie viel schlimmer konnte es noch werden?

»Es geht nicht um etwas, das ich getan habe, sondern um etwas, das ich nicht getan habe«, rückte ihre Mum schließlich mit der Sprache heraus.

»Als Ferrick erfuhr, dass ich ein Kind erwartete, machte er mir gegenüber mehr als deutlich, dass ich die Schwangerschaft abbrechen sollte. Dann befahl er es mir sogar, doch ich weigerte mich weiterhin. Da wir beide wussten, dass er mich nicht dazu zwingen konnte, ließ er das Thema irgendwann fallen, verzieh mir meinen Ungehorsam aber nie. Nicht mal, als du dich verwandelt hattest und er eine weitere Wandlerin in seinen Rängen aufnehmen konnte.«

»Oh.« Mellie wünschte sich mit einem Mal, dass sie nicht gefragt hätte. Kein Wunder, dass der Captain sie so sehr hasste; wenn es nach ihm ginge, würde sie gar nicht existieren. »Hat er … Gab es einen Grund, warum er nicht wollte, dass ich geboren werde?«

»*Nein*. Bei den Göttern, ich hätte es dir nie auf diese Art erzählen sollen.« Ihre Mum fuhr sich mit den Fingern durch die Haare. »Das hat nichts mit dir zu tun, Mellie. Rein gar nichts. Es lag an deinem Vater. Ferrick war gegen unsere Verbindung.«

Das ergab überhaupt keinen Sinn. Wandlerinnen gingen oft mit anderen Wandlern aus. Genau genommen waren Wandlerinnen fast nur mit anderen Wandlern zusammen. Das Korps hatte diesbezüglich keine Regeln, und er unternahm nie etwas gegen solche Beziehungen, außer sie wirkten sich negativ auf die Arbeit aus.

»Das verstehe ich nicht«, gab Mellie zu. »Dad war ein Läufer, warum sollte der Captain etwas dagegen gehabt haben?«

Ihre Mum straffte die Schultern und holte tief Luft, als bereitete sie sich mental darauf vor, ihr die Wahrheit zu sagen. Doch ehe sie das tun konnte, ließ ein lautes Klopfen an der Wand sie beide zusammenzucken.

»Hey, Scout, Laura, tut mir leid, dass ich euch unterbrechen muss …«, Caleb sah wirklich so aus, als würde er es sehr bedauern, »… aber Quinn fragt nach euch.«

»Wir kommen gleich wieder rein.« Mellies Mum rang sich ein Lächeln ab. Caleb nickte und verschwand wieder ins Wohnzimmer.

»Hör zu, Mellie, ich verspreche dir, dass wir später darüber sprechen werden«, sagte ihre Mum. »Lass uns den Tag erst hinter uns bringen, ja? Ich muss mich jetzt darauf konzentrieren.«

Widerwillig stimmte Mellie zu. Sie konnte hören, wie Quinn im anderen Raum auf und ab ging. Die Dämmerung zog auf, sie mussten langsam losgehen.

»Seid ihr zwei bereit?«, fragte Quinn, sobald sie wieder im Wohnzimmer waren.

»Wir sind bereit«, antwortete ihre Mum und ging zu David, der am Kamin stand.

»Gut.« Quinn klatschte in die Hände und musterte seine zusammengewürfelte Truppe. »Dann lasst uns loslegen.«

Kapitel einundzwanzig

Mellie erreichte den See genau nach Quinns Plan und gerade rechtzeitig, um die Sonne über dem Wasser aufgehen zu sehen. Kurz darauf durchbrach Rynns Kopf die Wasseroberfläche.

»Bereit, Mel?«, fragte er, als er sie erblickte. Sie hatte ihn selten so konzentriert und wachsam erlebt. Seine Bewegungen wirkten irgendwie effizienter, als er ans Ufer schwamm und sich an Land zog, als wüssten jeder Knochen und jeder Muskel in seinem Körper um die Bedeutung dieses Tages.

»Bereit.« Mellie reichte ihm seine Kleidung. »Du hast es also gut aus der Stadt rausgeschafft?« Trotz seiner Versicherungen hatte Mellie sich Sorgen gemacht. Was, wenn der Captain irgendwie Wind von der Sache bekommen hätte? Sie hätten Rynn umbringen oder ihn in eine der Gefängniszellen des Titans werfen können, ehe Mellie überhaupt wusste, dass er in Gefahr war.

»Ein Kinderspiel.« Rynn schüttelte die nassen Haare. »Die Wachen haben mich durchgelassen, ohne mich eines weiteren Blickes zu würdigen, genau wie ich … *In Titans Namen*, Mel, hast du eine *Pistole* dabei?« Er hatte offenbar die Waffe bemerkt, die Mellie in die Gesäßtasche ihrer Jeans gesteckt hatte.

»Nein, die ist nicht echt. Das ist nur eine Signalpistole, um den anderen Bescheid zu geben«, erwiderte Mellie und brachte ihn schnell auf den aktuellen Stand von Quinns Plan.

»Also sind alle anderen schon auf Position?« Die Anspannung war nun auch seiner Stimme anzumerken, wobei Mellie nicht sagen konnte, ob er Angst hatte oder es nur nicht erwarten konnte.

»Wahrscheinlich«, antwortete sie. »Sie sind mit mir losgegangen.«

»Na, dann sollten wir auch los, damit sie nicht auf uns warten müssen.« Er verschwand zwischen den Bäumen, um sich, ohne zu zögern, ihrem verräterischen Plan zu widmen.

Mellie rannte ihm hinterher und verdrängte ihre Zweifel. *Das ist ein guter Plan*, redete sie sich ein. *Es wird nichts schiefgehen.*

Außer, dass alles falsch war. Alles an diesem Plan war verkehrt.

»Halt mal an.« Sie blieb abrupt stehen. »Rynn, *stopp*.«

»Was ist denn, Mel?« Er schaute sich zu ihr um. »Komm schon, wir müssen los.«

»Nein.« Sie packte ihn am Arm. »Warte mal eine Sekunde, ja? Ich muss mit dir reden.«

»Wir werden später noch jede Menge Zeit zum Reden haben.«

»Später ist zu spät. Wir müssen jetzt reden.«

Das verschaffte ihr seine Aufmerksamkeit.

»Was ist los, Mellie?« Rynn nahm ihre Hände. »Stimmt was nicht?«

Alles. »Hast du mal darüber nachgedacht, was passiert, wenn wir geschnappt werden?«, fragte sie. »Und ich meine nicht mit mir oder meiner Mum, sondern mit dir?«

»Keinem von uns wird etwas passieren. Hab ein bisschen Zuversicht, Mel.« Sein Lächeln wirkte nicht ganz aufrichtig.

Er sollte nicht lächeln.

»Kannst du mal eine Sekunde ernst sein? Ich versuche, dir zu sagen, dass du das hier nicht tun musst. Wenn du Zweifel hast oder lieber aussteigen möchtest … das würde ich verstehen.« Mellie musste sich sehr beherrschen, um die Worte auszusprechen, denn sie hätte es nicht ertragen, wenn er sich jetzt umgedreht hätte und zurück ins Wasser gegangen wäre.

»Nichts hiervon ist deine Schuld, Rynn«, fuhr sie fort, »Du redest dir zwar ein, dass es anders ist, aber das ist es nicht, und ich sollte nicht … Es ist nicht fair von mir, dich zu bitten, auf diese Weise dein Leben zu riskieren. Ich kann nicht …« Ehe sie den Satz beenden konnte, war Rynn bei ihr und küsste sie.

Es war ein schneller Kuss, und er kam völlig unerwartet. In der einen Sekunde redete er noch mit ihr, in der nächsten legte er die Arme um sie und brachte ihren Protest zum Verstummen. Dann, bevor sie die Chance hatte, es wirklich zu genießen oder darüber nachzudenken, dass Rynn sie gerade küsste – dass er sie trotz allem immer noch küssen *wollte* –, zog er sich wieder zurück, und es war vorbei.

»Es wird alles gut werden, daran musst du immer denken, okay?« Er strich ihr eine lose Haarsträhne hinters Ohr. »Egal, was passiert.«

Sie hatte ihn gebeten, ernst zu sein, und in seinem Blick lag nicht ein Hauch Belustigung, es folgte auch kein Grinsen oder ein Witz darüber, dass er endlich einen sicheren Weg gefunden hatte, sie zum Schweigen zu bringen. Rynn verstand die Risiken, das wurde ihr nun bewusst. Er hatte sie alle bedacht und sich trotzdem dafür entschieden.

»Komm, wir müssen uns beeilen.« Er nahm ihre Hand und zerstreute damit auch ihre letzten Zweifel. Auch wenn es verrückt war, dieser Plan würde funktionieren. Mellie würde heute nach Hause gehen, zusammen mit Rynn, und dann konnten sie endlich dieses neue … *was auch immer es ist* sein, und vielleicht würde sie dann auch mal einen Kuss richtig genießen können – ohne Nasenbluten oder Weinen und ohne dass er zu schnell zu Ende war.

Sie rannten zwischen den Bäumen hindurch, ihre Stiefel trommelten auf den Waldboden und durchbrachen die Stille des frühen Morgens. Als sie fast beim Schutzanker angekommen waren, sah Mellie etwas über dem Blätterdach aufblitzen, eine lodernde Spur roter Funken, die sich über den Himmel zog.

»Hast du das gesehen?« Sie hielt sofort an. »Rynn, ich glaube, das war ein Sign…«

Der Schlag kam aus dem Nichts und krachte gegen ihre Schläfe. Hinter ihren Augen explodierte der Schmerz und dämpfte ihre Wahrnehmung. Mellie fiel auf die Knie, den Kopf zwischen den Händen, die Finger klebrig von Blut. *Er weiß Bescheid*, der Gedanke durchdrang den Schmerz. Der Captain musste Rynns Lüge durchschaut haben.

Mellie tastete blind nach der Signalpistole in ihrer Gesäßtasche. Wenn sie die anderen nur warnen konnte, bevor …

Jemand packte ihr Handgelenk und drehte es. Fest und schmerzhaft. Mellie schrie und ließ die Pistole fallen.

»Halt! Tut ihr nicht weh«, rief Rynn.

Er tat es wieder; er verteidigte sie, anstatt wegzulaufen. *Er sollte abhauen.*

»Wehr dich nicht, Mel.« Rynn kniete sich vor sie und nahm ihr Gesicht in die Hände. »Sie werden dir nur weh tun, wenn du dich wehrst.«

»*Was?*« Ihre Sicht wurde wieder klar, so dass sie die harsche Realität überdeutlich wahrnehmen konnte. Zwei Soldaten ragten vor ihnen auf, die Pistolen im Anschlag, und dahinter standen zwei weitere bereit. Zu viele für eine normale Sicherheitspatrouille. Zu viele, als dass zwei Scouts gegen sie eine Chance gehabt hätten.

»Warum läufst du nicht weg?«, fragte sie Rynn. Warum waren die Waffen der Soldaten nur auf sie gerichtet?

»Bitte, Mel«, flehte Rynn sie an. »Tu, was sie sagen.«

Der Schmerz in ihrem Kopf wich einer tiefen Angst, die sich in ihrem Bauch zusammenballte. Wie bei einem Puzzle fielen die Teile an ihren Platz und ergaben plötzlich ein Bild. Dass die Soldaten wussten, wo sie zu finden waren, und dass sie überhaupt so kurz nach Sonnenaufgang schon auftauchten … Das war alles *höchst* unwahrscheinlich. Außer, jemand hatte ihnen genau gesagt, wohin sie gehen sollten.

Nein. Mellie weigerte sich, den Gedanken weiterzuverfolgen. *Das würde Rynn nie tun. Er …* Sie schmeckte Galle. Rynn hatte nie gewollt, dass sie ihm die Lüge zeigte; er hatte die wahre Magie der Schutzanker nie mit eigenen Augen gesehen. *Du musst mir gar nichts beweisen, okay? Ich glaube dir.* Natürlich hatte sie ihm vertraut, sein Zögern, seine Zweifel ignoriert – genau wie sein trauriges Lächeln. Sie hatte es seiner Angst und Sorge zugeschrieben und seiner Abneigung, mit Verrätern und Landbewohnern zusammenzuarbeiten. *All die Lügen und das Herumschleichen – ich tue es, weil ich glaube, dass es das Richtige ist. Ich muss es glauben.*

Blinder Glaube war der Anfang dieses ganzen Desasters gewesen, in dem sie jetzt steckten.

»Das hast du nicht getan.« Mellies Stimme war kaum mehr als ein Flüstern. »Bitte, Rynn, sag mir, dass du das nicht getan hast.«

Sein Blick war Antwort genug.

»Wir besorgen dir Hilfe, Mel«, sagte er und streichelte ihr die Wange. »Es ist alles nicht deine Schuld, das habe ich ihm klargemacht. Wir werden dich nach Hause bringen, dann geht es dir wieder besser. Dann können wir beide es wieder probieren, dieses Mal richtig.«

Mellie wollte ihren Ohren nicht trauen. Rynn hatte sie angelogen. Tagelang hatte er gelogen und gegen sie gearbeitet. Und nicht nur gegen sie, sondern auch gegen ihre Mum und Quinn und Niya und … *O Götter*, was hatte er dem Captain noch erzählt?

In der Ferne erklangen Schüsse, ein durchdringendes *Ra-ta-ta-tat*, das von den Bäumen widerhallte. Mellie biss sich auf die Innenseite der Wange. Rynn hatte ihm alles erzählt. Er hatte sie verraten.

»Genug«, bellte einer der Soldaten. Er zerrte Mellie auf die Beine und durchsuchte sie; ihr Messer gesellte sich zu der Signalpistole, die bereits in seinem Gürtel steckte. Keiner der Soldaten kam auf die Idee, Rynn zu durchsuchen. Warum sollten sie auch? Er hatte gerade beide Seiten der Mayreed-Gleichung für sie gelöst. Der Captain würde ihm zu Ehren vermutlich eine Parade abhalten, wenn er nach Hause kam – kurz bevor er ihn töten ließ. Indem er sich auf die Seite des Korps schlug, hatte er sie beide verdammt, er wusste es nur noch nicht. Der Idiot. Der verdammte Vollidiot.

Zumindest verkniff er es sich, mit ihr zu reden, als die Soldaten sie zurück zum See führten, auch wenn er sich für Mellies Geschmack zu nah neben ihr hielt und ihr immer wieder entschuldigende Blicke zuwarf. Mellie ignorierte ihn und hielt den Kopf stur gesenkt. Wenn sie Rynn jetzt anschauen würde, müsste sie schreien oder weinen. Möglicherweise auch beides.

Der Captain wartete am Seeufer auf sie, an der Stelle, wo die Landprüfung immer stattfand. Er hatte die Hände hinter dem Rücken verschränkt, und sein Gesichtsausdruck war wie versteinert. An diesem Ort hatte Mellie ihre ersten Schritte an der Oberfläche gemacht; es erschien ihr wie eine grausame Ironie, dass er genau diesen Platz gewählt hatte, um sie ihre letzten tun zu lassen.

»Gab es irgendwelche Probleme?«, fragte er seine Männer, als sie auf ihn zukamen.

»Nein, Sir«, antwortete der Soldat links von ihr und brachte sie abrupt zum Stehen. »Wir haben sie genau dort gefunden, wo er gesagt hatte. Sie waren allein.«

»Exzellente Arbeit, Staghorn.« Der Captain klopfte Rynn auf den Rücken. »Sie haben Ihren Job sehr gut gemacht und sie sicher wieder zu uns gebracht.«

Rynn schluckte. »Sie wird es doch schaffen, oder? Falls der Zauberspruch wirkt?«, fragte er und schien immer noch nicht zu begreifen, was der Captain eigentlich im Schilde führte.

Idiot.

»Keine Sorge, mein Sohn, ich werde mich von nun an gut um sie kümmern.« Der Captain schickte ihn zu seinen anderen Leuten, damit er dort wartete. Mellie zählte mindestens drei weitere Soldaten, alle bewaffnet und mit magischem Knochenanhänger um den Hals. Ihr rutschte das Herz in die Hose. Ihre ohnehin schon geringe Fluchtchance war gerade ganz verpufft.

»Mayreed.« Der Captain sprach ihren Namen aus, als wäre er vergiftet. »Der Scout, der die Regeln nicht befolgen wollte.«

»Die Regeln bedeuten rein gar nichts.« Mellie starrte ihn an. Bisher hatte sie es immer vermieden, dem Captain in die Augen zu sehen, weil sie nicht wollte, dass er die Angst oder die Scham in ihrem Blick entdeckte. Aber heute schaute sie nicht weg. Heute wollte sie, dass er die Wut sah. Sie wollte, dass er darin ertrank.

»Das zu beurteilen steht dir nicht zu, Mayreed. Dein einziger Job war es, sie zu befolgen, und nicht mal in dieser Hinsicht konnte ich dir vertrauen.« Er packte sie am Kinn. »Wenn es nach mir gegangen wäre, wärst du überhaupt nicht ins Korps eingezogen worden. Ich wusste, dass du nur Ärger machen würdest, genau wie deine Mutter. Sie konnte auch keine Befehle befolgen.« Sein Griff wurde fester. »Sie hätte dich wegmachen sollen, als wir es ihr befohlen haben, und wir hätten sie loswerden sollen, als sie es nicht getan hat. Andererseits hast du dich als ziemlich nützlich erwiesen, denn du hast mir heute drei Verräter geliefert. Und sobald sie mir erzählen, wo ich den Rest der Abtrünnigen finde, werde ich mir nie wieder Sorgen machen müssen, dass sie meine Stadt bedrohen.«

Mellie gefror das Blut in den Adern bei der Vorstellung, was mit den anderen passieren würde.

»Im Gegenzug werde ich dir das geben, was du dir gewünscht hast, Mayreed. Ich schicke dich nach Hause.«

Einen Moment lang blinzelte Mellie ihn ungläubig an, weil seine Worte keinen Sinn ergaben. Warum sollte er es riskieren, sie auch nur in die Nähe von Astria zu lassen?

Doch dann verstand sie es.

Sie wusste, was er vorhatte.

Die Schutzanker waren noch aktiv.

Sie konnte sich nicht verwandeln.

»Bringt sie zum Wasser und sorgt dafür, dass sie dort bleibt«, wies der Captain seine Männer an. »Entsorgt danach die Leiche.«

»Was? *Nein!*« Rynn hatte es auch endlich kapiert. »Nein, das können Sie doch nicht …« Er versuchte, zu ihr zu gelangen. »Sie haben versprochen, ihr nichts zu tun! Mellie! *Mellie!*« Das dumpfe Krachen von Metall auf Knochen beendete seinen Protest.

»Seine Leiche könnt ihr irgendwo liegen lassen, wo man sie findet, um die anderen daran zu erinnern, was passiert, wenn sie die Regeln brechen.« Die Stimme des Captains war eiskalt und rau wie Sandpapier, ohne auch nur einen Hauch von Bedauern darin. *Aufräumauftrag* hatte Quinn das genannt. Es hätten genauso gut normale Einsatzbefehle sein können, wenn man die teilnahmslose Miene des Captains als Maßstab nahm. Er würdigte die beiden Wandler, die er gerade zum Tode verurteilt hatte, keines Blickes.

»Und lasst es überzeugend aussehen«, fügte er hinzu. »Nicht, dass mir sein Vater noch den Rat auf den Hals hetzt.«

Mellie schaute zu Rynn rüber, der sich auf dem Boden wand. Die Gewissheit, dass sie beide sterben würden, erschwerte es ihr, an der Wut festzuhalten. Sie wünschte sich fast, dass sie diese eine letzte Sache zusammen tun könnten. Das war doch sicherlich besser, als allein zu sterben?

Die Soldaten rechts und links von ihr packten sie grob an den Armen. Diese beiden waren keine Zweifler wie diejenigen, die mit Niya und Quinn gegangen waren. Mellie spürte, dass sie es mit treuen Anhängern zu tun hatte, die dem Captain zeigen wollten, dass sie keine Skrupel hatten, seine Befehle auszuführen. *Einige waren wie er; sie genossen die Gewalt.* Vielleicht machte es ihnen sogar Spaß, sie zu töten.

Der Pistolenlauf, der zwischen Mellies Schulterblätter gedrückt wurde, brachte sie dazu, die Füße zu bewegen, als man sie zum Ufer führte. Anfangs wehrte sie sich nicht; die Soldaten waren ohnehin in der Überzahl und bewaffnet, und sie wollte ihnen nicht zeigen, wie viel Angst sie hatte. Aber als das Wasser immer näher kam, versuchte Mellie doch, sich zu befreien. Sie stemmte die Fersen in den Boden und widersetzte sich jedem Schritt, während sie sich so vehement gegen den Griff der Soldaten stemmte, dass sie sich dabei weh tat.

Als der Captain bei der Gedenkfeier für die Soldaten, die gar nicht tot waren, über den Krieg, der nie passiert war, gesprochen hatte, hatte er immer wieder betont, dass sie einen »guten« Tod gestorben waren, dass ihr Tod etwas bedeutete. Das hier war kein guter Tod. Eine Wandlerin, die in ihrem eigenen Zuhause ertränkt wird – der Captain hätte sich kein schlimmeres Ende für sie aussuchen können.

Die Soldaten traten in den See und zerrten sie mit sich. Zum ersten Mal spürte Mellie die Kälte des Wassers, als es ihre Jeans tränkte und in ihre Stiefel sickerte. Sie hatte gehofft, dass es Quinn, Niya oder ihrer Mum vielleicht gelungen war, der Falle des Captains zu entkommen und einen Schutzanker zu deaktivieren. Dass sie sich wie durch ein Wunder im Wasser verwandeln würde, anstatt zu ertrinken. Aber Wunschdenken hatte noch nie jemandem genützt, und Wunder passierten immer nur anderen Leuten, also tat Mellie das Einzige, was ihr einfiel, ehe die Soldaten sie in ihr Grab zogen: Sie holte ein letztes Mal tief Luft.

Leider half es ihr überhaupt nichts. Sobald die Soldaten sie unter Wasser gedrückt hatten, stießen sie ihr ein paarmal fest mit den Ellenbogen in die Rippen, so dass die Luft aus ihrer Lunge getrieben wurde. Eiskaltes Wasser strömte ihr durch die Kehle. Sie hustete und schlug um sich, verschluckte sich und trat nach ihnen im verzweifelten Versuch, sich wieder an die Oberfläche zurückzukämpfen. Doch selbst als ihre Körper die Verwandlung durchliefen, blieb der Griff der Soldaten unerbittlich.

Tiefer und tiefer tauchten sie hinab, mit unbeteiligten Gesichtern, während sie zusahen, wie Mellies Gegenwehr immer schwächer wurde. Mellie spürte, wie ihre Kräfte schwanden und die Dunkelheit sich um sie schloss. Der Schmerz in ihrer Lunge blendete alles aus. Sie konnte nicht atmen, nicht denken und die Augen nicht mehr aufhalten. Ihre Glieder waren zu schwer geworden, und das Wasser schien immer dickflüssiger zu werden.

Sie wünschte, sie hätte auf ihre Mum gehört und wäre an der Oberfläche geblieben.

Sie bedauerte es, auf diese Weise sterben zu müssen, ganz allein und verängstigt.

Nur dieses eine Mal wünschte Mellie sich ein Happy End.

Kapitel zweiundzwanzig

Mellie war ein Geist, der im Schilf dahintrieb. Sie war sich vage einer Bewegung im Wasser bewusst, dass der Druck an ihren Armen nachließ und die Soldaten verschwanden. Mehr als der Hauch eines Bewusstseins war ihr nicht geblieben, und selbst das begann zu schwinden. *So fühlt es sich also an zu sterben*, dachte sie, doch der Gedanke verschwamm in etwa so schnell, wie er gekommen war. *So fühlt sich Sterben an.*

Außer, dass sich das nicht nach Sterben anfühlte. Wenn man starb, spürte man doch nichts mehr, oder? Aber warum hörte der Schmerz dann nicht auf? Warum wurde er sogar schlimmer?

Was als Zwicken begonnen hatte, war zu heftiger Pein angeschwollen, jedoch nicht in ihrer Lunge, sondern in ihren Füßen. *Verdammte Schnürstiefel*, fluchte Mellie in sich hinein. Die dummen Dinger ruinierten ihr sogar noch den Tod.

Mechanisch fasste sie nach unten, um sie sich von den Füßen zu zerren. Doch was sie da ertastete, ließ sie die Augen aufreißen. Ihre Jeans war an den Nähten aufgeplatzt, doch das feste Leder der Stiefel blieb intakt und widersetzte sich der Verwandlung.

Der Verwandlung? Mellie starrte ihre Schwanzflosse ungläubig an, die sich unter dem zerfetzten Jeansstoff bildete. Keine Beine, eine Schwanzflosse. Schuppen auf ihrer Haut. Wasser atmen, anstatt daran zu ersticken. Sie *atmete* noch.

Mellie zerrte sich hastig die Stiefel von den Füßen, wobei sie den Schmerz ignorierte, der ihr in das verletzte Handgelenk schoss. *Es fühlt sich real an*, überlegte sie, und fuhr mit beiden Händen über die goldenen Schuppen. Aber das war unmöglich.

»Mellie!«

Der Klang ihres Namens holte sie in die Realität zurück. Sie musste sich verstecken. Was, wenn die Soldaten bemerkten, dass sie nicht tot war? Sie konnten jederzeit zurückkehren, um die Sache zu Ende zu bringen.

»Mellie!«

Dieses Mal erkannte sie die Stimme. »Ich bin hier«, versuchte Mellie zu antworten, doch die Projektion wollte nicht so recht funktionieren, nachdem sie beinahe ertrunken war. Mühsam brachte sie etwas Magie auf und probierte es ein weiteres Mal: »Mum, ich bin hier.«

»Mellie!« Ihre Mum schoss wie ein kupferfarbener Blitz auf sie zu. »Den Göttern sei Dank, ich dachte schon, ich komme zu spät.« Sie schlang überschwänglich die Arme um sie, und zum ersten Mal wich Mellie nicht zurück, sondern ließ sich von ihrer Mutter umarmen, während sie vor Erleichterung am ganzen Körper zitterte. Ihre Mum war noch am Leben. *Sie* war noch am Leben. Sie hatten immer noch die Chance, es zu beenden.

»Wir müssen los.« Mellie löste sich aus der Umarmung. »Wir müssen zur Stadt.«

»Mellie, nein.« Ihre Mum hielt sie fest. »Ferrick wusste, dass wir kommen. Wir schaffen es jetzt auf keinen Fall mehr nach Astria. Wir müssen hier weg.«

Weil Rynn es ihm verraten hat. Der Schmerz über seinen Verrat drohte erneut, sie zu übermannen. Rynn hatte sie alle verraten. Er hatte *Mellie* verraten.

»Nein.« Sie schüttelte stur den Kopf. »Wir müssen schnell zum Annex und den anderen die Wahrheit sagen.« Trotz Rynns Tat hatten sie es ins Wasser geschafft, sie hatten sich *verwandelt*. Wie konnte ihre Mum erwarten, dass sie jetzt umdrehte und aufgab, ohne zu beenden, was sie sich vorgenommen hatten?

»Das werden wir, Liebling.« Ihre Mum strich ihr über den Kopf. »Ich verspreche, ich finde einen Weg, wie du nach Hause zurückkehren kannst. Aber nicht heute. Nun müssen wir uns in Sicherheit bringen.«

Insgeheim wusste Mellie, dass sie recht hatte; jetzt nach Astria zu gehen war vermutlich Selbstmord. Und doch fiel es ihr schwer, auf ihre Mum zu hören. Die Verlockung der Stadt war zu stark, fast wie ein Magnet, der sie mit jeder Faser anzog.

»Mellie, bitte«, flehte ihre Mum sie an. »Ferricks Leute sind überall. Wir müssen dringend aus dem Wasser raus.« Die Verzweiflung in ihrer Stimme brachte Mellie schließlich zur Vernunft. Sollten sie jetzt zur Stadt zurückkehren, würden die Soldaten sie wahrscheinlich finden und töten, bevor sie auch nur in die Nähe des Haupttors gekommen waren. Dann hätte Ferrick gewonnen.

Ich finde einen Weg, wie du nach Hause zurückkehren kannst. Mellie würde ihre Mutter an ihr Versprechen erinnern. Aber nicht heute. Vorerst mussten sie fliehen.

Es dauerte eine Weile, bis sie die Ereignisse des Morgens zusammengesetzt hatten. Ihre Mutter und die anderen waren ebenfalls in einen Hinterhalt geraten, doch Quinn hatte die Falle gewittert, Sekunden bevor sie zuschnappen konnte, und gemeinsam war es ihnen gelungen, sich freizukämpfen. Während ihrer Flucht bekam Niya einen Streifschuss an der Schulter und Quinn ein paar Schläge ins Gesicht ab (so, wie seine Hände aussahen, hatte er auch ordentlich ausgeteilt), aber David hatte sie beide gut verarztet, genau wie er es jetzt mit Mellie tat.

Die Wunde am Kopf musste genäht werden, was nicht halb so sehr weh tat, wie Mellie erwartet hatte. Nicht, dass es ihr etwas ausgemacht hätte, denn ihr war, als hätte sie bereits das maximale Ausmaß an Schmerzen durchlitten. David hätte die Wunde mit einem heißen Messer verschließen können, und sie hätte es wahrscheinlich nicht einmal bemerkt.

Ihr Handgelenk erwies sich als komplizierter. David vermutete einen Bruch, doch er konnte sich ohne ein sogenanntes Röntgenbild nicht sicher sein, also bandagierte er ihr den Arm und wies sie an, vorsichtig zu sein. Die Tabletten, die er ihr gab, dämpften den körperlichen Schmerz, konnten jedoch gegen das Loch in ihrem Brustkorb nichts ausrichten. Selbst die besten Heiler konnten kein gebrochenes Herz flicken.

Durch eine seltsame Fügung des Schicksals war Rynn tatsächlich der Grund dafür gewesen, dass sie es geschafft hatte, mit dem Leben davonzukommen. Irgendwie hatte er sich die Signalpistole geschnappt und sie abgefeuert. Dafür hatte er einen weiteren Schlag auf den Kopf kassiert, doch glücklicherweise waren Caleb und David nah genug gewesen, um ihm zu Hilfe zu kommen, ehe die Soldaten ihm eine Kugel verpassen konnten. Sobald sie von Rynn wussten, wo Mellie war, eilte Caleb zu dem Schutzanker, den sie zuvor schon einmal gemeinsam deaktiviert hatten, und zerkratzte ihn wieder, wodurch er ihr das Leben rettete, ohne auch nur einen Fuß ins Wasser zu setzen.

Inzwischen hatten die anderen es zum Notfalltreffpunkt geschafft. Quinn benutzte seine Handgranate, um die Soldaten im Wasser abzulenken, wodurch er ihrer Mum genügend Zeit verschaffte, um Mellie zu suchen und zurückzubringen. Dann zogen sie sich alle in Calebs Hütte zurück. Rynn hatte immer und immer wieder bei allen drei Göttern geschworen, dass sie dort sicher waren. Wie sich herausstellte, hatte er dem Captain nichts von Caleb erzählt. Anscheinend hatte er nicht gewollt, dass Mellie Ärger bekam, weil sie mit einem Landbewohner zusammengewohnt hatte.

Darüber hatte er sich Gedanken gemacht?

Es hatte nicht lange gedauert, bis seine wahre Rolle in der Geschichte ans Licht kam, doch trotz allem, was er getan hatte, konnten sie ihn nicht einfach im Wald zurücklassen. Das hätte mit ziemlicher Sicherheit sein Todesurteil bedeutet, und nicht einmal Mellie brachte das über sich. Doch sie wussten auch nicht recht, was sie mit ihm anfangen sollten. Caleb weigerte sich, ihn in seine Hütte zu lassen, also durfte Sammie ins Haus, während

Rynn im Schuppen bleiben musste. Bisher hatte nur ihre Mum sich die Zeit genommen, mit ihm zu sprechen, und er musste ihr eine verdammt gute Geschichte erzählt haben, denn als sie zurückkam, drängte sie Mellie, ihn anzuhören.

»Er will mit dir reden, Liebling. Es geht ihm ziemlich schlecht.«

»Oh, es geht ihm schlecht. Na, das ändert natürlich alles«, erwiderte Mellie sarkastisch.

»Seine Absichten zählen, Mellie. Du solltest zu ihm gehen und ihm die Chance geben, es dir zu erklären.«

Mellie wollte ihn aber nicht sehen – oder auch nur an ihn denken, doch sie konnte sich auch nicht ewig einreden, dass er ihr gleichgültig wäre.

»Du musst das nicht tun, Scout.« Caleb hielt sie am Arm fest, als sie auf die Tür zuging. Sein Griff war sanft, aus Rücksicht auf ihre Verletzungen. Seit ihrer Rückkehr vom See war er ihr nicht mehr von der Seite gewichen. Ihn hatte der Verlauf der Ereignisse genauso erschüttert wie alle anderen, wenn nicht mehr. »Du musst nicht mit ihm reden.«

»Doch, das muss ich«, widersprach sie.

»Scout …«

»Ich komme schon zurecht, Caleb.« Mellie rang sich um seinetwillen ein Lächeln ab. Ein Lächeln, von dem sie beide wussten, dass es nicht echt war. »Es ist nur … Ich muss wissen, warum er das getan hat, okay? Ich muss den Grund dafür erfahren.«

Calebs Schuppen bestand im Grunde genommen nur aus ein paar zusammengenagelten Brettern, die die vier Wände bildeten und auf die man ein Wellblechdach gelegt hatte. Mellie hatte ihn zuvor noch nie betreten. Caleb benutzte ihn hauptsächlich, um Feuerholz darin zu lagern und um den ganzen Kram zu verstauen, der nicht mehr in die Hütte passte.

Rynn saß in der hintersten Ecke auf dem Boden, die Knie an den Körper gezogen und den Kopf an die Wand gelehnt. Sein Gesicht war immer noch blutig von den Schlägen, die er hatte einstecken müssen. Er sagte kein Wort, doch seine Augen folgten ihr, als sie die Tür schloss und sich ihm gegenüber niederließ. Als er sie das letzte Mal so lädiert gesehen hatte, stammten die Verletzungen von Landbewohnern, wie Mellie sie sich nicht schlimmer hätte vorstellen können. Dieses Mal waren es ihre eigenen Leute gewesen, die sie so zugerichtet hatten – ein Beweis dafür, dass Monster nicht nur an der Oberfläche existierten.

Rynn brach das Schweigen. »Mel, es tut mir so …«

»Tu das nicht«, unterbrach ihn Mellie. Er zuckte zusammen, als er ihre heisere Stimme hörte, die rau war wie Sandpapier. Eine Nebenwirkung des Fastertrinkens, wie ihr David erklärt hatte. In ein paar Tagen würde sie wieder normal sprechen können. »Wage es ja nicht, mir zu erzählen, dass es dir leidtut. Ich bin nicht an einer Entschuldigung interessiert.«

»Warum bist du dann hier?«

»Mum meinte, du willst mit mir reden. Also rede.«

Rynn schreckte zurück und rang nervös die Hände. Wahrscheinlich wusste er nicht, wo er anfangen sollte. Wie erklärte man seiner besten Freundin, warum man beschlossen hatte, sie zu hintergehen?

»Ich dachte, ich würde das Richtige tun«, brachte er schließlich hervor. »Dass ich dir helfen würde.«

»Du hast mich verraten. Du hast mich dem Mann, der mich tot sehen will, auf einem Silbertablett serviert. Wie genau sollte mir das helfen?«

»Ich wusste nicht, was ich tat, das schwöre ich dir. Der Captain hatte mich so in seine Lügen verstrickt … Er hat mich benutzt.«

»Und ich soll dich jetzt bedauern, oder was?«

»Bitte, Mel, lass es mich erklären.«

»Na schön.« Mellie zog die Beine an den Körper. Sie wollte lieber eine Erklärung, als wütend zu bleiben. Vielleicht schaffte er es dadurch, ihre Wut verrauchen zu lassen.

»Als ich herausfand, dass du noch am Leben bist, fragte ich den Captain, was passieren würde, wenn du an der Oberfläche bleiben würdest. Was er von dir verlangte, war so unfair und so gefährlich … Es schien das Risiko nicht wert zu sein. Du hattest mir gesagt, dass du einen Unterschlupf gefunden hattest und offenbar einen Weg zu überleben. Ich dachte mir, das war besser, als dich nachts in den gefährlichen Wald zu schicken oder dich von dem riskanten Zauberspruch umbringen zu lassen«, fuhr Rynn fort. »Aber er erklärte mir, dass es aussichtslos wäre. Dass die Luft dich langsam töten oder in den Wahnsinn treiben würde, wenn du zu lange an der Oberfläche bleibst.«

»Und du hast ihm geglaubt?«

»Warum nicht? Ich hatte keinen Grund, ihm zu misstrauen.

Als ich dich das nächste Mal gesehen habe, warst du krank – genau wie er es prophezeit hatte –, und es wurde immer schlimmer. Du hast mir wirklich Angst gemacht, Mel, mit deinem Gerede darüber, dass du sterben willst ... Und als du dann nach den zwei Tagen zurückgekommen bist, ging ich davon aus, dass er recht hatte und die Luft dich allmählich verrückt macht.«

»Aber du wusstest, dass ich nicht nur phantasiert habe, du hast meine Mum doch selbst gesehen, um Titans willen!«

»Ja, und sie war fünf *Jahre* lang an der Oberfläche. Ich dachte, sie wäre noch verrückter als du. Immerhin hat sie dir abstruse Geschichten über den Titan aufgetischt, der Wandler tötet, und dass der Krieg nicht passiert sein sollte. Hast du irgendeine Vorstellung, wie verrückt das für mich geklungen hat?«

»Aber es ist alles wahr.«

»Es ist alles wahr.« Rynn schloss die Augen und ließ den Kopf wieder zurück an die Wand sinken.

»Ich bekam immer mehr Zweifel, sogar noch, bevor ich Quinn und Niya kennengelernt habe. Aber der Captain – bei den Göttern, Mel, er hatte für alles eine Erklärung. Egal, was du mir gezeigt hast, er wusste immer einen Grund, warum es nicht stimmen konnte. Und ich ...«, er presste einen Moment lang die Kiefer aufeinander, »... ich glaubte ihm, weil ich ihm glauben wollte. Weil er mir ständig die eine Sache sagte, die ich hören wollte, nämlich, dass wir immer noch Zeit hatten, dich zu retten. Er sagte, es sei zu spät für die Soldaten und deine Mutter, dass sie zu lange an der Oberfläche gewesen wären und der Wahnsinn bereits zu sehr von ihnen Besitz ergriffen hätte. Aber du warst erst seit ein paar Wochen gestrandet, und er hat mir versprochen, dass die Heiler deinen Verstand wieder hinbekommen würden.«

Natürlich hat er das getan. Der Captain hätte Rynn doch alles erzählt, sobald ihm erst einmal klargeworden war, dass er dadurch vier Verräter anstatt nur einen in die Finger bekommen konnte.

»Der Rest des Plans stammte von ihm.« Rynn seufzte. »Er sagte, dass ich bei deinen ›Wahnvorstellungen‹ mitspielen sollte, bis wir einen Weg gefunden hätten, dich sicher nach Hause zu bringen. Dann, nachdem du mich Quinn vorgestellt hattest, hat er mir genau gesagt, wie ich ihn dazu bringen konnte, früh am Morgen anzugreifen. Er meinte, ich sollte dabei sein, wenn sie dich fassten, damit du ruhig bleibst und seine Männer dir nicht weh tun müssen.«

Damit du mit uns anderen sterben kannst. Die Lügen des Captains schienen einen Ozean füllen zu können.

»Hat es dich überhaupt interessiert, dass er alle anderen umbringen wollte?«, fragte Mellie. »Dass er meine Mum töten wollte?«

»Mir ging es nur um dich, Mel. Ich habe das alles nur für dich getan.«

»Sie wollten mich *töten*, Rynn. Sie hätten mich fast *ertränkt*.« Sie wollte ihm die Worte gern ins Gesicht schreien, brachte es dann aber doch nicht übers Herz. Wo sie erwartet hatte, Wut in sich zu spüren, fand sie nur Schmerz. Rynn – der Junge, mit dem sie aufgewachsen war, ohne den sie sich ihr Leben nie hatte vorstellen können – hatte sie verraten.

»Das wusste ich nicht.« Die Worte waren kaum mehr als ein

brüchiges Flüstern. »Ich schwöre dir, Mel, ich wollte nie, dass dir etwas geschieht.«

Aus Gewohnheit wanderte Mellies Hand an die Silbermünze an ihrem Hals, die er ihr an dem Tag zurückgegeben hatte, als sie sich das erste Mal geküsst hatten. Vor Ewigkeiten. Vor den leeren Versprechen und Lügen.

»War alles eine Lüge?«, fragte sie, und weil Rynn sie kannte, wusste er genau, was sie eigentlich wissen wollte.

»Du denkst wirklich, dass ich dazu fähig wäre?« Seine Augen verengten sich zu Schlitzen, als hätte sie ihn geschlagen. »Dass ich dir so was antun würde?«

»Ich hätte auch nicht gedacht, dass du *das* tun würdest.« *Und ich habe mich getäuscht.* Denn Rynn hatte es getan. Er hatte die Waffe in die Hände des Captains gelegt, und der Captain war verdammt nah dran gewesen, den Abzug zu betätigen.

»Na, dann ist es wahrscheinlich egal, dass es keine Lüge war«, sagte Rynn leise.

»Ja, das ist es.« Mellie riss die Halskette mit einem Ruck ab und warf sie zu Boden. Was auch immer zwischen ihnen aufgeblüht war, hatte sich zusammen mit ihrem Vertrauen im Wald zerschlagen. Doch der Sturm an Gefühlen, den sie in Rynns Augen wüten sah, beruhte nicht nur auf dem, was zwischen ihnen hätte sein können. Rynn hatte heute alles verloren, seinen Job, seine Familie, sein Leben. Noch vor ein paar Stunden hatte Mellie versucht, ihm auszureden, bei ihrem Plan mitzumachen, weil sie genau das befürchtet hatte, allerdings hatte sie erwartet, dass es ihre Schuld sein würde. Sie hätte nie gedacht, dass sie seinetwegen an diesen Punkt kommen würden.

Noch schlimmer war, dass es alles so vernünftig klang. Wären die Rollen vertauscht gewesen – wäre sie diejenige gewesen, die vom Captain die verdrehte Version der Wahrheit serviert bekommen hätte –, hätte sie dann wirklich anders gehandelt?

Ich hätte Rynn vertraut. Das war der Teil, der sie am meisten verletzte. Dass Rynn sich entschieden hatte, dem Captain mehr zu vertrauen als ihr, und wie sollte sich jetzt, wo sich so viele Lügen zwischen ihnen aufgetürmt hatten, jemals wieder Vertrauen zwischen ihnen entwickeln?

Und Mellie wünschte sich – nicht zum ersten Mal –, dass die Wahrheit ihr genügen würde. Dass seine Absichten ihr reichen würden, auch wenn alles aus dem Ruder gelaufen war. Denn im Moment wollte sie nichts mehr, als sich in seinem Arm zusammenzurollen, wie sie es immer getan hatte, wenn sie traurig war, und ihm zuzuhören, wie er einen blöden Witz über den Idioten riss, der ihr dieses Mal das Leben schwergemacht und dafür von ihm Prügel eingesteckt hatte.

Doch wenn Absichten zählten, dann zählten Taten noch mehr. Und Rynn hatte das *getan*. Also saß Mellie dort, zwei Meter und eine halbe Welt von ihm entfernt, und schwieg. In dieser Stille konnte sie fast so tun, als wäre zwischen ihnen nicht alles irreparabel zerbrochen. Als hätte der einzige wirkliche Freund, den sie je gehabt hatte, sie heute nicht den Wölfen zum Fraß vorgeworfen.

Beinahe.

Aber das war nicht genug.

»Mellie?« Rynn brach ein weiteres Mal das Schweigen.

»*Was?*«

»Ich möchte euch helfen.«

»Bei was genau?«

»Du weißt schon. Bei dem Plan, dem nächsten … Was auch immer du vorhast. Ich will euch helfen.«

»Wer sagt, dass ich irgendetwas vorhabe.«

»Ich kenne dich, Mel.« Rynn fixierte sie mit einem Blick, der hinzufügte: *in- und auswendig. Ob es dir gefällt oder nicht.* »Es sieht dir nicht ähnlich, einfach aufzugeben. Und wenn du weißt, was du als Nächstes tust, will ich dir helfen.«

»Dafür ist es ein bisschen zu spät, denkst du nicht?« Wenn er nicht gewesen wäre, hätten sie es schon längst nach Astria geschafft. Dann bräuchten sie keinen nächsten Plan.

»Bitte, Mel, lass es mich wieder geradebiegen.«

»Ich glaube nicht, dass du das kannst.« Mellie rappelte sich auf. Der Schuppen fühlte sich plötzlich zu klein an und der Graben zwischen ihnen zu tief. Sie war ein Dummkopf, wenn sie glaubte, die Wahrheit würde alles verändern. Das tat die Wahrheit nie. Sie sorgte nur dafür, dass sich der Schmerz veränderte.

»Wir bleiben bis zum Sonnenuntergang hier, nur für den Fall, dass der Captain an den Straßen Soldaten postiert hat«, erklärte Mellie und wischte sich ein paar Tränen von den Wangen. »Ich bezweifle, dass Caleb dich bis dahin wieder ins Haus lassen wird.«

Sie merkte, dass ihn ihre Worte trafen.

»Mellie.« Rynn streckte die Hand nach ihr aus. »Was passiert, wenn die Sonne untergeht?« Er hatte sie das noch nie gefragt. Vermutlich hatte es ihn vorher schon interessiert, doch er hatte sich nicht getraut, die Frage zu stellen.

Aber jetzt tat er es. Weil er Angst hatte.

»Gar nichts«, antwortete Mellie und zog ihren Arm weg.

Man stirbt nicht, verschwindet nicht und zerfällt auch nicht zu Asche. Die Welt dreht sich weiter, und das Leben bleibt nicht stehen. Absolut nichts passiert, wenn die Sonne untergeht.

Und dann verliert man alles.

Die Geschichte geht weiter in

STRANDED

Das Versprechen des Meeres

von Kate Dylan

Erscheint am 29. 4. 2020

Danksagung

Wenn ihr das hier lest, bedeutet es, dass ich es tatsächlich geschafft habe, irgendjemanden dazu zu bringen, meine seltsame Meerjungfrauengeschichte zu veröffentlichen.

Was bin ich doch für ein schelmischer kleiner Hobbit.

Es heißt, man braucht ein Dorf, um einen Roman zu schreiben (zumindest *sollte* es so heißen), und es gibt so viele Leute, ohne die dieser Roman nicht existieren würde.

Als Erstes muss ich mich unbedingt bei Danielle Zigner von LBA Books bedanken. Du hast von Anfang an an dieses Buch geglaubt, als es noch ein verheddertes Chaos aus Teenagern und Schwanzflossen war. Danke, dass du mir geholfen hast, die Geschichte zum Singen zu bringen, und dass du so hart darum gekämpft hast. Und vor allem danke, dass du mit meiner Verrücktheit umgehen konntest. Wenn es nicht so ekelhaft wäre, würde ich eine Tasse Pfefferminz-Süßholztee auf dich trinken.

Clemmie und Alice von ILA, ihr seid die Nächsten auf meiner Liste. Ich danke euch beiden für all die harte Arbeit. Ihr habt nicht einfach ein gutes Zuhause für *Stranded* gefunden, ihr habt ein phantastisches Zuhause gefunden.

Was mich zu der wundervollen Lexa Rost vom S. Fischer Verlag führt. Danke, dass du mir und meinen Wandlern eine Chance gegeben hast. Danke für all deine Geduld, deine Anmerkungen, Ideen und Ratschläge. Du hast diese Reise für mich so einfach gemacht, und ohne dich wäre dieses Buch nicht das, was es heute ist.

So. Habe ich das Wort »danke« schon so oft benutzt, dass es seine Bedeutung verloren hat?

Nein?

Gut, denn die Mitglieder meiner leidgeprüften Schreibgruppe verdienen mehr als ein Dankeschön. Naomi, Jaime, Liam, Mark, Jim, Peter, Alex, Marianna und Darren – ich bin euch so dankbar für die Zeit und die Mühe, die ihr investiert habt, um mir zu helfen, die Geschichte in Form zu bringen. Ihr macht mich besser. Und ihr bringt mich dazu, besser sein zu wollen. Ohne euch hätten Mellie, Caleb und Rynn vielleicht nie meine Festplatte verlassen.

Ein Danke geht auch an den großartigen, mächtigen Tim Negal, Wortzähler und Käseplattenvertilger, weil ich ihm ewig mit diesem Buch in den Ohren liegen durfte. Ich bin mir nicht sicher, ob ich es über den ersten Entwurf hinaus geschafft hätte, wenn du meine Fortschritte nicht verfolgt hättest. Ich schulde dir ein Drehbuch über postapokalyptische Meerjungfrauen, die in den New Yorker U-Bahn-Tunneln leben. Es steht auf meiner To-do-Liste, das kann ich dir versichern. Gleich hinter »lernen, wie man ein Drehbuch schreibt«.

Ich bedanke mich bei Kevin, Lindi, Emma, Joe und Lee, dass sie mir immer gesagt haben, was ich tun soll. Wir wissen doch alle, dass ich allein keine Entscheidungen treffen kann.

An meinen knuddeligen Kater Sir Dixon Bainbridge: Danke, dass du meinen Laptop nachts warm hältst, indem du darauf sitzt. Trottel.

Und an Pieter, meinen Komplizen in allen Lebenslagen: Danke für deine Unterstützung, dein Verständnis und deine Liebe. Danke, dass du endlose Runden von »Was klingt besser, das oder das?« mit mir gespielt hast. Und danke, dass du mir ermöglicht hast, meinen Traum zu verwirklichen, auch wenn es bedeutet hat, dass du dir zwei Jahre lang mein Gejammer über Teenagerfische anhören musstest.

Schließlich würde ich gern ein riesiges Dankeschön an meine Leser richten. Wenn ihr jetzt noch dabei seid, fühle ich mich wirklich geehrt. Ich habe diese Geschichte für euch geschrieben, in der Hoffnung, dass ihr sie genauso sehr lieben würdet wie ich.